Rene

HEYNE <

W0339211

Das Buch

Die Lage im Reich der Feuerkämpferin wird immer dramatischer: Eine unheimliche Seuche breitet sich aus, während die Elfen immer mehr Länder der Aufgetauchten Welt überrennen. Adhara, die als einzige Rettung gilt, versucht verzweifelt, zu ihrem Gefährten Amhal zu gelangen, doch immer wieder stellen sich ihr Hindernisse in den Weg. Als ihr schließlich die Flucht gelingt, verschlechtert sich Adharas Zustand rapide. Sie braucht dringend Hilfe und findet Unterschlupf in einem abgelegenen Dorf. Doch der zu Rate gezogene Heilpriester weiß Adharas Krankheit nicht zu deuten. In letzter Sekunde taucht der junge Priester Adrass auf, der glaubt, die junge Feuerkämpferin retten zu können. Allerdings muss Adhara ihm vollends vertrauen und ihn in die umkämpfte Königsstadt Makrat begleiten. Ein gefährlicher Weg, der quer durch Feindesland führt. Doch Adhara bleibt keine Wahl.

Die Autorin

Licia Troisi, 1980 in Rom geboren, ist Astrophysikerin und arbeitet bei der italienischen Raumfahrtagentur in Frascati. Mit ihrer ersten Trilogie, der international erfolgreichen Drachenkämpferin-Saga, wurde sie zum Shooting-Star der italienischen Fantasy. Kurz darauf folgte die Schattenkämpferin-Saga, die ebenfalls die Bestseller-Listen stürmte. Mit »Die Feuerkämpferin – Tochter des Blutes« legt Licia Troisi nun den zweiten Teil ihrer neuen großen Fantasy-Saga vor.

Lieferbare Titel

Die Drachenkämpferin: Im Land des Windes – Der Auftrag des Magiers – Der Talisman der Macht

Die Schattenkämpferin: Das Erbe der Drachen – Das Siegel des Todes – Der Fluch der Assassinen

Die Feuerkämpferin: Im Bann der Wächter

LICIA TROISI

DIE FEUER KÄMPFERIN

TOCHTER DES BLUTES

ROMAN

Aus dem Italienischen
von Bruno Genzler

WILHELM HEYNE VERLAG
MÜNCHEN

Die Originalausgabe
LEGGENDE DEL MONDO EMERSO – FIGLIA DEL SANGUE
erschien bei Arnoldo Mondadori Editore S.p.A., Mailand

MIX
Papier aus verantwortungsvollen Quellen
FSC® C014496
FSC
www.fsc.org

Verlagsgruppe Random House FSC-DEU-0100
Das für dieses Buch verwendete FSC®-zertifizierte Papier
Holmen Book Cream liefert Holmen Paper, Hallstavik, Schweden.

Vollständige deutsche Taschenbuchausgabe 08/2012

Printed in Germany 2012
Umschlagillustration: Paolo Barbieri, © 2008 Arnoldo Mondadori Editore S.p.A., Mailand/Nele Schütz Design, München
Satz: Christine Roithner Verlagsservice, Breitenaich
Druck und Bindung: GGP Media GmbH, Pößneck

ISBN 978-3-453-53407-0

www.heyne.de

Inhaltsverzeichnis

Für Sandro,
denn letztlich ist es seine »Schuld« …

Ein Blick zurück …

Nachdem Dohor durch die gemeinsamen Anstrengungen Idos, Dubhes und Learcos gestürzt werden konnte, hat sich das Geschick der Aufgetauchten Welt endlich zum Besseren gewendet. Die Wunden, die der Krieg geschlagen hat, sind verheilt, und aus den Trümmern hat sich eine neue Welt erhoben. Zusammen mit seiner Gemahlin Dubhe hat Learco als König des Landes der Sonne das Zepter der Macht fest in die Hand genommen, während in den anderen Ländern jene Herrscher, die verstorben oder durch ihre Vergangenheit zu stark belastet waren, alle ersetzt wurden. Die Politik der Aufgetauchten Welt ist nun darauf ausgerichtet, zusammenzuarbeiten und gemeinsame Ziele zu verfolgen. Ein Vereintes Heer wurde geschaffen und das zerstörte Enawar, jene Stadt, die seit Nammen – dem größten König der Halbelfen – dem Niedergang preisgegeben war, als eine Art gemeinsame Hauptstadt völlig neu aufgebaut. Auch Theana hat ihren Platz in der neuen Welt gefunden und den Kult des Gottes Thenaar neu begründet, dessen Bild durch die Irrlehren der Gilde der Assassinen entweiht worden war. Sie wurde zur Hohepriesterin der wiedererstandenen Religion, deren Anhänger sich zur Ordensgemeinschaft des Blitzes zusammengeschlossen und überall in der Aufgetauchten Welt ihre Tempel errichtet haben.

Vor allem aber herrscht Friede. Schon seit fünfzig Jahren. Fünfzig lange Jahre Frieden. Ein solch glückliches Zeitalter hat die Aufgetauchte Welt seit den Tagen Nammens nicht mehr erlebt. Und irgendwann haben die Bewohner angefangen, den König, dem sie all dies zu verdanken haben, »Learco den Gerechten« zu nennen.

An einem solch friedlichen Tag des neuen goldenen Zeitalters geschieht es, dass ein junges Mädchen eines Morgens mitten auf einer sonnigen Wiese erwacht und sich ratlos umschaut. Sie weiß nicht, wer sie ist, trägt am Leib nur ein Gewand aus grobem Stoff, und ihre Handgelenke und Knöchel sind von roten Striemen gezeichnet, offenbar den Spuren von Ketten.

Auf der Suche nach Antworten irrt die Feuerkämpferin orientierungslos durch den Wald: Wer ist sie, woher kommt sie, und wie ist sie an diesen Ort gelangt? Doch ihr antwortet nur das Spiegelbild einer Fremden, die sie von der glatten Wasseroberfläche eines Baches anschaut. Diese Unbekannte hat schwarzes Haar, in das sich blaue Strähnen mischen, während ihre Augen unterschiedliche Farben aufweisen. Auffällige Merkmale, aber auch diese Hinweise helfen ihr nicht weiter.

So gelangt sie nach Salazar, Nihals Geburtsstadt, wo die Dinge einen anderen Verlauf nehmen. Als sie in eine brenzlige Situation gerät, rettet sie ein junger Mann, aller Wahrscheinlichkeit nach ein Soldat, der mit einem mächtigen, beidhändig zu führenden Schwert bewaffnet ist. Dieser Mann hat eine ganz eigentümliche Ausstrahlung. Es ist, als lodere in ihm eine ungeheure Wut, die er nur mühsam beherrschen kann. Aber er hat ihr das Leben gerettet, und ihr Gefühl rät ihr, ihm zu vertrauen.

Der junge Soldat heißt Amhal und befindet sich noch in der Ausbildung zum Drachenritter. Auf dem Rückweg von einer Mission im Auftrag seines Vorgesetzten, wird er bald Richtung Neu-Enawar weiterziehen. Und das hilflose Mädchen bittet ihn, sich ihm an-

schließen zu dürfen: Sie hat sonst keine Menschenseele, an die sie sich halten könnte. Immer noch erinnert sie sich nicht, wer sie ist, hat keine Ahnung, woher sie kommt, besitzt noch nicht einmal einen Namen. Aber den erhält sie bald, von Ambal: Adhara nennt er sie.

Die erste Etappe ihrer gemeinsamen Reise soll die Stadt Laodamea im Land des Wassers werden, und auf dem Weg dorthin planen sie, in einem kleinen Ort zu rasten, der gleich an der Grenze zum Land des Windes liegt. Doch als sie dort eintreffen, machen sie eine entsetzliche Entdeckung. Überall finden sie Todkranke und Leichen, die offenbar von einer Krankheit, einer rätselhaften Seuche befallen sind.

Mit knapper Not können sie unbeschadet aus dem Dorf fliehen; sie setzen ihre Reise fort und gelangen nach Laodamea. Hier erhalten sie die ersten noch sehr vagen Auskünfte, die Licht in Adharas Geheimnis bringen könnten. Ambal bringt sie zu einem Heilpriester, der sie untersucht und zu dem Ergebnis kommt, dass sie Opfer eines bösen Zaubers wurde. Um welchen es sich handeln könnte, weiß er allerdings nicht.

Am nächsten Tag brechen Ambal und Adhara wieder auf und gelangen nach Neu-Enawar, wo sie den Vorgesetzten und Ausbilder des angehenden Drachenritters kennenlernt, Mira, einen knorrigen, kriegserfahrenen Offizier von sprödem Wesen, den Ambal aber aus tiefstem Herzen bewundert, wenn nicht sogar liebt. Adhara fühlt sich immer noch orientierungslos. Eine ganze Weile ist seit ihrem Erwachen auf der Wiese bereits vergangen, aber noch immer ist ihre Erinnerung nicht zurückgekehrt. Nur eins weiß sie sicher: Sie möchte sich nicht von Ambal trennen. Sie fühlt, dass sie beide etwas verbindet, und zudem hat er ihr einen Namen gegeben und sie damit zu einem Individuum gemacht. So begleitet sie den jungen Soldaten weiter nach Makrat, der Hauptstadt des Landes der Sonne, wo er stationiert ist.

In Makrat scheint es das Leben mit Dubhe besonders gut zu meinen. Aus ihrer Ehe mit König Learco ist ein Sohn hervorgegangen, Neor, dessen Fähigkeiten die Eltern mit großem Stolz erfüllen, und das, obwohl er seit einem schweren Reitunfall fast am ganzen Körper gelähmt ist. Mit seinem wachen Verstand ist er längst der wichtigste Ratgeber seines Vaters, des Königs, und für viele bereits die graue Eminenz, die das Land der Sonne regiert. Vor allem aber hat er Dubhe und Learco zwei Enkelkinder, Zwillinge, geschenkt: die schwer zu bändigende Amina und den besonnenen, ruhigen Kalth.

An den Hof dieser königlichen Familie gelangt Adhara und hofft, dort eine Arbeit zu finden. Wenn sie schon keine Vergangenheit besitzt, will sie sich zumindest eine Zukunft aufbauen.

Es ist Neor, der ihr eine Chance dazu bietet: Sie soll Gesellschafterin der kleinen Amina werden, sich mit ihr anfreunden und auf diese Weise seiner trotzköpfigen Tochter dabei helfen, sich weniger allein und unverstanden zu fühlen.

Der Umgang mit der jungen Prinzessin gestaltet sich schwierig, doch mit der Zeit findet Adhara in dem Mädchen etwas von sich selbst wieder, und zwischen den beiden entsteht eine enge Freundschaft.

Während sich alles in eine erfreuliche Richtung zu entwickeln scheint, geschieht etwas, das den Frieden am Königshof empfindlich trüben wird. Ein Mann taucht auf, der sich als San zu erkennen gibt, Nihals Enkel. Nach fünfzigjährigem Exil ist er ins Land der Sonne zurückgekehrt. Learco, der sich lange Zeit wegen des Verschwindens des jungen San mit einem schlechten Gewissen plagte, weil man ihn damals im Trubel der Ereignisse nach der Zerschlagung der Gilde vergessen hatte, empfängt ihn nun wie einen Helden und überträgt ihm bald einen wichtigen Posten in der Akademie der Drachenritter. Doch San scheint vor allem an Amhal interessiert zu sein. Ständig hält er sich in dessen Nähe auf, geht bald dazu über, ihn nach seinen eigenen Vorstellungen zu unterrichten, und beschäftigt sich eingehend mit dessen widersprüchlicher Gefühlswelt, seiner

Mordlust auf der einen und dem Wunsch, ein vorbildlicher Drachenritter zu werden, auf der anderen Seite. Und so ist es nicht verwunderlich, dass Mira, während es zwischen Amhal und Adhara nach langem Zögern zu einem ersten Kuss kommt, Sans Treiben mit immer größerem Misstrauen beobachtet. Irgendwann lässt er sich dazu hinreißen, San öffentlich zu provozieren, und fordert ihn auf, seinen Schüler in Ruhe zu lassen.

Unterdessen bleibt ein von Amhal angeregtes Treffen zwischen Theana und Adhara erfolglos. Zwar nimmt die Hohepriesterin etwas Dunkles, Geheimnisvolles in Adharas Wesen wahr, verschweigt ihr aber, was es damit auf sich haben könnte. Sie bestätigt nur, dass Adharas Gedächtnisverlust wahrscheinlich auf einen Zauber zurückzuführen ist, und unterzieht sie einem speziellen Ritus, um sich ihren Erinnerungen zu nähern.

Während sie das Experiment durchführt, ist Theana genötigt, sich jenes düsteren Kapitels der Geschichte der Ordensgemeinschaft des Blitzes zu erinnern, als sich einige Brüder vom überlieferten Kult abwandten. Denn das Gleichgewicht in der Aufgetauchten Welt gründet sich seit ihrem Bestehen auf dem Gegensatz zwischen Marvash, der Verkörperung des Bösen, einem nur der Zerstörung ergebenen Wesen, auf der einen Seite sowie Sheireen auf der anderen, deren Bestimmung es ist, Marvash zu bekämpfen und ihn niederzuringen. Marvash und Sheireen, Zerstörer und Geweihte, standen sich im Laufe der Jahrhunderte immer wieder gegenüber, wobei mal die eine, mal die andere Seite den Sieg davontrug, in einem Kreislauf, der auf ewig Bestand hat und nicht zu sprengen ist. Doch die abtrünnigen Brüder brachen mit dieser Anschauung und gründeten eine neue Gemeinschaft, die Sekte der Erweckten. Ihr Ziel war es, in diesen Kreislauf einzugreifen, indem sie sich zunächst auf die Suche nach Marvash machten, um ihn zu töten, bevor er seiner Aufgabe und seiner Kräfte gewahr wurde, dann, indem sie versuchten, Sheireen zu schaffen. Zu diesem Zweck begingen sie schlimme Verbrechen, so dass sich die Regierung des Landes der Sonne einzuschreiten genötigt sah und die Sekte verbot. Aber das ist eine alte Geschichte, versucht sich Theana zu beruhigen, eine Geschichte, die in keinerlei Verbindung zur Gegenwart steht.

Die Ereignisse überschlagen sich ausgerechnet an dem Tag, für den sich Adhara eine besondere Freude für Amina ausgedacht hat. Sie hat Mira überreden können, die für Schwerter schwärmende Prinzessin ein wenig im Fechtkampf zu »trainieren«, und eben während dieser Übungsstunde wird der alte Haudegen von einem vergifteten Pfeil getroffen. Unwillkürlich greift Adhara zur Waffe und kann den Attentäter sogar töten, doch es ist zu spät. Wenige Stunden nach dem Anschlag erliegt Mira seinen Verletzungen.

Der Tod seines Meisters erschüttert Amhal bis ins Mark, doch San erklärt sich sofort bereit, den Jüngling nun ganz unter seine Fittiche zu nehmen. Aber weit Schlimmeres als dieser Mord kündigt sich an.

Das Dorf, in dem Amhal und Adhara so viele Leichen und Sterbende gefunden haben, bleibt nicht das einzige, in das der Tod Einzug hält. Bald breitet sich die Seuche, die bei den meisten Infizierten zum Tode führt, in der ganzen Aufgetauchten Welt aus und fordert überall Opfer. Allerdings sterben nur Menschen und Gnome, jedoch keine Nymphen. Das weckt den Verdacht, dass es die Nymphen seien, die hinter der Ausbreitung der Krankheit stecken. Ein Verdacht, der zusätzlich die Aufgetauchte Welt vergiftet. Die Regierung beschließt Quarantänemaßnahmen; Soldaten haben den Auftrag, auch mit Gewalt für deren Einhaltung zu sorgen; es kommt zu Pogromen; Gemeinschaften, die dem Druck der Angst nicht standhalten, zerfallen. Es scheint, als seien die Tage des langen, fünfzig Jahre währenden Friedens, der der Aufgetauchten Welt vergönnt war, nun gezählt.

Gemeinsam mit San bricht Ambal auf, um in den unter Quarantäne stehenden Gebieten Dienst zu tun. Adhara folgt ihnen, weil sie um Ambal fürchtet. Sie hat Vorbehalte gegen San und spürt, dass Ambals dunkle Seite unter dessen Einfluss immer stärker hervortritt und dass er ohne seinen Meister Mira jeden Halt verliert.

Der Ort, an dem die Soldaten stationiert sind, heißt Damilar, ein trostloses Dorf, das sich im Griff der Seuche windet. Und hier fällt Ambal mehr und mehr seinem Wahn anheim. Zum traurigen Höhepunkt kommt es, als er bei einem Patrouillengang auf eine Gruppe von Leuten stößt, die gerade eine Nymphe niedergemetzelt haben, um deren Blut zu trinken, in der Überzeugung, dass es immun gegen die Seuche mache. Ambal gerät in maßlose Wut und richtet, mit San an seiner Seite, ein entsetzliches Blutbad an.

Am Hof indes sieht die Lage nicht besser aus. Bei den Ermittlungen zum Mord an Mira scheinen alle Spuren zu San zu führen, und als wenn das noch nicht genug wäre, erreicht die Seuche sogar das Schlafgemach des Königs: Learco erkrankt und stirbt. Auf Neor kommt die undankbare Aufgabe zu, die Zügel der Macht in die Hand zu nehmen. Als erste Maßnahme verlegt er seinen gesamten Hof nach Neu-Enawar und befiehlt, San gefangen zu nehmen. Als Ambal miterlebt, wie Soldaten anrücken und seinen neuen Meister abführen, ist er zunächst völlig ratlos und weiß nicht mehr, was er noch denken soll. Noch aufgewühlt durch das von ihnen verübte Massaker und erschüttert durch die Verhaftung seines Ziehvaters, bricht er ebenfalls nach Neu-Enawar auf. Dort will er San befreien und versuchen, die Wahrheit aufzudecken: Hat San tatsächlich Mira umbringen lassen? Oder ist es nicht vielmehr so, wie San selbst ihm noch versichert hat, als man ihn in Ketten fortschleifte: Handelt es sich doch um eine Verschwörung von Neors Seite mit dem Ziel, einen unbequemen Mitanwärter auf den Thron aus dem Weg zu räumen?

Adhara ihrerseits beschließt ein weiteres Mal, mehr auf ihr Herz als auf den Verstand zu hören. Man wird Ambal töten, wenn er versucht, San zu befreien, dessen ist sie sich sicher. Und daher will die Feuerkämpferin lieber den Hof warnen und dafür sorgen, dass man Ambal gefangen nimmt, als seinen Tod mitzuerleben – auch wenn sie sich damit auf ewig seinen Hass zuzieht.

In Neu-Enawar kommt schließlich die erschütternde Wahrheit über Sans Absichten ans Tageslicht. Vor einem fassungslosen Neor gesteht dieser in seiner Gefängniszelle, Miras Tod geplant zu haben, um ein Hindernis bei der Erfüllung seiner Mission zu beseitigen. Denn es sei Miras Schüler, dem sein Interesse gelte, von Anfang an sei es ihm darum gegangen, diesen jungen Mann für sich zu gewinnen. Auch für Learcos Tod sei er verantwortlich, gesteht er. Dazu habe er nicht mehr tun müssen, als eine mit infiziertem Blut gemischte Flüssigkeit im königlichen Schlafgemach zu verschütten, um den Herrscher erkranken und sterben zu lassen, ein Geschenk an den mysteriösen Auftraggeber, der ihn zur Erfüllung seiner Mission in die Hauptstadt des Reiches ausgesandt habe.

In diesem Augenblick hören sie Lärm, und Ambal dringt in die Zelle ein. Adhara hat es nicht verhindern können. Denn am Hof konnte sie, bis auf Amina, niemanden erreichen, und nun ist alles zu spät. Zwar haben sich die beiden Mädchen sofort auf den Weg zu dem unterirdischen Verlies gemacht, wo Neor San verhört, müssen aber machtlos miterleben, wie Letzterer von Ambal befreit wird, der nun den an den Rollstuhl gefesselten König Neor als Geisel nimmt, um ihnen den Fluchtweg zu sichern.

Es ist ein aussichtsloses Unterfangen, und doch erreichen Ambal und San den Ausgang. Unterdessen versucht Neor mit allen Mitteln, Ambal zur Vernunft zu bringen: Er berichtet ihm von Sans Geständnis, bemüht sich verzweifelt, Ambals andere, friedliebende Seite anzusprechen, aber vergeblich. Ambal kann und will nicht glauben, dass San der Urheber all der Tragödien ist, die sich in den letzten Wochen zugetragen haben. Vor allem aber drängt es ihn, seinen eigenen Qualen ein Ende zu machen, dem ständigen Kampf gegen die unbändige Wut, die er tief in sich spürt. So schneidet er Neor die Kehle durch und flieht mit San.

Adhara ist entsetzt, denn sofort ist ihr klar: Was Ambal getan hat, ist unverzeihlich. Und doch glaubt sie weiter an ihn, ist überzeugt, dass sie ihn immer noch retten kann, weil im Grunde irgendwo ein guter Kern in ihm steckt.

So folgt sie den Fliehenden bis zu einem düsteren Ort, einem unterirdischen, halb zerstörten Bau. Doch Adhara meint, ihn wiederzuerkennen: die vom Feuer geschwärzten Mauern, die Überreste eines Laboratoriums. Und plötzlich sind sie da, die Erinnerungen. Jene Erinnerungen, die über viele Monate verschüttet waren, kommen ans Licht. Da ist vor allem die an einen Mann, der zu ihr sagt, dass er bald zurückkommen werde, und sie auffordert, auf ihn zu warten.

Doch all das ist in dem Moment wieder vergessen, als sie Ambal sieht. Er ist nicht wiederzuerkennen, scheint innerlich zerstört. Dennoch glaubt Adhara zu spüren, dass es noch Hoffnung geben könnte. Erneut versucht sie, ihn zur Umkehr zu bewegen, doch er ist nicht mehr erreichbar. Stattdessen mischt San sich ein. Es kommt zum Kampf, in dem Adhara zu unterliegen droht. Da taucht wie aus dem Nichts ein Fremder auf und rettet ihr das Leben. Ein kurzes Scharmützel, dann suchen Ambal und San das Weite und lassen Adhara allein mit dem unbekannten Mann zurück, der sie zu kennen scheint. »Chandra« nennt er sie …

Adrass heißt der Mann, der ihr jetzt die Wahrheit erzählt, eine Wahrheit, nach der Adhara monatelang gesucht hat und die sie nun am liebsten nicht gekannt hätte. Er zählt zur Sekte der Erweckten und hat über Jahre an der Erschaffung Sheireens gearbeitet. Dazu bedienten sich er und seine Glaubensgenossen der Leichen junger Frauen, die sie mit Hilfe bestimmter magischer Kräfte und priesterlicher Künste zu neuem Leben zu erwecken versuchten. Schandtaten, die sich über Jahre hinzogen und schließlich zu einem Ergebnis führen: zu ihr. Denn Adhara, oder besser Chandra, nach dem elfischen Wort für »sechs«, das sechste Experiment, an dem sich Adrass versuchte, wurde aus einer Leiche erschaffen. Und dem Glauben der Erweckten nach ist sie eine Sheireen. Adhara soll eine Geweihte sein, die nach unzähligen gescheiterten Versuchen ins Leben gerufen wurde, um Marvash entgegenzutreten.

Adhara weigert sich schlicht und einfach, dies alles zu glauben. Von heftiger Wut gepackt, schlägt sie blind auf Adrass ein und läuft dann davon, irrt umher, bis sie schließlich zu jener Wiese gelangt, wo alles begonnen hat. Und dort erinnert sie sich wieder: an das Laboratorium, in dem die Erweckten ihre Experimente durchführten und in dem sie sich gerade noch aufgehalten hat, an San, der dort eindrang und alle niedermetzelte, die ihm vor die Klinge kamen; an Adrass, der sie rettete und in einem Räumchen hinter einem Geheimgang versteckte.

»Hör zu, du wartest hier auf mich. Und sei ganz leise. Es ist nicht für lange. Ich werde dich holen kommen«, versprach er ihr und ließ sie dort zurück. Und sie tat, was er gesagt hatte, Minuten, Stunden, Tage. Doch er kam nicht zurück. Und so machte sie sich irgendwann allein auf den Weg, und während sie zwischen Leichen und Trümmern umherirrte, verlor sie nach und nach jede Erinnerung, auch das Bewusstsein von sich selbst, bis sie schließlich auf dieser Wiese zusammenbrach, dort, wo alles begonnen hatte.

Prolog

Das Blut auf der Rüstung war noch feucht. Wie einen angenehmen Duft nahm der Elf seinen süßlich, metallischen Geruch wahr. Den Blick auf die Truppen gerichtet, die sich im Tal zum Kampf formiert hatten, bebte er innerlich vor Freude auf das neuerliche, bevorstehende Gemetzel.

Dass sie sich wehren würden, war zu erwarten gewesen. Zäh waren sie ja, diese Geschöpfe, die nun die Aufgetauchte Welt bewohnten, und hingen eigensinnig am Leben. Von weitem schon schienen sie seine Lindwürmer erblickt zu haben und hatten sich zum Kampf gerüstet. Wahrscheinlich hatten sie geglaubt, wenn sie diesen ersten Angriff zurückschlügen, könnten sie den Brandherd löschen, noch bevor er sich ausgebreitet hatte. Diese Narren. Sie wussten nicht, dass er und seine Leute schon seit Jahren diesen Angriff vorbereitet hatten.

Kaum waren die ersten Feinde am Horizont aufgetaucht, erfüllte das Geschmetter von Signalhörnern das Tal. Auf dem Rücken seines Lindwurms zählte der Elf einige Drachen und vielleicht ein Dutzend Boote. Ein lächerliches Aufgebot angesichts seiner eigenen Truppen. Er drehte sich zu seinen Soldaten um und nahm das Schwert fest in die Hand. Noch einmal betrachtete er sie, reglos in der Luft stehend, während die Flügel seines Lindwurms vor Anstrengung leicht bebten.

In den Augen seiner Soldaten erblickte er eine kalte Entschlossenheit, eine bedingungslose Hingabe und Opferbereitschaft. Alle waren gewillt, für ihre Sache zu sterben.

»Auf diesen Tag haben wir hingefiebert«, rief er. »Aber wir alle wussten auch, dass er uns Blut kosten würde. Doch wir werden siegen. Dessen könnt ihr ebenso gewiss sein wie ich. Auf zu den Waffen!«

Donnerndes Kampfgeschrei erhob sich. Die Bogenschützen legten die Pfeile an die Sehnen und warteten auf sein Angriffssignal. Da senkte sich sein Schwert, und ein todbringender Pfeilregen ging auf die Feinde nieder. Sie waren zu wenige, und eben darauf hatte er gesetzt. Aber das verhinderte nicht, dass auch Männer aus den eigenen Linien unter der Gegenwehr der Feinde starben. Dann waren die Lanzenträger an der Reihe: Mit wildem Kampfgeschrei prallten die Truppen zusammen und stachen aufeinander ein. Die grobschlächtigen, plumpen Körper der Besatzer stemmten sich gegen die schlanken Leiber seiner Soldaten. Auch auf dem Fluss hatte der Kampf begonnen. Klar zum Entern, lautete der Befehl, und das Scheppern der sich kreuzenden Klingen vermengte sich mit dem Gurgeln des aufgewühlten Wassers, in dem nun mehr und mehr Körper versanken. Das waren die süßen Klänge der Schlacht.

Nun stürzte sich der Elf selbst ins Getümmel und brüllte dabei seinen ganzen Hass hinaus. Ein Drachenritter wollte ihn stellen, ließ sein Tier Feuer speien, doch der Elf war nicht zu beeindrucken und schlug sofort zurück. Mit der ganzen Wucht seines Lindwurms warf er sich auf den Feind. Da ein Hieb, mit aller Kraft. Die Klinge des Feindes hatte seinen Arm gestreift, und er spürte, wie sein Fleisch brannte. Doch er kümmerte sich nicht darum. Tief versenkte er sein Schwert in der Brust des Drachenritters und ließ genüsslich dessen warmes Blut über seine Hand rinnen.

Und schon stürzte er sich auf den nächsten Feind, der einen sei-

ner Männer bedrängte, konzentrierte sich ganz auf den Drachen und hieb ihm mit einem einzigen Schlag den Kopf ab. Mit einem langgezogenen Schrei stürzte der Ritter in den Fluss und wurde dabei vom Leib seines eigenen Tieres zerquetscht.

Im Wasser trieben mittlerweile überall Leichen. Das war gut so, denn dieses Land musste mit Blut gereinigt werden, bevor sein Volk es wieder als das seine betrachten konnte. Das war seine Bestimmung. Der Weg zum Ruhm führte über Blutbäder und Tod, und er hatte Befehl gegeben, keine Gefangenen zu machen. Das Wasser würde die Spuren dieses Grauens beseitigen. Von den Fluten verschlungen, würden die Besatzer der Aufgetauchten Welt für immer aus dem Leben der Elfen verschwinden.

Nach der Schlacht schickte er einige Soldaten aus, um zu erkunden, ob noch mehr Feinde irgendwo verborgen waren.

Der Elf saß auf seinem Lindwurm, der bis zur Schulter im Wasser stand, die Tatzen im schlammigen Grund des Flusses, und wartete auf sie.

»Der Weg ist frei«, meldete ihm ein Soldat, als der Spähtrupp zurück war.

Da legte er langsam den Brustpanzer ab, reichte ihn einem seiner Adjutanten und sprang mit einem mächtigen Satz ins Wasser. Sofort erhob sich aufgeregtes Stimmengewirr aus dem Kreis der Soldaten.

»Aber, Majestät!«, rief ein Adjutant und wollte ihm zu Hilfe eilen.

Doch der Elf hielt ihn mit einer Handbewegung zurück. »Es ist schon gut.« Damit schwamm er los, auf das nahe Ufer zu. An dieser Stelle war die Strömung nicht stark, und zudem verfügte er über starke Oberarme.

Mein ganzes Leben habe ich auf diesen Moment hingearbeitet, *dachte er.*

Dort, wo Himmel und Erde sich berührten, lag das Land wie eine grünbraune Fata Morgana vor ihm. Er tauchte den Kopf unter Wasser und stellte sich vor, wie die Soldaten, die ihn beobachteten, im Chor entsetzt aufstöhnten. Schließlich berührten seine Füße den schlammigen Grund des Flusses, und langsam stieg er wieder auf.

Nach und nach wurde das Wasser flacher, sank unter seinen Hals, umspielte dann seine Hüften und schließlich nur noch seine Knie. Er hörte, wie die Wellen gegen das Holz ihrer Boote schwappten, lauschte der Stille, als seine Männer gespannt den Atem anhielten.

Jetzt war das Ufer nur noch wenige Schritte entfernt. Jenes Ufer, das er erträumt, herbeigesehnt, sich immer wieder, unzählige Male, vorgestellt hatte. Und ihm war, als sei er bereits einmal dort gewesen, denn er kannte es genau durch die Schriften seiner Vorfahren, Vorfahren, die dieses Land in alle Richtungen durchzogen, die es besessen und geliebt hatten. Doch jetzt kam es ihm noch schöner vor, als er es sich ausgemalt hatte. Ein gelobtes Land, in dem das Laub der Bäume grüner, das Gras saftiger, die Luft wohlriechender war als irgendwo sonst.

Tief atmete er sie ein. Die Luft der Heimat. Die Luft der Freiheit.

Im Schilf, das das Ufer säumte, blieb er stehen. Nur noch ein Schritt, und es würde kein Zurück mehr geben.

Er dachte an die Angehörigen seines Volkes, die Jahrhunderte zuvor über diesen Fluss in entgegengesetzte Richtung geflüchtet waren. Dachte an seinen Vater, der sich sein ganzes Leben beim Riff von Orva verkrochen hatte, sich mit seinem winzigen Reich hoch über dem Meer zufriedengegeben hatte. Und er dachte an alle, die ihn, den Sohn, verlacht und ihm Steine in den Weg gelegt hatten, an alle, die sich geweigert oder es nicht vermocht hatten, seinen grandiosen Traum zu teilen. Überwältigt lächelte er. Doch als er den Blick zum wolkenlos blauen Himmel hob, lief ihm eine Träne der Trauer *über die Wange. Am Ufer fiel er auf die Knie und vergrub die Hände in der fetten, dunklen Erde, die sich so vielversprechend anfühlte. Dies war der Wendepunkt. Von nun an würde die Geschichte einen anderen Verlauf nehmen. Jemand half ihm auf. Die Gesichter von den Mühen gezeichnet, die Rüstungen blutbesudelt, blickten ihn seine Soldaten hoffnungsvoll an.*

Kryss schritt die Reihe ab und gab jedem die Hand.

»Danke«, sagte er. »Danke für alles, was ihr auf euch genommen habt, für all die Schmerzen und Strapazen, die ihr ertragen habt.«

Dann drehte er sich noch einmal zu den Booten um, mit denen sie gekommen waren, die Elfen, sein Volk, das er so weit in die Fremde geführt hatte, fern ihrer Heimat, auf den Spuren eines Traumes, der ihm selbst manches Mal zu gewaltig vorkam, als dass er hätte Wirklichkeit werden können.

»Euer König ist mit euch!«, rief er mit donnernder Stimme. »Die Zeit des Exils ist vorüber, die Tage der Besatzer sind gezählt. Sie siechen dahin in ihren Dörfern und Städten, werden hingerafft von der Seuche, die wir ihnen gebracht haben. Nun kann uns niemand mehr aufhalten. Wir werden sie ungeschehen machen, all die Jahrhunderte, die wir fern unserer wahren Heimat verbringen mussten, werden mit ihrem Blut das Salz unserer Tränen hinwegwaschen, und Erak Maar wird wieder unser sein. Wir blicken in die Morgenröte einer neuen Zeit.«

Damit reckte er die Faust in die Höhe und presste die Erde fest zusammen, die er noch darin hielt, die Erde, die bald wieder ganz die ihre sein würde. Und wie aus einem Mund ließ sein Volk ein ohrenbetäubendes Jubelgeschrei erschallen.

Erak Maar, *die Aufgetauchte Welt.*

Wie in Ekstase schloss Kryss die Augen. Aber nur kurz. Dann öffnete er sie wieder und spähte über das vor ihm liegende Land wie ein Jäger nach seiner Beute.

Erster Teil

FLUCHT

1

Verräterin

Adhara zückte den Dolch. Im ersten Moment hatte sie gar nichts gehört. Das Geräusch hatte sich mit dem Rauschen des Windes vermengt, und sie war zu erschöpft gewesen, um die Schritte zu bemerken, die ihr wohl schon eine Weile folgten.

Sie fuhr herum und starrte anstrengt ins Halbdunkel, dorthin, wo anscheinend ein Schatten vorbeigehuscht war. Zu diesem ersten Schatten gesellte sich ein zweiter und dann wieder einer und noch ein vierter, und trotz der Dunkelheit erkannte sie schließlich, mit wem sie es zu tun hatte. Mit Soldaten. Sie trugen die gleichen Abzeichen wie Amhal, als er noch bei der Stadtwache in Makrat gedient hatte.

Amhal!

Einen Augenblick lang glaubte sie tatsächlich, dass er dabei sein könnte. Gegen jede Vernunft, gegen jede Wahrheit machte sie sich vor, all das, was in den entsetzlichen vergangenen Tagen geschehen war, sei nichts weiter als ein böser Traum gewesen. Doch das Trugbild platzte.

»Keine Angst. Wir wollen dir nichts tun«, sprach einer der Männer sie an, während er aus der Deckung hervortrat. »Die Hohepriesterin hat uns ausgesandt.«

Adhara antwortete nicht, sondern suchte angestrengt nach einem Fluchtweg.

»Theana möchte sich mit dir unterhalten«, fügte ein anderer hinzu.

Theana. Die Erinnerung an diese gefühlskalte Frau entfachte in Adhara einen unbändigen Zorn. Auch sie hatte im Drama ihres Lebens mitgespielt, auch sie gehörte zu denen, die ihr die wahren Hintergründe verschwiegen und sie nur für die eigenen Zwecke benutzt hatten.

»Ich habe ihr nichts zu sagen«, erklärte das Mädchen und wich zurück.

»Nun, das ist keine Einladung, sondern eine Vorladung durch die Hohepriesterin.«

Adhara verstand. Die Zeit, in der sie selbst hatte entscheiden können, ob sie kämpfen wollte oder nicht, in der ihr Schwur galt, nie wieder zu töten, war vorüber. Aus der geschützten Welt, in der sie die letzten drei Monate verbracht hatte, war sie schon vorher in die raue Wirklichkeit hinausgeschleudert worden, an einen verlassenen Ort voller Not und Leid, an dem nur die Flucht das Überleben sicherte, nur die stählerne Klinge ein wenig Schutz bot. Es schien Jahre her zu sein, dass sie Miras Mörder getötet hatte.

Bedrohlich ließ sie die Klinge ihres Dolches aufblitzen, und die vier Männer erstarrten.

»Aber auch von der Hohepriesterin hast du nichts zu befürchten. Zwing uns nicht, Gewalt anzuwenden«, sagte einer der Soldaten.

Adhara federte in den Knien, spreizte leicht die Arme und stellte sich zum Angriff auf. »Verschwindet einfach. Dann ist auch niemand gezwungen, irgendetwas zu tun, was er gar nicht möchte«, zischte sie.

Die erste Schwertklinge glitt aus der Scheide, und drei weitere folgten.

»Zum letzten Mal …«, versuchte es der Soldat noch einmal.

Adhara ließ ihn nicht zu Ende sprechen. Flink und treffsicher schnellte sie vor. Ein Stoß, dem der andere mit knapper Not ausweichen konnte. Sofort duckte sie sich, um dem Hieb, der folgte, zu entgehen, drehte sich geschwind um die eigene Achse und traf die Sehnen am Knie des Soldaten. Ein Aufschrei, und der Mann sank zu Boden. Adhara schnappte sich sein Schwert und griff sofort wieder an.

Der einzige Kampf mit der Klinge, an den sich Adhara erinnerte, war das Gefecht mit Miras Mörder. Darüber hinaus hätte sie nicht sagen können, wann sie jemals so gekämpft hatte. Aber sie beherrschte es. Es war, als agiere ihr Körper ohne ihr Zutun, als seien ihr von den Erweckten alle notwendigen Reflexe und Bewegungen eingepflanzt worden. Man hatte sie zu einer lebenden Waffe geschmiedet, zur Feuerkämpferin, und der Kampf war ihr Element.

Schon klaffte eine breite Wunde auf der Brust des nächsten Widersachers, der, die Hände auf das offene Fleisch gepresst, zu Boden ging.

Und wieder fuhr Adhara herum. Mit beiden Waffen, Dolch und Schwert, griff sie an, pausenlos, unermüdlich, setzte wütend immer wieder nach, bis sie auch die

Waffe des dritten Soldaten durch die Luft fliegen sah. Da bewegte sich etwas in ihrem Rücken. Ein Bein zu einem Tritt ausgestreckt, schnellte sie herum und traf den Mann mit voller Wucht am Kiefer. Sie blickte sich um. Zwei Soldaten wanden sich stöhnend am Boden, ein dritter lag bewusstlos auf dem Rücken daneben, und der vierte war entwaffnet. Dem setzte sie jetzt die Schwertspitze an die Kehle.

»Richte der Hohepriesterin aus, dass ich nichts mit ihr zu tun haben will. Sie soll aufhören, mir nachzustellen, es ist aussichtslos, sie kriegt mich nicht«, sagte sie.

Der Mann blickte sie an, atmete schwer, schien aber nicht besorgt. Sogar ein Lächeln huschte über sein Gesicht. Da traf sie ein wuchtiger Schlag in den Nacken, und ein heftiger Schmerz durchfuhr Adhara vom Kopf bis zu den Füßen.

Fünf. Es waren fünf, dachte sie noch wütend.

Dann wurde alles dunkel um sie herum.

Rumpelnde Räder weckten sie auf. Unregelmäßige Stöße unterbrachen das anhaltende Geräusch. Langsam schlug Adhara die Augen auf und spürte sofort, wie eine heftige Übelkeit sie überkam. Sie hatte noch nicht einmal mehr Zeit, sich darüber klarzuwerden, wo sie sich befand, da erbrach sie schon alles, was sie im Magen hatte, auf einen mit Stroh ausgelegten Bretterboden.

Ihr Kopf war schwer und schien fast zu platzen. Als sie ihn zu massieren versuchte, musste sie augenblicklich die Hand zurückziehen, so sehr schmerzte die Stelle im Nacken, wo der Soldat sie getroffen hatte.

Sie blickte sich um und sah, dass sie in einem schmalen

Gefährt aus ungehobeltem Holz lag. Aber immerhin hatte man ihr aus Stroh ein weiches Lager bereitet und eine Schüssel danebengestellt. Adhara reckte sich vor, um zu sehen, was darin war. Wasser. Gierig stürzte sie sich darauf, und als es ihr kühl die Kehle hinunterlief, ging es ihr sofort ein wenig besser. Es war wie eine Arznei.

Wie ihr nun erst auffiel, konnte sie ihre Hände und auch die Füße frei bewegen. Man hatte es also nicht für nötig gehalten, sie zu fesseln. Als sie sich aufrichtete, die Hände ans Holz der Wagentür legte und daran rüttelte, spürte sie sofort den Widerstand eines Riegels auf der anderen Seite. Der Fluchtweg war verschlossen.

Sie hockte sich in eine Ecke und zwang sich nachzudenken.

Man hatte sie gefangen genommen. Aber weshalb?

Wieder durchzuckte ein heftiger Schmerz ihren Kopf, und dabei wurde sie mit Bestürzung gewahr, dass ihr dieser Kopf, so fassbar der Schmerz auch sein mochte, eigentlich nicht gehörte.

Was Adrass ihr erzählt hatte, stimmte. Sie war nicht geboren, sondern geschaffen worden. Diese Hände, ihre Hände, hatten einmal einer anderen gehört. *Vorher*. Und dieser Körper hatte bereits einmal ein irdisches Leben durchlaufen, hatte geliebt und gelitten, Freude und Leid empfunden, Gefühle, an die sie sich nicht erinnern konnte. Dann war er gestorben, und die Erweckten hatten sich an diesem Körper zu schaffen gemacht, um ihn zu neuem Leben zu erwecken, mit dem einzigen Ziel, ihn als Waffe zu missbrauchen.

Das Einzige, was in den zurückliegenden Monaten echt gewesen war, waren ihre Gefühle für Amhal. Die

Liebe, die sie zu ihm empfand, durchströmte sie mit ungebrochener Kraft und bewirkte, dass auch sie sich lebendig fühlte. Daher war es ganz natürlich für sie, auch jetzt noch, nach allem, was er getan hatte, nach ihm zu suchen. In gewisser Weise hatte auch er ihr ein Leben geschenkt, hatte ihr einen Namen und eine Identität gegeben, hatte sie zu der jungen Frau werden lassen, als die sie sich fühlte. Und so war es ihre Pflicht, Amhal zu retten.

Nachdem sie Adrass entkommen war, hatte sie sich auf den Weg zu einem kleinen Dorf gemacht, das sie in der Nähe von Neu-Enawar kannte. Sie brauchte Proviant, vor allem aber Auskünfte, hatte sie doch keine Ahnung, wohin San mit Amhal unterwegs sein mochte. Ohne irgendwelche Hinweise tappte sie völlig im Dunkeln.

In dem Wirtshaus, in dem sie ihre letzten Münzen ausgab, hockten nur ein paar vereinzelte Gäste, die von einer Magd bedient wurden. Nachdem sie dort ihr karges Mahl verzehrt hatte, sprach sie die Frau an und fragte sie freiheraus, ob sie vielleicht davon gehört habe, dass am Himmel über dem Dorf ein seltsames Tier, ein Lindwurm, gesichtet worden sei. »Vor ungefähr zwei Tagen müsste das gewesen sein.«

»Den … den hab ich gesehen«, lallte da ein Betrunkener mit belegter Stimme und einem Glas in Händen an einem Tisch in einer Ecke.

»Ja, natürlich hast du den gesehen. So wie das Einhorn vor zwei Monaten und dieses Fabelwesen, halb Frau, halb Pferd, vor ein paar Wochen«, lachte die Magd ihn aus. »Hör nicht auf ihn, der säuft wie ein Loch.«

»Aber wenn ich's dir doch sage ... Ich hab ihn gesehen ...«, ließ sich der Betrunkene nicht beirren und erhob sich auf wackligen Beinen. »Das Untier hat einen entsetzlichen Schrei ausgestoßen, ganz furchtbar schrill, dass mir das Blut in den Adern gefror. Einen Moment hab ich sogar überlegt, mit dem Saufen aufzuhören, so erschrocken war ich. Aber dann hab ich noch eine Halbe nachgegossen, und die hat die Angst vertrieben«, schloss er mit gröhlendem Lachen.

Adhara wusste sofort, dass der Mann die Wahrheit sagte. Auch sie hatte den Lindwurm brüllen gehört und wusste, wie grauenhaft dieser Ruf klingen konnte. »Hast du gesehen, wohin er geflogen ist?«

»Nach Westen«, antwortete der Säufer, »und wie der Blitz, als sei der Teufel hinter ihm her.« In Richtung des Landes des Windes also. »Wo jetzt wieder Krieg herrschen soll«, fügte der Mann noch hinzu.

Das war ihr egal. Überallhin wäre sie gezogen, hätte jeder Gefahr getrotzt, nur um Amhal zur Umkehr zu bewegen.

So hatte sie sich nach Westen gewandt und war vorsichtshalber nur durch Wälder gezogen. Dennoch war man ihr auf die Spur gekommen, und nun endete ihre Reise bereits in diesem engen Holzkabuff.

Sie nahm den Kopf zwischen die Hände.

Ich möchte weg hier, dachte sie. Aber sie hatte keinen Ort, an den sie hätte zurückkehren können.

In diesem Moment kam das Gefährt zum Stehen. Adhara hörte, wie ein Schloss aufsprang und ein Riegel zurückgeschoben wurde. Langsam öffnete sich die Tür, und das grelle Tageslicht erhellte den Innenraum. Ohne lange nachzudenken, handelte sie, überließ sich ihrem Instinkt und ihrem Verlangen nach Freiheit. Mit einem Satz warf sie sich auf den Mann, der die Tür aufgesperrt hatte, brachte ihn zu Fall, rappelte sich auf und rannte los. Doch sie kam nicht weit, einige Schritte nur, dann packte jemand sie am Knöchel. Sie stürzte und schlug hart mit dem Gesicht auf dem Boden auf. Einige Augenblicke lang war um sie herum nichts als ein dumpfer Schmerz.

»Leicht aufgeben tust du ja nicht, Mädchen, das muss man dir lassen.«

Die Stimme kam von einem Soldaten, dessen Gesicht nur einen Hauch von dem ihren entfernt war.

»Aber wo willst du bloß hin? Da draußen findest du nur Tod und Verderben! Und wir bringen dich zu dem einzigen Menschen, der uns aus dieser Katastrophe retten kann. Andere würden töten, um solch eine Gelegenheit zu erhalten.«

Adhara fletschte die Zähne. »Die Seuche kann mir nichts. Ich bin immun«, zischte sie und spuckte aus.

Der Mann blickte sie zornerfüllt an, zog sie hoch und band ihr dann mit einem dicken Seil die Handgelenke zusammen. »Du hast es nicht anders gewollt«, knurrte er, als er sie wieder in den Karren verfrachtet und ihr auch noch die Füße gefesselt hatte. »Es ist nicht mehr weit, jetzt verhalte dich ruhig und mach uns keine Scherereien mehr.«

Damit warf er die Tür zu und schob den Riegel vor. Adhara war wieder mit sich allein.

In Neu-Enawar angekommen, ließen zwei Soldaten

sie aussteigen, nahmen ihr die Fesseln an den Füßen ab und führten sie in ihrer Mitte durch die gepflasterten Alleen der Stadt.

Der Herbst hatte die Baumkronen in leuchtende, gelb-rote Farben getaucht, und in der Luft lag der durchdringende Geruch von verrottendem Laub. Das Einzige, was nicht zu diesem Naturschauspiel passen wollte, war die unwirkliche Stille, in die die Stadt gehüllt war. Eine Woche war erst vergangen, seit Adhara sich zuletzt in Neu-Enawar aufgehalten hatte, und doch war nun alles anders. Die Straßen waren fast menschenleer, und wer dennoch in den Gassen unterwegs war, presste sich ein mit Kräuterdüften getränktes Tuch auf Mund und Nase. Hin und wieder begegneten sie bizarren Gestalten in weiten Magiergewändern, die Masken mit spitzen Schnäbeln trugen. An allen größeren Kreuzungen und vor öffentlichen Gebäuden waren Soldaten oder bewaffnete Wachen postiert, und in den verborgensten Gassen erblickten sie hier und da Überlebende, die eine Infektion mit der Seuche überstanden hatten, einige fast unversehrt, andere mit völlig entstellten Gesichtern.

Adhara war beherrscht von dem Gefühl, nicht dazuzugehören. Sie bewegte sich inmitten *der anderen,* von denen sie etwas Grundlegendes unterschied: Diese verschreckten Geschöpfe, die ängstlich zurückwichen, wenn sie vorüberkam, waren Lebende, waren aus einem Mutterschoß geboren worden, blickten auf eine Kindheit zurück, an die sie sich erinnern konnten, und wussten, wo ein Grab am Ende ihres Weges auf sie wartete. Doch sie selbst war nichts als totes Fleisch. Sie hatte weder Vater noch Mutter und noch nicht einmal Erinnerungen, die ihr verraten hätten, wer sie war und woher sie stammte. Selbst aus dem Nichts geboren, fiel es ihr schwer, den Leuten ins Gesicht zu schauen, zeigten ihr deren Blicke doch ganz deutlich, wie wenig sie zu ihrer Welt gehörte.

So starrte sie auf das Muster der Pflastersteine, das sich unter ihren Füßen entlangzog, und konzentrierte sich auf das rhythmische Geräusch ihrer Schritte auf dem Weg. Dabei dachte sie mit Herzklopfen an Amhal. Während sie hier in Neu-Enawar wertvolle Zeit verlor, entfernte er sich immer weiter Richtung Westen, hin zu dieser neuen Kriegsfront, von der man im Wirtshaus gesprochen hatte.

Vor einem imposanten Gebäude blieben sie stehen. Mehr als die Höhe war es die Breite, die beeindruckte, und auch die Fassade, die mit Platten aus abwechselnd schneeweißem Marmor und schwarzem Kristall verkleidet war, die sich zu einem Muster fügten, das die klobige Form des Gebäudes noch stärker betonte. Adhara zitterte. Es war der Ratspalast, wo nun der Hof residierte, oder genauer das, was noch von ihm übrig geblieben war.

Ihre Bewacher schienen zu spüren, wie sich ihre Muskeln versteiften, denn sie verstärkten den Griff um Adharas Oberarme.

»Los!«, forderte einer sie auf.

Widerstrebend, ohne den Blick zu heben, trat Adhara ein. In den Fluren, die sie nun durchquerten, drängten sich die Soldaten. Manch einer blickte sie an, möglicherweise, weil er sie wiedererkannte. Was die jetzt wohl denken mochten? Vielleicht, dass man sie wegen

Verrats verhaftet hatte und aburteilen würde. Mit Sicherheit war ihnen bekannt, weshalb sie den Hof verlassen hatte, und für sie musste es so aussehen, als würde sie mit dem Mörder des Königs unter einer Decke stecken.

Eine lange Treppe führte sie ins Untergeschoss, wo es nach Moder und Tod roch, dort blieben sie vor einer verschlossenen Holztür stehen. Davor saß eine junge Frau, die sich offensichtlich um die Kranken draußen auf der Straße kümmerte, denn solch eine seltsame Maske hing ihr über der Brust. Adhara erkannte sie: Es war Dalia, Theanas Leibdienerin. Sie erinnerte sich an ihr Jungmädchengesicht, ihr offenes Lächeln. Doch heute lächelte sie nicht, und sie war auffallend blass.

»Ist unsere Herrin anwesend?«, fragte einer der Soldaten sie, nachdem er sich zum Gruß leicht verneigt hatte.

Dalia nickte und warf dann einen Blick auf Adharas Handgelenke. »Wozu die Fesseln?«

»Sie wollte fliehen. Anders konnten wir sie nicht bändigen.«

»Der Befehl der Hohepriesterin war eindeutig …«

»Aber sie hat auch klargemacht, dass wir ihr das Mädchen unbedingt bringen sollten, um jeden Preis.«

Dalia bedachte den Soldaten mit einem vielsagenden Blick. »Nun gut, aber jetzt ist sie in meiner Obhut. Ihr könnt gehen.«

Die beiden Männer verabschiedeten sich, während Dalia Adhara unterfasste.

»Tut mir leid, wenn sie grob zu dir waren. Das war gewiss nicht im Sinn der Hohepriesterin.«

Adhara versteifte sich, ließ sich aber über die Schwelle führen und betrat einen engen, nur schwach beleuchteten Raum. An den Wänden reihten sich Regale voller Bücher, Fläschchen und anderer Glasgefäße. Vor der hinteren Wand stand ein Tisch, auf dem sich Pergamentrollen und Folianten stapelten, und darüber gebeugt saß Theana, die Adhara seit ihrem letzten Treffen merklich gealtert schien. Ihr weißes Haar war zerzaust und ihre Stirn von tiefen Falten durchzogen. Sie war derart von ihrer Arbeit eingenommen, dass sie nicht aufblickte.

Die Leibdienerin verneigte sich. »Verzeiht, Herrin, aber das Mädchen ist eingetroffen.«

Reglos, die noch gefesselten Hände vor der Brust zu Fäusten geballt, stand Adhara da.

Jetzt erst hob Theana den Blick und legte den Gänsekiel, mit dem sie geschrieben hatte, nieder. Langsam, so als bedeute es eine ungeheure Anstrengung für sie, stand sie auf. »Willkommen«, sagte sie.

Adhara antwortete nicht.

»Lass uns allein, Dalia«, fügte die Hohepriesterin noch hinzu, und nach einer weiteren Verneigung verschwand das Mädchen durch die Tür.

Theana trat näher, um die Fesseln zu lösen, und Adhara schrak zusammen, als die Finger der Frau sie berührten.

»Lasst mich gehen«, murmelte sie.

»Du bist nicht meine Gefangene«, antwortete Theana, wobei sie Adhara fest in die Augen sah.

»Ach nein? Aber Eure Wachen haben mich ergriffen und auf einem Karren eingesperrt hierhergebracht. Also, was habt Ihr mit mir vor?«

Theana antwortete nicht. Ihr Blick flackerte, während sie Adhara weiter aufmerksam musterte.

»Die Lage ist außer Kontrolle geraten«, erklärte sie dann. »Die jüngsten Ereignisse haben uns an den Rand des Untergangs geführt.«

Mit einem Mal hatte Adhara wieder das Bild vor Augen, wie Amhal König Neor tötete, und mit aller Anstrengung verscheuchte sie die Erinnerung.

»Während dein Freund unseren König so kaltblütig ermordete, haben uns am Saar die Elfen angegriffen.«

Wie die Wucht einer Ohrfeige traf Adhara diese Neuigkeit. Die Elfen?

Trotz allem musste Theana lächeln, als sie Adharas verwunderte Miene sah. »Ja, wir haben Krieg. Die Elfen waren es, die die Seuche verbreiteten, um uns auf diese Weise zu schwächen, bevor sie zum Angriff übergingen. Es ist ein Eroberungsfeldzug. Mit Sicherheit trachten sie danach, die Aufgetauchte Welt wieder in ihren Besitz zu bringen.«

Adhara versuchte, das Zittern zu beherrschen, das ihre Hände befallen hatte. »Nun, trotzdem verstehe ich nicht, was ich damit zu tun haben soll.«

»Das will ich dir erklären. Lange habe ich mich geweigert, der Wahrheit ins Auge zu sehen, ich war verblendet und habe die Warnzeichen unterschätzt. Doch nun bin auch ich überzeugt, dass Marvash wieder unter uns ist. Vor allem aber: Du bist Sheireen, die Geweihte, die dazu auserwählt ist, über ihn zu triumphieren. Von der dramatischen Lage habe ich mich selbst überzeugen können, ich habe meine Stellung verlassen und mich ins Land des Wassers begeben.«

Wieder diese Geschichte, diese Worte, die ihr bereits Adrass weismachen wollte.

»Ich weiß nichts von einem Marvash, und vor allem bin ich keine Geweihte. Das sind doch nur hirnlose Ammenmärchen«, rief Adhara, wobei sie hochfuhr und die Fäuste so fest ballte, dass die Fingerknöchel weiß wurden.

»Aber als unsere Truppen Amhals Spuren folgten, gelangten sie zu einem geheimen, nun zerstörten Bau. Dort hausten einmal die Erweckten. Es ist ein Ort, den du sehr gut kennst ...«, fuhr Theana fort.

Adhara lief ein langer Schauer über den Rücken.

»Du siehst, ich bin über alles im Bilde«, sprach die Zauberin leiser weiter. »Adhara, ich muss sicher wissen, ob du eine Sheireen bist. Es gibt schmerzlose Wege, dies festzustellen.«

»Genug jetzt!«, brauste Adhara auf. »Was wollt ihr nur alle von mir? Nein, ich lasse mir kein Schicksal anhängen, das gar nichts mit mir zu tun hat. Ich gehe meinen eigenen Weg!«

»Und der wäre?«, fiel ihr Theana ins Wort. »Alles, was dein Leben einmal ausgemacht hat, hat sich aufgelöst. Learco ist tot, Dubhe an der Front, und Amina hat seit Tagen ihr Zimmer nicht mehr verlassen. Den Hof, wie er einmal war, gibt es nicht mehr, und zerstört hat ihn jener Mann, dem du dein ganzes Vertrauen geschenkt hast.«

»Ich allein kenne Amhals wahren Kern«, murmelte Adhara.

»Ach was! Amhal und San sind das Krebsgeschwür, an dem das Land der Sonne zugrunde geht. Das haben wir leider zu spät begriffen. Doch noch ist nicht alle Hoffnung verloren. Wir können ihnen etwas entgegensetzen ...«

»Aber ohne mich ...«

»So versteh doch ...«

»Da gibt es nichts zu verstehen.«

Reglos, wie durch einen Abgrund getrennt, standen sie einander an dem mit Büchern übervollen Schreibtisch gegenüber.

»Ich lasse dich nicht gehen«, erklärte Theana schließlich.

Adhara deutete ein Lächeln an. »Endlich zeigt Ihr Euer wahres Gesicht. Auch Ihr wollt mich nur benutzen, nicht anders, als es die Erweckten getan haben.«

An empfindlichster Stelle getroffen, biss Theana die Zähne zusammen.

»Haltet Ihr es denn für richtig, was sie mir angetan haben? War es richtig, mich aus einer Leiche zu erschaffen? Mich zu quälen und zu einer Art Waffe zu schmieden, die dem Tod und dem Martyrium geweiht ist?« Adhara hatte sich der alten Frau bedrohlich genähert, und deren Gesicht war kaum mehr eine Handbreit von dem ihren entfernt.

»Wenn dies alles uns retten kann ..., vielleicht ja«, antwortete die Hohepriesterin, ohne eine Miene zu verziehen.

Da fuhr Adhara sie an: »Verräterin!«

Theana griff zu einem Glöckchen, und einen Augenblick später standen zwei Wachen auf der Schwelle. »Ergreift sie!«

Adhara wollte sich auf Theana stürzen, doch die

Männer warfen sie zu Boden und drehten ihr einen Arm auf den Rücken. Die Brust gegen den Fußboden gepresst, konnte sie sich nicht mehr rühren, und ihr Atem stockte.

»Schafft sie in den Kerker«, befahl Theana. Die Wachen wechselten einen ungläubigen Blick. »Ihr habt gehört, was ich gesagt habe. Also los!«

Da nahmen die Männer sie in die Mitte. Adhara schrie und wehrte sich, konnte aber nicht verhindern, dass man sie durch den Flur fortschleifte.

»Ihr seid auch nicht besser als die! Ihr seid wie die Erweckten! Ihr seid eine Verräterin!«, hallte es von den Wänden wider, und ihre Stimme vervielfachte sich in den verzweigten Gängen.

Theana musste sich die Ohren zuhalten, weil sie es nicht ertragen konnte.

2

Auf dem Weg zum Bösen

Nur durch die gekreuzten Waffen getrennt, standen sie einander gegenüber. Der Stahl eines langen Beidhänders schlug gegen das schwarze Kristall eines Schwertes, das zur Legende geworden war: Nihals Schwert. Um sie herum rauschte nur der ununterbrochene, sanfte Herbstregen.

Dann machte San dem lauernden Warten ein Ende. Eine schnelle Attacke, von oben ausgeführt, die Amhal noch rechtzeitig parierte, um sogleich Sans Deckung zu durchstoßen und auf dessen Herz zu zielen. Doch seine Klingenspitze brach sich derart heftig an einer silbernen Barriere, dass die Funken stoben. Diesen Moment der Verwirrung nutzte San, riss dem anderen die Waffe aus der Hand und warf ihn zu Boden. Verdutzt blickte Amhal auf, direkt auf den Stahl seines eigenen Beidhänders, der auf seine Kehle gerichtet war. Wieder kehrte Stille ein.

»Wie oft muss ich es dir noch sagen? Wenn du eine magische Barriere erkennst, darfst du nicht so sorglos sein.«

Der junge Krieger blickte den anderen grollend an.

»Was hast du? Ich habe dich doch wohl fair besiegt, oder etwa nicht?«, bemerkte San gleichmütig.

»Ja, gewiss, du hast Recht«, seufzte Amhal, »aber es ärgert mich eben, wenn ich unterliege.«

»Das muss auch so sein. Aber je härter du trainierst, desto besser stehen deine Chancen, solchen Ärger in Zukunft zu vermeiden.«

Er reichte Amhal die Hand, um ihm aufzuhelfen.

Erst eine Woche war vergangen, seit sich alles so radikal verändert hatte. Wenn er sich darauf besann, konnte Amhal noch immer Neors schlaffen Körper in seinen Händen spüren, sein Blut riechen.

Unwirsch schüttelte er den Kopf. Er durfte einfach nicht daran denken, sonst wurde ihm wieder schlecht. So wie an jenem ersten Tag nach der Tat.

Da hatte er sich die Seele aus dem Leib gewürgt. Und doch war es ein wunderbares Gefühl gewesen, den Stahl durch die Kehle des Königs zu ziehen. Wie eine echte Befreiung. Endlich war die Entscheidung gefallen, durch diese Tat, die ihm jegliche Rückkehr in die Normalität unmöglich machte. Endlich hatte er seiner Mordlust freien Lauf gelassen und war sich in diesem Moment auch völlig sicher gewesen, dass er diese Entscheidung niemals mehr anzweifeln würde.

Anfangs versuchte er, sich keinerlei Fragen mehr zu stellen. Als er hinter San auf dem Rücken des Lindwurms saß, hatte er seinen Meister noch nicht gefragt, wohin sie unterwegs waren. Trotz benebelter Sinne spürte er in der Brust einen dumpfen Schmerz, vielleicht die

Erinnerung an sein altes Ich, das sich noch dagegen wehrte, seinen Platz zu räumen. Doch egal wie: Er wusste, dass er das Richtige getan hatte.

Dann, am zweiten Abend vor dem Lagerfeuer, weihte San ihn ein.

»Jetzt hör mir mal genau zu«, begann er, »denn was ich dir nun erzählen werde, ist die wahre Geschichte der Aufgetauchten Welt, die Geschichte jenes Prinzips, das ihren Lauf regelt, von Anbeginn an, seit ihrer Erschaffung.«

San holte weit aus, erzählte Amhal von Marvashs und Sheireens, dann von Nihal und Aster.

»Aster war ein Marvash?«, fragte Amhal nach.

»Ja, natürlich«, antwortete San.

»Aber ich habe einiges über ihn gelesen, unter anderem auch, dass man sich erzählt, er habe die Aufgetauchte Welt retten wollen ...«

»Nicht alle Zerstörer sind gleich. Jeder hat seine Besonderheiten, folgt seinem eigenen Weg, um seiner Bestimmung gerecht zu werden. Aster glaubte wohl, die Aufgetauchte Welt zu retten, tatsächlich aber wirkte durch ihn Leish, der erste Marvash der Geschichte, und arbeitete auf ihre Zerstörung hin. Welch herrliche Ironie, findest du nicht?« San nahm einen großen Schluck Bier. »Doch in jedem von uns offenbart sich Marvash auf andere Weise.«

Amhals Herz begann schneller zu schlagen. »Von uns?«, fragte er mit bebender Stimme.

»Ja, wir sind Marvashs, wir sind Zerstörer, unsere Bestimmung ist es, alles hinwegzufegen, was uns umgibt. Dieses Verlangen, zu töten, diese unstillbare Gier nach

Blut, die dich verzehrt, ist das Mal, das uns als Marvashs eingebrannt wurde.«

Amhal spürte, wie ihn ein Schwindel erfasste und sich seine Eingeweide vor Schreck verkrampften. »Das ist doch nicht möglich ...«, raunte er mit kaum vernehmlicher Stimme.

»O doch. Und wenn du genauer nachdenkst und auf dein bisheriges Leben zurückblickst, wird dir klarwerden, dass du es im Grunde immer schon wusstest.«

Diese Angst vor der eigenen Kraft, das Entsetzen angesichts seiner maßlosen Wut. Diese blinde Raserei, die ihn im Kampf unüberwindlich machte. All dies klärte sich nun und erschien ihm in einem neuen Licht.

Amhal raufte sich die Haare und presste dann die Handflächen fest gegen den Schädel. Er fühlte sich besudelt, gebrandmarkt. »Nein, das will ich nicht ...«, stöhnte er.

San kicherte. »Was du willst, ist völlig gleich. Worauf es ankommt, ist nur, was du bist. Denk mal an den Tyrannen und seine Wahnideen, an seine sinnlose grenzenlose Liebe zu dieser Erde.« Sans Stimme wurde lauter, klang fast verächtlich, als er fortfuhr: »Er glaubte, die Welt retten, eine neue Ordnung schaffen zu können, und führte in Wahrheit nur das aus, wozu er geboren war. Niemand kann sich seinem Schicksal entziehen.«

»Dann will ich lieber sterben«, antwortete Amhal und blickte auf, hoffnungsvoll, so als sehe er darin eine Befreiung. Die Grabesruhe, der wahre Frieden durch die Beendigung des Lebens. Hatte er sich nach dieser ewigen Ruhe im Grunde nicht schon häufiger gesehnt, ohne es sich allerdings eingestehen zu wollen?

San blickte ihn von der Seite her an. »Offenbar hast du mich noch nicht richtig verstanden.« Er setzte sich aufrechter hin und schaute Amhal fest in die Augen. »Sieh dich doch mal um. Wie viele Kriege hast du auf diesem verfluchten Flecken Erde schon erlebt? Und wie viele wirst du noch erleben?«

»Aber wir lebten im Frieden«, wandte Amhal ein.

»Ein Frieden, den Learco mit Waffen geschaffen hatte, wobei er sogar seinen eigenen Vater tötete. Und während dieser sogenannten Friedenszeit hat Theana die Auslöschung der Erweckten befohlen. Kein Frieden hält ewig. Jahrtausendelang lebten hier in der Aufgetauchten Welt die Elfen, bevor sie vertrieben wurden. Und glaub mir, auch ohne uns wäre dieser Frieden schon bald gebrochen worden, von einem großen Heerführer. Ja, ich weiß sogar genau, dass dieser bereits begonnen hatte, seine Pläne in die Tat umzusetzen, bevor ich mich auf die Suche nach dir machte. In ein paar Tagen wirst du ihm übrigens von Angesicht zu Angesicht gegenüberstehen.«

»Dann ist es also wirklich so, wie Sennar sagte: Die Geschichte ist ein Kreislauf.« Amhals Hände zitterten, und eine Eiseskälte kroch ihm ins Herz.

»Aber Zerstören bedeutet nicht unbedingt, allem ein Ende zu bereiten. Ein Glied, das erkrankt ist, muss weggeschnitten werden. Du verlierst deinen Arm, aber du lebst. Und wir, Amhal, sorgen für eine solche Heilbehandlung.«

»Nein, nein, ich kann das nicht glauben!«, rief der junge Krieger.

»So? Dann überleg mal! Wieso hast du Neor getötet?

Ganz einfach, weil du dich endlich zu deinem wahren Wesen bekannt hast. Schon seit Kindesbeinen betrügst du dich mit dem Bild vom braven, aufrechten Amhal, der für das Gute kämpft. So lange schon schleppst du es mit dir herum, dass es dir zu einer zweiten Haut geworden ist. Aber es ist und bleibt ein Irrglaube. Amhal, wir sind es, die ein ganzes Zeitalter zu Grabe tragen. Im Laufe der Geschichte hat nicht immer Sheireen obsiegt, so wie damals meine Großmutter Nihal. Andere Male war es auch Marvash, der triumphierte.«

Einige Holzscheite knisterten im Feuer. Das Gesicht vom flackernden Licht beschienen, blickte Amhal seinen Meister schweigend an.

Der fuhr fort: »Und immer wenn ein Marvash den Sieg davontrug, hatte die Welt ihren Nutzen davon. Denn hin und wieder braucht diese Erde ein reinigendes Feuer, braucht sie Blut, das die Sünden hinwegwäscht und einen neuen Anfang ermöglicht. Wir wurden dazu geschaffen, die Bürde der Verfehlungen anderer zu tragen. Man wird uns verfluchen und vielleicht sogar unser Andenken tilgen, doch wir werden es sein, denen neue Generationen ihr Leben verdanken. Wir sind die wahren Helden der Aufgetauchten Welt.«

So wie San redete, kam er Amhal übermächtig, fast göttlich vor. Etwas Entsetzliches und gleichzeitig Grandioses strahlten seine Worte aus. Jene ungeheure Kraft, die seit vielen Jahrhunderten die ganze Aufgetauchte Welt bewegte, die Gewalt eines extremen, absoluten und notwendigen Bösen. So wollte auch er sein. Oder war es bereits?

»Vielleicht kommt dir das alles zu gewaltig vor. Ich

konnte es auch nicht fassen, als ich davon erfuhr, und habe ebenfalls mit dem Gedanken gespielt, meinem Leben ein Ende zu setzen. So wie du jetzt. Deshalb bitte ich dich: Nimm dir Zeit, darüber nachzudenken, und erinnere dich an deine vielen vergeblichen Versuche, dein Wesen zu ändern. Wir sind so, wie wir sind. Das ist unser Schicksal. Du musst nur bereit sein, dich ihm zu überlassen? Willst du das?«

Das war zu viel für Amhal. Er hatte das Gefühl, ihm platze der Schädel, und wünschte sich nur noch, endlich von diesen quälenden Zweifeln befreit zu werden.

»Du musst mir jetzt nicht antworten. Aber wisse: Indem du mir folgst, folgst du bereits dem Schicksal, das dir vorgegeben ist.«

San goss Wasser ins Feuer, und Finsternis umfing die kleine Lichtung, auf der sie ihr Lager aufgeschlagen hatten.

»Und nun leg dich schlafen. Es war ein anstrengender Tag.«

In der Nacht quälte ein Alptraum Amhal. Mit Adhara und Mira durchwanderte er einen öden Landstrich, wo alles trüb war und verfaulte. Auch ihre eigenen Körper verfielen mit jedem Schritt, aber ohne dass es ihnen Schmerzen bereitet hätte. Die weißlichen Knochen, die so zum Vorschein kamen, schimmerten hell, und der Anblick erfreute ihn. Dann kam ein kräftiger, frischer Wind auf und fegte alles hinweg. Nur Amhal blieb allein zurück. Er stand da, im staubigen Nichts, und betrachtete staunend seinen nackten, zum reinen Bösen neu geborenen Körper. Er nahm das Heft seines Schwertes fest in die Hand und fühlte sich nun wirklich frei.

»Wohin ziehen wir eigentlich?«, fragte Amhal, als sie sich am nächsten Morgen wieder auf den Weg gemacht hatten.

»Ins Land des Wassers. Wir werden dort erwartet.«

San hatte den Satz kaum zu Ende gesprochen, da erfassten Feuerzungen den Schweif ihres Lindwurms.

Sie waren zu zweit, unmittelbar hinter ihnen, auf den Rücken ihrer Drachen. Ritter der Akademie aus dem Land der Sonne, die gewiss Dubhe ausgesandt hatte, oder wer auch immer jetzt an Neors Stelle über die Geschicke des Reiches bestimmte.

»Verdammt ... jetzt bräuchte ich meine Jamila«, fluchte Amhal vor sich hin.

»Auf deinen Drachen sind wir nicht angewiesen«, lächelte San grimmig.

Er riss sein Reittier herum und schoss wie der Blitz auf die Feinde los.

»Du nimmt den rechts, ich knöpfe mir den anderen vor«, rief er.

»Ja wie denn?«, wollte Amhal noch fragen, doch dazu blieb keine Zeit mehr. Sie hatten ihre Verfolger schon erreicht. Eine Hand auf dem Heft seines Schwertes, richtete Amhal sich auf, wartete auf den richtigen Moment und sprang ab. Ihm war, als könne er fliegen, all seine Sinne waren aufs Äußerste geschärft, alle Muskeln im Leib angespannt und fieberten dem Kampf entgegen. Und dieses Mal versuchte er nicht, seine Raserei zu unterdrücken, seine Mordlust zu leugnen. Vielmehr ließ er sie durch seinen Körper strömen und fühlte sich unbesiegbar.

Dazu bin ich geboren!

Während San auf seinem Lindwurm mit dem anderen Feind beschäftigt war, hatte Amhal sich am Hals des Drachens festgeklammert und stach mit dem Dolch, den er im Stiefel mit sich führte, auf die Flanke des Tieres ein. Ein gellender Schrei erfüllte die Luft. Der junge Krieger kümmerte sich nicht darum und schwang sich, dem Hieb des Ritters ausweichend, auf den Rücken des Drachens. Da fiel sein Blick auf die Farben, die der Soldat trug: die Uniform des Vereinten Heeres.

Einer wie ich. Doch sofort verscheuchte er diesen Gedanken, um sich ganz auf den Kampf zu konzentrieren.

Er presste sich so flach gegen den Leib des Tiers, dass ihn die Hiebe des Ritters verfehlten, und rammte selbst dem Drachen immer wieder den Dolch durch die schuppige Haut. In Strömen floss das Blut, während der Ritter an den Zügeln riss, damit der Drache buckelte und sich aufbäumte, doch schon wurden seine Bewegungen plumper, sein Widerstand lahmer. Noch einmal zog ihm Amhal die Klinge aus dem Leib, holte aus und stach sie ihm mitten in die Brust. Er kannte sich mit dem Körperbau der Drachen aus und wusste, dass dies eine empfindliche Stelle war. Da überfiel ihn die Erinnerung an Jamila. Wie oft hatte er neben seinem Drachen gelegen und sich von dessen ruhigem kräftigem Herzschlag in den Schlaf wiegen lassen.

Ein Beben erfasste den fremden Drachen, und auch seine Flügel schwangen nicht mehr, sondern flatterten nur noch hektisch auf und ab. Dann begann er zu sinken, schneller, immer schneller, in rasendem Sturzflug auf den Wald unter ihnen zu.

Amhal umklammerte einen der Flügel und schwang

sich auf den Rücken, saß dann reglos da, furchtlos und kühl, und beobachtete, wie sie abstürzten. Erst als der Boden schon ganz nahe war und im nächsten Moment der Aufprall drohte, sprach er die Formel für den Flugzauber, einen der ersten, die ihm sein Meister beigebracht hatte. Er stieß sich ab und schwebte sacht zu Boden. Dabei sah er, wie das Tier unten aufschlug, und empfand nichts dabei, ließ sich nicht rühren von seinem Blut, das den Waldboden tränkte. Stattdessen legte er eine Hand ans Heft seines Schwertes, darauf gefasst, sich sofort wieder in den Kampf zu stürzen. Der Sturz war nicht allzu tief gewesen und vielleicht hatten die Bäume ihn abgefedert. Gut möglich, dass der Drachenritter noch nicht besiegt war.

Und tatsächlich folgte der Angriff, von hinten, im Schutz der Bäume, doch Amhal ließ sich nicht überraschen. Er parierte, fuhr herum und griff selbst an, mit aller Wut, die er in sich spürte. Doch da sein Gegner eine Rüstung trug, war er im Vorteil und schaffte es, Amhal immer weiter zurückzudrängen. Er musste sich etwas einfallen lassen, worauf der andere nicht gefasst war. Am besten einen Zauber. Schon legte er kurz die Hand auf die Klinge seines Schwertes und murmelte die entsprechenden Worte. Einen Moment lang war der andere verwirrt, und das nutzte er, um zuzustechen. In den Unterleib, in die freie Stelle unter dem Brustpanzer oberhalb der Beinschützer. Tief drang der Stahl in den Körper ein und riss das Fleisch nicht nur auf, sondern verbrannte es auch. Ein unheimliches Zischen erfüllte die Lichtung, bevor die Schmerzensschreie des Ritters jeden anderen Laut übertönten.

Der Mann sank auf die Knie, und Amhal setzte nach und stach auf ihn ein. Stach zu, um Schmerzen zu bereiten. Verging sich an ihm, der bereits wehrlos war, geschlagen, besiegt.

Das bin ich, dachte er, während er mit der Schwertspitze unter den Helm seines Opfers fuhr und ihn fortschleuderte. Das Gesicht, das zum Vorschein kam, überraschte ihn. Er kannte den Mann, es war ein Kamerad gewesen. Am ersten Tag seiner Ausbildung bei Mira hatte er mit ihm im Speisesaal an einem Tisch gesessen.

»Wie konntest du nur?«, stöhnte der Ritter mit ersterbender Stimme.

Amhal riss sich aus seinen Gedanken, blickte ihn einen Moment lang an, überrascht, fast wie auf frischer Tat ertappt, fletschte dann die Zähne und ließ sein Schwert den tödlichen Bogen beschreiben. Dann war es vorüber. Leblos lag der Ritter zu seinen Füßen. Niemand durfte es wagen, sein Tun infrage zu stellen. Es war alles richtig gewesen.

Am sechsten Tag ließ San den Lindwurm frei.

»Mit solch einem Tier fallen wir zu sehr auf«, erklärte er Amhal. »Wir ziehen zu Fuß weiter. Der Lindwurm findet auch allein den Weg und wird unsere Verfolger auf eine falsche Fährte locken.«

Und in der Tat kamen sie auch ohne Reittier gut voran und fühlten sich weniger gehetzt: Hier und da stießen sie auf Soldaten oder auch Räuber. Ohne zu zögern, töteten sie die Männer, um nicht verraten zu werden und um sich ihrer Vorräte zu bemächtigen.

Doch so hemmungslos er auch tötete, immer noch

fühlte Amhal sich nicht ganz frei. Frei von Trauer, frei von Schuldgefühlen, frei von allem, was sein Leben einmal ausgemacht hatte.

»Ich weiß immer noch nicht, wen wir eigentlich treffen wollen«, sagte er irgendwann zu San, als sie abends ihr Nachtlager aufschlugen.

Der trat näher und setzte sich neben ihn. »Du hast schon mal mit diesen Leuten zu tun gehabt. Es sind diese eigenartig ausschauenden Gestalten mit den grünen Haaren und violetten Augen, von denen du mir mal erzählt hast.«

Amhal erinnerte sich. San sprach von den beiden Männern, die Adhara überfallen hatten und die er selbst getötet hatte.

»Die gehörten zum Volk der Elfen. Sie sind hier eingefallen, um sich die Aufgetauchte Welt zurückzuerobern. Und wir sind unterwegs zu ihnen.«

3

Sheireen

Als die Tür aufgerissen wurde, fiel ein Lichtstrahl auf Adhara und blendete sie. Wie lange sie schon in der dunklen Zelle kauerte, hätte sie nicht sagen können, mit Sicherheit aber viel zu lange, denn es dauerte eine Weile, bis sich ihre Augen wieder an das Licht gewöhnt hatten.

Zu zweit waren sie gekommen, zogen sie jetzt hoch und führten sie hinaus.

Dieses Mal leistete die Feuerkämpferin keinen Widerstand. Die tagelange Gefangenschaft hatte sie mürbe gemacht und ihren Willen gebrochen. Sie fühlte sich erschöpft, zutiefst erschöpft. In der Finsternis der Arrestzelle waren ihre Gedanken nicht zur Ruhe gekommen. Pausenlos hatte sie gegrübelt und war zu der Überzeugung gelangt, dass Theana in einem zumindest ganz Recht hatte: Dort draußen wartete nichts mehr auf sie. Nirgendwo. Zu fliehen hatte daher absolut keinen Sinn.

Man führte sie in einen Flügel des Palastes, den sie nicht kannte. Die Nutzung des Gebäudes hatte sich verändert seit der Zeit, als sie einmal dort übernachtet hatte. Die Angehörigen der Ordensgemeinschaft des

Blitzes hatten einen großen Teil des Hauses in Besitz genommen, hatten überall Thenaar-Statuen aufgestellt und Labore sowie Säle für ihre Gottesdienste eingerichtet. Gerade kamen sie, in einem langen Flur, wieder an einer solchen Statue vorüber. In einer Hand das Schwert, in der anderen einen Pfeil, blickte Thenaar mit der strengen Miene eines unnachgiebigen, aber gerechten Gottes von oben auf sie herab. Der schwebt hoch oben in seinen himmlischen Sphären, und ich krieche hier unten im Staub, dachte Adhara. Und sie hasste ihn aus ganzem Herzen.

Sie betraten einen großen Saal, der mit einem hohen, steinernen Tonnengewölbe überspannt war. Längs der Wände waren Fackeln angebracht, deren flackernder Schein darüber hinweghalf, dass durch die schmalen Fensterscharten kaum Licht in den Raum fiel. In der Mitte stand ein Tisch mit einem blauen Samttuch darauf, unter dem etwas verborgen schien.

Theana, in ein langes, schwarzes Gewand gehüllt, lehnte an der hinteren Wand, wo das Licht am schummrigsten war.

»Geht nur«, wies sie die Wachen an, die das Mädchen zu ihr geführt hatten.

Die Soldaten verneigten sich kurz, verließen den Saal und zogen die schwere Holztür hinter sich zu.

»Glaub mir, diese wenig freundliche Behandlung bedauere ich selbst auch«, begann Theana, als sie allein waren, »aber ich konnte dich nicht gehen lassen, bevor ich Klarheit habe.«

Adhara antwortete nicht.

Die Magierin seufzte, stieß sich von der Wand ab

und ging nun vor Adhara auf und ab und rang die Hände.

»Vor vielen Jahren«, machte sie einen neuen Anlauf, »es war in einem Saal wie diesem, suchte ein junger Mann mich auf, um mir das Ende der Zeiten zu verkünden. Ich schenkte ihm kein Gehör und jagte ihn nicht nur davon, sondern ließ ihn auch noch von unseren Brüdern verfolgen.«

Adhara blickte in eine andere Richtung und gab sich gleichgültig.

Dessen ungeachtet fuhr die alte Magierin mit gesenkter Stimme fort: »Jahre später war es dieser Mann, der dich schuf. Und nun sieh, was aus uns geworden ist. Die Zerstörer, von denen er sprach, sind tatsächlich erschienen, mein König ist tot, und die Aufgetauchte Welt droht zu zerfallen. An den Grenzen haben die Elfen damit begonnen, sich das Land zurückzuerobern, das ihnen einmal gehörte. Vielleicht wäre das alles zu verhindern gewesen, vielleicht hätte man unzählige Leben retten können, wenn ich an jenem Abend auf den jungen Eiferer gehört hätte!«

Sie trat an den Tisch. Ihre knöchernen Finger umfassten das Samttuch und zogen es mit Schwung fort, so dass es in weitem Bogen zu Boden fiel. Zum Vorschein kam eine herrlich geschmiedete Lanze. Auffallend lang und mit einer schmalen, scharfen Spitze versehen, war auf dem Schaft ein feines Muster zu erkennen. Um die Klinge aber wanden sich, ineinander verflochten, zwei grüne Ranken, an deren Enden Blüten von wunderschön leuchtenden Farben sprossen.

»Kennst du die?«

Adhara hatte die Waffe noch nie gesehen, wusste aber, worum es sich handelte. Auch das war ihrem Gedächtnis mit Gewalt eingepflanzt worden. Diese Waffe gehörte zu ihr, so wie sie zuvor zu anderen, die wie sie waren, gehört hatte.

»Nein.«

Theana lächelte. »Du lügst. Deine Augen verraten es. Das ist Dessars Lanze, ein Artefakt der Geweihten, eine Waffe, der enorme Kräfte innewohnen. Ich selbst habe sie vor vielen Jahren einzusetzen versucht.« Sie senkte den Kopf. »Die Lanze war uns gestohlen worden, aber zum Glück haben wir sie jetzt wiedergefunden. Sie war im Bau der Erweckten versteckt, an dem Ort, an dem du geschaffen wurdest.«

Adhara schluckte.

»Ich bin gescheitert, als ich damals ihre Kräfte zu nutzen versuchte, um die Königin vor dem sicheren Tod zu bewahren. Nur eine Sheireen kann sie zum Leben erwecken. Eine einfache Berührung mag schon ausreichen.« Theanas Gesicht zitterte vor Anspannung. »Nimm sie«, forderte sie Adhara auf.

Die rührte sich nicht.

»Was ist schon dabei?«

Als Antwort schüttelte das Mädchen nur abweisend den Kopf.

Da wurde Theanas Blick mit einem Mal eiskalt, und ihre Augen strahlten eine solche Entschlossenheit, eine solche Wut aus, dass Adhara für einen Moment Angst bekam. Die Magierin nutzte diese kurze Verwirrung und ergriff eine Hand des Mädchens, um sie an das Metall zu legen.

»Nein!«, schrie Adhara und lehnte sich zurück. Doch Theanas Griff war fest, energisch, ganz anders als ihr Anblick erwarten ließ. Das Mädchen versuchte, sich zu entwinden, doch plötzlich legte sich ihre Hand, wie von einer urzeitlichen Stimme geleitet, sanft um den Schaft. Ein blendendes Licht durchflutete den Saal, und Adhara spürte, wie ungeheure Kräfte ihren Körper durchfuhren. Sie schrie auf, schleuderte die Waffe fort und fiel auf die Knie.

Mit einem Mal erloschen die Fackeln an den Wänden, und nur das matte Tageslicht, das durch die Schlitze einfiel, erhellte die beiden Frauen. Theana war zu Boden geschleudert worden und lag dort schwer atmend mit schmerzverzerrtem Gesicht. Adhara hingegen hatte die Hände vor die Augen genommen und presste sie ganz fest auf das Gesicht, um die Erinnerung an diese ungeheuren Kräfte loszuwerden. Aber es war sinnlos. Es ließ sich nicht leugnen: Sie hatte die Kräfte wachgerufen, hatte die Lanze aktiviert. Adrass hatte die Wahrheit gesagt.

»Du bist eine Geweihte«, raunte Theana, die immer noch am Boden lag.

Adhara kauerte vor dem Tisch nieder und begann leise zu weinen. Dies war der Anfang vom Ende. Von nun an war ihr Weg vorgezeichnet.

Wieder in der Zelle. Wieder in der Dunkelheit. Nach dem Treffen mit Theana hatte man sie sofort wieder hinuntergeführt.

Kraftlos ausgestreckt lag Adhara auf dem kalten Boden, als sie ein rhythmisches Kratzen hörte. Im ersten

Moment glaubte sie, es seien Mäuse, doch dann hörte sie eine leise Stimme, die ihren Namen rief.

»Adhara? Bist du da?«

Ihr Herz machte einen Sprung. Die Stimme kannte sie.

Sie sprang auf und legte ein Ohr ans Holz der Zellentür. »Amina?«, fragte sie leise, ungläubig zurück.

»Ja, ich bin's.«

Adhara spürte, wie sich etwas in ihrer Brust löste. »Was machst du denn hier?«

»Ich hab dich gesucht.«

Die Klappe, durch die man ihr das Essen in die Zelle reichte, sprang auf. Adhara blickte hinaus. Es war tatsächlich Amina, aber gleichzeitig auch wieder nicht. Denn ihr Gesicht wirkte eingefallen und blass, und von dem Kindlichen, das sie bis vor kurzem noch ausgestrahlt hatte, war viel verlorengegangen. Ihre Haare waren sehr kurz und schlecht geschnitten, vor allem aber verriet ihr Gesichtsausdruck viel von dem Leid, das sie in den vergangenen Wochen erfahren hatte. Blitzartig trat Adhara das Bild vor Augen, wie Aminas Vater getötet wurde. Sie, die Tochter, war dabei gewesen und hatte alles mit ansehen müssen.

Jetzt trug sie ein schlichtes, schmutziges Kleid und wirkte so ungepflegt, wie Adhara sie noch nie gesehen hatte. In den Händen hielt sie die Schüssel mit Adharas Mittagessen.

»Amina ...«, murmelte die Gefangene und wollte eine Hand durch die Klappe zu dem Mädchen ausstrecken.

»Nimm das erst einmal«, wehrte sie ab und reichte ihr die Schüssel.

Adhara nahm sie und stellte sie auf dem Boden ab. Dann ergriff sie die Hände der Freundin. Rau und kalt fühlten sie sich an. Was musste sie durchgemacht haben in den zurückliegenden Tagen, wie einsam musste sie sich vorgekommen sein. Sicher war sie ihr jetzt noch ähnlicher geworden, fühlte sich verlassen, voller Trauer, mutlos. Sie hielt ihre Hände fest und genoss die leichte Berührung.

»Wie kommst du denn hierher?«

»Das war leicht. Bei Waisenkindern werden die Leute ganz nachgiebig«, antwortete Amina. Ihre Stimme klang kalt und verriet keine Gefühle. »Ich habe nur gefragt, ob ich dir das Essen bringen darf.«

Adhara war erschüttert, wie kühl, fast verächtlich die kleine Prinzessin das Wort »Waisenkind« hatte fallenlassen. Das passte nicht zu ihr.

»Ich weiß, wie ich an die Schlüssel herankommen kann«, fuhr Amina fort. »Aber überall sind Wachen postiert, es wird nicht einfach sein, hier abzuhauen.«

»Amina, hör mal, ich glaube nicht, dass du …«

»Aber ich weiß schon, wie ich sie ablenken kann«, fuhr Amina, ohne darauf einzugehen, fort. »Du musst dich nur bereithalten, in Ordnung?«

Durch die Klappe konnte Adhara die Entschlossenheit, wenn nicht gar Besessenheit in Aminas Augen erkennen. »Ich will nicht, dass du dich meinetwegen in Schwierigkeiten bringst«, sagte sie.

»Aber hier gehörst du nicht her. Und ich auch nicht mehr.«

Adhara wollte gerade etwas erwidern, da fuhr Amina herum. »Da kommt wer«, flüsterte sie. Und bevor sie rasch die Klappe schloss, fügte sie noch hinzu: »Also abgemacht. Morgen. Halt dich bereit.«

»Nun, wie war's gestern? Hast du dich gefreut, deine Freundin wiederzusehen?«, fragte Fea.

Amina lag ausgestreckt auf ihrem Bett, und die Hand der Mutter verweilte in ihren Haaren. Das Mädchen antwortete nicht. Diese Berührung schenkte ihr weder Wärme noch Zuneigung. Trotz dieser Geste empfand sie Fea so fern wie immer.

»Glaub mir, ich verstehe dich, mein Kind. Aber du musst jetzt stark sein. Du darfst dich nicht ganz dem Schmerz überlassen, sonst frisst er sich in dir fest. Oder teile deine Trauer wenigstens mit mir. Du weißt doch, für mich ist der Verlust genauso groß wie für dich.«

Was wusste ihre Mutter schon? Die hatte sie doch nie verstanden. Mit Sicherheit kannte sie nicht diesen beißenden Schmerz, der sich mehr und mehr in Wut verwandelte. Ihr Leben war in dem Augenblick erstarrt, als Amhal ihrem Vater die Kehle durchgeschnitten hatte. Die Amina von damals gab es nicht mehr.

Fea seufzte, sagte aber nichts mehr. Sie stand auf, schleppte sich mit müden Schritten zur Tür und schloss sie hinter sich.

Amina wartete, bis ihre Schritte im Flur verklungen waren, und erhob sich dann. Sie war erfüllt von einer eigenartigen Ruhe, der Ruhe eines Menschen, der nach langen Tagen des Zweifelns endlich weiß, was er zu tun hat.

Sie griff unter das Kopfkissen und holte den Dolch hervor, eine alte Waffe, die sie sich in einem der leeren

Säle dieses halb verlassenen Palastes besorgt hatte. Mit einem Finger fuhr sie über die stumpfe Spitze. Halb so wild, dass die Klinge nicht scharf war, sie würde noch Gelegenheit haben, an eine bessere Waffe heranzukommen.

Sie legte ihren Morgenmantel ab und zog die Sachen über, die sie sich zurechtgelegt hatte: ein weites Hemd, eine lederne Weste und eine eng anliegende Hose. Genau die richtige Kleidung für das, was von jetzt an ihr Leben bestimmen würde: der Kampf. Zuletzt befestigte sie noch den Dolch am Gürtel und schaute dann nach, ob der geplante Fluchtweg frei war. Ein Betttuch und einige Kleidungsstücke hatte sie zu einer Art Seil zusammengebunden. Das verknotete sie nun an einem Bein des schweren Eichentisches und legte das andere Ende in Reichweite beim Fenster zurecht. Schließlich nahm sie einen Feuerstahl zur Hand. Ihre Finger zitterten nicht, und auch ihr Herz schlug ruhig und regelmäßig. Holz, Betttücher, Kleider – im Nu hatte alles Feuer gefangen. Einige Augenblicke stand sie versonnen da und sah den Flammen zu, die begonnen hatten, ihr Zimmer zu verschlingen. Es war das Ende einer Lebensphase und die Geburt einer neuer Amina.

Als sie spürte, wie der Rauch ihr in der Kehle brannte, ließ sie sich hinab. Unten wartete sie, bis sie Geschrei, Hilferufe und aufgeregte Schritte in den Fluren hörte. Dann lief sie weiter zu den Verliesen hinunter.

Niemand achtete auf sie. Durch das Feuers, das sich rasch in den oberen Stockwerken ausbreitete, war im ganzen Palast Chaos ausgebrochen. Zudem saß zurzeit lediglich Adhara im Kerker ein, und dies auch nur auf

Befehl der Hohepriesterin und nicht des Königs, so dass die Bewachung nicht sonderlich scharf war.

Unten war tatsächlich niemand zu sehen. Selbst der Wachsoldat gleich vor Adharas Zelle war hinaufgelaufen, um zu sehen, was die Aufregung zu bedeuten hatte. Und er hatte die Schlüssel am Haken in der Wachstube hängen lassen. Das kam häufiger bei ihm vor, eine schlechte Angewohnheit, deretwegen ihn aber in diesen turbulenten Zeiten noch niemand gerügt hatte. Amina brauchte nur zuzugreifen.

Mit pochendem Herzen blieb sie vor der Zellentür stehen, steckte den Schlüssel ins Schloss und versuchte, ihn umzudrehen. Nichts. Er bewegte sich nicht. Noch einmal versuchte sie es, mit aller Kraft und schweißnassen Händen von der Anspannung.

»Amina, bist du das?«, rief Adhara von der anderen Seite mit belegter Stimme.

»Warte, ich hab's gleich.«

Jetzt ein Klacken, lauter als die Geräusche zuvor, und der Riegel flog zurück.

»Los, komm!«

Auf unsicheren Beinen wankte Adhara aus der Zelle, und Amina ergriff ihren Arm, um sie zu stützen.

»Komm, wir müssen uns beeilen!«

Noch ein wenig verwirrt ließ Adhara sich durch das Labyrinth der Gänge führen, die sie von der Freiheit trennten. Keine einzige Wache war zu sehen, nur ein durchdringender Brandgeruch lag in der Luft.

»Wo sind die denn alle hin?«

»Das erkläre ich dir später. Beeil dich!«, antwortete die Prinzessin nur.

Fast im Laufschritt verließen sie den Gefängnistrakt und gelangten über die Treppe ins Erdgeschoss, wo sich zum ersten Mal seit vielen Tagen ein Lächeln in Aminas Gesicht stahl: Es war fast geschafft. Der Ausgang war schon ganz nahe, als sie um eine Ecke bogen und dabei fast eine Wache über den Haufen rannten. Einen Augenblick lang starrten sich alle drei verdutzt an.

Dann ein dumpfer Schlag, die Wache ging zu Boden und blieb reglos liegen. Mit einem Tritt hatte Adhara den Soldaten erwischt und beugte sich nun über ihn, um ihm die Waffe abzunehmen. Dabei verzog sie einen Moment lang fast angewidert das Gesicht.

»Bist du in Ordnung?«, fragte Amina, die verwirrt daneben stand.

»Ja«, antwortete Adhara knapp, mit sicherer Stimme.

Nun nahm sie die andere bei der Hand und ging voran.

Schon kam das Tor in Sicht. Verheißungsvoll und gleichzeitig abschreckend öffnete es sich in das Dunkel der Nacht, in die verdächtige Stille einer sterbenden Stadt, in eine unsichere Zukunft, aber auch in die Freiheit.

Von den zwei Wachsoldaten, die dort üblicherweise postiert waren, hatten sie einen schon außer Gefecht gesetzt, und der Verbliebene rechnete sicher nicht damit, vom Innern des Gebäudes her angegriffen zu werden. Adhara schlich sich an ihn heran und streckte ihn mit einem Schlag nieder.

So still, dass es in den Ohren dröhnte, lag die Stadt vor ihnen, der Wind trug ihnen die Gerüche der Nacht zu. Als Adhara sich noch einmal kurz umdrehte, sah sie den roten Schein der Flammen, die aus mindestens vier Fenstern des oberen Stockwerks schlugen.

»Amina …«, murmelte sie. »Was hast du getan?«

Die Prinzessin blickte nicht zurück. Mit ihrer kalten Hand umfasste sie Adharas Handgelenk und begann zu laufen.

4

Der Prinz

Reglos betrachtete Dubhe das, was vom Schlafzimmer ihrer Enkeltochter übrig war. Möbel gab es nicht mehr, nur noch vom Feuer geschwärzte Wände und einen ätzenden Rauchgestank, der in der Kehle kratzte.

»O nein, nein, nein …«, jammerte Fea, die neben ihr stand. »Wer hätte denn so etwas für möglich gehalten?«

Die Ärmste. Sie ist gar nicht mehr ganz bei sich, dachte Dubhe. *Aber wer könnte es ihr verdenken? Ein weiterer Schicksalsschlag nach der Ermordung ihres Gemahls.*

Sie ballte die Fäuste. Wer war aus der königlichen Familie überhaupt noch übrig geblieben?

»Wir werden sie finden«, sagte sie knapp, blickte der Schwiegertochter in die Augen und legte ihr die Hände auf die Schultern. »Auch meine Männer werden sich an ihre Fersen heften. Und die von Adhara.«

Dass dieser Brand nur ein Ablenkungsmanöver war, um Adhara zu befreien, war ihr sofort klar gewesen. Und damit war nicht nur die Prinzessin verschwunden, sondern auch die einzige Waffe verlorengegangen, die, nach Theanas Worten, den Vormarsch der Elfen vielleicht aufhalten konnte.

Allerdings hatte Dubhe weder mit solchen Prophezeiungen, noch mit Religionen überhaupt jemals etwas anfangen können. Die ganze Sache mit der angeblich Geweihten hielt sie für reines Wunschdenken, die letzte Hoffnung für ein Volk, das alle realistischen Hoffnungen verloren hatte. Aber schon Theana hatte sie gesagt, was sie gerade auch Fea versichert hatte: »Ich werde sie dir wiederbringen. Wie du weißt, sind meine Leute gewiefte Spürhunde.«

Sicheren Schritts bewegte sie sich durch die vom Feuer heimgesuchten Flure des Palastes. Die Flammen hatten besonders im dritten Stockwerk gewütet, aber keinen übermäßig großen Schaden angerichtet.

So gelangte sie in ihr Arbeitszimmer, einen schmucklosen Raum, von dem aus sie das zerfallende Königreich zu regieren versuchte. Unverzüglich rief sie einen ihrer bewährtesten Männer zu sich.

»Du weißt, was gestern Abend geschehen ist …«, begann sie.

»Ja, Majestät.« Ohne aufzusehen, kniete der Mann vor ihr. Alle, die Dubhe in den zurückliegenden Jahrzehnten in ihre persönliche Agentenmiliz aufgenommen hatte, waren ihr vorbehaltlos ergeben und brachten ihr blindes Vertrauen und unbedingten Gehorsam entgegen.

»Ich möchte, dass ihr mir die beiden schleunigst zurückbringt. Die Prinzessin und die Gefangene. Lasst nichts unversucht. Ich muss nicht betonen, dass ihnen kein Haar gekrümmt werden darf. Auch nicht der Gefangenen der Hohepriesterin.«

»Wie stark soll die Suchmannschaft sein, Hoheit?«

Das war das Problem. Denn Dubhes Agenten waren fast alle im Kriegsgebiet eingesetzt. Auch von den Soldaten waren nur wenige im Palast geblieben. Bei normaler Stärke der Wachmannschaften hätte Amina ihren Plan nicht in die Tat umsetzen können.

»Beziehe einige Männer an der Front in die Suche mit ein. Aber ohne die Einheiten allzu sehr zu schwächen. Und schließe dich ihnen an.«

»Zu Befehl, Majestät.«

Der Mann führte die geballte Faust zur Brust, bedachte seine Herrin mit einem entschlossenen Blick und verließ den Raum, wobei er die Tür hinter sich schloss.

Dubhe seufzte. Stück für Stück war ihr Leben in Scherben gefallen, und was sie jetzt noch aufrechterhielt, war nur flammender Zorn. Ihn im Zaum zu halten, schaffte sie nur, wenn sie öffentlich auftrat und Entscheidungen zu treffen hatte. Denn ihr Geist war noch so wach wie immer, und ihre äußere Erscheinung verriet nichts von dem Tumult, der in ihr tobte. Doch wenn sie allein war und nur Stille den Raum erfüllte, konnte sie nicht mehr an sich halten und schrie hinaus, was in ihr loderte.

Auch jetzt schloss sie die Augen und ließ zu, dass ihr der Zorn durch die Adern strömte und sich zu einem verzweifelten, fruchtlosen Wutausbruch steigerte, der sie völlig erschöpfte. Aber etwas anderes war ihr nicht geblieben, als aus tiefstem Herzen zu hassen und nur nach außen eine Ruhe vorzutäuschen, die sie nicht mehr besaß.

Dass ihr Sohn ermordet worden war, hatte sie als Letzte erfahren. In jenen Tagen hatte sie sich im Land des Wassers aufgehalten, wo der Angriff der Elfen gerade begonnen hatte. Eine Blitzattacke, brutal und unerwartet, die ihr Heer nicht nur unvorbereitet, sondern vor allem schon geschwächt getroffen hatte. Durch die Seuche waren die Truppen bereits dezimiert, und überall herrschte Chaos. Ein jeder dachte nur noch daran, seine eigene Haut zu retten, misstraute allen anderen und versuchte, irgendwie zu überleben in dieser wahnsinnig gewordenen Welt.

In den feindlichen Reihen kämpften nicht nur Männer, sondern auch Frauen. Offenbar wollte man auf keinen Arm, der eine Waffe führen konnte, verzichten, um den Sieg zu erringen. Und als wenn das noch nicht gereicht hätte, ritten sie auch noch diese entsetzlichen Bestien, diese Lindwürmer, die geradewegs aus der Hölle entwichen schienen.

Dubhe hatte sich bemüht, die Truppen zu ordnen. Obwohl nicht zum Heerführer geboren, gab sie alles und war immer dort zu finden, wo sie am dringendsten gebraucht wurde. Angetrieben wurde sie dabei auch von dem Verlangen, nach Learcos Tod im Kampf Vergessen zu finden und im Rausch der Schlacht den Geist von aller Grübelei und allem Schmerz zu befreien. Mitten im Gefecht hatte die Meldung sie erreicht.

Neor war tot. War gestorben, ohne die Mutter an seiner Seite. Und in diesem Augenblick hatte sich diese dumpfe Leere, die sie bis dahin empfunden hatte, in jene unbändige Wut verwandelt, die sie bis heute nicht mehr losließ.

Eilig war sie zurückgereist, um an der Bestattung ihres Sohnes teilzunehmen. Und während sein Leichnam vor dem Hintergrund eines fahlen Himmels auf dem Scheiterhaufen verbrannte, war sie völlig betäubt gewesen, wie in Watte gehüllt, die jede Regung dämpfte, jeden Laut, jede Geste. Sie erinnerte sich nur noch, dass jemand sie stützte, dass sie heulte, bis ihr die Kehle brannte. Und danach hatte sie sich für fünf lange Tage in ihrem Zimmer eingeschlossen.

Später erfuhr sie, dass Kalth in dieser Zeit die Regierungsgeschäfte geführt hatte. Ein Junge von noch nicht einmal dreizehn Jahren hatte sie vertreten, hatte ihr den Rücken freigehalten, damit sie sich ganz ihrer Trauer überlassen konnte. Er war eingesprungen, weil die anderen Männer der königlichen Familie tot waren.

Dubhe verscheuchte den Gedanken daran. Sie musste das hinter sich lassen, anderenfalls würde sie an dieser Grübelei zugrunde gehen. In den fünfzig Jahren an Learcos Seite hatte sie gelernt, immer stark zu sein und sich keine Schwächen zu erlauben.

Nur wenn sie mit ihrem Gemahl allein gewesen war, hatte sie sich zugestanden, nicht die unverwundbare Frau zu sein, die alle kannten. Und nun, da Learco tot war, gab es überhaupt keinen Platz mehr für solche Schwächen. Jetzt war es ihre Pflicht, wieder zu sich zu finden, um dem Andenken ihres Mannes und ihres Sohnes gerecht zu werden, mit anderen Worten, um ihr Volk zu führen.

Als es an der Tür klopfte, schrak Dubhe auf. Sie lockerte den Griff ihrer Finger, die sich um die Armlehnen des Sessels gekrampft hatten, und atmete tief durch. »Herein!«

Es war einer ihrer Untergebenen. »Majestät, die Versammlung ist bereit.«

Jede Woche erstattete ein anderer General Bericht über die Lage an der Front. Dabei wiesen die verschiedenen Versionen keine großen Unterschiede auf. Wer die Seuche überlebte, brauchte lange, um wieder auf die Beine zu kommen, und währenddessen rückten die feindlichen Heere unaufhaltsam immer weiter vor. Unter diesen Voraussetzungen war es unmöglich, eine Verteidigungslinie aufzubauen, die diesen Namen verdient hätte.

Langsam stemmte Dubhe sich hoch. »Ich komme«, antwortete sie erschöpft.

Was sollte sie diesmal sagen, um die Moral ihrer Leute zu stärken?

Ihre Hand glitt über die rechte Seite ihres Gesichtes. Zwar hatte die Seuche sie befallen, aber nicht umgebracht, und geblieben waren ihr diese großen schwarzen Flecken, die sie daran gemahnten, wie nahe sie dem Tod schon gekommen war. Es war eine Bestimmung all derer, die wieder gesundeten: Auf der Haut trugen sie diese Zeichen der Trauer, Trauer um all jene, die es nicht geschafft hatten.

Als sie den Saal betrat, verneigten sich gleichzeitig gut ein Dutzend Häupter vor ihr, darunter auch Theana, die etwas abseits in einer Ecke saß. Schon seit einiger Zeit nahm sie tatkräftig am Kampf um den Bestand des Reiches teil und war vor allem damit beschäftigt, ein Heilmittel gegen diese unbekannte Krankheit zu finden, die so viele von ihnen hinwegraffte. Auch Kalth war zugegen. Als Dubhe das Ruder der Macht wieder übernommen hatte, hatte sie zu ihm gesagt: »Ich danke dir, du hast viel mehr als deine Pflicht getan. Aber jetzt, da ich mich erholt habe, brauchst du dich mit den Staatsangelegenheiten nicht mehr zu belasten.«

Daraufhin hatte er sie traurig angelächelt. »Das möchte ich aber. Oder soll ich etwa tatenlos mit ansehen, wie das Reich zerfällt, für das mein Vater und mein Großvater gestorben sind? Nein, das könnte ich nicht. Und ich weiß, dass du mich verstehst.«

Seitdem hatte er bei keiner Sitzung des Gemeinsamen Rates gefehlt. Seine Bemerkungen waren wohldurchdacht, seine Kenntnisse der Staatsgeschäfte fundiert. Er zeigte keine Schwächen, argumentierte immer kühl und streng logisch, war stets gefasst, egal wie dramatisch sich die Lage auch darstellte. Manchmal konnte Dubhe es kaum ertragen, ihm ins Gesicht zu schauen. Denn trotz seines noch kindlichen Aussehens erkannte sie darin die Züge seines Vaters: Er war wie Neor.

Jetzt blickte die Regentin die Versammelten eine Weile schweigend an und nahm dann Platz.

Als Erster ergriff einer der Generäle das Wort und entrollte dazu eine mit roten Markierungen versehene Landkarte. Die Skizze der Niederlagen. Die wenigen Siege, die man hatte erringen können, reichten nicht, um den Ansturm der Elfen aufzuhalten, die ihren Feldzug perfekt vorbereitet hatten. Dabei war es weniger eine zahlenmäßige Überlegenheit, die ihnen zu schaffen machte. Denn so viele waren es nicht. Aber sie hatten ihr Heer in kleinere, nur aus einigen Hundert Soldaten bestehende

Einheiten aufgeteilt, die wie Guerillatrupps mit Überraschungsangriffen operierten. Durch die Verbreitung der Seuche waren sie immer im Vorteil und schlugen mit präzise kalkulierten Aktionen zu, wie chirurgische Eingriffe, die ihre Gegner an den empfindlichsten Stellen trafen und entscheidend schwächten. Alles sprach dafür, dass sie von einem überragenden Herrscher oder Feldherrn angeführt wurden. Doch den hatte noch keiner von ihnen zu Gesicht bekommen.

»Das war alles«, schloss der General und rollte umgehend die Karte zusammen, als gelte es, all die Zeichen der Niederlagen rasch wieder zu verbergen.

Dubhe seufzte. »Sind die Verstärkungen aus den anderen Ländern eingetroffen?«, fragte sie.

»Nur sehr vereinzelt«, antwortete ein anderer General. Der Versuch, verschiedene Truppenverbände der einzelnen Reiche zusammenzuführen, war gescheitert.

»Leider sind sie alle mehr oder weniger in unserer Lage, Majestät: Die wenigen Soldaten, die zur Verfügung stehen, sind völlig überfordert. Und vor allem fehlt es an der richtigen Koordination.«

»Uns fehlt ein Anführer«, setzte ein jüngerer Offizier hinzu. »Die Generäle reiben sich alle an ihren Fronten auf oder sind durch die Seuche außer Gefecht gesetzt. Und von den Verbliebenen schafft es, mit Verlaub, keiner, das Ruder in die Hand zu nehmen. Was uns fehlt, ist ein großer Feldherr.«

»Wir müssen uns darauf konzentrieren, ihre Befehlshaber auszuschalten. Das ist im Moment der einzige Weg. Und dann warten wir natürlich weiter auf eine Antwort auf unser Hilfsersuchen an die Untergetauchte Welt.

Unsere Beziehungen sind gut, eigentlich dürften sie uns ihre Unterstützung nicht verweigern«, erklärte Dubhe, ohne auf die Klage des jungen Offiziers einzugehen.

Ihre Worte vermochten es kaum, die düsteren Mienen um sie herum aufzuhellen.

»Das ist alles«, schloss sie.

Während sich die Teilnehmer auf den Ausgang zubewegten, sah Dubhe in ihre gezeichneten Gesichter und dachte, dass sie etwas anderes noch dringender brauchten als einen großen Feldherrn: Hoffnung. Nur einer blieb noch, stand am gegenüberliegenden Ende Tisches, auch dessen Gesicht blass, die Miene starr. Kalth.

»Auch du kannst gehen«, sagte Dubhe, wobei sie ihn anlächelte.

Doch der Junge rührte sich nicht, stand weiter etwas steif da und ließ die Arme an den Seiten herunterbaumeln. »Hast du eigentlich gehört, was sie gesagt haben?«, fragte er.

Dubhe nickte, während sie sich auf ihrem Stuhl aufrichtete. Den vorwurfsvollen Unterton in der Stimme ihres Enkels hatte sie nicht überhört.

»Sie haben Recht. Uns fehlt ein Anführer«, fuhr Kalth fort. »Und du könntest das sein. Du solltest dich auf den Weg machen, unsere Truppen brauchen dich.«

»Vielleicht. Aber hier werde ich dringender gebraucht, Kalth. Ich sehe es als meine Aufgabe an, bei meinem Volk zu sein, vor allem jetzt, da ich gegen die Seuche immun bin.«

Langsam ging Kalth um den Tisch herum und trat auf sie zu. »Ich weiß nicht, ob das stimmt. Dein Element war doch immer der Kampf. Das ist deine Natur.«

»Das ist lange her. Das Leben verändert einen.«

»Dennoch denke ich, dass du zur Front aufbrechen solltest.«

Nun stand er ihr unmittelbar gegenüber. Dubhe schaffte es nur kurz, seinem Blick standzuhalten. Denn aus Kalths Augen schaute Neor sie an.

»Das Schicksal hat mir das Zepter des Landes der Sonne in die Hand gegeben. Ich muss es gut regieren, denn mit diesem Land steht und fällt die gesamte Aufgetauchte Welt.«

»Und wenn ich das Zepter wieder für dich übernehme? Es wäre ja nicht das erste Mal …«

Dubhe war gerührt. Aber was waren das für Zeiten, in denen sich ein zwölfjähriger Junge zu solch einem Angebot verpflichtet sah?

Sie schüttelte den Kopf. »Schon, aber das waren doch nur wenige Tage. Zudem sollst du dich um dein eigenes Leben kümmern und dich nicht mit Aufgaben belasten, die niemand von dir verlangen kann.«

»Leben nennst du das? Während draußen der Krieg tobt und rasch immer näher rückt, dazu fast ohne Verwandte, nachdem meine Familie mit einem Schlag zerbrochen ist?« Seine Stimme war ein wenig lauter geworden, und Dubhe setzte an, um etwas zu erwidern, aber ihr Enkel ließ sie nicht dazu kommen. »Ich wäre ja nicht allein. Theana und deine zuverlässigsten Ratgeber sind noch hier und würden mich unterstützen. Jedenfalls können wir so nicht weitermachen. Das wäre unser Ruin.«

Die Aussicht lockte, das konnte sie nicht leugnen.

Soldaten in den Kampf zu führen, wieder zum Schwert

zu greifen wie damals, als sie, die junge Königin, Learco auf seinen Feldzügen begleitet hatte. Im Grunde wünschte sie sich das seit Neors Tod.

»Auch wenn ich mich dazu entschlösse, könnte ich die fehlende Truppenstärke nicht ausgleichen und auch nicht verhindern, dass die Seuche weiter unsere Reihen lichtet.«

»Gewiss, aber du kannst allen neue Hoffnung schenken.«

»Aber ich bin eine alte Frau«, murmelte Dubhe.

Kalth ballte die Fäuste. »Ich meine es wirklich ernst. Das ist keine Laune von mir. Das Schicksal hat diese Prüfungen für uns vorgesehen, und jeder Einzelne muss sich jetzt fragen, wo er am nützlichsten sein kann. Ich bin ja kein kleines Kind mehr, und dass ich das Land regieren kann, habe ich schon gezeigt. Vielleicht ist es meine Bestimmung, in so jungen Jahren König zu sein, und der muss ich gerecht werden.«

Langsam bewegte er sich zur Tür, mit dem gleichen gelassenen Gang, der für Neor so typisch gewesen war, vor seinem Unfall, als er noch laufen konnte. Dubhe musste die Augen schließen, um das Bild ihres Sohnes zu vertreiben.

So blieb sie allein in der Stille des Saales. Im Herzen das Kampfgeschrei des Krieges, der sie erwartete, eines Krieges, der dabei war, die Träume ihres Gemahls zu zerstören.

5

Flucht

»Hier könnten wir eine Rast einlegen«, sagte Adhara. Sie waren unterwegs in einem dichten Wald, eben jenem, durch den sie auch damals, nach der Flucht aus dem brennenden Versteck der Erweckten, gekommen war.

Alles wiederholt sich, dachte sie wieder einmal, *wie in einem ewigen Kreislauf.*

Die beiden Mädchen hatten bereits eine ordentliche Wegstrecke zurückgelegt. Diese ersten Stunden nach ihrem Ausbruch waren entscheidend, denn es würde nicht lange dauern, bis man nach ihnen suchen würde. War der Brand erst einmal gelöscht, würde Dubhe ihnen unverzüglich ihre Leute hinterherhetzen. Aber das war es nicht allein, was ihr Sorgen bereitete.

»Meinst du wirklich? Sollten wir nicht doch lieber noch weiter laufen?«, fragte Amina, obwohl sie erschöpft und abgezehrt aussah. Und sie wirkte nervös. Sie hatten auf dem ganzen Weg kaum ein Wort miteinander gesprochen.

»So kommen wir ohnehin nicht mehr weit«, antwortete Adhara, während sie sich ins Gras fallen ließ. »Ich jedenfalls brauche jetzt etwas Schlaf.«

Amina schien einverstanden, denn sie machte es sich, ohne noch etwas hinzuzufügen, ebenfalls bequem, auf einem Umhang, den sie ihrem Quersack entnahm. Außerdem holte sie noch ein Fläschchen hervor, das eine dunkle Flüssigkeit enthielt. Sofort regte sich etwas in Adharas Gedächtnis. Ein *Tarntrank*, dachte sie. Sie hasste diese unvermittelten Erinnerungen, weil sie wusste, dass sie keiner wirklichen Erfahrung entsprangen, sondern ihr von den Erweckten wie ein Brandzeichen eingepflanzt worden waren. Diese Kenntnisse sollten die Leere ihrer Existenz füllen.

»Sollen wir uns etwa tarnen?«

»Du weißt, was das ist? Dann stimmt es also gar nicht, dass du dich an nichts erinnern kannst.«

»Nein ..., ich meine doch ... Ich habe darüber gelesen, du weißt schon, in der Bibliothek«, log sie. »Das ist ein Tarntrank. Die Wirkung hält vierundzwanzig Stunden lang an, ein Schluck reicht dafür schon ...«

»Ja, ich dachte, das können wir bestimmt gut gebrauchen. Deshalb hab ich mir das Zeug bei einem Agenten meiner Großmutter besorgt.«

»Schön und gut, aber das sind doch höchstens ...«, Adhara maß den Inhalt mit kundigem Blick, »... drei oder vier Schlucke für jeden.«

»Wir nehmen eben nur davon, wenn wir in Gefahr sind oder wenn wir erkannt werden könnten.«

Amina hatte tatsächlich alles bis ins Kleinste geplant und legte in allem einen übertriebenen Eifer an den Tag, der Adhara verdächtig vorkam.

Das Mädchen streckte sich auf ihrem notdürftigen Lager aus. »Wir sollten abwechselnd Wache halten, oder was meinst du?«, schlug sie vor.

In dem wenigen Licht des Vollmonds, das bis zu ihnen unter den Bäumen vordrang, versuchte Adhara, den Gesichtsausdruck der anderen zu deuten. »Was hast du eigentlich vor?«, fragte sie.

»Mit dir gehen«, antwortete Amina, als sei es das Selbstverständlichste der Welt.

Adhara starrte auf ihr Lager aus Farn. Der Wald hatte etwas Gespenstisches. Sie spürte einen Stich im Herzen, das Nachglimmen eines tiefen Gefühls, das nicht erlöschen wollte. »Weißt du denn, was ich vorhabe? Ich werde nach *ihm* suchen.«

Ihr fehlte der Mut, den Namen auszusprechen. Amhal. Was musste Amina über ihn denken? Schließlich hatte sie mit angesehen, wie dieser Mann ihren Vater getötet hatte und dann mit San geflohen war.

»Gut, da komme ich mit.« Amina hob nur ein wenig den Kopf, um sie anzuschauen. »Macht es dir etwas aus, die erste Wache zu übernehmen?«

Es war offensichtlich, dass sie das Thema wechseln wollte, doch dazu war Adhara nicht bereit. Sie brauchte Klarheit.

»Warum willst du mit mir kommen? Wieso hast du mir zur Flucht verholfen? Und musstest du wirklich gleich das ganze Gebäude in Brand stecken? Schließlich war das dein Zuhause.«

»Das war kein Zuhause mehr. Nichts war mehr so, wie es einmal war«, antwortete Amina knapp. »Ich saß da in meinem Zimmer eingesperrt und konnte mir nur noch durchs Fenster die ausgestorbene Stadt anschauen. Die Einsamkeit war nicht auszuhalten. Und außerdem konnte ich dich doch nicht in dieser schmuddeligen Zelle versauern lassen. Soll ich dir mal was sagen? Die haben mich alle enttäuscht. Theana, die dich einfach gefangen nehmen lässt und im Kerker einsperrt, meine Großmutter, die nichts dagegen unternommen hat, mein Bruder und meine Mutter mit ihrer sinnlosen Trauer. Nein, das ist nicht mehr meine Familie.«

»So was darfst du nicht sagen. Die lieben dich alle, und das weißt du auch.«

»Ich verstehe wirklich nicht, wieso du sie noch verteidigst nach allem, was sie dir angetan haben.«

Adhara stützte ihr Kinn auf die Knie. »Jetzt sag schon: Warum willst du mit mir kommen?«, fragte sie noch einmal. Für sie passte das alles nicht zusammen, hatte etwas Unwirkliches, Absurdes: schon mit der kleinen Prinzessin dort im Wald zu sitzen, wie sie sich gekleidet hatte oder auch mit welcher Selbstverständlichkeit sie sanft über den Dolch an ihrem Gürtel strich.

»Ich bin müde und hab jetzt keine Lust mehr zu reden«, antwortete Amina nur.

Sie zog sich den Umhang über die Schultern, streckte sich zwischen den Farnen aus und drehte Adhara den Rücken zu.

Es begann mit einem dumpfen Vibrieren, das von der Brust ausging und ihr die Luft nahm. Immer langsamer schlug ihr Herz, ihre Lunge zog sich zusammen. In panischem Schrecken riss Adhara die Augen auf und hatte das sichere Gefühl, jetzt sterben zu müssen. Wie ein zusammengerolltes Bündel lag Amina vor ihr im trockenen Laub, während sie selbst sich aufgesetzt hatte und mit dem Rücken gegen einen Baumstamm lehnte.

Sie betastete ihre Arme, die Beine, den Oberkörper. Vielleicht war es nur die Erschöpfung, die ihr einen Streich spielte. Um sie herum vertrieb das Morgengrauen schon die Finsternis.

Langsam verschwand der Druck, ihr Atem kam wieder regelmäßiger. Adhara legte sich ins Gras und sog die frische Morgenluft tief in die Lunge ein.

Das konnte nur ein Alptraum gewesen sein. Mehr nicht. Irgendein schrecklicher Traum hatte sie derart in Panik versetzt, dass ihr Körper darauf reagierte. Aber Angst hatte sie immer noch, wahnsinnige Angst. Bis zu diesem Moment hatte sie sich immer auf ihren Körper verlassen können, und so schwach hatte sie sich noch nie gefühlt.

Sie legte die Hände in den Schoß, schluckte und überlegte, ob sie Amina wecken sollte. Da bemerkte sie am Zeigefinger, gleich unterhalb des Nagels, ein winziges, kaum wahrnehmbares Pünktchen von einem tiefen Rot.

Adhara beschloss, durch den Wald weiterzuziehen. Sie wusste nur, dass Amhal Richtung Westen geflohen war. Solange sie das Große Land noch nicht verlassen hatten, konnten sie dieser Richtung folgen. Hatten sie ihre Verfolger, die Dubhe und Theana ihnen zweifellos nachsandten, erst einmal weit genug hinter sich gelassen, würden sie Zeit finden, nach genaueren Hinweisen zu Amhals Ziel zu suchen.

Um keine Spuren zu hinterlassen, marschierten sie durch das Flussbett, schweigend, jede in die eigenen Gedanken versunken, aber dennoch in ständiger Alarmbereitschaft. Adhara beschäftigte besonders, wie sich Amina verändert hatte. Sie war nicht mehr das wilde, im Grunde aber traurige kleine Mädchen, das sie damals ins Herz geschlossen hatte. Heute war sie ganz anders und strahlte etwas aus, was Adhara erschreckte.

Aber obwohl es ihr nicht gelang, Amina ein Wort darüber zu entlocken, war sie sich sicher, dass die junge Prinzessin sie nur deshalb begleitete, um an Amhal, dem Mörder ihres Vaters, Rache zu nehmen.

Und wenn sie allein weiterzog? Mit Sicherheit würde Amina das als Verrat an ihrer Freundschaft betrachten, aber tatsächlich würde sie ihr damit das Leben retten. Aber wie sollte sie das anstellen? Sie konnte sie ja nicht einfach den wilden Tieren ausliefern und schlafend allein im Wald zurücklassen. Das war ausgeschlossen.

Und wenn sie mit Amina zurückkehrte, würde das bedeuten, dass sie sich Theana unterwerfen und ihr fortan gehorchen musste.

Dann bleibt mir nichts weiter übrig, als diese Bestimmung als Geweihte hinzunehmen.

Ein Schauder überkam sie. Nein, nein, solch eine Bestimmung gab es doch gar nicht. Fest stand, sie wollte nicht zurück. Und Amina hatte das bei ihren Fluchtplänen einkalkuliert und mit Sicherheit begriffen, was Adhara durch den Kopf ging.

Doch mit einem Mal wurde ihr auch wieder die Ungeheuerlichkeit dessen bewusst, was Amhal getan hatte. Was, wenn es ihr nicht gelingen würde, ihn – sollte sie ihn tatsächlich finden – zur Vernunft zu bringen? War sie nicht schon einmal daran gescheitert?

Vielleicht hätte ich doch im Palast bleiben und mich dem fügen sollen, was eigentlich auf der Hand lag.

Aber das ging nicht, im Namen der Gefühle, die sie so aufwühlten, wegen all dieser Empfindungen, die sie so verwirrten, ihr aber auch deutlich machten, dass sie ein fühlendes Wesen war und nicht das Ergebnis eines Experiments.

Deshalb konnte sie gar nicht anders als weiterzuziehen, mit einem Mädchen an ihrer Seite, das nicht weniger verloren und verwirrt war als sie selbst. Und zu hoffen, dass sie den richtigen Weg finden würden.

Sechs Tage lang wanderten sie und schonten sich nicht. Langsam veränderte sich die Landschaft um sie herum, ein Zeichen, dass sie die Grenze zum Land des Windes bereits passiert hatten. Adhara musste wieder daran denken, dass sie genau den gleichen Weg schon einmal zurückgelegt hatte, damals allein, nachdem sie auf dieser Wiese ohne die winzigste Erinnerung aufgewacht war. Nur wurde sie jetzt verfolgt und musste daher noch mehr auf der Hut sein. Da sah sie etwas in einiger Entfernung zwischen den Farnen hervorlugen. Adhara ergriff Aminas Arm und zog sie in die Hocke herunter. »Da ist jemand«, zischte sie.

»Wer?«, hauchte die Prinzessin.

Doch Adhara schüttelte nur den Kopf und zog den Dolch, den sie dem Wachsoldaten bei ihrer Flucht abgenommen hatte. Die Waffe in der Hand zu spüren, gab ihr Sicherheit. »Du bleibst hier«, befahl sie.

Langsam schlich sie durch das Gras näher heran. Nun erkannte sie einen Mann, der mit dem Rücken an einen Felsblock gelehnt in einem kleinen Flussbett lag, die Beine im Wasser, während die Arme schlaff am Körper herunterhingen. Adhara hielt den Atem an. Nur keinen Laut. Zunächst musste sie sich vergewissern, dass ihnen keine Gefahr drohte; erst dann konnte sie Amina nachkommen lassen.

Sie schlich noch ein wenig näher heran, als sie ein Röcheln, ein langgezogenes, leidendes Stöhnen hörte. Der Mann schien verletzt zu sein. Angesichts der Tatsache, dass sie gesucht wurden, wäre es sicher ratsam gewesen, einfach weiterzuziehen und den Mann seinem Schicksal zu überlassen. Doch Adhara gehorchte ihrem Instinkt und schlich sich mit gezücktem Dolch noch näher heran.

Der Mann war schon recht alt und blickte sie jetzt aus matten, erloschenen Augen an. Im Unterleib klaffte eine tiefe Wunde, aus der in dickem Schwall das Blut strömte. Offenbar hatte man ihn beraubt und ihm nur das Hemd aus rauem Leinen gelassen, über dem er gewiss dickere Kleidungsstücke getragen hatte. Räuber. Das sah ganz nach einer Räuberbande aus. Adhara erkannte auf den ersten Blick, dass es für den Mann keine Hoffnung mehr gab. Doch war es ihr unmöglich, ihn einfach so liegen zu lassen.

Angestrengt versuchte sie, sich einen Heilzauber einfallen zu lassen, und sei es auch nur, um seine Schmerzen zu lindern, bis es zu Ende war. Als sich ihre Blicke kreuzten, erkannte sie in den Augen des Mannes ein schmerzerfülltes Flehen, das ihr zu Herzen ging. Er öffnete den Mund, als wollte er ihr etwas sagen, doch kein Laut kam über seine Lippen.

»Ich verstehe nicht …«

Da nahm der Alte ihr den Dolch aus den Händen und hielt ihn an seine Brust. ›Bitte‹, flehte sein stummer Mund.

Und Adhara verstand.

Der Mann deutete eine Art fast zufriedenes Lächeln an. Dann schloss er die Augen, und Adhara tat es ihm nach. Hinsehen konnte sie nicht. Aber mit einer raschen Bewegung versenkte sie die Klinge in der Brust des Mannes und betete dabei, dass es schnell und schmerzlos gehen möge. Nur einmal bäumte sich der Körper auf. Dann war alles still.

Adharas Muskeln entspannten sich, ihre Hand lockerte den Griff. Völlig leer fühlte sie sich. Jetzt erst merkte sie, dass sie die ganze Zeit den Atem angehalten hatte, und Entsetzen überkam sie angesichts dieser wahnsinnig gewordenen Welt und dem, was sie aus den Geschöpfen machte, die sie bewohnten.

»Was ist denn los?«, rief eine hohe Stimme aus einiger Entfernung. Amina. Adhara hatte sie vollkommen vergessen. Sie stemmte sich hoch und versuchte dabei, an dem Mann vorbeizuschauen, den sie gerade getötet hatte. Dann winkte sie die Freundin zu sich. Die tauchte aus dem Wald auf und lief rasch herbei. Als sie vor dem leblos daliegenden Mann stand, fragte sie: »Warum hast du so lange gewartet? Eine Leiche ist doch nicht gefährlich.« Dabei blickte sie Adhara misstrauisch an.

Die brachte es nicht über sich, zu erzählen, was tatsächlich geschehen war. »Ich musste doch sichergehen, dass niemand mehr in der Nähe ist«, erwiderte sie nur. »Schau nicht hin«, fügte sie dann leise hinzu.

»Glaubst du, das waren die Elfen?«

Adhara schüttelte den Kopf. »Nein, Banditen. Sie haben ihn ausgeraubt.« Sie überlegte einen Moment. »Komm, hilf mir mal.«

Den Mann anständig zu beerdigen, kam nicht infrage. Das hätte zu viel Zeit gekostet. Allerdings war das Wasser des Flusses tief genug, so dass sich die Strömung des Leichnams annehmen konnte. Lieber das offene Meer als dieses Ufer hier, wo die Leiche vielleicht von wilden Tieren zerrissen würde, dachte Adhara. Sie griff unter die Achseln des Toten und zog ihn hoch, während Amina bei den Füßen half. Es dauerte eine Weile, bis die Strömung den Leichnam erfasst hatte, dann aber zog sie ihn mit sich, bis er langsam zu einem dunklen Fleck wurde, der dem Saar entgegentrieb, und dann weiter zum Ozean. Gern hätte Adhara noch ein Gebet gesprochen, aber sie hatte keinen Gott, an den sie sich wenden konnte. Nach allem, was sie erlebt hatte, kamen ihr Thenaar oder andere Gottheiten nur noch wie Götzen vor, die die Leute sich ausdachten, um ihr wahnsinniges Treiben auf Erden zu rechtfertigen.

Da passierte es: Ein jäher Schmerz überfiel sie, so heftig, dass es ihr die Brust zerriss. Im seichten Wasser am Ufer sank sie auf die Knie, während sich, von den Händen ausgehend, ein entsetzliches Gefühl in alle Muskeln ausbreitete. Ihr Körper gehorchte, gehörte ihr nicht mehr. So kniete sie einige Augenblicke, ohne zu atmen, da, überzeugt, dass dies ihr Tod sei, ein unerklärlicher, schmerzhafter Tod.

Doch so blitzartig, wie er sie überkommen hatte, verschwand der Anfall auch wieder.

»Alles in Ordnung?«, fragte sie eine Stimme.

Es dauerte einen Moment, bis sie Amina scharf vor sich sah, die über sie gebeugt dastand. Sie richtete sich ein wenig auf, um sich auf die Fersen zu setzen, und scherte sich nicht darum, dass ihr Hosenboden nass wurde.

»Mir war nur schwindlig. Vielleicht bin ich immer noch etwas geschwächt von der Zeit im Kerker.«

»Meinst du wirklich? Ich hab doch gesehen, wie du zusammengeklappt bist, und …«

»Glaub mir, ich bin in Ordnung … Vielleicht war es auch der Ekel vor der Leiche …«

Als sie aufstand, fiel ihr Blick auf ihre linke Hand. Der Fleck auf dem Finger schien größer geworden zu sein.

»Hast du dich da gestoßen?«, fragte Amina.

»Keine Ahnung …«, antwortete sie nur, obwohl sie mit einem Mal eine dunkle Vorahnung hatte.

Ein lautes Ziepen aus dem dichten Wald ließ sie aufschrecken. Wahrscheinlich ein Vogel, aber vielleicht machte auch jemand einen Vogelruf nach.

Adhara war unruhig. »Komm, wir müssen weiter«, forderte sie die andere auf. Und so machten sie sich wieder auf den Weg.

6

Kriegsgräuel

Lange und kräftig rieb die Feuerkämpferin darüber. Nahm Spucke zu Hilfe, tauchte ihn ins Wasser. Aber es nützte nichts. Es war kein Fleck, der sich hätte wegwaschen lassen, damit musste sie sich abfinden. Ihr Finger war rot, ein dunkles, abschreckend aussehendes Rot, so als habe ihn jemand abgebunden, so dass das Blut in ihm stockte. Wenn sie ihn berührte, kribbelte er leicht. Aber immerhin ließ er sich normal bewegen.

Gleich neben ihr warf sich Amina unruhig im Schlaf hin und her. Der Morgen graute bereits, es war Zeit zum Aufbruch. Adhara horchte in ihren Körper hinein. Wie fühlte sie sich? Sie hätte es nicht sagen können. Aber irgendetwas geschah mit ihr, etwas Beängstigendes, das sie sich nicht erklären konnte.

Vielleicht bin ich doch nicht so immun gegen die Seuche, wie ich geglaubt habe, überlegte sie. Aber aus irgendeinem Grund spürte sie, dass es sich nicht um die Krankheit handelte, von der so viele befallen wurden. Ihre Symptome rührten von etwas anderem, etwas Tieferem her. Seit ihr im Fluss die Luft weggeblieben war, machte sie sich große Sorgen, was dazu führte, dass sie sich die ganze Zeit über geschwächt fühlte. Nahm ihre Lunge eigentlich noch genügend Luft auf? Und ihr Herz? Schlug es nicht viel zu laut? Und währenddessen schien sich die dunkelrote Stelle an ihrem Finger immer weiter auszubreiten.

Sie stand auf und rüttelte Amina sanft wach. »Es ist Zeit«, flüsterte sie. Sie sah, wie sich das Mädchen reckte und streckte und dabei ein wenig maulte. Jetzt wirkte Amina so liebreizend wie sonst den ganzen Tag über nicht. Denn dieser kalte, finstere Ausdruck in ihrer Miene war verschwunden, und sie war wieder ganz das, was sie eigentlich auch war: ein kleines Mädchen.

»Los, auf, ich hab ein paar Äpfel zum Frühstück besorgt.« Amina nickte und rappelte sich verschlafen auf. Wäre sie doch immer so gewesen. Hätte man doch einfach alles ungeschehen und sie wieder zu jenem jungen Mädchen machen können, das sie so liebgewonnen hatte ... Stattdessen verschloss sie sich und machte es Adhara unmöglich, Zugang zu ihr zu finden.

Schweigend, im leichten Nieselregen, frühstückten sie. Mittlerweile stand der Winter vor der Tür, und morgens war das Gras mit einem Hauch von Raureif bezogen. Seit zwei Tagen marschierten sie nun schon durch offenes Gelände. Sie mussten schleunigst ein Dorf finden, wo sie ihre Vorräte auffrischen und sich vielleicht auch erkundigen konnten, ob man dort etwas von Amhal und San gesehen oder gehört hatte. Adhara hatte keine klare Vorstellung davon, in welche Richtung sie überhaupt ziehen sollten.

»Komm, wir machen uns wieder auf den Weg«, sagte sie, während sie die Kerngehäuse ins Gebüsch warf.

Amina zögerte nicht, zog den Umhang über und folgte ihr.

Bei jedem Schritt versanken ihre Stiefel im Schlamm. Offenbar hatten sie die Steppenlandschaft im Norden des Landes des Windes erreicht, denn meilenweit war kein einziger Baum mehr zu sehen. Adhara machte es nervös, so ohne Deckung zu sein.

Da stieg ihr ein furchtbarer Gestank in die Nase. Es roch so widerlich, dass sie sich rasch einen Zipfel ihres Umhangs vor Mund und Nase hielt.

Auch Amina begann zu würgen. »Was ist das?«

Adhara kannte diesen Geruch von Verwesung, Blut und Tod. Vielleicht ein Zeichen, dass Amhal und San durch diese Gegend gekommen waren, aber dies war kein tröstlicher Gedanke. Nach dem, was mit Neor geschehen war, wusste sie genau, dass die beiden nicht zögern würden, wieder und wieder zu morden. »Du wartest hier, ich schau mal nach, was da los ist«, sagte sie.

Amina, kreidebleich, nickte nur.

Der entsetzliche Gestank war ein guter Wegweiser, und so fand Adhara schnell heraus, woher er kam. Als sie es sah, ließ das Grauen sie erstarren. Ihre Beine rührten sich nicht mehr, und so stand sie da und blickte gebannt auf die beiden Leichen im Gras oder auf das, was von ihnen übrig war.

So verfallen Körper, wenn das Ende gekommen ist, dachte sie. Hätten die Erweckten sie nicht aus der Erde geholt und zu sich geschleppt, hätte sie selbst ein ähnliches Bild abgegeben. Bei dem Gedanken schwindelte ihr, und erst jetzt schaffte sie es, den Blick abzuwenden. Aber es war noch nicht überstanden. Sie musste sich die beiden aus nächster Nähe anschauen, um sicherzugehen, dass nicht einer von ihnen Amhal war.

So nahm sie allen Mut zusammen und ging, einen Arm vor Mund und Nase gelegt, langsam weiter. Als sie sich über die Leichen beugte, vertrieb ein flüchtiger Blick auf die entstellten Gesichter ihre Befürchtung. Aber als sie sich die Körper ansah, erkannte sie sofort, was geschehen war. Bei beiden war die Brust mit ungeheurer Wucht von vorn bis hinten durchbohrt worden. Das konnte nur ein Werk von Amhals schwerem Beidhänder sein. Er war hier vorübergekommen.

Die beiden Toten trugen keinerlei Rüstung, sondern nur noch Hemden aus grobem Leinen, genauso wie der Alte, den sie am Bachufer gefunden hatte. Vielleicht hatten vorüberziehende Räuberbanden den Leichen abgenommen, was sie am Leib trugen. Sie musste sich beeilen. Amina war allein, und in dieser Gegend lauerte Gefahr. Sie stand auf und schaute sich nach Spuren um, fand aber nur ein Gewirr von Abdrücken aller Art, aus dem sie unmöglich etwas folgern konnte. Sie ging noch ein paar Schritte, um vielleicht doch noch einen Hinweis zu finden, da erregten Fußspuren ihre Aufmerksamkeit, die tiefer waren als alle anderen, von mindestens vier oder fünf Leuten, die in eine bestimmte Richtung, genauer zu einem Dickicht rechts von ihr, führten. Andere Spuren, von zwei Personen, verliefen in nordwestliche Richtung. Dort lag das Land des Wassers. Es sah ganz so aus, als seien San und Amhal dorthin unterwegs. Eigentlich keine Überraschung, denn Theana hatte erzählt, dass die Elfen an der Grenze dieses Landes in die Aufgetauchte Welt eingefallen waren.

Da ließ ein gellender Schrei sie herumfahren. Amina. Mit gezücktem Dolch rannte Adhara los, so schnell ihre Beine sie trugen, und sah kurz darauf die drei Männer, die über das Mädchen hergefallen waren.

Sie trugen zerlumpte Kleider, und ihre Waffen waren verrostet, offensichtlich eine Bande Verzweifelter, die für ihr Tun nicht sonderlich gut gerüstet waren. Vielleicht waren sie vor nicht allzu langer Zeit noch ganz harmlose Bauern gewesen, die der Hunger und die Not zu Wegelagerern gemacht hatten.

Schon stürzte sich Adhara auf den ersten und rammte ihm den Dolch zwischen die Rippen, tief hinein in den Leib bis zur Lunge. Noch nicht einmal schreien hörte die Feuerkämpferin ihn, so schnell sackte er leblos zu Boden. Einen Augenblick standen die anderen beiden verwirrt da und glotzten Adhara blöd an, dann presste der eine Amina zu Boden, während sich der andere auf Adhara warf. Doch die kam ihm zuvor, hob blitzschnell das Schwert des Mannes, den sie gerade getötet hatte, vom Boden auf, wich dem Angriff aus und traf den Banditen mit einem mächtigen Hieb zwischen die Schulterblätter. Sein Schrei hallte über die Ebene. Nun war der dritte an der Reihe. Der hielt Amina fest, die sich in seinem Griff wand und zappelte, während sie gleichzeitig mit ihrem alten Dolch, dem mit der vielfach eingekerbten Schneide, auf den Mann einzustechen versuchte. Doch sie fuchtelte nur damit herum, und so war es reiner Zufall, dass sie seinen Arm streifte.

»Na warte, jetzt kannst du was erleben, du kleines Drecksbiest«, knurrte der Bandit.

Er war außer sich vor Wut und wollte gerade zustechen, als hinter ihm eine Hand auftauchte und ihm eine blitzende Klinge einen dünnen roten Strich auf die Kehle zeichnete. Augenblicklich sackte er zu Boden und blieb, die Augen zum Himmel gerichtet, liegen.

Um sie herum kehrte Stille ein. Schwer atmend stand Amina da, die Augen immer noch erfüllt von Furcht, aber auch von einer wilden Entschlossenheit.

»Du musst mir endlich beibringen, wie man richtig mit dem Schwert kämpft. Könnte ich besser damit umgehen, hätte ich es dem Widerling schon gezeigt.«

In diesem Augenblick überkam Adhara die unbändige Lust, ihr eine Ohrfeige zu verpassen, ihr ins Gesicht zu brüllen, dass sie keine Ahnung habe, nichts wusste vom Tod und davon, welche Knechtschaft es bedeutete, dazu geschaffen zu sein, anderen das Leben zu nehmen. Fest ballte sie die Fäuste, bis die Finger kribbelten. Dieses Gefühl beruhigte sie etwas. »Was ist geschehen?«, fragte sie das Mädchen.

Aminas Bericht war bruchstückhaft und verworren. Adhara sei kaum fort gewesen, da seien die Männer schon aus dem Dickicht hervorgebrochen, erzählte sie. Sie habe sich sofort gewehrt, aber gegen drei Angreifer habe sie keine Chance gehabt. Sie hätten sie so festgehalten, dass sie sich nicht mehr rühren konnte, und überall angegrapscht und sie angebrüllt, alles herauszurücken, was sie bei sich habe.

»Wir müssen hier schleunigst weg«, meinte Adhara, als Amina geendet hatte, »hier wimmelt es von Banditen, und wir brauchen einen sicheren Unterschlupf.« Dann blickte sie die Gefährtin an. »Bist du in Ordnung?«, fragte sie, um ein Lächeln bemüht.

Doch Amina erwiderte nichts, zeigte weiter ihre undurchdringliche, ein wenig überhebliche Miene und nickte nur kurz.

Gegen Abend erlebte Adhara den nächsten Anfall. Nachdem sie den ganzen Tag über pausenlos marschiert waren – der kurze Abschnitt im Land des Windes längs der Grenze lag bereits hinter ihnen –, hatten sie gerade im Randgebiet eines großen Waldes im Land des Wasser ihr Lager aufgeschlagen. Da begann es.

Zunächst überkam sie ein starker Brechreiz, wobei Adhara noch glaubte, es handele sich noch um eine Nachwirkung der grauenhaften Bilder, die sie am Morgen gesehen hatte. Doch kurz darauf bekam sie keine Luft mehr, ihr Herz schien nicht mehr schlagen zu wollen, und ihr ganzer Körper wurde schlaff und gefühllos.

Nicht schon wieder, um Himmels willen, nicht schon wieder!

»Adhara, was ist mit dir? Adhara!«

Aminas Stimme klang wie von fern, kühle Hände berührten ihre Haut.

»Mir geht's so schlecht«, stöhnte sie, wobei sie sich wimmernd auf dem Boden zusammenkauerte. Doch wieder, wie schon zuvor, ging der Anfall so schnell vorüber, wie er gekommen war.

Mit dem Rücken gegen einen Baum gelehnt, saß Adhara erschöpft da und beichtete der anderen alles. Sie erzählte von den beiden vorangegangenen Anfällen und auch von den dunkelroten Stellen an ihrem Finger, die sicher damit in Verbindung standen.

Es hatte wieder zu regnen begonnen.

»Was sollen wir tun? Vielleicht bist du ernstlich krank, es könnte die Seuche sein …«

»Das ist eigentlich unmöglich. In meinen Adern fließt Nymphenblut. Nymphen sind immun dagegen.«

»Du solltest dich aber unbedingt untersuchen lassen. Oder glaubst du etwa, das sich das von allein wieder legt?«

»Vielleicht finden wir ja im nächsten Ort jemanden, den ich um Hilfe bitten könnte, das heißt, wenn der Flecken nicht völlig ausgestorben ist«, antwortete Adhara. Ihre Miene war noch ernster geworden. Das wäre ein Drama, denn sie brauchten Hilfe – und Lebensmittel.

Am nächsten Tag gelangten sie bald zu einem Gebäude am Wegesrand, um das reges Treiben herrschte. Es war früher einmal ein Wirtshaus gewesen, aber nun nutzte das Heer es für seine Zwecke. Die ursprüngliche Aufteilung und Einrichtung der Räume war erhalten geblieben. Im Erdgeschoss lag der weiträumige Schankraum mit einer langen Theke, der, nachdem man Tische und Bänke entfernt hatte, als Lagerraum genutzt wurde, und die Kammern im Obergeschoss waren zu Unterkünften für Soldaten eingerichtet worden, die zur Front unterwegs waren. Um das Gebäude herum hauste eine kunterbunte Menschenmenge – Obdachlose, Kranke, Flüchtlinge, dem Tod Entronnene –, in der die beiden Mädchen wahrscheinlich nicht aufgefallen wären. Dennoch hielten sie es für ratsam, etwas von dem Tarntrank einzunehmen. Jede trank ein Schlückchen, und wenig später setzte die Wirkung ein. Als sie ihre Gesichter betasteten, spürten sie, wie sehr sie sich verändert hatten.

Amina fuhr über die nun plumpen Züge eines Bauernmädchens, und bei Adhara sah es ganz ähnlich aus.

»Am besten reden wir überhaupt nichts. Wenn es aber nötig ist, geben wir uns als Schwestern aus«, schlug Adhara vor.

Sich unter die Leute zu mischen, war nicht schwierig. Sie mussten lediglich die Kontrolle einer unfreundlichen zahnlosen Heilpriesterin passieren, die dazu abgestellt war, keine Erkrankten ins Lager zu lassen. Lange betrachtete sie Adharas Finger. Zwei waren bereits tiefrot, und bei einem davon begann ein Fingerglied schwarz zu werden. »Was ist das?«, fragte sie misstrauisch.

»Die habe ich mir gequetscht, als ich ein paar Steine aufhob«, antwortete Adhara.

Die Priesterin warf noch einmal einen zweifelnden Blick auf die Hände und das Gesicht des Mädchens, dann gab sie schließlich den Weg frei.

In einem vor dem Gasthaus aufgeschlagenen Zelt fanden sie Verpflegung: Kohlsuppe und ein wenig trockenes Brot, und dazu wurden Kriegsgeschichten serviert.

Fast alle in dieser ärmlichen Kantine waren Flüchtlinge, und fast allen stand das Grauen noch ins Gesicht geschrieben. Hauptsächlich kursierten Berichte über diese sagenhaften Elfen, ihre Grausamkeit und ihre besonderen Kräfte.

»Am Saar haben sie ein ganzes Dorf ausgerottet. Die Bewohner mussten sich in einer Reihe aufstellen, die meisten Frauen und Kinder, und dann haben sie die Leute einen nach dem anderen über die Klinge springen lassen, um schließlich, was übrig war, in Brand zu stecken.«

»In ihren Heeren kämpfen auch Frauen, die über außerordentliche Kräfte verfügen. Die kennen keine Gnade.«

»Und dann erst diese gruseligen Tiere, die sie reiten, mit ihrem fürchterlichen Geschrei. Ähnlich wie Drachen sehen die aus, schwarz, aber ohne Vorderbeine. Im Grunde sind es fliegende Schlangen.«

Mit niedergeschlagenen Augen löffelte Adhara gedankenversunken ihre Suppe, während Amina interessiert den Gesprächen folgte. »Ich hab auch mal so ein Tier gesehen«, warf sie irgendwann ein.« Adhara erstarrte, mit dem Löffel auf halber Höhe, und bedeutete ihr, den Mund zu halten. »Aber das war nicht hier in der Gegend, sondern weit entfernt, im Großen Land«, fuhr das Mädchen ungerührt fort.

»Direkt hier über uns ist auch schon mal ein Schlangendrache vorübergezogen«, fügte ein anderer hinzu. Adhara spürte, wie ihr Herz fast stehenblieb. »Das wird so vor zehn Tagen gewesen sein. Ich hab die Bestie brüllen hören und gesehen, wie sie in Richtung Front weitergeflogen ist.«

Das hieß, sie waren auf dem richtigen Weg.

»Aber das Problem sind ja nicht nur die Elfen. Manchmal drehen auch unsere eigenen Leute durch«, ergriff eine Frau das Wort. Amina und Adhara wechselten einen Blick.

»Was wollt Ihr damit sagen?«, fragte Adhara, wobei sie allen Mut zusammennahm.

»Damit will ich sagen, dass wir hier einen Kerl erlebt haben, der zwar die Uniform des Vereinten Heeres trägt, aber grauenhafte Dinge angestellt hat. Stimmt's, Jiro?«

Stille machte sich in dem Zelt breit, und alle wandten sich zu einem jungen Burschen mit verschreckter Miene. Er trug eine Binde vor einem Auge und einen breiten Verband um die rechte Schulter. Doch mehr als diese Verwundungen war es sein Blick, der Eindruck machte: Er hatte das Grauen erlebt und duckte sich auf seinem Platz, so als wolle er ganz verschwinden.

Sein Freund neben ihm stieß ihn mit dem Ellbogen an. »Komm, Jiro, lass dich nicht so lange bitten. Die beiden Mädchen sind fremd hier und kennen die Geschichte noch nicht.«

Verwirrt blickte Jiro sich um und begann dann langsam zu erzählen: »Ich war … unterwegs. Mit ein paar Freunden.« Er schluckte. »Wir sind so durch die Gegend gestreift«, setzte er dann hinzu.

Ein Bandit, dachte Adhara. Einer von der Sorte, mit der es Amina und sie gerade erst zu tun bekommen hatten.

»Und da sind wir ihnen begegnet.« Er erzählte stockend und brach immer wieder ab, so als müsse er neue Kräfte sammeln, um fortfahren zu können. Sein Kumpan hatte ihm einen Arm um die Schultern gelegt. »Sie waren zu zweit, einer noch ziemlich jung, und von dem anderen könnte ich das Alter jetzt schwer einschätzen. Sie trugen Kapuzen über dem Kopf.« Wieder musste er Luft holen. »Aber der eine trug ganz sicher unter dem Umhang die Uniform des Vereinten Heeres. Ich weiß, wir hätten uns von ihnen fernhalten sollen, aber wir hatten eben Hunger und dachten, in der Not …«

»Schon gut, Jiro, niemand macht dir hier Vorwürfe.«

»Wir kamen noch nicht einmal dazu, über sie herzufallen. Ich schwör's euch, unsere Schwerter steckten noch in der Scheide, da hat der Ältere schon seine Waffe gezogen: Schwarz war sie und glitzerte im Mondlicht.«

Einen Moment lang schloss Adhara die Augen. San. Dann blickte sie Amina an: Gebannt lauschte sie und biss die Zähne zusammen. Unter der Tischplatte legte Adhara ihr eine Hand auf das Knie.

»Ein Kampf war das nicht. Nein, das war ein echtes Gemetzel. Man hat gesehen, welchen Spaß ihnen das Töten machte, beiden, sowohl dem Älteren als auch dem Jungen. Der in der Uniformjacke führte einen riesigen Beidhänder. Zum Fürchten war der …«

Der junge Bursche legte eine Hand vor sein gesundes Auge. Er weinte jetzt, und seine Schultern wurden von Zuckungen geschüttelt.

»Ihr macht euch ja keine Vorstellung von der Wut, die in seinen Augen blitzte«, fuhr er dann fort. »So was habe ich noch nie gesehen, auch die Elfen können nicht schlimmer sein! Ich habe mich dann tot gestellt und eine ganze Nacht und einen ganzen Tag zwischen den Leichen meiner Kameraden gelegen. Nur so habe ich überlebt.«

Adharas Stimme zitterte, aber sie bemühte sich, die Frage deutlich zu stellen: »Wo war das?«

Jiro riss sich zusammen und blickte sie verstört an. Es dauerte einen Moment, bis er antworten konnte. »Westlich von hier«, erklärte er dann, »vier Tagesmärsche von der Front entfernt. Ich habe ganz deutlich gehört, wie sie von Kalima redeten, einem Dorf im Süden des Landes des Wassers, nur wenige Meilen vom Saar entfernt.«

Bleiernes Schweigen machte sich breit. Gewiss hatte der Bursche sein Erlebnis schon Dutzende Male zum

Besten gegeben, aber seine Zuhörer schienen wieder so entgeistert wie beim ersten Mal. Aber wer wollte es ihnen verdenken? Wenn sie noch nicht einmal mehr den Rittern des Vereinten Heeres trauen konnten, an wen sollten sie sich da noch wenden?

Obwohl ihr Magen knurrte, bekam Adhara keinen weiteren Löffel Suppe hinunter.

Die Nacht verbrachten sie neben dem alten Wirtshaus, in dem großen Zelt, in dem alle Flüchtlinge einen Platz zum Schlafen fanden. »Morgen früh versorgen wir uns mit Vorräten, und dann ziehen wir sofort weiter«, erklärte Adhara der Prinzessin, als sie sich ihr Lager zurechtmachten. Amina hatte ein paar Münzen dabei, die wahrscheinlich reichen würden, um sich eine Woche zu verpflegen.

Adhara fand keinen Schlaf. Was dieser Junge, Jiro, erzählt hatte, das entsetzte Flackern in seinen Augen, aber auch wieder das Bild, wie Amhal Neor die Kehle durchschnitt, all das ging ihr pausenlos durch den Kopf und ließ sie nicht zur Ruhe kommen. Was mochte von dem Amhal, in den sie sich verliebt hatte, noch übrig sein? Wo war der junge Ritter, der mit aller Kraft gegen das Böse, das in ihm steckte, angekämpft hatte? Von diesem Amhal konnte sie nichts mehr wiedererkennen in der breiten Blutspur, die er hinter sich herzog, einer Spur, der sie zu folgen gezwungen war, um ihn vielleicht doch wiederzufinden.

Zum ersten Mal seit ihrem Aufbruch zweifelte sie an ihrem Entschluss. Vielleicht hatte Amhal sich doch schon zu weit von allem Menschlichen entfernt, vielleicht war längst jede Möglichkeit verbaut, ihn von seinem verhängnisvollen Weg abzubringen. Aber wenn es sich so verhielt, verlor auch für sie alles Sinn und Bestand: ihre Flucht, ihre Wanderung, ihre ganze Existenz, die von Amhal geprägt worden war.

Von diesen Zweifeln gequält, warf sie sich ruhelos auf ihrem Lager hin und her.

7

Der König

Gegen Morgen gelangten sie ans Ziel. In der Luft lag der Geruch von Moos und feuchtem Holz.

Den letzten Teil des Wegs hatten sie sich wieder von dem Lindwurm tragen lassen. »Dieses Gebiet hier haben die Elfen schon erobert. Hier sind wir in Sicherheit«, erklärte San.

Sie waren durch das Kampfgebiet gezogen und hatten mit eigenen Augen die Gräuel und das Leid gesehen, das der Krieg mit sich brachte. Obwohl sie auch selbst gekämpft und getötet hatten, fühlte sich Amhal keineswegs besser. Mit jedem Schwertstreich hatte er gehofft, die letzten Reste von Mitleid abschütteln zu können, das er immer noch für seine Opfer empfand. Aber nein. Im Grunde stand er immer noch am selben Ausgangspunkt wie in seiner Ausbildung zum Drachenritter, als er täglich gegen die Abgründe seines Wesens angekämpft hatte.

Mit weit ausholenden Flügelschlägen zerteilte Sans Lindwurm die frische Morgenluft. »Wir sind da«, rief der Halbelf, doch Amhal hinter ihm vermochte an diesen ausgedehnten Wäldern, die sie immer noch überflogen, nichts Besonderes zu erkennen. Was er aber erblickte, war ein eingezäunter, baumloser Bereich auf der Kuppe eines Hügels. In diesem Pferch waren zwei Lindwürmer untergebracht, allerdings nicht schwarz wie der von San, sondern der eine braun, der andere von einem dunklen, bedrohlich wirkenden Violett.

Im sanften Sinkflug hielten sie darauf zu und wurden, dort angekommen, sogleich von einem auffallend schlanken Wesen empfangen, das blasse Haut, unnatürlich lange Gliedmaßen, leuchtend grüne Haare und violette Augen besaß. Ein Elf. Es war das erste Mal, dass Amhal einen Angehörigen dieser Rasse ohne Tarnung sah. Ein merkwürdiger Eindruck, denn die Proportionen seines mageren, langgezogenen Körpers unterschieden sich extrem von denen eines Menschen, so dass man ihn normalerweise wohl als verwachsen bezeichnet hätte. Aber das wäre unpassend gewesen, denn seine Bewegungen waren von einer geradezu betörenden Eleganz.

Der ist bestimmt ein hervorragender Krieger, dachte Amhal.

Der Elf ergriff die Zügel des Lindwurms, blickte die beiden Gäste mit selbstbewusster Miene an und verneigte sich dann. »*Arva*, Marvash«, murmelte er.

»Ich freue mich, endlich wieder unter euch zu sein«, antwortete San in einer fremden Sprache. Dann drehte er sich zu seinem Gefährten um. »Das ist Elfisch. Aber keine Sorge, ihr König spricht unsere Sprache. Viele Elfen sprechen sie, vermeiden es aber so weit wie möglich.«

Für Amhal klang diese Sprache nicht völlig fremd.

Ihm war, als habe er sie bereits einmal in einer weit zurückliegenden Vergangenheit gehört.

Vom Gehege der Lindwürmer gelangten sie zum Lager der Elfen, das sich vollkommen in die Wälder einfügte. Bei den Unterkünften handelte es sich um Baumhäuser aus Holz und Stroh, die gekonnt ins Geäst gebaut waren, mit fantasievollen Anbauten, die sich noch ein Stück den Stamm hinunterzogen. Sie waren so gut getarnt, dass man sie nur mit Mühe im dichten Laub erkennen konnte. Alle diese Hütten, manche sogar mehrstöckig, waren über ein verworrenes System aus Leitern, Seilen, Rollen und Hängebrücken miteinander verbunden. Und wenn man genauer hinblickte, erkannte man, dass manche als Ausguck eingerichtet waren, auf denen Elfen Wache standen.

Unterhalb dieses ungewöhnlichen Feldlagers herrschte ein munteres Treiben. Vor allem sah Amhal Soldaten, von denen die meisten mit Lanzen oder zweischneidigen Streitäxten bewaffnet waren, die Oberkörper durch einfache, leichte Brustpanzer geschützt. Aber auch Frauen waren darunter, viele wunderschön, bekleidet mit langen, hauchdünnen Gewändern, die von kunstvoll gearbeiteten Broschen zusammengehalten wurden. Um ihre Schultern hatten sie gegerbte Felle geschlungen, die so weich waren wie feines Gewebe. Ihr Haar war lang und von einem strahlenden Grün, ihre Augen groß und klar, und wie Traumgebilde bewegten sie sich fast schwebend zwischen den Bäumen. Amhal ertappte sich dabei, wie er ihnen nachblickte, hingerissen von dem Bild, wie sie sich sanft in den schmalen Hüften wiegten. Und Kinder hatten sie mitgebracht, viele Kinder, die fröhlich lärmend herumtollten. Von einem Feldlager hatte das alles wenig. Der Ort lebte, war nicht nur von Not und Entbehrungen erfüllt, sondern auch von Freude, und das sehr viel stärker als so manche Stadt, die Amhal in der Aufgetauchten Welt gesehen hatte. *Eine Insel des Friedens in einem Meer der Gewalt*, dachte er. Schwer vorstellbar, wie dieses Volk kämpfte und anderen Leid zufügte. Und doch hatten genau diese Leute einen Krieg angefangen und die verheerende Seuche in der Aufgetauchten Welt verbreitet.

Allerdings wichen die Elfen seinen bewundernden Blicken aus. Wer konnte, ging ihm aus dem Weg, so dass sich fast eine Gasse in der Menge auftat, wenn er sich näherte.

San schien das nicht zu bemerken, oder zumindest machte er sich keine Gedanken deswegen. »Gewiss, die freuen sich nicht besonders, uns zu sehen«, erklärte er, wobei er sich zu Amhal umwandte. »Sie betrachten uns als eine Art Invasoren, als Abkömmlinge der Ungeheuer, die ihre Ahnen einst aus diesem Land vertrieben. Deswegen glotzen sie uns so misstrauisch an.«

In groben Zügen kannte Amhal die Geschichte der Elfen, verstand aber nicht den Grund für diese heute noch so große Feindseligkeit. »Und wieso hast du dann mit ihnen zu tun?«

»In meinen Adern fließt Elfenblut, ein Erbe meiner Großmutter, und außerdem sind die Elfen klug genug zu erkennen, wann sie jemanden, so wie mich und dich, als Waffe für ihre Zwecke nutzen können«, antwortete San bedeutungsvoll. Dann verlangsamte er seinen Schritt. »Dort unten ist er.«

Amhal schaute in die Richtung, in die San mit einer Kopfbewegung deutete, und erkannte einen jungen Mann von einer übernatürlichen, ja göttlichen Schönheit. Die harmonischen Züge seines Gesichts wurden überstrahlt von großen violetten Augen, in denen das Feuer der Leidenschaft brannte. Seine langen, glatten Haare, die zu einem lockeren Pferdeschwanz gerafft waren, schimmerten in einem auffallenden Grün, das mal in ein leichtes Blau, mal in ein Kupferrot hinüberspielte. Gekleidet war er ebenso wie seine Krieger, mit kurzen Hosen, die die Beine frei ließen, und ledernen Sandalen, die mit schmalen Riemen um die Wade geschnürt waren, sowie einem eng anliegenden Gewand unter einem leichten Brustpanzer. Ein Krieger wie die anderen auch, und doch strahlte er eine besondere Autorität aus. Das war kein beliebiges Geschöpf, sondern ein vom Schicksal begnadetes Wesen, ein Mann, der von einer großen Mission erfüllt war. Jetzt nahm er einen kleinen Jungen auf den Arm, der über seine zärtlichen Grimassen lachte, und schritt zwischen seinen Leuten einher, die sich, wenn er vorüberkam, ehrfurchtsvoll vor ihm verneigten. Für jeden hatte er ein aufmunterndes Wort, und es sah so aus, als sei seine Trost spendende Hand in der Lage, von jedem Übel zu befreien. Denn als sich ihm eine Frau weinend an den Hals warf, drückte er sie fest an sich und raunte ihr etwas ins Ohr. Sie nickte und wischte sich die Tränen aus dem Gesicht.

»Eine Kriegerwitwe«, murmelte San. »Er hat ihr versichert, dass ihr Mann als tapferer Soldat gestorben ist und dass sein Opfer dazu beitragen wird, jene neue

Welt zu schaffen, die seine Kinder einmal bewohnen werden.«

Amhal war vollkommen hingerissen von diesem Mann, der imstande schien, Trost und Wohlergehen zu schenken. Ein Held, ein Heiliger, ja, das musste er sein. Der Einzige, der auch ihm selbst zu Seelenfrieden verhelfen konnte. *Für diesen Mann kann man sterben*, dachte er.

»Wer ist das?«, fragte er San.

Der Elf trat lächelnd auf sie zu.

»Seine Majestät, König Kryss, Gebieter der Elfen«, stellte San ihn vor und fiel auf die Knie, was Amhal ihm unverzüglich gleichtat.

Einen Moment lang ließ der Herrscher den Blick auf ihnen ruhen. »Erhebt euch«, forderte er sie dann auf. Er sprach mit einem seltsam melodiösen Akzent.

San und Amhal standen auf.

»*Arva*, San«, begrüßte der König den Halbelf, dann warf er einen kurzen Blick auf Amhal. »Wie ich sehe, hast du deine Mission ausgeführt. Aber ich hatte auch keinen Augenblick daran gezweifelt.«

San legte seinem Reisegefährten einen Arm um die Schulter. »Das ist Amhal, Herr, der zweite Marvash, der Jüngling, von dem die Prophezeiung sprach.«

Nun musterte Kryss den Vorgestellten aufmerksam und lange. Nur kurz hielt Amhal seinem Blick stand, schlug dann die Augen nieder. Ihm war, als habe der König ihn mitten in der Seele getroffen.

»Steht er auf unserer Seite?«, fragte der Souverän.

»Ganz und gar, auch wenn ihm dies alles noch nicht voll bewusst ist«, antwortete San.

Kryss schien zu verstehen. »Du wirst schon bald beweisen können, wie fest du zu uns stehst«, erklärte er, wobei er wieder Amhal anschaute. »Kommt!«

Er führte sie in eine andere Ecke des Lagers, von wo ihnen schon von weitem Stimmgewirr entgegendrang – und Schreie. Doch die Gegenwart des Königs allein bewirkte, dass die Menge sich rasch teilte und verstummte. Nun konnte Amhal erkennen, was sie umringte: einen angeketteten Mann, der sich im Staub am Boden wand und der über und über mit Blut besudelt war. Um ihn herum loderten hasserfüllte Blicke. Er gab die Schreie von sich, und die Umstehenden waren dabei, ihn zu lynchen. Sogar ein kleiner Junge mit feurigem Blick hatte einen großen Stein erhoben. An der Uniform erkannte Amhal, dass der Unglückliche einer von Dubhes Agenten war, ein Spion. Der Soldat, der die Kette hielt, wollte etwas sagen, doch Kryss bremste ihn mit einer Handbewegung.

»Bediene dich der Sprache der Besatzer, damit auch unser neuer Verbündeter hier dich versteht.«

Der Soldat nickte ergeben und fuhr dann mit recht ausgeprägtem Akzent fort: »Wir haben ihn im Morgengrauen gefasst. Gut getarnt trieb er sich beim Lager herum, um uns auszuspionieren. Er ist einer von ihnen.«

Mit eisigem Blick betrachtete Kryss den Mann, der vor ihm im Staub lag. »Natürlich gehört er zu diesen Halunken, die uns ausspionieren wollen wie die vielen, die ihm vorausgingen und, wie ich fürchte, noch folgen werden.«

Er beugte sich über den Mann und berührte dessen Kleidung, mit nur einem Finger, so als sei sie verseucht.

»Ich erkenne sein elendes Wappen.«

»Majestät, wir wollten auf Euch warten, damit Ihr entscheidet, was mit ihm geschehen soll. Doch die Menge war zu aufgebracht.«

Ruckartig richtete Kryss sich auf. »Die Invasoren haben uns unser Land gestohlen, haben uns vertrieben und gezwungen, Salz zu lecken am Rand der Welt, während ihre Kinder sich hier an Milch und Honig labten. Mit ihrem Blut haben sie Erak Maar besudelt, haben es entweiht mit ihren sinnlosen Kriegen. Der gerechte Zorn meines Volkes soll sie treffen!«

Jubelgeschrei erhob sich aus der Menge.

Der König trat auf Amhal zu. »Du warst doch einer von ihnen. San hat mir erklärt, wer du bist und woher du kommst«, zischte er.

Amhal schluckte. Mit einem Mal spürte er die feindseligen Blicke all dieser Leute auf sich und fühlte sich wie ein Fremder in einem fremden Land.

»Ich war nie so wie die.«

»Treuloser! Elende Schlange, wie kannst du uns nur so verraten?«, schrie der Mann am Boden auf, mit der letzten Luft, die seine Lunge noch hergab, doch sein Schrei erstarb in einem schmerzerfüllten Winseln, als ihn ein Stein mitten ins Gesicht traf.

Kryss lächelte. »Ja, ich weiß, du bist nicht so wie sie.« Einen Moment lang schloss er die Augen. »Schafft ihn zur Arena«, befahl er dann.

Die Menge johlte begeistert.

Amhal ließ sich mitziehen von der tobenden Meute, wie betäubt durch deren Raserei, die ihm so vertraut war.

Die Arena befand sich auf der Lichtung, auf der sie gelandet waren; es handelte sich um eine bestimmt zehn

Ellen tiefe Grube, die von einem hölzernen Geländer eingefasst war. Und darin lagen die beiden Lindwürmer, die sie von oben gesehen hatten. Während sich die Elfenschar darum versammelte, die Kinder ganz vorn, wurde durch einen unterirdischen Gang der fast leblose Gefangene hineingeschleift. Und plötzlich wusste Amhal, was geschehen würde. Er sah, wie der Gefangene sich mit letzten Kräften aufbäumte und zu fliehen versuchte, vernahm sein Brüllen, als ihm das erste Tier die Krallen ins Fleisch schlug. Der Geruch von Blut stieg ihm in die Nase, und er hörte das Geräusch der Knochen, die zerbarsten, von Haut und Fleisch, die zerfetzt wurden, nahm wahr, wie die Schreie des Opfers immer unmenschlicher klangen, und beobachtete, wie die ausgehungerten Bestien keinen Moment von ihm abließen, ihn in Stücke rissen und zerfleischten unter dem Jubel der aufgeputschten Menge.

Als er den Blick über die Gesichter der Elfen wandern ließ, erkannte er in keinem einzigen auch nur eine Spur von Mitleid. Nur Hass und ein wahnwitziges Entzücken, die auch in den Augen des stumm beobachtenden Herrschers flackerten. Eben jener Mann, der gerade noch ein Kind liebkost hatte und ihm wie ein Erlöser erschienen war, wohnte nun ungerührt diesem Gemetzel bei. Amhal spürte sein Herz beben. Dieses Volk war ihm nahe, es sprach ihre Sprache, die der Zerstörer, eben jene Sprache, von der auch San und er beseelt waren.

Wenn es jemanden gab, der ihn von seinen Gewissensqualen befreien und in jenes herz- und erbarmungslose Geschöpf verwandeln konnte, das zu werden er sich sehnte, so war es dieser junge König, dieser so schöne, weitblickende Mann mit dem Herzen aus Eis.

Das Schauspiel war erst zu Ende, als sich der zerfetzte Leib des Gefangenen nicht mehr in Todeszuckungen wand. Nun zerstreute sich die Menge und ließ die Lindwürmer mit ihrer Mahlzeit allein.

Kryss drehte sich zu Amhal um. »Komm mit.« San machte Anstalten, sich ihnen anzuschließen, doch der König hielt ihn mit einer Handbewegung zurück. »Allein.«

Die königliche Hütte unterschied sich nur wenig von denen der anderen Elfen. Im Erdgeschoss war ein kleiner Empfangssaal, mit Teppichen ausgelegt und einem Thron in der Mitte, der mit kunstvollen Intarsien versehen war. Im Stockwerk darüber befanden sich einige abgeteilte Räume, in die Kryss seinen Gast nun führte. Sie betraten eine Art Arbeitszimmer mit einem soliden Tisch in einer Ecke und einer ganzen Reihe von Regalen an den Wänden, in denen sich Pergamentrollen stapelten. Hinter einem halb geöffneten Vorhang erkannte man einen noch kleineren Raum, der nur mit einer Pritsche eingerichtet war. Alles wirkte karg, zu karg für das Gemach eines Königs, eines Königs noch dazu, der den Anspruch erhob, über die gesamte Aufgetauchte Welt herrschen zu wollen.

Kryss nahm Platz und bot Amhal einen Stuhl an. Einige Augenblicke verharrten beide in Schweigen, dann hob der König ruckartig den Kopf. »Ich habe eine Mission zu erfüllen«, begann er, die Augen entflammt von dem Feuer, das Amhal bereits in der Arena aufgefallen war. »Eine Mission, die mich schon mein Leben lang leitet. Und dabei kommt es mir nicht darauf an, wie viel Blut ich vergießen oder mit welchen Gräueltaten ich mich beflecken muss. Jedes Ziel verlangt einen Preis, und ich bin bereit, ihn zu bezahlen, denn dazu wurde ich erwählt. Nach diesem Feldzug wird man meinen Namen verfluchen, doch mein Volk wird sein Land zurückerobert haben.«

Kryss schwieg einen Moment und lehnte sich auf seinem Sessel zurück.

»Ich weiß, wie man bei euch die Geschichte erzählt«, fuhr er dann fort. »Ihr sagt, wir seien eben fortgezogen, so als hätten wir eine andere Wahl gehabt. Doch ihr wart viele, viele Tausende und habt euch wie die Heuschrecken vermehrt, unsere Ernten verschlungen, unsere Frauen vergewaltigt und unser Land in Besitz genommen. Angestachelt von eurer bestialischen Gier habt ihr uns aus unserem Paradies verjagt und es in eine Hölle verwandelt, die euren tierischen Trieben angemessen war. Erak Maar wurde zur Aufgetauchten Welt, und wir zogen ins Exil.«

Hingerissen lauschte Amhal seinen Worten. Dieser Mann verstand es, andere in seinen Bann zu ziehen, er besaß die Fähigkeit, ihre Herzen zu entflammen, und allein schon weil er sie erzählte, hörte sich seine Geschichte völlig einleuchtend an.

»An der entferntesten Küste der Unerforschten Lande verkrochen wir uns, fristeten dort viele Jahrhunderte ein kärgliches Dasein und wagten es nicht, auch nur daran zu denken, uns das zurückzuholen, was man uns genommen hatte. Ein Leben wie Feiglinge führten die

Elfen bis zu dem Tag, da ich das Licht der Welt erblickte.«

Wieder eine kurze Pause, während derer Kryss' durchdringender Blick sein junges Gegenüber nicht losließ.

»Man hielt mich für übergeschnappt«, fuhr er dann fort, »mein eigener Vater lachte mich aus, seine verweichlichten, verkommenen Höflinge machten sich lustig über mich. Zehn Jahre reichten mir, um ihn und seinen unfähigen Hof zu stürzen. Ich fasste die vier Stadtstaaten der Elfen zu einem einzigen großen Reich zusammen und bereitete das gewaltige Unternehmen vor, mein Volk hierherzuführen. Es entstammt alles meiner Planung: der Aufbau unserer Heere, die Verbreitung der Seuche, der Überfall ... Alles habe ich allein geschaffen, nur durch die Kraft meines Willens und meines großen Traumes. Männer, Frauen und Kinder, mein ganzes Volk begleitet mich auf diesem Kriegszug, damit sie alle meinen Triumph miterleben können. Viele Feinde sind bereits vernichtet, und nichts wird mich aufhalten können, bis alle meine Ziele erreicht sind.«

Im Eifer seiner Rede hatte er sich zu Amhal vorgeneigt und starrte ihn nun mit dem Blick eines Wahnsinnigen an, und der junge Krieger glaubte ihm jedes Wort. Im Bruchteil eines Augenblicks begriff Amhal, dass die Aufgetauchte Welt verloren war.

»Du wirst mir dienen«, fuhr der Elfenherrscher nach einer kurzen Pause fort. »So wie auch San mir dient. Ihr seid Waffen, die die Götter uns Elfen in die Hand gegeben haben. Ich kenne die alten Schriften und kann dir versichern, dass sie immer falsch gedeutet wurden. Die Marvashs zerstören die Welt nicht. Nein, sie bereiten sie für einen neuen Anfang vor. Sie tilgen, was gewesen ist, und befähigen die Unterdrückten, all jene, die unter dem Joch der Mächtigen litten, das Haupt zu erheben und das an sich zu reißen, was ihnen vorenthalten wurde. Und dazu dient ihr mir: um die Besatzer zu vernichten, auf dass Erak Maar wieder den Elfen gehöre.«

Er schwieg wieder, und Amhal hatte Gelegenheit, diese Worte aufzusaugen und voll auszukosten. Nun war ihm klar, welche Rolle ihm zugedacht war: zu töten und auszurotten. In den zurückliegenden Tagen hatte er Zeit gehabt, mit dieser Bestimmung vertraut zu werden. Und nun wünschte er sich nichts anderes, als dass sie ihm Seelenfrieden schenken und ihn von den unerträglichen Zweifeln befreien möge, die ihm sein bisheriges Leben zur Qual gemacht hatten.

»Aber dich interessiert dies alles im Grunde gar nicht«, hob Kryss wieder an, so als habe er Amhals Gedanken erraten. »Du bist wie San und wie alle seinesgleichen. Du suchst nach deinem Vorteil und fragst dich, was dir dein Einsatz bringen wird. San hat seinen Preis, einen Preis, den ich für die Dienste, die er mir leistet, angemessen fand. Welches ist dein Preis?«

Amhal versuchte, dem forschenden Blick des Königs auszuweichen. Doch dann fasste er sich ein Herz und begann: »Ich bin zur Bluttat geboren. Das weiß ich schon lange. Seit meiner Kindheit kenne ich diesen Drang zu töten. Und solange ich denken kann, kämpfe ich gegen ihn an und versuche, ihn niederzuhalten.

Hatte ich ihm dann doch nachgegeben, bestrafte ich mich dafür, denn ich kam mir selbst wie ein Ungeheuer vor. San hat mir dann klargemacht, dass ich mich von diesem Trieb leiten lassen sollte. Das tue ich jetzt, doch sosehr ich mich auch bemühe, immer bleibt tief in mir noch ein Teil, der sich dem entgegenstemmt. Ich kann mich nicht ganz frei machen von dem Gewissen, das mir zusetzt und mir die Luft zum Atmen nimmt, so dass ich Tag für Tag immer ratloser werde. Ich weiß überhaupt nicht mehr, wer ich bin, und sosehr ich mich auch zwinge, mich klar zu einer Seite zu bekennen, bleibe ich doch immer hin und her gerissen zwischen Abscheu und Erleichterung. Ich halte das nicht mehr aus.«

Kryss hatte ihm aufmerksam, mit erkennbar zufriedener Miene, zugehört. »Sprich weiter«, forderte er Amhal auf. »Sag mir, was du wünschst, ich kann es dir geben.«

Das Lächeln, das sein Gesicht erhellte, war für Amhal wie eine Fackel in der Finsternis.

»Wenn es wahr ist, dass ich ein Marvash bin und dies meine Bestimmung ist, wünsche ich mir, dass alle Gefühle in mir absterben. Ich möchte völlig aufgehen in meiner Mission und nichts anderes mehr spüren. Weder Freude, noch Schmerz. Ich will nur noch eine Sache sein und das tun, was mir zu tun aufgetragen ist, ohne diese Schuldgefühle, die mich niederdrücken, als ständige Begleiter. Und wenn alles getan ist, will ich sterben. Nichts soll von mir bleiben, noch nicht einmal die Erinnerung an mich. Ich will, dass Ihr mein Andenken völlig auslöscht, so als wenn ich niemals auf dieser Erde gelebt hätte.«

Einige Augenblicke verharrte Kryss in Schweigen und blickte Amhal dabei mit wohlwollender Miene an. Dann, ganz langsam, formte er die Worte, die Amhal wie eine Liebkosung empfand. »So sei es.«

Bewegt warf sich Amhal zu seinen Füßen nieder. Es war ausgestanden, endlich war es ausgestanden.

8

Elyna

So kann das nicht weitergehen. Du musst etwas tun.« Amina stand vor Adhara und blickte sie mit besorgter Miene an. »Du brauchst einen Heilpriester, du musst dich untersuchen lassen.«

Adhara warf noch einmal einen Blick auf ihre linke Hand, wie auf etwas Fremdes, das nicht zu ihrem Körper gehörte. Mittlerweile waren drei Finger befallen und die Flecken tiefschwarz geworden. Nach einem weiteren Anfall hatte sich das Übel eines weiteren Teiles ihrer Haut bemächtigt und breitete sich unaufhaltsam immer weiter aus. Amina hatte Recht, sie mussten ein Dorf finden, um sich dort helfen zu lassen. Aber das würde nicht so einfach sein.

Nachdem sie das Lager bei dem alten Gasthaus verlassen hatten, waren sie tagelang gewandert, ohne einer Menschenseele zu begegnen. Ihre Vorräte waren bald aufgebraucht, und so blieb ihnen nichts anderes übrig, als Wurzeln auszugraben, um den Hunger zu stillen. Schließlich gelangten sie zu einer Ansammlung ärmlicher Hütten und begehrten Einlass. Aber der Wachposten war unerbittlich. Er ließ sie noch nicht einmal zu Wort kommen, streckte die Lanze aus und verjagte sie. Nur ein Bettler, der die Seuche überlebt hatte, war so mutig, sich ihnen zu nähern und ein wenig Brot mit ihnen zu teilen. Und er verriet ihnen auch, dass sie auf dem richtigen Weg waren.

»Bis nach Kalima sind es noch vier Tagesmärsche, und ihr müsst sehr auf der Hut sein. Die Feinde sind weiter vorgerückt, die Front ist näher gekommen. Unser letzter Vorposten vor dem Gebiet, das die Elfen bereits erobert haben, ist ein kleines Flüchtlingslager, aber wenn ich euch einen Rat geben darf: Das ist kein passender Ort für junge Mädchen wie euch«, meinte er.

»Ich suche eine bestimmte Person«, flüsterte Adhara.

Der Bettler verzog die Mundwinkel zu einem traurigen Lächeln, so als wisse er nur allzu gut, welche Enttäuschung sie erwartete. »Ich kann mir nicht vorstellen, dass du sie noch findest. In Kalima wurden fast alle dahingerafft.«

»Wir müssen es trotzdem versuchen«, erklärte Amina, als sie sich schon von dem Bettler verabschiedet hatten.

»Ja, wir haben keine andere Wahl«, stimmte Adhara ihr zu.

Und so gaben sie nicht auf, marschierten weiter, nur noch getragen von dem Verlangen, so bald wie möglich ihr nächstes Ziel zu erreichen. Das Grauen, das sie auf dem Weg anschauen mussten, wurde immer unerträglicher. Auf Wiesen und Feldern lagen Leichen herum und warteten darauf, dass vielleicht ein barmherziger Überlebender sie zu den Sammelgräbern schaffte. Unter den Toten waren auch Nymphen, die nicht an der Seuche gestorben, sondern gelyncht worden waren. Offenbar sahen auch weiterhin viele in dieser Rasse den Urheber der tödlichen Krankheit.

Der Himmel zeigte sich seit Tagen nur noch in einem bleiernen Grau, die Luft war kühler geworden. Adhara schaute sich um und dachte daran, wie sie damals, zusammen mit Amhal, staunend die Schönheiten des Landes des Wassers betrachtet hatte. Im Grunde sah alles noch genauso wie in jenen Tagen aus, nur hatte ihr damaliges Leben überhaupt nichts mehr mit dieser niederschmetternden Gegenwart zu tun.

Mechanisch schleppte sich Adhara immer weiter voran, so als fürchte sie, wenn sie stehen blieb, im Nichts zu versinken. Hin und wieder schaute sie zu Amina hinüber, die zielstrebig wie an den ersten Tagen marschierte, weiter umgeben von einer Aura des Schweigens und der Feindseligkeit. Wahrscheinlich ließ sie das Grauen, von dem sie umgeben waren, einfach an sich abprallen. Der Drang, den Mann zu stellen, der ihren Vater auf dem Gewissen hatte, überlagerte alles andere. Manchmal beneidete Adhara die junge Prinzessin um ihr klares Urteil, denn für sie selbst traten Gut und Böse nur noch verschleiert auf und waren kaum mehr voneinander zu unterscheiden.

Wenn nach einem Anfall Adharas Atem wieder regelmäßiger kam und ihre Herzschläge sich beruhigt hatten, blickte sie auf ihre Finger und dachte, dass sie die Zeit maßen, die ihr noch blieb, wenn nichts geschah. Aber auch wenn man ihr helfen konnte, blieb völlig ungewiss, was danach sein würde. Und diese Ungewissheit ängstigte sie mehr als alles andere.

Nachdem sie einige Stunden einem Pfad gefolgt waren, der sich durch den Wald schlängelte, sahen sie mit einem Mal einen Palisadenzaun vor sich. Eine Weile betrachteten sie ihn von weitem und erkannten, dass er nur einen einzigen Durchlass besaß, der von zwei Soldaten bewacht wurde.

»Glaubst du, das ist dieses Lager, das wir suchen?«, fragte Amina, wobei ihre Stimme ein Zittern verriet.

Die Rechnung stimmte. Der Bettler hatte von vier Tagesmärschen gesprochen, und so viele Tage waren seit ihrer Begegnung vergangen. Das konnte nur das gesuchte Lager sein.

Als sie sich draußen noch ein wenig umschauten, fiel ihnen am Zaun das Wappen des Vereinten Heeres auf. Ein Lächeln erhellte ihre Mienen. Sie hatten es endlich geschafft. Rasch nahmen sie einen Schluck von dem Tarntrank und zogen sich anders an. Dann waren sie bereit.

Langsam und betont unbekümmert schlenderten sie auf das Tor zu. Kaum hatte einer der Wachmänner sie ausgemacht, streckte er seine Lanze zu ihnen aus. »Hinlegen!«, rief er.

»Wir kommen in friedlicher Absicht, wir brauchen Hilfe …«

»Hinlegen, habe ich gesagt!«

Adhara blieb stehen, ging in die Knie und zog auch Amina zu Boden.

Die Wache trat auf sie zu und betrachtete sie genauer. »Wer seid ihr?«

Als Adhara den Kopf hob, um etwas zu antworten, wich der Soldat sofort zurück.

»Runter, hab ich gesagt«, schrie er und richtete drohend die Waffe auf sie.

Das Gesicht ins Laub am Boden gepresst, erzählte Adhara, sie seien Schwestern, die aus ihrem Heimatdorf fliehen mussten, um der Pestilenz zu entkommen.

»Wir nehmen hier aber keine Fremden auf«, erwiderte der Mann trocken und wollte sich entfernen.

»Habt Erbarmen, wir brauchen Hilfe. Banditen haben uns überfallen, und wir haben nichts mehr zu essen«, begann da Amina herzzerreißend zu flehen und zu jammern. Doch der Soldat ging nicht darauf ein. So hob sie den Kopf, um ihm in die Augen zu schauen und sein Mitleid zu wecken.

»Runter mit dir, oder ich stech dich ab!«

»So habt doch Erbarmen, wir wissen ja nicht, wohin wir sollen«, ließ sich Amina nicht einschüchtern.

Da holte der Soldat mit der Lanze aus. Adhara sah es aus den Augenwinkeln und warf sich blitzschnell über Amina, um sie zu beschützen.

»Aufhören!«

Der Stoß blieb aus, und der Soldat verharrte in der Bewegung, die Lanze nur noch einen Hauch von Aminas Unterleib entfernt.

»Meinst du nicht, du übertreibst etwas?«

Die Stimme kam von einem älteren Mann mit grau meliertem Bart. Auch sein Haar war grau, und er trug ein zerschlissenes Gewand, doch seine Gesichtszüge wirkten würdevoll und streng. Kein Zweifel, ein Anführer, dachte Adhara.

Der Soldat senkte den Kopf, zog aber die Lanze nicht zurück, um jederzeit wieder zur Tat schreiten zu können. »Das sind Fremde, wir wissen nicht, woher sie kommen, und ich befolge nur meine Befehle.«

Der Mann trat auf sie zu, hob mit einer schwieligen Hand Adharas Kopf an und untersuchte aufmerksam ihr Gesicht. Amina betete, dass ihre Tarnung nicht aufflog.

»Ist das deine Schwester?«

Adhara nickte. »Wir sind vor der Seuche geflohen, dic unser gesamtes Dorf ausgelöscht hat. Habt Ihr denn nicht ein wenig zu essen für uns und vielleicht auch ein Nachtlager?«

Der Alte lächelte. »Wir haben noch nie jemandem ein Obdach verweigert.« Mit einer Handbewegung forderte er die beiden auf, sich zu erheben, und stieß dann mit der Handfläche die Lanze des Wachsoldaten zurück. »Vorsicht ist gut«, sagte er, »aber Barmherzigkeit ist immer oberstes Gebot.«

Eine Schüssel Linsensuppe, Schwarzbrot und ein Stück alter, harter Käse: Gewiss kein fürstliches Mahl, doch zumindest sahen die Leute, die in dem Lager versammelt waren, vertrauenerweckend aus. Sie nahmen die Mahlzeit in einem großen Zelt ein, an einem Tisch, dessen Holzplatte auf einem Baumstumpf befestigt war. Vor dem riesigen Kessel wartete die lange Schlange derer, die noch ihre Schüssel füllen wollten. Darunter viele Soldaten, doch in der Mehrheit handelte es sich um Flüchtlinge. Adhara konnte es kaum glauben: In den Tagen, die sie in Amhals Nähe bei Damilar im nördlichen Wald verbracht hatte, hatte sie erfahren müssen, in welchem Maß die Seuche die Herzen der Menschen verhärten konnte, und auf ihrer langen Wanderung war dieser Eindruck bestätigt worden. In diesem Zelt allerdings war die Atmosphäre ganz anders. Gleich nach dem Essen bot ein junges Mädchen an, sich um Amina zu kümmern und sie zum Fluss zu führen, damit sie sich dort waschen konnte. Das Mädchen wirkte sehr liebenswürdig, und nach den langen Tagen der Anspannung tat es gut, in solch ein freundliches Gesicht zu sehen. Adhara hingegen lief ein wenig allein herum, streifte durch das Lager und beobachtete das geschäftige Treiben. Sie sah Kranke und Verletzte, aber auch Frauen, die fröhlich singend ihre Wäsche im Bach wuschen, Kinder, die lärmten und lachten.

»Wir wären einverstanden, euch hier in unserer Gemeinschaft aufzunehmen. Doch zuvor möchte euch unser Dorfältester noch ein wenig besser kennenlernen«, sprach sie plötzlich jemand von hinten mit brüchiger Stimme an. Adhara fuhr herum. Es war eine alte Frau mit einem zahnlosen Lächeln, die sie ohne Umstände bei der Hand nahm und zu einem Zelt führte, das sich durch Größe und Ausstattung von den anderen unterschied. »Keine Angst, er möchte dir nur ein paar Fragen stellen«, erklärte die Frau.

Adhara nahm allen Mut zusammen. Jetzt kam es darauf an, sie musste sehr überzeugend wirken. Als sie eintrat, erkannte sie den Mann, der sie aufgenommen hatte, und neben ihm einen Jüngling, der kaum älter war als sie selbst. Er hatte gelocktes Haar und tiefschwarze Augen und sah insgesamt dem Älteren so ähnlich, dass Adhara die beiden auf Anhieb als Vater und Sohn einschätzte.

»Hast du dich schon ein wenig erholt?«, fragte der Ältere mit einem Lächeln.

Sie nickte schüchtern.

»Ich hätte dir ja gern noch etwas Ruhe gegönnt, aber obwohl wir dieses Lager fast ganz selbstständig verwalten, sind wir doch den militärischen Stellen gegenüber rechenschaftspflichtig, und die Offiziere möchten wissen, mit wem wir es bei dir zu tun haben«, fuhr er fort.

Adhara nahm sich einige Augenblicke Zeit, um ihre Gedanken zu ordnen. Dann begann sie und stellte rasch fest, dass es ihr nicht schwerfiel, ihm etwas vorzulügen. Sie erzählte von einem Dorf, das es nicht gab, in dem sie und ihre Schwester ein bescheidenes Leben geführt hätten. Weiter berichtete sie von der Seuche, vom Tod all ihrer Angehörigen und der anschließenden Flucht. Im Grunde hatte sie diese Schrecken tatsächlich hautnah miterlebt, hatte sie gesehen und erzählt bekommen von Menschen, denen sie in letzter Zeit begegnet waren, und nun gewannen sie neues Leben in ihren Worten. Zum Schluss brach sie in Tränen aus, aber das spielte sie nicht mehr. Denn dieser unerwartet freundliche Empfang hatte den Panzer durchbrochen, den sie sich zugelegt hatte, um die Gräuel nicht an sich heranzulassen.

»Wir verstehen dich«, flüsterte der Alte. »Wir verstehen dich nur zu gut.«

Er erhob sich von seinem Stuhl und umarmte sie väterlich.

»Wir waren ein Fischerdorf«, erzählte er dann seinerseits, »ich war der Dorfälteste und leitete unsere Geschicke zusammen mit meinem Sohn hier. Die Seuche brauchte nur drei Tage, um unsere Gemeinschaft zu zerreißen, und das Misstrauen und die Verdächtigungen untereinander taten ein Übriges. Als das Schlimmste überstanden war, fanden wir, die Überlebenden, uns zusammen und schafften es schließlich, die Ordnung und ein gemeinsames Verantwortungsgefühl wiederherzustellen. Im Grunde sind wir tüchtige, freundliche Menschen. Aber dann geschah es.«

Er brach ab, und sein Sohn musste für ihn weitererzählen. »Die Elfen kamen. Über die Ebene sahen wir sie rasch heranziehen. Wir waren erschöpft, mitgenommen von der Seuche und der Trauer um so viele Dorfbewohner. Vor allem aber waren wir unbewaffnet. Wir sind ja keine Krieger, und so blieb uns nichts anderes übrig, als zu fliehen. Wir steckten unser Dorf in Brand und verbargen uns in den Wäldern. Lieber heimatlos, aber lebendig, als tot zwischen den Ruinen unserer Häuser, sagten wir uns.«

Adhara spürte, wie die Worte ihr die Brust einschnürten.

»Wir flüchteten uns hierher, und Tag für Tag kamen neue Vertriebene an. Menschen, die die Seuche obdachlos gemacht hatte, aber auch viele, die vor den Gräueln des Krieges geflohen waren. Seitdem leben wir hier zusammen, und bisher konnten wir uns gegen alle Gefahren schützen. Aber wir wissen auch, dass wir nicht auf ewig hierbleiben können. Mittlerweile sind wir der letzte Vorposten vor der Front, die nur noch sechs Meilen von hier entfernt ist.«

Nach einem kurzen Schweigen wandte sich der Alte nun wieder an Adhara. »Ihr beide könnt so lange bleiben, wie ihr möchtet. Ich meine, wenn ihr nicht wisst, wo ihr hin sollt, bleibt einfach bei uns. Es ist ein karges Leben, aber wir geben uns hier mit Wenigem zufrieden.

Mein Sohn Kairin wird dir zeigen, wo ihr euch einrichten könnt.«

Adhara jubelte innerlich. Sie hatte es geschafft, hatte den Dorfältesten von ihrer Notlage überzeugt. Sie würden in dem Lager bleiben können, bis sie sich erholt hatten, und dann ihren Weg fortsetzen. Nun ging es darum, herauszufinden, was mit ihr los war. Allerdings wusste sie nicht, ob sie sich diesen Leuten ganz anvertrauen konnte. Was, wenn sie glaubten, dass sie an der Seuche erkrankt war? Was würden sie tun? Doch um Hilfe zu bitten, war unvermeidlich. Und als sie mit Kairin das Zelt verließ, wagte sie es. »Habt ihr im Lager auch einen Heilpriester?«, fragte sie ihn.

»Ja, natürlich. Wir sind eine richtige Gemeinschaft, und wenn jemand krank wird, versuchen wir, ihm zu helfen.« Er wandte ihr den Blick zu. »Was fehlt dir denn?«

Adhara überlegte, was sie antworten sollte. Dann zeigte sie ihm die Hand. »Ich weiß auch nicht, was das ist. Die Flecken habe ich erst bekommen, nachdem ich die Seuche schon eine Weile überstanden hatte«, log sie.

Kairin blickte sie lange an, ergriff dann ihre Hand und drehte sie zwischen den eigenen feingliedrigen Fingern hin und her. Sein Griff war sanft, und seine Haut strahlte eine angenehme Wärme aus. Er verweilte bei einem kleinen Leberfleck in der Nähe des Handgelenks. Als er mit dem Finger darüberstrich, lief Adhara ein Schauer über den Rücken, und verlegen zog sie die Hand zurück.

Sofort schlug Kairin die Augen nieder. »Verzeih mir, ich wollte dir nicht zu nahe treten«, sagte er mit ernster Stimme. »Es ist nur so, dass ich jemanden gekannt habe, der genau dort auch einen Leberfleck hatte.«

Adhara antwortete nicht, war zu verwirrt von dem seltsamen Gefühl, das sie überkommen hatte.

»Auf alle Fälle solltest du dich jetzt noch etwas ausruhen. Und danach suchst du den Heilpriester auf. Er hat sein Zelt am anderen Ende des Lagers, dicht beim Bach. Du kannst es nicht verfehlen; es ist als einziges dunkelrot.«

Als sie das große Schlafzelt betraten, zeigte er ihr das Bett für sie und Amina. Einige Dutzend Feldbetten standen dort, aber offenbar reichten sie nicht für alle Gäste des Lagers.

»Dort kannst du es dir bequem machen, aber leider musst du dir den Platz mit deiner Schwester teilen«, erklärte Kairin.

»Macht nichts, das sind wir gewöhnt. Auf der langen Wanderung hierher haben wir auch nachts eng beieinander gelegen, um uns gegenseitig zu trösten.«

Kairin lächelte und verharrte dann auf der Stelle, so als habe er noch etwas auf dem Herzen.

»Danke für alles«, sagte Adhara, um ihm aus der Verlegenheit zu helfen.

Der Jüngling blickte sie traurig an. »Tut mir leid, wenn ich vorhin zu weit gegangen bin. Das wollte ich nicht, aber ... aber ich denke immer an sie. Der Gedanke lässt mich nicht mehr los. Die Zeit, die seither vergangen ist, ändert nichts daran. Sie ... sie ist immer bei mir, wenn ich morgens aufwache, bis abends, wenn ich die Augen schließe«, erklärte er mit stockender Stimme. »Sie fehlt mir so unglaublich.«

Adhara legte ihm tröstend eine Hand auf seine Schulter.

»Von wem sprichst du?«

»Von Elyna …«, murmelte er.

Er erzählte ihr die Geschichte. Sie brannte ihm auf der Zunge, das war mehr als deutlich, und Adhara lauschte ihm, während sie seine Hand hielt. Vielleicht war es nur die Trauer, die sie verband, doch sie fühlte sich ihm nahe.

»Elyna war meine Verlobte. Obwohl wir noch sehr jung waren, wollten wir bald heiraten. So sehr haben wir uns geliebt. Doch die Welt kann schrecklich sein, und ein böses Schicksal findet immer einen Weg, Ahnungslose hinterrücks zu überfallen.«

Er schniefte und kam Adhara dabei wie ein kleiner Junge vor.

»Noch nicht einmal einen Monat vor der Hochzeit starb sie. Sie war Beeren sammeln in einem Wald. Noch heute frage ich mich, wie sie die Früchte verwechseln konnte. Sie kannte sie ja, ich weiß es, denn wir waren oft gemeinsam losgezogen. Als sie dann am Abend noch nicht zurück war, machten wir uns auf die Suche nach ihr. Wir fanden sie unter einem Baum: Sie schien zu schlafen. Dabei war sie schon tot, und wir konnten nichts mehr für sie tun.«

Er konnte seine Tränen nicht mehr zurückhalten und weinte jetzt leise wie jemand, der andere nicht behelligen oder seinen Schmerz nicht teilen möchte.

»Es tut mir so leid für dich«, murmelte Adhara.

Mit dem Handrücken wischte sich Kairin über die nassen Wangen. »Ich hab mich nie damit abfinden können. Alles, was danach kam, war für mich geprägt von dieser Tragödie. Als gehörte ich gar nicht hierher, so gehe ich durch die Welt und lasse mein Leben achtlos verrinnen, weil ich einfach keinen Grund finde, nicht ebenfalls zu sterben.«

Es war eigenartig, wie gut sie durch ihre Erfahrungen mit Amhal diese Gefühle nachempfinden konnte.

Kairin hob den Blick. »Willst du sie mal sehen, meine Elyna?«, fragte er.

Adhara starrte ihn sprachlos an, und er deutete ein Lächeln an.

»Ich habe immer gern gezeichnet. Und so hatte ich einen ganzen Berg von Porträts von ihr angefertigt. Aber die sind verbrannt, weil ich sie nicht alle mitnehmen konnte, als wir unser Dorf verließen. Nur von einem einzigen habe ich mich nie getrennt.«

Er holte es aus einer Tasche hervor, ein vergilbtes, abgegriffenes Blatt Papier, das er so behutsam wie eine kostbare Reliquie anfasste. Das Papier knisterte, als er es langsam entrollte. Adhara wartete gespannt.

»Hier sieh ... das ist meine Elyna ..., aber in Wirklichkeit war sie sogar noch schöner ... Alles würde ich geben, könnte ich sie wieder hier bei mir haben.«

Das Porträt zeigte ein junges Mädchen mit dunklen Haaren, die lang und glatt auf die Schultern fielen und ein schönes Gesicht mit einer hohen Stirn einrahmten, schmal, aber mit doch vollen Wangen. Unter einer geraden dünnen Nase öffnete sich ein anmutiger Mund mit kleinen, hübsch geschwungenen Lippen. Schüchtern lächelte Elyna sie von dem alten Blatt aus an. Adhara aber erstarrte, während Eiseskälte ihren Körper durchfuhr. Denn dieses lächelnde, schüchterne Mädchen kannte sie. Es war sie selbst.

9

Im Körper einer anderen

Als sie vom Bad im Bach zurückkehrte, schien Amina guter Stimmung. Sauber und erholt sah sie aus, und ihre Gesichtszüge wirkten fast heiter. Sie warf sich auf das Feldbett in dem noch leeren Zelt und stieß einen langen Seufzer aus.

»Das war eine gute Idee, hier um Aufnahme zu bitten. Das scheinen wirklich anständige Menschen zu sein. Hast du das mit deiner Hand schon irgendjemandem erzählt?«

Adhara antwortete nicht. Reglos hockte sie am Rand der Pritsche und durchforstete immer noch ihr Gedächtnis auf der Suche nach irgendwelchen Erinnerungen an Kairin und dieses frühere Leben. Doch sosehr sie sich auch bemühte, nichts wollte ans Licht kommen aus dem Dunkel, das sie in sich trug.

»Adhara?« Aminas scharfe Stimme brachte sie in die Gegenwart zurück. »Hörst du mir überhaupt zu? Was ist jetzt? Hast du mit einem Heilpriester über deine Hand gesprochen oder nicht?«

Sie schüttelte den Kopf. Mit einem Mal war die

Krankheit in den Hintergrund gerückt. Sie hatte gerade etwas Ungeheuerliches erfahren, etwas, das sie mitten in unbekannte Welten hineinführte. Auch sie besaß eine Vergangenheit. Eine Mutter, einen Vater, sogar geliebt hatte sie. Und ein Zuhause, einen Ort, an den sie gehörte. Was mochte diese Elyna wohl für ein Mensch gewesen sein? Hatte sie Ähnlichkeit mit der Adhara, zu der sie geworden war?

»Wann willst du dich denn darum kümmern? Ich nehme an, wir werden nicht allzu lange hierbleiben. Die Front ist nahe, und dort finden wir mit Sicherheit auch San …«

San. Amhal. Auf der einen Seite ihre Gegenwart, auf der anderen Kairin – und mit ihm ein ganzes Leben, von dem sie nichts mehr wusste. Aber noch war nichts geschehen, niemand wusste, wer sie war, und niemand konnte sie erkennen. Denn sie lief ja nicht mit ihrem echten Gesicht im Lager herum.

Aber auch wenn? Würde man mich überhaupt erkennen? Bin ich noch das Mädchen, das Kairin geliebt hat?

»Ich habe mir sagen lassen, wo der Heilpriester sein Zelt hat«, antwortete Adhara zerstreut.

Amina richtete sich auf dem Feldbett auf. »Was ist los mit dir? Du bist so seltsam …«

Adhara bemühte sich um ein Lächeln. »Nichts, gar nichts, ich bin nur ein wenig müde.«

»Du solltest auch mal ein Bad im Bach nehmen. Das Wasser ist zwar kalt, aber man kann herrlich entspannen …«

Adhara nickte und stand auf, wobei sie sich die Kleider glatt strich. Lange war es her, dass sie zum letzten

Mal ein echtes Kleid getragen hatte, und jetzt fühlte sie sich irgendwie unwohl darin. Sie war verwirrt und spürte schmerzlich, dass sie noch weniger als sonst wusste, wohin sie gehörte.

Ich muss erst einmal einen klaren Kopf bekommen.

»In Ordnung, ich nehme ein Bad und bin gleich zurück«, erklärte sie und machte sich auf den Weg zum Wasserlauf.

Nachdem die Feuerkämpferin sich gründlich gewaschen hatte, ging sie zu dem roten Zelt hinüber.

Der Priester war alt, sein Gesicht voller Falten und sein grau-gelbliches Haar schütter. Humpelnd bewegte er sich durch sein Zelt, in dem zwei Stühle vor einem mit Pergamenten und Glasgefäßen vollgestellten Tisch standen.

Neben einer von Holzwürmern zerfressenen Truhe stapelten sich aufgeschlagene Bücher auf dem Boden. Es war eng, und der durchdringende Kräutergeruch kratzte im Hals. Der Mann selbst hatte allerdings, wie Adhara feststellte, wenig von einem Priester. Er trug weder ein langes Gewand noch irgendein Abzeichen, das auf Thenaar hinwies, und darüber hinaus wirkte sein Gesicht auch nicht gerade vertrauenerweckend. Doch Kairin hatte ihr versichert, dass er seine Kunst beherrsche und schon manch einen Schwerkranken auf wunderbare Weise geheilt habe.

So begann er, ihre Hand näher in Augenschein zu nehmen, spreizte ihre Finger und untersuchte mit seinen Schweinsäuglein Handfläche und -rücken. Adhara überkam der Drang wegzulaufen, aber das konnte sie sich unmöglich erlauben, nicht, nachdem sie Kairin kennengelernt hatte.

»Das sieht brandig aus«, urteilte der Priester schließlich, nachdem er die Hand untersucht und Adhara ihm erklärt hatte, wie sie sich während der Anfälle fühlte, wobei sie versuchte, es möglichst genau zu beschreiben.

»Was bedeutet das, brandig?«

»Dass deine Hand abstirbt.«

Adhara wurde blass.

»Das kann passieren, wenn eine Gliedmaße abgequetscht wird oder eine Wunde sich entzündet. Aber dir tut nichts weh, sagst du?«

Adhara schüttelte den Kopf. »Es kribbelt nur ein wenig, und ich bin ziemlich sicher, dass ich mir die Hand nicht verletzt habe …«

Der Priester unterbrach sie. »Wie gesagt, es sieht brandig aus. Aber ob es wirklich so ist, weiß ich nicht. Ehrlich gesagt, habe ich solche Male noch nie gesehen. Die Seuche kann es ja nicht sein, weil du diese Infektion schon überwunden hast, und deswegen denke ich: Es wird sich um eine mir unbekannte Krankheit oder irgendeinen Fluch handeln.«

Das hatte ihr gerade noch gefehlt. Adhara überlegte, ob wohl die Erweckten dahintersteckten. Vielleicht hatten diese Fanatiker sie mit irgendeinem teuflischen Siegel belegt, das sie an die Sekte band und zu ihrer Sklavin machte. Oder war das Theanas Werk? Gewundert hätte sie das nicht. Bei dieser Frau musste man mit allem rechnen.

»Wie lange gedenkst du, bei uns zu bleiben?«

Adharas Herz begann, schneller zu schlagen. »Ein paar Tage«, antwortete sie ausweichend.

»Ich muss nachdenken und den Fall noch genauer untersuchen. Leider habe ich nicht viele Bücher hier, aber vielleicht reichen mir die wenigen, die ich mitnehmen konnte, um eine Antwort zu finden. Jedenfalls darfst du die Sache nicht unterschätzen.«

Er erhob sich von seinem Stuhl und bewegte sich zu der Truhe, aus der er ein Glas mit getrockneten Kräutern nahm.

»Bergkraut. Soll das Herz stärken. Wenn du das nächste Mal einen Anfall kommen spürst, nimm ein wenig davon«, erklärte er ihr, während er einige Blättchen in ein Stück Stoff wickelte.

Adhara nahm es entgegen und bedankte sich bei dem Priester mit einer angedeuteten Verneigung.

»Schon gut, schon gut. Das ist ja meine Aufgabe. Seit meine Familie von der Seuche hinweggerafft wurde, habe ich nur noch dieses Lager und die Menschen, die hier wohnen. Leben zu retten, ist das Einzige, was meinem Leben noch einen Sinn gibt.«

Die Hand mit der Arznei an die Brust gepresst, verließ Adhara das Zelt.

Zu Abend aßen die Mädchen wieder in dem Gemeinschaftszelt, in dem sie auch schon das Mittagessen eingenommen hatten. Der Tisch war nicht eben reich gedeckt, aber die Atmosphäre war freundlich und eine allgemeine Verbundenheit spürbar. Ob Waisen, Kranke oder Verwundete, zwischen allen herrschte ein besonderes Miteinander, so als sei dies ein gemeinsames Zuhause und sie alle Brüder und Schwestern. Eigentlich wurden die Portionen abhängig vom Alter und vom Gesundheitszustand der Einzelnen eingeteilt und ausgegeben, aber der eine oder andere bedachte Adhara zusätzlich mit einem Kanten Brot, das er sich von der eigenen Ration abzweigte. Kairin saß neben ihr.

Adhara fragte sich, ob ihn nicht irgendetwas an ihr an seine verlorene Liebe erinnerte. Ihr selbst war er jedenfalls auf Anhieb besonders sympathisch gewesen, und sie hätte sich sehr über ein Zeichen gefreut, einen Hinweis auf das, was sie füreinander gewesen waren.

Dabei war sie nach allem, was ihr zugestoßen war, eigentlich schon zu der Überzeugung gelangt, gar keine Vergangenheit zu brauchen, und dass ihre einzige Chance darin bestand, nur in der Gegenwart zu leben. Doch nun wurde ihr klar, wie dumm diese Einstellung war. Es waren doch die Erinnerungen, die über Jahre gewachsenen Bindungen, die Liebe zu anderen, die eine Persönlichkeit ausmachten. Sie hingegen war in den zurückliegenden Monaten nur ein Schatten ihrer selbst gewesen. Welch ein Wunder, jetzt zu erfahren, dass alles, wonach sie sich gesehnt hatte, um sie herum bereits bestand.

Nach dem Essen griff ein junger Bursche zu einer alten, verstimmten Laute, und Kairin setzte sich zu ihm; die Kinder versammelten sich im Kreis um sie herum, und viele andere Bewohner des Lagers taten es ihnen nach.

Und so begannen die beiden, eine Geschichte zu singen, eine Geschichte, die Adhara bald als die von Elyna erkannte. Sie sah es in Kairins Augen und hörte es am

Beben seiner Stimme. Hingerissen lauschte sie, versetzte sich in diese junge Prinzessin, die eines Tages in den Wald ging, um Beeren für einen Kuchen zu sammeln, dabei entführt wurde und niemals mehr heimkehrte. Und da erkannte sie in der Vergangenheit, die sie quälte, den Schlüssel für ihre Gegenwart. Als das Lied verklungen war, nahm sie allen Mut zusammen, ging zu Kairin und fragte ihn ohne Umschweife.

»Liebst du sie noch?«

Erstaunt blickte er sie an.

»Deine Verlobte, meine ich, liebst du sie noch?«

Eine Trauerfalte durchzog die Stirn des Jünglings. »Ja, natürlich«, antwortete er.

»Und wie wäre es, wenn sie zurückkehren würde?«, setzte Adhara mit erstickter Stimme hinzu.

Kairins Gesicht verzog sich zu einer vorwurfsvollen Miene. »Sie ist tot«, sagte er leise.

»Ich weiß, es klingt absurd … Verzeih mir, ich wollte mich nicht über dich lustig machen, aber manchmal wünsche ich mir eben, dass das Unumkehrbare weniger endgültig sein möge.«

»Das wünschen wir uns wohl alle«, antwortete Kairin, während seine Züge sich wieder entspannten. »Du solltest schlafen gehen. Es war doch ein langer, anstrengender Tag für dich.«

Adhara nickte nur und verschwand rasch im Dunkel des Lagers.

In der Nacht hatte sie einen Traum. Sie durchstreifte einen märchenhaften Wald und fühlte sich frei und glücklich. Alles erstrahlte in einem klaren, reinen Licht.

Und sie war nicht allein. Kairin war bei ihr. Sie spielten Verstecken und verfolgten sich lachend. Es war alles so einfach, so vollkommen. Und als sie sich küssten, war das so selbstverständlich, dass sie sich ohne Scheu seiner Umarmung hingab. Anders, als sie es mit Amhal erlebt hatte, pressten Kairins Hände nicht ihren Leib, sondern hielten ihn sanft, und seine Küsse waren ein zärtlicher Hauch. Es war alles so wunderbar natürlich, dass Adhara Tränen in den Augen standen, als sie erwachte.

Amina neben ihr schlief ruhig und fest. Das Zelt lag im Halbdunkel, und die Körper, die dort auf den anderen Feldbetten ruhten, wirkten derart friedlich, dass sie sich sofort an den Zauber erinnert fühlte, den sie gerade im Traum erlebt hatte.

In diesem Moment fasste sie einen Entschluss. Aus dem Bauch heraus. So, als sei Amhal nie das einzige Ziel dieser von Grauen begleiteten Wanderung gewesen. So, als sei ihn wiederzufinden nicht der einzige Zweck all der Mühen und Enttäuschungen der zurückliegenden Tage.

Denn angesichts dieses Traumes hatte mit einem Mal nichts mehr Bedeutung von dem, was einmal war.

Früh am nächsten Morgen wachte sie auf. Als auch Amina aufgestanden war, saßen sie draußen vor dem Zelt zusammen und besprachen die Lage. Adhara erzählte ihr noch einmal von dem Heilpriester und dass er sich weiter um ihr Problem kümmern wolle.

»Dann willst du also noch länger bleiben?«, fragte die Jüngere mit skeptischem Blick.

»Nur bis ich genau weiß, was mich da befallen hat.«

Amina schwieg, und in diesem Schweigen schwangen Fragen und Zweifel mit.

»Ist das ein Problem für dich?«

Die Prinzessin schlug die Beine übereinander. »Nein. Nur habe ich hier keine Ruhe. Die Front ist so nahe, und dort zieht es mich hin. Und dich hoffentlich auch.«

»Ja, ich habe nicht vergessen, weswegen ich hier bin, wenn du das meinst«, antwortete Adhara nur.

»Das hoffe ich wirklich. Und deshalb sollten wir uns jetzt einen Plan überlegen. Lange will ich mich jedenfalls nicht mehr ausruhen.«

»Lass uns noch zwei Tage hierbleiben«, schlug Adhara vor, »dann weiß ich vielleicht mehr.« Es hatte keinen Sinn, sie in alles einzuweihen. Amina wusste nichts über ihre Herkunft und würde sicher nicht verstehen, was in ihr vorging.

»Meinetwegen«, antwortete Amina nach einer Weile. »Aber dann brauchen wir jetzt noch etwas von dem Trank.« Es waren zwar noch ein paar Stunden, bis die Wirkung nachlassen würde, aber es war ratsam, den Zauber frühzeitig aufzufrischen, damit ihre Tarnung nicht aufflog.

Adhara holte ihn aus dem Quersack und reichte ihn Amina.

»Und was ist mit dir?«, fragte diese.

»Ich hab schon«, log Adhara und blickte dann in eine andere Richtung. Die Sonne machte sich gerade auf ihren täglichen Weg am Himmelszelt. Nur noch wenige Stunden. Nur noch wenige Stunden, dann würde es geschehen.

Adharas Hände waren schweißnass. Die Wirkung des Trankes würde in Kürze verfliegen. Sie hatte sich zu Kairins Zelt aufgemacht, aber er war noch nicht da.

Als sie ihn, mit einer Axt in der Hand, näher kommen sah, atmete sie erleichtert auf.

»Hast du mal einen Augenblick Zeit, mit mir zu kommen?«, fragte sie, ohne ihn auch nur zu begrüßen. Er schien verwundert, nickte aber und folgte ihr.

Sie ging voraus zum Schlafzelt in der Hoffnung, dass sie dort ungestört sein würden. Jetzt am späten Vormittag waren wahrscheinlich alle Leute mit den verschiedensten Verrichtungen im Lager beschäftigt. Und so war es auch.

Sie nahmen auf ihrer Pritsche Platz, und während sie so dasaßen, machte sich eine immer größere Verlegenheit breit. Adhara wusste einfach nicht, wie sie die Zeit überbrücken sollte.

»Ja, was ist jetzt? Warum wolltest du mich denn sprechen?«, fragte Kairin noch einmal – und erstarrte. Da wusste Adhara, dass es geschehen war. Die Wirkung des Tarntranks war verflogen, und er sah sie nun, wie sie wirklich war. Ihr wahres Gesicht. Sie war wieder Elyna, das Mädchen, das er geliebt hatte.

»Deine Augen … Nur sie hatte solche Augen, das eine schwarz, das andere violett …«, stammelte Kairin fassungslos. Dann fuhr seine Hand das Profil ihrer Wange nach, und Adhara kostete die Berührung aus tiefster Seele aus. Dabei hoffte sie inständig, dass etwas in ihr in Bewegung geriet. Aber nichts geschah.

Das braucht seine Zeit, sagte sie sich.

Doch es war nur ein Augenblick. Der Funken Zärtlichkeit, den sie in Kairins Augen hatte aufglimmen sehen, erlosch abrupt. Sein Blick war eiskalt, und entsetzt wich er zurück, als fürchte er sich vor ihr.

»Wer bist du?«

Adhara versuchte, sich ihm zu nähern. »Ich bin Elyna, erkennst du mich denn nicht?«

Er riss sich aus seiner Erstarrung, und völlig außer sich fuhr er sie an: »Elyna ist tot!«

»Ja, gewiss ... das ist eine lange Geschichte. Ich wurde ins Leben zurückgeholt, und ...«

Als sie die Hand zu ihm ausstreckte, begann Kairin zu schreien, und kurz darauf erschienen zwei Männer mit gezückten Waffen im Zelteingang. Im Nu hatte sich eine Schar Neugieriger versammelt.

»Ich bin's wirklich! Ich bin Elyna«, versuchte es Adhara noch einmal. Dann erblickte sie den Dorfältesten. Er würde sie sicher erkennen, so dachte sie, und im Gegensatz zu seinem Sohn auch bereit sein, sie anzuhören.

Doch der Alte riss nur fassungslos die Augen auf und starrte sie entsetzt an.

»Was habt ihr denn? Warum seid ihr so seltsam?«, rief Adhara immer verzweifelter. »Ich bin wirklich Elyna. Das mag euch unglaublich vorkommen, aber ich bin zurückgekehrt. Diese Sekte von Wahnsinnigen, die Erweckten, haben mich ins Leben zurückgeholt, und ...«

Der erste Übergriff kam von einer Frau. Sie schleuderte einen Stein, der Adhara am Arm traf. Dann stürzte ein Mann mit einem Stock in der Hand auf sie zu und versuchte, sie zu packen. Sie wehrte sich und trat wie wild um sich, schrie dabei dem Himmel ihre ganze Fassungslosigkeit, ihre ganze Wut entgegen. Aber Kairin hatte es doch selbst gesagt: Er wäre zu allem bereit, wenn sie nur wieder bei ihm wäre. Wünschte sich nicht jeder, der einen geliebten Menschen verloren hatte, ihn wohlbehalten wiederzusehen?

Da traf sie ein heftiger Schlag auf den Kopf, und Adhara spürte noch, wie sie zu Boden sank und ins Nichts entglitt. Der Traum war geplatzt, noch bevor er begonnen hatte.

10

Schwächen

Eine Attacke von hinten. Sie spürte, wie das Schwert zischend über ihren Kopf hinwegfuhr, und schaffte es gerade noch, sich wegzuducken, so dass nur ein Büschel ihres schneeweißen Haares der Klinge zum Opfer fiel. Sie fuhr herum und stach blindlings zu. Es regnete, und das Wasser lief ihr in Strömen über das Gesicht und in die Augen, während sich Schlamm und Blut um sie herum vermengten. Ihre Stiefel fanden auf dem glitschigen Untergrund keinen Halt mehr, und der Griff ihrer Hand um das Heft des Schwertes wurde unsicher. Aber die Klinge war auf Widerstand gestoßen, und ein warmer Schwall spritzte ihr auf die Brust und rann dann an ihr hinunter, hinab bis zu den Stiefeln. Mit einem dumpfen Schlag sackte der Körper zu Boden.

Dubhe hatte weder Zeit, sich darüber zu freuen, noch zu Atem zu kommen. Eine feindliche Kriegerin hatte sie erspäht und hielt auf sie zu. In den Reihen der Elfen kämpften zahlreiche Frauen. Viele wunderschön, alle todbringend. Zu flink und zu behände waren sie, um ihnen beizukommen.

Die Elfe führte zwei Schwerter und ließ beide mit gleicher Gewandtheit rotieren. Mühsam nahm die Königin Verteidigungsstellung ein, sie fand kaum Halt im Schlamm.

Warum fällt ihr das so leicht?, fragte sie sich, während sie selbst noch um ihr Gleichgewicht rang.

Ein Überschlag, und schon war die feindliche Klinge nur noch einen Hauch von Dubhes Kehle entfernt. Sie riss den Armschützer hoch, wehrte sie ab und versuchte sofort einen Gegenangriff – der ins Leere ging. Da ließ ein brennender Schmerz im Oberschenkel sie zusammenfahren. Sie war getroffen. Der Muskel gab nach, und sie sank auf die Knie. Als sie die Augen zum Himmel hob, erkannte sie zwischen den Bäumen einen Fetzen milchig grauen Himmels. Auch nachts wich das Licht nie ganz, hier im Land des Wassers. Mit undurchschaubarer Miene, das blitzende Schwert erhoben, thronte die Elfenkriegerin über ihr. Um sich herum hörte Dubhe nur noch das sanfte Prasseln des Regens, das sie an ihre Jugendzeit erinnerte, damals, an der Seite ihres Meisters, in einem früheren Leben, und später dann auch mit Learco.

So sieht also mein Ende aus.

Die Elfe kreuzte beide Klingen vor Dubhes Hals und starrte mit hasserfülltem Blick auf sie herab. Ob sie wusste, dass sie im Begriff war, der Königin den Kopf abzuschlagen, der Oberkommandierenden der Vereinten Heere der Aufgetauchten Welt?

Dubhe hielt dem Blick der Elfe stand.

Da erklang ein unterdrücktes Röcheln, und Dubhe sah vor sich eine Klinge gut drei Handbreit aus der Brust ihrer Feindin herausragen. Es gab einen dumpfen Schlag, als der Körper zu Boden sank. Dubhe hatte ihm gerade noch ausweichen können und blickte jetzt in das Gesicht ihres Adjutanten, Baol mit Namen, ein spindeldürrer Jüngling, der sie auf ihrer Mission begleitete.

»Seid Ihr verwundet?«, fragte er atemlos.

Dubhe nickte, während sie vergeblich aufzustehen versuchte. »Aber halb so wild, es ist nur der Schenkel.«

»Wartet, ich helfe Euch«, sprang Baol ihr bei, indem er ihr die Hand reichte. Sein Griff war fest, ganz anders als ihr eigener. Dubhes Blick fiel auf die runzlige Haut an ihrem Arm, und sie fühlte sich so alt wie noch nie zuvor.

»Hier haben wir unsere Aufgabe erledigt«, fügte der junge Soldat hinzu.

Wozu bin ich überhaupt mitgekommen?

Mit Baols Hilfe stemmte sie sich hoch, wankte aber, weil ihr Bein immer wieder nachzugeben drohte.

»Ihr scheint doch schwerer verletzt«, murmelte der junge Krieger.

Dubhe schüttelte den Kopf. »Nein, nein, keine Sorge, das ist doch nur ein Kratzer, aber du musst mir helfen, allein schaffe ich es nicht.«

Um sie herum lagen Leichen – von Menschen und Elfen, in der Luft hing der Geruch von Blut. Da sich die Elfen in ihrer Überheblichkeit häufig dazu hinreißen ließen, die Frontlinie zu überschreiten, um die Lage zu erkunden oder um ihren Feind mit solchen Nadelstichen zu zermürben, hatte Dubhe diesen nächtlichen Angriff auf einen Trupp feindlicher Soldaten, den sie auf eigenem Territorium entdeckt hatten, befohlen.

Während sie jetzt zum Lager zurückhumpelte, zählte

sie die leblosen Körper. Zehn Elfen waren es, und sieben ihrer Männer. War es das wert gewesen?

Eine Mischung aus Wut, Enttäuschung und dem Gefühl, doch unterlegen zu sein, ließ Dubhe nicht zur Ruhe kommen. Nur mühsam gelang es ihr, diese Emotionen zu verbergen, während der Heilpriester neben ihr stand und ihre Wunde versorgte.

Acht Tage zuvor war sie an der Front eingetroffen. Lange hatte sie mit sich gerungen und sich dann dafür entschieden. Sie war zu Kalth ins Zimmer getreten und hatte nur gesagt, dass sie anderntags aufbrechen würde. Er hatte gelächelt.

»Hast du nichts dazu zu sagen?«

»Du weißt doch, was ich denke. Es ist eine gute Entscheidung. Ich werde schon zurechtkommen.«

»Wir müssen in enger Verbindung bleiben. Einmal im Monat werde ich dich aufsuchen, um dir Bericht zu erstatten. Und scheue dich nicht, dich an mich zu wenden, egal, was sein mag. Auch da leistet uns die Magie ja gute Dienste.«

Auf der befestigten Freifläche vor dem Heerespalast saß sie zum Abmarsch bereit auf dem Drachen, der einmal ihrem Gatten gehört hatte, und hatte von ihm Abschied genommen. Kalth blickte ihr so lange nach, bis sie nur noch ein Pünktchen am Horizont war.

Und dann hatte wieder der Kriegsalltag für sie begonnen. Hals über Kopf stürzte sie sich in ihre Aufgabe, gab Befehle, setzte sich gegen Generäle durch, bemühte sich, eine Tatkraft hervorzukehren, die sie nicht mehr besaß, kommandierte gleichzeitig die Späher ihres Geheimdienstes und die Soldaten im Einsatz. Ohne sich zu schonen, denn sie spürte, dass ihre mutlosen Krieger vor allem eins brauchten: einen Anführer, der bereit war, mit ihnen zusammen sein Leben zu opfern, der an vorderster Front mit ihnen das Schlachtfeld beackerte und nicht vor Blut und Tod zurückschreckte.

Erst da waren ihr die Beschränkungen ihres Körpers ganz deutlich geworden. Solange sie fernab der Front im Palast gelebt und sich nur mit einer Stunde Training am Tag in Form gehalten hatte, konnte sie sich vormachen, immer noch die alte Dubhe zu sein, konnte glauben, unter ihrer faltigen Haut verbärgen sich noch die drahtigen Muskeln früherer Zeiten. Aber das war nicht der Fall. Sie war fast siebzig, und die Jahre forderten ihren Tribut. Auf dem Schlachtfeld ermüdete sie rasch, und da ihre Sinne nicht mehr so wach waren wie einst, war sie auch nicht mehr in der Lage, die Bewegungen des Feindes mit jener Sicherheit im Ansatz zu erkennen, die sie einst ausgezeichnet hatte.

»Bedenkt, Herrin«, hatte Baol häufig schon zu ihr gesagt, »Ihr seid die Befehlshaberin, Euer Platz ist hinter der Frontlinie.« Sie hingegen wollte sich auf dem Schlachtfeld zeigen, wollte, dass ihre Soldaten sie dort sahen. Hätte sie die jungen Krieger dort allein gelassen, wäre alles, was sie bis dahin getan hatte, sinnlos gewesen.

Und deswegen hatte sie sich auch in dieser Nacht dem Stoßtrupp angeschlossen, der die Elfen aus dem Hinterhalt angreifen sollte. Für sie war es eine Art Revanche gewesen. Vier Tage zuvor hatte sie jemanden aus ihrem Geheimdienst ausgesandt, um einen General der

Gegenseite zu ermorden. Mittlerweile war ihr nämlich klargeworden, dass gezielte Attentate in ihrer Situation, erschöpft und zahlenmäßig unterlegen, wie sie waren, wahrscheinlich die beste Waffe waren, um den Feind aufzuhalten. Die Taktik war simpel: Sie mussten die Anführer ausschalten, um so Verwirrung in den Reihen der Elfen zu stiften und dann anzugreifen, bevor sie ihre Reihen wieder geordnet hatten. Zwar hatte sie Jahrzehnte zuvor am Totenbett ihres Meisters geschworen, niemals mehr auf die Kunst des Meuchelmordes zurückzugreifen. Doch dies hier war ein Notstand, der es erlaubte, sich über solche persönlichen Versprechen hinwegzusetzen.

Für den Mordauftrag hatte sie eine junge, vielversprechende Agentin namens Tara ausgewählt. Bevor diese zu ihrer Mission aufbrach, hatte sie Dubhe fest in die Augen gesehen und ihr versprochen, dass sie Erfolg haben würde. Tatsächlich war sie ihre beste Kraft. Doch im Morgengrauen des nächsten Tages war Tara nicht zurück. Schließlich fand man sie, tot, aufgehängt an einem Baum, wo die Elfen sie als Zeichen der Geringschätzung den wilden Tieren zum Fraß überlassen hatten. Dieser Anblick hatte Dubhe dermaßen mitgenommen, dass sie sich vor Wut und Schmerz die Fingernägel ins Fleisch gebohrt hatte.

Für Tara war sie dann in den Kampf gezogen, um deutlich zu machen, dass niemand dergleichen ungestraft ihren Leuten antun durfte. Niemand.

»Fertig«, sagte der Heilpriester, während er sich aufrichtete. »Ein paar Tage müsst Ihr Euch schonen. Aber schlimm ist die Verwundung nicht. Streicht das darüber.« Und damit reichte er ihr ein Fläschchen mit einer zähen Flüssigkeit darin.

Sie bedankte sich mit einem Kopfnicken und bat ihn dann, sie allein zu lassen. Ohne ein weiteres Wort verließ der Priester ihr Zelt.

Dubhe legte eine Hand an die Stirn. Sie fühlte die papierne Haut. Forschend glitten ihre Finger weiter über ihr Gesicht. Falten. Eine Landkarte mit Senken und Furchen. Das war ihr nie so richtig aufgefallen, denn um Schönheit hatte sie sich niemals wirklich gekümmert. Doch um Krieg zu führen, musste man jung sein, und es war eine besondere Tragik des Krieges, dass er gerade die Jungen hinwegraffte. So wie die, die sie eben noch tot auf der Lichtung hatte daliegen sehen.

Und im Grunde konnte sie nichts tun, um ihnen zu helfen. Wäre ihr Adjutant nicht so geistesgegenwärtig zur Stelle gewesen, hätte es auch sie erwischt. Ein Gefühl der Ohnmacht schnürte ihr die Brust ein.

Als sie sich vom Stuhl erhob, durchfuhr ein heftiger Schmerz ihr Bein. Verärgert befahl sie ihrem Körper, sich darüber hinwegzusetzen, und humpelte zu ihrem Tisch.

Sie nahm eine Feder zur Hand. Nur einen einzigen Zauber beherrschte sie, und zwar den, der für jedermann erlernbar war und mit dem man Botschaften in die Ferne senden konnte. Jeden Abend machte sie davon Gebrauch.

Mit einer Handschrift, die mit den Jahren immer ungenauer und langsamer geworden war, brachte sie die Worte zu Papier.

»Das ist unsere Stellung im Land des Wassers«, erklärte Kalth, nachdem er den Brief seiner Großmutter vorgelesen hatte, und deutete dabei auf einen Punkt auf der Karte, die auf dem Tisch ausgebreitet war. Im Beisein eines Generals und zweier Ratgeber zeichnete er ein Kreuz bei einem verlassenen Dorf ein. Diese Lagebesprechung in kleiner Runde hatte er ganz spontan einberufen. Es wollte beweisen, dass er genau wusste, was zu tun war, und dass er sich Tag und Nacht darüber Gedanken machte, wie ihre Lage zu verbessern wäre. Denn sein Problem bestand weniger darin, das Werk seines Vaters verantwortungsvoll fortzuführen, als vielmehr darin, sich seinem Umfeld als würdiger Nachfolger zu präsentieren. Es geschah nicht zum ersten Mal, dass das Land der Sonne von einer so jungen Majestät regiert wurde, denn seine Urgroßmutter war als Fünfzehnjährige auf den Thron gelangt. Aber dennoch glaubte er, etwas beweisen zu müssen. Nachts studierte er noch eifriger als zuvor, und tagsüber hielt er sich an einen strengen Verhaltenskodex, den er sich auferlegt hatte. Er musste auf alles eine Antwort wissen, so verlangte er es von sich, musste immer lückenlos vorbereitet sein und durfte sich nicht die kleinste Unsicherheit erlauben.

»Wie alt sind diese Informationen?«, fragte einer der Ratgeber.

Kalth nahm das Pergament fest in die Hand. Es gab ihm Sicherheit, die Worte seiner Großmutter praktisch fühlen zu können. »Zwei Tage. Die Königin unterrichtet mich fast täglich über den Stand der Dinge.«

Einige Augenblicke versunkenes, zweifelndes Schweigen, dem Kalth entschlossen ein Ende machte.

»Ich denke, die von der Königin angewandte Taktik ist in unserer Lage das Beste, was wir tun können. Ein Guerillakrieg ist im Moment unsere einzige Chance, und ich bin sicher, bald werden die gezielten Anschläge Wirkung zeigen. Vorgestern erst wurde ein Trupp Elfen seiner Anführer beraubt: Im Augenblick verfügt die fünfzigköpfige Einheit weder über Generäle noch über Offiziere. Die Soldaten sind allein und wahrscheinlich verwirrt. Unser Angriff müsste morgen vor Tagesanbruch erfolgen.«

Wieder Schweigen.

»Noch Fragen?«

Niemand hob den Blick.

»Dann beende ich die Beratung. Wir sehen uns in drei Tagen wieder. Dann müsste auch eine Antwort aus der Untergetauchten Welt eingetroffen sein.«

Auch dies war seine Idee gewesen. Soldaten für den Krieg und Heilpriester zur Bekämpfung der Seuche als Gegenleistung für Handelserleichterungen und wirtschaftliche Hilfe, wenn der Notstand überwunden sein würde. Bis zu diesem Zeitpunkt war die Untergetauchte Welt weitgehend autark gewesen, doch in jüngster Zeit hatte es dort ein explosionsartiges Bevölkerungswachstum gegeben, das die Wirtschaftsleistung dieses Reiches an seine Grenzen brachte. Eine Lockerung der strengen Abschottung schien die einzige Lösung, nicht zuletzt weil auch die sozialen Spannungen sprunghaft zunahmen.

Wortlos verließen die drei Männer nacheinander den Raum, und Kalth war wieder allein. Einige Augenblicke blieb er noch im schummrigen Fackellicht am Tisch sitzen. Gern hätte er sich etwas entspannt, eine Weile an gar nichts gedacht, aber die Maske, die er trug, passte so genau, dass er sie nicht mehr auf Kommando ablegen konnte. Nur seine Finger, die sich um die Pergamentrolle krampften, verrieten die Furcht, die auch ihm zusetzte.

Er stand auf und ging hinaus.

»Majestät?« Der Adjutant vor der Tür erwartete seine Befehle. *Majestät*, so hatte ihn bis vor kurzem nie jemand angesprochen. Für alle war er nur der kleine Prinz gewesen. Aber dann hatte er selbst verlangt, dass man ihn wie einen König behandelte, denn er wusste, Macht vermittelte sich auch durch eine Reihe unverzichtbarer Rituale, die den Untergebenen die Ehrfurcht eingaben, die zum Herrschen notwendig war.

»Ich ziehe mich zurück«, sagte er, »bereitet das Nachtlager vor.«

Es war schon lange her, dass seine Mutter ihn abends zu Bett gebracht hatte. Ach, seine Mutter ... Wie immer um diese Stunde machte er sich auch jetzt zu ihrem Gemach auf. Wie gern hätte er ihr eine gute Nachricht überbracht, zumindest einen Hoffnungsschimmer, der ihr geholfen hätte, dieses quälende Warten zu ertragen. Doch die Kundschafter seiner Großmutter hatten ihm vorhin noch Bericht erstattet und erklärt: nichts, keine Spur. Amina schien wie vom Erdboden verschwunden, und Kalth wusste, dass dies für seine Mutter womöglich schlimmer als eine Todesnachricht war. Die Unsicherheit gab Raum für die grausamsten Alpträume, die seine Mutter fast um den Verstand brachten. Für ihn selbst war es immerhin ein Trost, dass seine Schwester mit Adhara aufgebrochen war. Dass dieses Mädchen etwas ganz Besonderes an sich hatte, war ihm auf Anhieb klar gewesen, und dies hielt seine Hoffnungen wach.

Der Palast war beängstigend leer. Wie eine Vorahnung des Todes dröhnte ihm diese Stille in den Ohren, und so versuchte er, sich ganz auf das Geräusch seiner Schritte zu besinnen. Geschwind, wie gehetzt, durchquerte er die Flure, so als drohe ihm Gefahr aus dem gespenstischen Dunkel jenseits des Fackellichts, so als befürchte er, angesprungen und zerfleischt zu werden. Auch wenn sein Verstand ihn immer wieder vom Gegenteil zu überzeugen versuchte, es war nichts zu machen: Er hatte Angst. Er war gerade erst den Kinderschuhen entwachsen, und eine warme mütterliche Umarmung hatte immer noch etwas Tröstliches für ihn.

Um Haltung bemüht, blieb er einen Moment lang vor ihrer Tür stehen.

Dann klopfte er an. Einmal, zweimal. Wie immer keine Antwort, und so trat er einfach ein.

»Ich bin's, Mutter«, begrüßte er sie.

Fea saß auf einem Stuhl vor dem Fenster. So verbrachte sie ganze Tage, schaute in den grauen Himmel und zählte die wenigen, verschreckt wirkenden Menschen, die überhaupt noch in den Straßen Neu-Enawars unterwegs waren. Abends legte sie sich nieder und wälzte sich bis zum Morgen in einem unruhigen Halbschlaf. Tag für Tag dasselbe Spiel in einem ununterbrochenen, starren Kreislauf.

Mit gemächlichen Schritten betrat Kalth den kalten, modrig riechenden Raum, setzte sich zu seiner Mutter ans Fenster und ergriff ihre Hand. »Wie geht's dir?«

Fea antwortete nicht, blickte nur mit Leidensmiene hinaus ins Dunkel.

Wie immer erzählte ihr Kalth von seinem Tag. Er war sich darüber im Klaren, dass es sie wahrscheinlich überhaupt nicht interessierte, aber ihm selbst diente es dazu, seine Gedanken zu ordnen, Dinge im Geist abzuschließen und sich auf die nächsten Herausforderungen vorzubereiten.

»Was ist mit ihr?« Feas schrille Stimme ließ ihn zusammenzucken.

Kalth schluckte. »Amina geht es gut«, antwortete er dann mit einem Lächeln. »Gestern erst hat sie mir geschrieben.« Er zog den Brief seiner Großmutter aus der Tasche und tat so, als lese er ihn vor.

»*Lieber Kalth, liebe Mutter, ich hoffe, es geht Euch gut. Ich bin von einer netten Familie aufgenommen worden, die es mir an nichts fehlen lässt, und ich kann mich nicht beklagen.*«

Es war wieder eine Geschichte, die er sich spontan ausdachte. Die Geschichte einer unbeschwerten Reise durch eine friedliche Aufgetauchte Welt, die es schon längst nicht mehr gab. Und Fea lauschte ihm hingerissen. Kalth hätte nicht sagen können, ob sie wirklich glaubte, was sie da hörte, aber zweifellos bemühte sie sich nach Kräften. Deshalb schenkte er ihr auch, was sie sich wünschte, erzählte von einer Amina, wie die Mutter sie sich immer vorgestellt hatte: selbstbewusst, sanft und freundlich.

»Und warum kehrt sie nicht heim zu uns?«, fragte Fea unvermittelt. Jeden Abend die gleiche Frage.

»Das erklärt sie weiter unten. Hör zu: *Gern würde ich bald zu Euch zurückkehren, doch im Moment sind die Wege nach Neu-Enawar zu unsicher. Deshalb habt noch ein wenig Geduld, Ihr wisst ja, dass es mir gutgeht und dass es mir an nichts fehlt. Es schmerzt mich, wenn ich mir vorstelle, dass Ihr in Sorge um mich seid. Das braucht Ihr wirklich nicht, denn ich bin in Sicherheit. Eure Amina.*« Langsam faltete Kalth den Brief zusammen und drückte seiner Mutter die Hand. »Da hörst du's. Es geht ihr gut, und wir werden sie bald wiedersehen.«

Fea nickte, und ihr Gesicht erstrahlte in einem sanften Lächeln. »Du wirst gut auf sie achtgeben und sie beschützen, wenn sie wieder da ist, nicht wahr?«

»Das habe ich doch schon immer getan. Und das weißt du auch«, antwortete Kalth mit zitternder Stimme. »Sogar im Augenblick tue ich es.« Er starrte zu Boden und stand schließlich mit einem bemühten Lächeln auf. »Soll ich dir noch helfen, dich niederzulegen?«

Fea nickte, und er brachte sie zu Bett, schlug die Bettdecke zurück und gab ihr noch einen Kuss auf die Stirn.

»Sag morgen der Kammerzofe, sie soll Aminas Kleider auslüften. Ich möchte, dass sie gut riechen, wenn sie zurückkommt.«

»Das tue ich, versprochen. Und nun schlaf.« Fea hörte ihn nicht mehr, sie hatte die Augen geschlossen und schien eingeschlummert.

Einen Moment noch betrachtete Kalth sie, ging dann leise hinaus und zog die Tür sacht hinter sich zu. Als er allein im Flur stand, spürte er, dass seine Augen feucht wurden. Auch er hätte gern ein tröstendes Wort gehört, hätte sich gern in die Arme seiner Mutter geschmiegt und diesen unerträglichen Schmerz aus sich herausgeweint, den er vor der ganzen Welt verbergen musste. Aber das ging nicht. Die Zeiten, in denen er das noch tun konnte, waren vorbei. Er las noch einmal die letzten Zeilen, die Zeilen, die seine Großmutter an ihn persönlich gerichtet hatte.

Vor allem, gib nicht auf! Sei stark. Ich bin immer bei dir.

11

Begegnung im Flammenmeer

»Bist du jetzt zufrieden?«

Adhara stierte weiter zu Boden.

»Sie haben gesagt, sie wollen mich so bald wie möglich loswerden. Eine Nachricht an den Palast in Neu-Enawar soll schon unterwegs sein«, redete Amina unbeirrt weiter. Seit anderthalb Tagen saßen sie gefangen, und mittlerweile war auch bei ihr die Wirkung des Zaubertranks verflogen. Zunächst war sie mit Adhara eingesperrt worden, aber als dann ihr wahres Gesicht zum Vorschein kam, hatte ein Soldat sie erkannt. Schnell ließ man sie frei und behandelte sie mit allen Ehren, doch unbeeindruckt davon, war sie bei erstbester Gelegenheit davongelaufen. Sie kam nicht weit, und so sperrte man sie wieder ein und wartete nun darauf, dass man sie abholen und zur Königin bringen würde.

Die Mädchen hockten in einer Art Holzkäfig. Adhara warf wieder einmal einen Blick auf ihre Handgelenke, die mit einem einfachen Hanfseil gefesselt waren. Mit ein wenig Anstrengung hätte sie sich vielleicht befreien können, doch im Moment hatte sie weder Kraft noch überhaupt Lust zu fliehen.

Nach einem weiteren Anfall fühlte sie sich einfach nur matt und ausgelaugt; diese mittlerweile rundum tiefrote Hand ließ ihr keine Ruhe mehr.

»Was hast du dir nur dabei gedacht? Darf man das vielleicht mal erfahren? Wenn du unbedingt sterben willst, ist das deine Sache, aber warum hast du mich da mit hineingezogen? Du hättest mir auf alle Fälle die Möglichkeit geben müssen, rechtzeitig abzuhauen und meiner Wege zu gehen!«

Tja, was hatte sie sich nur dabei gedacht? Welch verrückte Idee war ihr da gekommen. Sie konnte es sich selbst nicht mehr erklären. Sie hätte doch wissen müssen, dass niemand sie anerkennen und sie den Leuten nur eine wahnsinnige Angst einjagen würde. Denn Elyna, das Mädchen, das sie einmal gewesen war und das diese Menschen geliebt hatten, gab es nicht mehr, war für alle längst zu Grabe getragen worden.

Jetzt packte Amina sie am Hemdkragen und fuhr sie an: »Tu nicht so unschuldig! Antworte mir endlich!«

Adhara hob den Blick und schaute die andere aus leeren Augen an. Ja, eine Erklärung schulde ich ihr schon, überlegte sie.

»Willst du die Wahrheit wissen?«, fragte sie, während ihr ein gequältes Lächeln über das Gesicht huschte. Amina blickte sie verständnislos an. »Dann setz dich, es ist eine lange Geschichte und keine besonders schöne.«

Sie erzählte alles, brutal und ungeschönt, ließ keine Einzelheit aus, begann mit den Verliesen der Erweckten, wo das, was sie heute war – was auch immer es sein mochte – aus totem Fleisch geschaffen wurde. Sie erklärte Amina, was es mit der Sekte auf sich hatte, setzte ihr auseinander, wozu sie imstande war. Und schließlich erzählte sie von Kairin und versuchte dabei, mehr noch für sich selbst als für die andere zu klären, was da in sie gefahren war und was sie bezweckt hatte.

»Plötzlich sah ich eine Chance und wollte sie nicht ungenutzt verstreichen lassen«, gestand sie. »Ich habe mich nach einem ganz normalen Leben gesehnt, und als mir Kairin von seiner unvergänglichen Liebe zu Elyna erzählte und ich entdeckte, was das mit mir zu tun hatte, dachte ich, das könnte für mich der Beginn eines neuen Lebens sein. Um noch mal ganz von vorn anzufangen oder an einer Stelle weiterzumachen, wo dieses Leben so jäh unterbrochen worden war.«

Sie schwieg, und Stille hüllte sie beide ein. Nur das Rauschen der Baumkronen über ihnen war zu hören.

Amina saß reglos in einer Ecke des Käfigs und stierte vor sich hin. »Wann gedachtest du mir deine Geschichte denn zu erzählen?«, fragte sie und blickte zu Adhara auf.

»Ich weiß nicht. Bis jetzt hatte es sich nie ergeben. Ich habe das alles ja selbst erst kurz nach dem Tod deines Vaters erfahren. Und danach hatten wir immer nur unsere Flucht im Kopf.«

Amina lächelte höhnisch. »Erzähl mir doch nichts. In Wahrheit hattest du von Anfang an nie vor, mich einzuweihen.«

»Dann versetz dich doch mal in meine Lage. Wie hättest du dich denn verhalten? Kannst du nicht verstehen, dass ich lieber vergessen wollte, auf welche Weise ich zur Welt gekommen bin? Wahrscheinlich habe ich deshalb nicht mit dir darüber geredet.«

»Nein, du hast mir nie getraut! Das ist es. Seit wir zusammen unterwegs sind, grübelst du darüber nach, wie und wo du mich am besten wieder loswirst. Du hättest mich irgendwo zurückgelassen«, erwiderte die Prinzessin giftig.

»Das ist nicht wahr. Aber du hattest eigentlich gar nichts damit zu tun …«

»Und doch hättest du es mir sagen müssen. Was hast du denn befürchtet? Dass ich dich verrate? Jedenfalls hast du deine Geheimnisse alle schön für dich behalten, während ich mich für dich in Gefahr gebracht und dich aus Theanas Fängen befreit habe. Und dann, als du den richtigen Moment gekommen sahst, diese Komödie zu beenden, hast du getan, was dir für dich gerade angebracht erschien, ohne dich im mindesten darum zu kümmern, was aus mir werden sollte!«

»Jetzt reicht's aber!« Adhara konnte nicht fassen, was Amina da zusammenfabulierte. »Du scheinst nicht die leiseste Ahnung zu haben, wie ich mich fühle.«

»Und du? Hast du eine Ahnung, was in mir vorgeht? Hast du auch nur einen Moment mal daran gedacht, dass das, was aus dir wird, auch entscheidend ist für das, was ich möchte?«

»Aber was du möchtest, sagst du mir auch nicht. Außerdem hast du mir überhaupt nicht zugehört und offenbar kein Wort verstanden von dem, was ich dir gerade erzählt habe. Dich interessiert doch gar nicht, wer oder was ich bin und wie sehr ich darunter leide.«

Einen Moment lang wirkte Amina verunsichert. »Das habe ich nie gesagt…«

»Gesagt hast du es nicht, aber dein Verhalten seit unserem gemeinsamen Aufbruch spricht Bände. Du bist nicht mehr das Mädchen, das ich damals am Hof in Makrat ins Herz geschlossen habe.«

»Natürlich bin ich das nicht mehr!«, brauste Amina auf. Es war, als breche eine Wut aus ihr hervor, die sie allzu lange in sich hineingefressen hatte. »Wie kannst du auch nur einen Moment lang glauben, dass die Ermordung meines Vaters mich nicht verändert hätte? Während du mit deinen romantischen Träumereien beschäftigt bist und dir den Kopf darüber zerbrichst, wer dich geschaffen hat und zu welchem Zweck, träume ich jede Nacht von meinem Vater und finde keinen Frieden. Ja, gut, deine idiotischen Probleme und deine wirre Geschichte interessieren mich wirklich nicht!«

Sie versetzte dem Strohhaufen im Käfig einen Tritt, so heftig, dass sie das Gleichgewicht verlor und stürzte.

»Oh, verflucht noch mal«, heulte sie los, während sie sich am Boden krümmte, die Knie bis zur Brust angezogen und das Gesicht darin verborgen. Doch Tränen flossen nicht. Sie keuchte nur laut, und Adhara begriff, dass Amina mittlerweile völlig besessen war. Alles, was nichts mit ihrer Rache zu tun hatte, war aus ihren Gedanken verschwunden. Endlich durchschaute Adhara, was für ein Spiel die Prinzessin betrieb, und erkannte, dass sie vor nichts zurückschrecken würde. Auch nicht davor, sie, ihre Freundin, umzubringen, wenn sie es wagen sollte, sich ihr in den Weg zu stellen. Adharas

Herz krampfte sich zusammen. Amina hatte sie nur benutzt wie eine Figur, die eine Weile dienlich war und dann sich selbst überlassen wurde.

Mit einem Quietschen öffnete sich die Zellentür. Ein Soldat verharrte einen Moment lang zögernd auf der Schwelle, kam dann näher und legte Amina sanft eine Hand auf die Schulter.

»Hoheit ...«

Amina fuhr herum.

»Eure Hoheit, es wird Zeit ...«

Amina schüttelte flehend den Kopf. »Nein, nein, ich will nicht ... Lasst mich gehen, ich muss doch weiter, bitte ...« Sie versuchte, sich seinem Griff zu entwinden, und trat wie ein wildes Fohlen um sich.

Adhara beobachtete sie. Obwohl nichts geblieben war von den unbeschwerten Tagen, die sie gemeinsam verlebt hatten, bedeutete ihr dieses Mädchen immer noch etwas. Sie musste sie vor sich selbst beschützen, zu ihrem eigenen Wohl. Deshalb sprang sie dem Soldaten bei, bekam einen Fuß von Amina zu packen, hielt ihn fest und schaffte es schließlich, den Arm auch um das andere Bein zu schlingen.

»So, fertig«, sagte sie kalt an den Soldaten gewandt, der sie unsicher anschaute.

»Warum tust du mir das an? Wir waren doch Freundinnen!«

»Los jetzt!«, rief Adhara fast ärgerlich, und endlich entschloss sich der Mann, seine Pflicht zu tun.

Er hob Amina vom Boden hoch und zog sie hinaus.

»Ich hasse dich! Ich hasse dich«, schrie das Mädchen, während man sie wegschleppte.

Adhara ließ sich zu Boden sinken und presste den Kopf gegen die Holzwand des Käfigs. Nun war sie ganz allein und ohne jede Hoffnung.

Gegen Abend kam Kairin vorbei. Adhara hörte, wie er sich mit leichten Schritten den Gitterstäben der behelfsmäßigen Zelle näherte. Auch für ihn musste die Situation schwer zu ertragen sein: Jener Körper, den er einst geliebt hatte und nach dem er sich seit langem Tag für Tag verzweifelt sehnte, war wieder da, zum Greifen nahe. Aber es war eben nicht Elyna, die in ihm steckte, sondern eine Fremde, eine Feindin.

Sein Vater war mitgekommen. Die Miene kalt, verschlossen, hart. Adhara setzte sich auf.

»Wir sind über alles im Bilde«, begann der Alte. »Und man wird dich bald holen und nach Neu-Enawar zur Hohepriesterin bringen.«

Adhara ließ sie Schultern sinken. Es war aus. Dieser ganze lange Weg, um schließlich doch wieder zum Ausgangspunkt zurückgebracht zu werden. Besonders wütend aber machte sie, dass es ihr nicht gelungen war, ihrer Bestimmung zu entfliehen. Hunderte von Meilen hatte sie zurückgelegt und es doch nicht geschafft, Theana weit genug zurückzulassen.

»Vorher aber müssen wir noch etwas von dir wissen«, fuhr der Alte fort.

Adhara nickte.

»Wie hießen deine Eltern?«, fragte Kairin.

Ihre Vergangenheit. Ihr *früheres* Leben. Sie biss sich auf die Lippen. »Daran kann ich mich nicht erinnern ...«

»Wo bist du geboren?«

»Glaubt mir, ich kann mich an gar nichts aus dieser Zeit erinnern …«

Kairin schien sie nicht zu hören. »Wie haben dich deine Eltern als kleines Mädchen genannt? Was hast du am liebsten gespielt? Wie hieß deine Schwester, und in welchem Alter ist sie gestorben? Und deine Tanten, in welches Land sind sie gezogen, und wann war das?«

»Ich weiß es nicht! Ich weiß es doch nicht! An all diese Dinge kann ich mich nicht erinnern«, schrie Adhara.

Der Alte kam so nahe an sie heran, dass seine Stirn die Holzstäbe berührte. »Und warum trägst du dann ihr Gesicht? Wie konntest du es wagen, in unser Dorf zu kommen, *ausgerechnet* zu uns, mit ihrem Gesicht?«

Seine Augen glühten vor Zorn, und Adhara ging auf, welche Gräueltat die Erweckten verübt hatten, nicht nur an ihr, sondern an all diesen Menschen.

Sie blickte Kairin an und hoffte, in seinen Augen eine Spur von Verständnis zu erkennen.

»Aber *ich bin* Elyna«, erklärte sie und kam näher an die Stäbe heran. »Nach ihrem Tod haben diese entsetzlichen Fanatiker auf irgendeine Weise ihren Leib zu neuem Leben erweckt – wie, weiß ich auch nicht. Deshalb bitte ich euch«, flehte sie inständig und völlig aufrichtig, »gebt mir die Gelegenheit, noch einmal neu zu beginnen! Wenn ihr mir dabei helft, mich zu erinnern, wird mir sicher nach und nach alles wieder einfallen, und damit könnte Elyna auch wieder unter euch sein.«

Der Alte schaute sie verächtlich an, während sein Sohn die Augen niederschlug, so als könne er ihren Anblick nicht ertragen.

»Wie kannst du es wagen …?«, stöhnte er schließlich mit zitternder Stimme. »Wie kannst du es wagen, mir so etwas vorzuschlagen? Wie kannst du es wagen, überhaupt von Elyna zu reden? Du Ungeheuer mit ihrem Gesicht!«

Adhara senkte den Kopf. In ihren Augen standen Tränen.

»Wäre es nach mir und unserem Dorf gegangen, hätten wir dich getötet«, fügte Kairin hinzu. »Elyna ist tot, und solch eine schreckliche Verhöhnung hat sie wirklich nicht verdient. Aber die Hohepriesterin will dich lebendig, und wir werden ihr gehorchen. Morgen brichst du auf, und dann werden wir uns niemals wiedersehen. Aber ich hoffe von ganzem Herzen, dass das Schicksal dir jenes Ende zugedacht hat, das du verdienst.« Damit spuckte er vor ihr aus, hakte den Vater unter und entfernte sich mit ihm.

Jenseits des Palisadenzauns, der das Lager begrenzte, tauchte die Sonne den Himmel in ein blutiges Rot. Adhara blieb die Luft weg. Aber nicht wegen der unbekannten Krankheit, die sich ihres Körpers bemächtigte, sondern wegen des Abscheus, den sie vor sich selbst empfand.

Als sie erwachte, raste ihr sofort eine wirre Flut von Gedanken durch den Kopf. Lange hatte sie nicht einschlafen können. Die Begegnung mit Kairin und seinem Vater hatte sie dermaßen erschüttert, dass sie sich nur noch wünschte, alles zu vergessen.

Sie kämpfte gegen die Beklemmung an, die ihr die Brust einschnürte, und stemmte sich mühsam hoch.

Aber da war noch etwas anderes. Eine eigentümliche Unruhe hatte sie ergriffen, so als wittere sie Gefahr.

In diesem Moment gellte ein Brüllen durch die Luft. Auf der Stelle wusste Adhara, woher es kam. Der Atem stockte ihr, denn schon sah sie es auch in seiner ganzen furchterregenden Erscheinung näher kommen. Zum Angriff bereit, riss das gewaltige schwarze Tier mit dem schlangenähnlichen Körper den Rachen auf. Nur einen Augenblick, dann war alles in eine dichte Rauchwolke gehüllt. Entsetzensschreie. Schwerterklirren. Flammen.

Ein Überraschungsangriff.

Im Dunkel der Nacht erkannte Adhara schemenhaft die eleganten Elfenkörper. Und etwas erwachte in ihr, das sie zum Kampf drängte. Aber vielleicht war es auch nur der Selbsterhaltungstrieb. Das Einzige, was sie wusste, war, dass sie so schnell wie möglich aus diesem Käfig hinausmusste.

Sie riss an den Streben und stemmte sich mit den Füßen dagegen. Aber sie gaben nicht nach. Da sah sie einen Mann in nächster Nähe, offenbar schwer verletzt, hilfesuchend am Boden kriechen. Doch für ihn gab es keine Rettung mehr, nur wenige Schritte von ihr entfernt bäumte er sich noch einmal auf und blieb dann, mit einer Klinge in den Händen, reglos liegen. Diese Waffe hätte sie gut gebrauchen können. Nur wie kam sie aus diesem verdammten Käfig hinaus?

Da bemerkte sie, dass das von dem Lindwurm entfachte Feuer auf einen Busch übergegriffen hatte, der gleich neben dem Käfig wuchs. Das war ihre einzige Chance. Der reine Wahnsinn, eine Verzweiflungstat. Aber es gab keinen anderen Weg.

Zunächst zwängte sie mühevoll beide Arme bis zu den Ellbogen zwischen den engen Stäben hindurch. Dann streckte sie die befallene Hand aus. Es war klüger, diese für die Freiheit aufs Spiel zu setzen. Je näher sie dem Busch kam, desto unerträglicher wurde die Hitze der Flammen, die Haut zischte fast schon. Aber sie bekam einen Zweig zu fassen und begann mit aller Kraft an ihm zu reißen und zu zerren, während sie ihre Hand schon nicht mehr spürte. Irgendwann gab das Holz tatsächlich nach, der brennende Busch wurde gegen die Käfigwand geschleudert, und Adhara sank zurück, hockte in einer Ecke auf dem Boden und sah zu, wie die Flammen ihr Werk verrichteten.

Zum richtigen Zeitpunkt begann sie, mit den Füßen nachzuhelfen.

Fünf, sechs Tritte reichten, dann zerbarst der Käfig in einem Meer von Funken. Adhara konnte einen Triumphschrei nicht unterdrücken. Und schon stürzte sie zu dem Toten am Boden und riss sein Schwert an sich. Es war noch schäbiger, als sie geglaubt hatte, aber darauf kam es nicht an. Zunächst einmal taugte es dazu, die Fesseln zu zerschneiden, die noch nicht verbrannt waren.

Dann warf sich die Feuerkämpferin ins Getümmel. Obwohl sie sich schlapp fühlte und ihre Bewegungen langsamer als gewöhnlich waren, gelang es ihr, sich nach Kräften zu behaupten. Die verzweifelte Wut, die sich lange Zeit in ihr aufgestaut hatte, brach hervor und lenkte sie. Um sie herum lagen Dutzende von Leichen. Sie würdigte sie keines Blickes, denn sie hätte darunter viele bekannte Gesichter erkannt, Menschen, die sie aufgenommen, die sie behandelt und versorgt hatten. Gewiss, auch eingesperrt, zurückgewiesen und verurteilt. Aber dieses Ende hatten sie dennoch nicht verdient.

Während sie kämpfte, vergaß sie alles andere, schaltete ihr Denken aus, um Schmerz und Wut freien Lauf lassen zu können. So geschah es ganz unvermittelt, dass der Gedanke an Amina sie überfiel, ähnlich dem Schmerz einer offenen Wunde, der plötzlich wieder einsetzte. Das Mädchen saß sicher irgendwo in dieser brennenden Hölle fest. Sie musste sie finden, musste sie retten.

»Amina!«, schrie sie.

Dunkelheit, Flammen, der Geruch von Blut und Tod. Das war er, der Krieg in seiner entsetzlichen, wahren Gestalt. Die Feuerkämpferin spürte, dass er ihr vertraut war und dass sie sich gleichzeitig vor ihm graute. Aber mit einem Anflug von Stolz erkannte sie auch, dass dieses Gefühl ganz und gar ihr eigenes war, die Wahrnehmung jener Adhara, die auf dieser Wiese erwacht war und dann das Schicksal abgelehnt hatte, das von anderen für sie vorgezeichnet worden war.

»Amina!«

Da durchzog ein stechender Schmerz die Brust, und unwillkürlich führte sie eine Hand zum Herzen.

Nicht jetzt, nicht jetzt, dachte sie verzweifelt, während sie, das Heft ihres Schwertes fest in der Hand, suchend über das Schlachtfeld irrte.

»Amina!«

Plötzlich sah sie etwas aus den Flammen auftauchen und blieb keuchend stehen.

»Amina, bist du das?«, rief sie mit einem Funken Hoffnung. Langsam wurden die Umrisse immer deutlicher, und sie erblickte die Gestalt eines jungen Mannes, schlank mit breiten Schultern, ein Krieger, der ein außergewöhnlich langes Schwert in den Händen hielt.

Nein.

Das Blut troff ihm von der Klinge, während er langsam immer näher kam.

Adharas Herz begann wie wahnsinnig zu rasen. Denn diese Gestalt war unverwechselbar und rief Schmerz und Verzweiflung ebenso wie Hoffnung und Zuneigung in ihr wach.

Sie erkannte diese grünen Augen wieder, diese sanft schwingenden, im Nacken zusammengefassten Haare, diesen leichten Brustpanzer aus schwarzem Leder, der den Oberkörper eines mittlerweile voll herangereiften jungen Mannes umschloss. Amhal. Der Amhal, wie sie ihn an jenem verhängnisvollen letzten Tag gesehen hatte. Mit dem gleichen verlorenen Blick.

Adhara spürte, wie ihr die Knie weich wurden. Nur mit äußerster Willensanstrengung konnte sie sich auf den Beinen halten, weil der eigene Körper ihr kaum noch gehorchte.

Wochenlang hatte sie darüber nachgegrübelt, was sie zu ihm sagen würde, wenn sie ihn träfe, wie sie es anstellen könnte, ihn von seinem Weg abzubringen, und jetzt, da er ihr gegenüberstand, brachte sie kein Wort heraus. Es war ihr Herz, das nicht mitspielte, ihr Herz, das nun zum zweiten Mal fast stehenblieb.

Nicht jetzt!

Er schien sie nicht zu erkennen, starrte sie nur wie ein wildes Tier an. Um den Hals trug er ein kunstvoll gearbeitetes Medaillon aus schwarzem Kristall mit einem Edelstein in der Mitte, der purpurrot funkelte, vielleicht ein Widerschein der Flammen, vielleicht auch aus eigener Kraft. Adhara hätte es nicht sagen können.

Bemüht, nicht dem Schmerz nachzugeben, der ihr die Brust zerriss, rief sie ihm entgegen: »Wie kannst du das nur tun? Du bist ein Mensch, und auf der Seite der Menschen müsstest du kämpfen, so wie du es früher getan hast.«

Amhal antwortete nicht, hob nur langsam sein Schwert und stellte sich zum Angriff auf. Adhara war sofort klar, dass sie, wenn es zum Kampf käme, nicht den Hauch einer Siegeschance haben würde. Und während sie noch verzweifelt überlegte, wie sie ihn aufhalten könnte, geschah es. Ein schriller Schrei, und eine weitere Gestalt tauchte aus den Flammen auf, die Adhara auf Anhieb erkannte: Amina. Sie stieß Adhara zu Boden und stürzte sich schreiend auf Amhal.

Der Krieger war so überrascht, dass er einen Moment ins Stolpern geriet, während Amina ihn mit einem Schwert, das sie irgendwo aufgelesen hatte, wild fuchtelnd attackierte.

»Verräter!«, schrie sie. »Du hast meinen Vater umgebracht!«

Sie kämpfte ohne irgendeine Technik, nur mit der Kraft der Verzweiflung, eben der Kraft, die sie auch ihren Gewaltmarsch hatte durchhalten lassen. Natürlich dauerte es nicht lange, bis Amhal sich Respekt verschafft hatte. Eine Parade, ein Angriff, dann flog Aminas Waffe in hohem Bogen fort, während sie selbst laut aufstöhnend zu Boden ging. Er schien sie verwundet zu haben, offenbar am Bein. Amhals Gesicht verriet keinerlei Regung. Er hob das Schwert, um ihr den Gnadenstoß zu versetzen.

Da nahm Adhara alle ihre Kräfte zusammen und warf sich dazwischen. So schaffte sie es, mit ihrer Klinge den Hieb aufzuhalten, doch der Schlag war so heftig, dass sie einen Moment ihr Handgelenk nicht mehr spürte. Sie stemmte sich dagegen und schaffte es, nicht zurückzuweichen.

»Bist du wahnsinnig?!«, schrie sie. »Siehst du nicht, das ist die Prinzessin, ein halbes Kind!«

Kurz veränderte sich Amhals Blick, so als streife ihn eine Erkenntnis. Doch sie drang nicht zu ihm durch, denn im nächsten Moment zeigten seine grünen Augen wieder die gleiche erbarmungslose Kälte wie zuvor. »Weg da«, zischte er.

Adhara stieß sein Schwert fort und ging auf sicheren Abstand zurück. Sie schwankte.

Ich bin zu schwach. Das schaffe ich nicht.

Aber aufgeben durfte sie nicht. Allein schon, um Amina zu retten, die schwer atmend am Boden hinter ihr lag. Auf unsicheren Beinen versuchte sie, sich zum Kampf aufzustellen, doch die Waffe in ihren Händen zitterte. Ihre Linke war völlig taub und die Schmerzen in der Brust nicht auszuhalten. Und doch stürzte sie sich mit einem Schrei auf Amhal, der mit einer kurzen Bewegung zur Seite diesem ungeschickten Vorstoß auswich, sofort zurückschlug und sie mit dem Knauf seines Schwertes zwischen den Schulterblättern traf. Der Schlag nahm ihr den Atem, sie stürzte und fiel mit dem Gesicht in den Schlamm.

Steh auf und kämpfe!

Sie fuhr herum und stieß dabei das Schwert in die Höhe, ein viel zu schwacher Angriffsversuch, der Amhal nicht einmal streifte.

»Hör auf, Amhal. Ich bin's doch, Adhara. Du musst mich doch erkennen!«, rief sie verzweifelt.

Wieder durchlief ein Schauer ihren Körper und ließ das Schwert in ihrer Hand erzittern.

»Du kannst doch nicht alles vergessen haben, was wir einmal geteilt haben?«

Sie spürte, wie die Kräfte sie verließen und das Schwert ihren Fingern entglitt. Ihr Arm war völlig taub, und sie kauerte sich auf dem Boden zusammen. Jetzt konnte sie nur noch beten, dass er sich vielleicht doch an sie erinnerte, dass er nicht völlig ausgelöscht hatte, was sie einmal so eng verband. Doch nichts, kein Wiederkennen, flackerte in seinen Augen auf.

Das ist das Ende.

So lag sie da und wartete auf den Gnadenstoß. Doch der blieb aus. Stattdessen wurde sie von einem silbernen Mantel eingehüllt, der im Dunkel der Nacht leuchtete. Dann schwanden ihr die Sinne.

12

Ein ungewöhnliches Bündnis

Ruckartig richtete Adhara sich auf und legte schützend die linke Hand vor das Gesicht, während ihre rechte zum Schwert fuhr. Vielleicht war es noch nicht zu spät, und sie konnte Amina noch retten.

Doch ihre Hand griff ins Leere, und die Nacht war längst vorüber. Mit ihrem dünnen Arm schaffte sie es kaum, ihre Augen gegen das durchdringende, grelle Licht abzuschirmen. Wo war sie?

Die morgendlichen Sonnenstrahlen zwangen sie, die Lider halb geschlossen zu halten. Als sie aufzustehen versuchte, versagten ihre Muskeln den Dienst. Wie sie feststellte, lag sie, die Ellbogen in trockenes Laub gestützt, auf einem weichen Lager unter einer bis über die Taille hochgezogenen Decke.

Was war nur geschehen? Sie erinnerte sich noch sehr genau an den Angriff auf das Lager, und wie Amhal das Schwert erhoben hatte, um Amina zu erschlagen, so als kenne er sie nicht. Und sie wusste auch noch, wie sie, obwohl sie sich so schlecht fühlte, dazwischengegangen war und zu kämpfen versucht hatte. Aber dieses Erwachen? Mitten im Wald. Allein. Auf der Suche nach irgendwelchen Hinweisen, schaute sie an sich hinunter. Ihre linke Hand, die diese rätselhafte Krankheit schwarz gefärbt hatte, war verbunden und schmerzte nur leicht.

»Gut, du bist wach …«

Diese Stimme. Ein Schauer durchlief sie, und unwillkürlich wollte sie aufspringen und auf den Mann einschlagen, von dem sie kam. Doch als sie es versuchte, packte eine entsetzliche Übelkeit sie an der Kehle und brachte sie ins Wanken. Er hatte sich nicht sehr verändert, seit sie sich das letzte Mal gesehen hatten: unverkennbar die Augen in diesem verblichenen Blau und dieser wallende Bart. Nur etwas müder sah er aus, abgemagert und verdreckt, so als habe er eine lange Wanderung durch das Grauen dieser wahnsinnig gewordenen Welt hinter sich.

Adrass führte die Hand zu einer Falte seines zerrissenen Gewandes. »Suchst du das hier?«, fragte er, wobei er einen Dolch hervorzog und zwischen zwei Fingern am Heft hochhielt.

Adhara bleckte die Zähne.

»Du müsstest doch mittlerweile wissen, dass nicht ich dein Feind bin, Chandra.«

Chandra. Die Sechste. Dieser Name wie für ein nummeriertes Tier, den ihr Schöpfer sich für sie hatte einfallen lassen.

»Nenn mich nicht so. Ich heiße Adhara.«

Adrass lächelte nachsichtig und reichte ihr dann einen Becher mit einer durchsichtigen Flüssigkeit. »Ich habe dir etwas Ambrosia besorgt. Wusstest du, dass man hier in der Gegend einen Vater des Waldes findet?«

»Von dir nehme ich gar nichts an. Ich bin zwar unbewaffnet, aber du solltest am besten wissen, dass auch meine Hände tödlich sein können.« Und sie hätte sie tatsächlich eingesetzt, wäre er so weit gegangen, sich ihr zu nähern. Sie hätte ihn umgebracht und ihm alles heimgezahlt.

Seelenruhig stellte Adrass den Becher vor ihr auf dem Boden ab, setzte sich dann und schlug die Beine übereinander. An der Seite trug er ein altes Schwert. Adhara ging im Geist mögliche Fluchtwege durch, nur für den Fall, dass er noch irgendwelche magische Teufeleien in der Hinterhand hatte, um sie festzuhalten.

»Ich habe dir gestern Abend das Leben gerettet. Ein wenig Dankbarkeit hätte ich da schon verdient.«

Schlagartig ging Adhara auf, dass sie allein war.

»Was hast du mit der Prinzessin gemacht?«, schrie sie.

»Die ist in guten Händen«, antwortete Adrass gelassen.

»Das glaube ich dir nicht.«

»Hast du wirklich solch eine schlechte Meinung von mir? Glaubst du wirklich, ich würde ein kleines Mädchen einfach ihrem Schicksal überlassen? Würde zulassen, dass ein Ungeheuer wie der Marvash sie tötet?«

»Warum nicht? Schließlich hast du auch meinen Leichnam geschändet. Hast ihn ausgegraben und zusammen mit deinen Gleichgesinnten Gott gespielt, um mich zu einer Waffe zu schmieden.« Adhara spürte, dass der Hass sie wie ein warmer Strom durchflutete.

»Beruhige dich«, wies Adrass sie kühl zurecht, »ich kann dir alles erklären.«

Das Gefühl, ihm hilflos ausgeliefert zu sein, machte sie fast wahnsinnig. Sie blickte auf ihren Verband. Zweifellos war er es gewesen, der sie versorgt hatte. Vielleicht wusste er auch, was mit ihrer Hand geschehen war und wie man sie behandeln konnte. Dies war von ungeheurer Wichtigkeit für sie. Sie hockte sich auf die Fersen, aber ohne den Blick zu senken. »Sprich«, sagte sie. Und aus ihrer Stimme war ein drohender Unterton herauszuhören.

Adrass geizte nicht mit Einzelheiten. Er erzählte von seiner langen Wanderung, wie er das Kriegsgebiet durchquert hatte, von den unzähligen Situationen, in denen er um sein Leben fürchten musste. Doch Adhara fühlte sich nicht im mindesten berührt von seiner Geschichte. Wäre er doch auf seiner Wanderung tatsächlich gestorben. Das wäre besser gewesen. Ein Hund weniger, der hinter ihr her war.

»Theana hat dir sicher bewiesen, wer du bist?«, fragte er schließlich.

Mit einem Mal überfielen Adhara wieder die Bilder, wie sie vor der Hohepriesterin gestanden und diese Lanze berührt hatte. Aber für nichts auf der Welt wollte sie ihm die Genugtuung gönnen, zu erfahren, dass sich seine Geschichte bestätigt hatte. »Wenn du glaubst, es hätte sich etwas verändert, so irrst du dich gewaltig«, knurrte sie. »Mag sein, dass ich zu einem ganz bestimmten Zweck geschaffen wurde, aber ich besitze dennoch die Freiheit, meinen eigenen Weg zu gehen. Ich bin mehr als ein bloßes Stück Fleisch. Ich trage einen Namen.«

»Ich verstehe ja, dass du wütend auf mich bist. Aber glaub mir, auch für mich war es entsetzlich, in den Gräbern herumzuwühlen. Nur muss man für die Wahrheit, für ein höheres Gut, auch zu abscheulichen Dingen bereit sein. Und für dich heißt das: Du musst dich zu deiner Bestimmung bekennen.«

Höhnisch lächelnd schüttelte Adhara den Kopf. »Ihr seid wahnsinnig. Wahnsinnige Sadisten, nichts anderes seid ihr. Mit eurem Gott habe ich nichts zu schaffen. Und ich lasse mich auch zu nichts zwingen, was ich nicht gutheißen kann.«

»Die Erweckten gibt es nicht mehr, Chandra. Ich bin der Letzte. Mit mir sterben sie aus. Wenn du magst, kannst du uns hassen, doch du solltest wissen: Dass ich dich wiedergefunden habe, dass ich dich aus größter Gefahr retten konnte, war Thenaars Wille. Du hättest dich diesen Leuten nicht offenbaren dürfen. Denn du bist nicht mehr das Mädchen, das sie verloren haben. Dieses Mädchen ist wirklich tot.«

»Woher willst du das wissen?«, fragte Adhara herausfordernd.

»Ich weiß es, weil ich der Mann bin, der dich geschaffen hat«, antwortete Adrass und blickte sie fest an. »Von der Seele des toten Mädchens ist nichts erhalten geblieben, und ihr Körper beherbergt ausschließlich das, was ich ihm eingegeben habe: magische Kenntnisse, ein bestimmtes Wissen über die Aufgetauchte Welt und die Fähigkeit, zu kämpfen.«

»Das ist die Lüge, die du dir selbst erzählst, um dein abscheuliches Tun zu rechtfertigen. Ich bin ein Mensch, und meine Persönlichkeit ist sehr viel reicher, als du denkst!« Sie schrie fast, auch wenn es sich mehr wie ein verzweifeltes Jammern anhörte.

»Ich glaube eher, dass du es bist, die sich selbst belügt, indem du dir vormachst, dass du mehr als eine bloße Waffe seist.«

Diese Worte trafen sie bis ins Mark. Da fiel ihr wieder ein, wie Kairin und sein Vater sie angeschaut hatten, welche Verachtung in ihren Gesichtern gestanden hatte. Sie biss sich auf die Lippen und ließ erst davon ab, als sie einen metallischen Blutgeschmack auf der Zunge spürte.

»Erzähl weiter«, forderte sie ihn auf.

In der Absicht, sie zu befreien, wenn es dunkel würde, hatte Adrass sich in der Nähe des Lagers versteckt. Doch als die Elfen angriffen, hatte er rasch seinen Plan ändern müssen. In der allgemeinen Verwirrung war er suchend durch das Lager gerannt und hatte sie plötzlich dem Marvash gegenüberstehen sehen.

»Mir war sofort klar, in welcher Gefahr du schwebtest. In deiner Verfassung konntest du einen Kampf unmöglich gewinnen, und ich bin weiß Gott kein Mann, der dem Marvash mit dem Schwert in der Hand gewachsen wäre. Daher bediente ich mich eines Zaubers, eines jener Zauber, die du auch kennst.«

Adhara erinnerte sich undeutlich an den silbernen Blitz, an das Dunkel, das sie eingehüllt hatte. »Eine Translation …«, murmelte sie.

»Richtig. Es war wohl gerade mal eine Meile, aber das reichte, um dich den Klauen des Zerstörers zu entreißen. Natürlich bedeutete das eine enorme Anstrengung für mich, die mich an den Rand meiner Kräfte brachte.«

»Und was ist mit Amina?«

»Die war bei uns. Als wir erst einmal in Sicherheit waren, ließ ich sie bei einem Militärlager nicht weit von hier zurück. Sie war bewusstlos, aber ich habe dafür gesorgt, dass man sie finden wird.«

Adharas Herz begann schneller zu schlagen. Die Prinzessin, ihre einzige Freundin, war allein und wehrlos an der Front, in nächster Nähe des Feindes, zurückgeblieben. Wer beschützte sie jetzt? »Du hättest sie mitnehmen müssen. Sie war doch verletzt. Wie konntest du das tun?«

»Beruhige dich ... Ich habe sogar noch gesehen, wie Soldaten sie fanden und forttrugen. Es wird ihr also nichts geschehen«, erklärte er. »Ich weiß doch, wer sie ist, und ob du es glaubst oder nicht, ich bin kein Ungeheuer«, fügte er gekränkt hinzu.

Adhara atmete tief durch. Ob Amina wirklich in Sicherheit war? Sie wusste nicht, was sie denken sollte. »Beweis mir, dass du die Wahrheit sagst.«

»Beweise habe ich nicht. Ich kann dir nur mein Wort geben.«

Das hatte sie befürchtet. Sie schloss die Augen.

Amina ...

»Seit wann fühlst du dich krank?«, wechselte Adrass das Thema, wobei er auf ihre Hand deutete.

»Woher weißt du davon?«

»Ich habe es dir angesehen, vor allem deiner Hand.«

»Vielleicht ist das ein Fluch, den du dir hast einfallen lassen, um mich zu dieser Mission zu zwingen«, antwortete sie verbittert.

»Du fantasierst.«

»Sag mir die Wahrheit.«

»Dann sperr dich nicht. Also, seit wann fühlst du dich krank?« Seine Stimme klang hart.

Adhara schluckte. Die Angst vor dem, was diese rätselhafte Erkrankung mit ihr trieb, war stärker als alles andere. Deshalb erzählte sie ihm alles, und es war, als befreie sie sich von einer schweren Last.

Bevor er antwortete, schien Adrass seine Worte einige Augenblicke abzuwägen. Fast befangen wirkte er, als er zu ihr blickte.

»Ich hatte dir ja bereits erklärt, wie ich dich ins Leben zurückgeführt habe, und dass meine Geschichte stimmt, hast du selbst erlebt im Kreis jener Menschen, die deinen Leib schon kannten, als ihm noch eine Seele innewohnte. Um nun Sheireen schaffen zu können, waren eine Reihe auch abartiger magischer Formeln notwendig. Mit anderen Worten, wir Erweckte bedienten uns der Schwarzen Magie, die gegen die natürlichen Prinzipien der Schöpfung verstößt. Aber glaub mir, es gab keine andere Möglichkeit, einen Retter für die Aufgetauchte Welt entstehen zu lassen. Doch der Preis, den wir für dieses Tun zu entrichten hatten, war hoch: Wir verloren unsere Seelen.«

Seine Stimme klang jetzt aufrichtig betrübt, und zum ersten Mal dachte Adhara, dass sie vielleicht nicht das einzige Opfer dieses finsteren, wahnsinnigen Planes war.

»Einen Körper ins Leben zurückzuholen und ihn nach eigenen Vorstellungen zu gestalten, bedeutet, die vorgegebene Ordnung der Dinge auf den Kopf zu stellen. Und wenn das geschehen ist, versucht die Schöpfung auf irgendeine Weise, in die richtigen Bahnen zurückzufinden.«

»Und was bedeutet das jetzt?«, fragte Adhara mit kaum noch vernehmlicher Stimme. Und da sie die Erklärung fürchtete, die sie vielleicht hören würde, begann sie zu schnaufen, so als bekäme sie nicht genug Luft.

»Es ist ähnlich wie bei der Änderung eines Flusslaufs. Man baut Dämme und Deiche und zwingt das Wasser auf diese Weise in eine Richtung, die es normalerweise niemals eingeschlagen hätte. Aber der Fluss wehrt sich, und bei erstbester Gelegenheit überspült er die Dämme, reißt die Deiche nieder und zerstört alles, was sich ihm in den Weg stellt.«

Die Andeutung einer entsetzlichen Vorstellung blitzte in Adharas Geist auf. Ihr Mund wurde trocken, und ihre Gedanken rasten, während sich die fehlenden Mosaiksteinchen eines Bildes einzufügen begannen, das sie bereits zu kennen spürte.

»Es war hochmütig, zu glauben, diese sakrosankte Grenze ungestraft verletzen zu können. Vielleicht haben wir auch einen Fehler gemacht, fest steht jedenfalls, dass sich dein Körper zersetzt, weil es ihn danach drängt, zu jenem Zustand zurückzukehren, aus dem wir ihn gerissen haben.«

Mit dem Gewicht von Felsblöcken trafen sie diese Worte, und Adhara überkam das entsetzliche Gefühl völliger Machtlosigkeit. Wie immer waren es andere, Menschen oder Umstände, die über ihr Leben entschieden. Und sie folgte nur einem von außen vorgezeichneten Weg. Aus dem Nichts hatte man sie geschaffen, und ins Nichts würde sie schon bald zurückkehren. Ihr Blick fiel auf die bandagierte Hand, und da merkte sie, dass sie die Finger kaum noch bewegen konnte.

»Wie wird das sein?«, fragte sie bestürzt.

Adrass blickte sie verständnislos an.

»Wie wird das sein, auf diese Weise zu sterben?«

»*Du bist* die Sheireen, ich kann dich *unmöglich* sterben lassen«, rief er, während er sich zu ihr vorlehnte.

Eine solche Entschlossenheit lag in seinen Augen, dass Adhara fast versucht war, Hoffnung zu schöpfen.

»Ich habe es schon geahnt, bevor ich dich wiedergesehen habe. Denn mir war klargeworden, welch große Fehler uns bei deiner Erschaffung unterlaufen sind. Deshalb habe ich auch, während ich in den vergangenen Monaten nach dir suchte, bereits daran gearbeitet, sie zu beheben. Und ich bin jetzt sicher, dass ich dich retten kann«, erklärte Adrass völlig überzeugt. »Und zwar wird es darum gehen, die ganze Prozedur zu wiederholen, aber in kleinerem Maßstab«, fuhr er fort. »Dazu brauchen wir Nymphenblut, Reste von Menschenfleisch und Elfenlymphe. Alles Dinge, die im Krieg leicht zu beschaffen sind.«

Und wieder wird der Tod Voraussetzung meines Lebens sein, dachte Adhara. Damit sie leben konnte, mussten andere sterben. Der Gedanke ließ sie erschaudern, und ihr eigener Körper kam ihr wie etwas Fremdes vor, das nur Leid hervorrief.

»Und was ist mit meiner Hand? Werde ich sie verlieren?«, fragte sie leise.

»Ich weiß es nicht. Was ich vorhabe, kann den Prozess verlangsamen, aber leider nicht aufhalten. Es wird den Schmerz lindern, und die Anfälle, unter denen du leidest, werden verschwinden. Aber dass dein Körper sich weiter wehrt, ist unvermeidlich.«

»Und wozu ist das Ganze dann nütze? Sterben werde ich so oder so!«

»Wir gewinnen Zeit, Zeit, in der es vielleicht gelingen wird, ein wirksameres Heilmittel zu finden.«

Adhara blickte Adrass verwirrt an. Gerade noch hätte sie ihn, ohne lange darüber nachzudenken, töten können. Aber jetzt fühlte sie sich vollkommen von ihm abhängig. Adrass war der Einzige, dem es vielleicht gelingen konnte, sie zu retten.

»Ich bin nur ein mittelmäßiger Zauberer, der nicht alle Formeln kennt. Und dass ich Sheireen schaffen konnte, geschah nur durch Thenaars Willen. Aber ich weiß, wo wir die Antworten finden können, nach denen wir suchen. Es handelt sich um einen sagenhaften Ort, der früher einmal zum Reich der Elfen gehörte. Eine verschollene Bibliothek unter der Stadt Makrat, tief im Innern der Erde.«

Allein schon die Erwähnung dieses Namens jagte Adhara einen Schauer über den Rücken. Denn die Stadt war tief im Chaos versunken, nachdem der König der Seuche zum Opfer gefallen war.

»Ein sagenhafter Ort, meinst du? Das heißt also, du weißt gar nicht, ob es diese Bibliothek wirklich gibt oder überhaupt je gegeben hat?«, warf sie ein.

»Doch, ich weiß es. Ich war nämlich dort. Einige meiner Mitbrüder haben den Ort zufällig entdeckt. Eine halb zerstörte, mysteriöse Bibliothek mit einer unglaublichen Sammlung von Pergamentrollen, Folianten und antiken Zauberbüchern. Sie ist noch gar nicht ganz erforscht. Jedenfalls stammen von dort die Kenntnisse, die es mir ermöglichten, dich zu erschaffen. Und dort werden wir auch die Formel finden, die dir das Leben retten kann – da bin ich mir sicher.«

Adhara kam das letzte Bild, das sie sich von Makrat bewahrt hatte, in den Sinn: eine Heerschar Verzweifelter, die sich draußen vor der Stadtmauer drängten, während sich in der Stadt die Menschen voller Angst und Misstrauen voneinander abschotteten. Fast zwei Monate war sie nicht mehr dort gewesen, und in diesem Zeitraum konnte alles Mögliche geschehen sein. »Die Seuche hatte damals schon auf den Palast übergegriffen. Heute wird sicher die ganze Stadt befallen sein. Das heißt, für dich ist es dort gefährlich. Denn du bist nicht immun«, bemerkte sie.

»Mein Gott wird mich beschützen.«

Adhara schaute ihn nachdenklich an. Der Mann war ein Fanatiker. Aber ihr Schicksal lag nun einmal in seinen Händen. Mit ihm hatte alles seinen Anfang genommen. Nie hätte sie geglaubt, dass ihre Flucht einmal solch eine Wendung nehmen würde. Doch was sollte sie tun? Wenn sie sich ihm nicht anschloss, stand ihr mit Sicherheit ein schrecklicher Tod bevor. Sie hatte keine andere Wahl.

»Was verlangst du als Gegenleistung?«, fragte sie mit schwacher Stimme.

»Ich möchte nur, dass du am Leben bleibst.«

»Damit ich die Aufgabe erfüllen kann, die du mir zugedacht hast, nicht wahr? Damit ich meine Pflicht tue und Marvash töte, Amhal also, den einzigen Menschen, den ich je geliebt habe«, rief sie. Sie hatte zu weinen begonnen, und die Tränen liefen ihr über das Gesicht.

Es entstand ein kurzes Schweigen.

»Ja«, antwortete Adrass dann.

Adhara blickte zur Sonne, die durch die Baumkronen

über ihr strahlte, und spürte, wie der kalte Winterwind über ihre Haut streichelte und ihr die Tränen trocknete. So aussichtslos ihre Lage auch sein mochte, war sie noch nicht dazu bereit, dies alles aufzugeben. Das Leben.

»Ich bleibe so lange bei dir, bis du mich gerettet hast. Danach folge ich meinem eigenen Weg.«

Wie auch immer der aussehen mag, fügte sie in Gedanken hinzu.

Adrass nickte.

Das Abkommen war besiegelt. Adhara streckte sich auf ihrem Lager aus. *Nun beginnt also noch einmal alles von vorn*, dachte sie. Doch dies rief nur Zweifel und Ängste in ihr wach.

Zweiter Teil

MIT DEM FEIND UNTERWEGS

13

Ein Hoffnungsschimmer

»Die Prinzessin ist verletzt, aber es geht ihr den Umständen entsprechend gut. Man fand sie nicht weit von dem Vorposten, den die Elfen angegriffen haben. Wahrscheinlich hat sie in dem allgemeinen Getümmel davonlaufen können.«

Während sie den Bericht anhörte, trommelte Theana immer wieder nervös mit den Fingern auf die Armlehne. »Und was ist mit *ihr?*«, fragte sie schließlich. »Gibt es wirklich keine Spur von ihr?«

Der Glaubensbruder schüttelte den Kopf. »Nein, gar keine. Vielleicht hatten sich ihre Wege schon vorher getrennt, oder …«

Theana wusste, mit welchem Gedanken dieser Satz fortgesetzt werden konnte. Danach hätte sich in jener Nacht Adharas Schicksal erfüllt, und zwar in dem Augenblick, da ihr Amhal gegenübergetreten war. Die Geschichte lehrte, dass in der Aufgetauchten Welt Gut und Böse einander abwechselten, in einem ewigen Kreislauf, wie die zwei Seiten einer Medaille.

Aber in ihrem langen, dem Glauben an Thenaar geweihten Leben hatte sie selbst niemals die Möglichkeit in Betracht gezogen, dass ihr Gott sich von ihnen abwenden und es zulassen könnte, dass Marvash triumphierte. Das war unvereinbar mit ihrer Vorstellung eines gütigen, gerechten Heilands, der auserwählte Helden zur Erde sandte, um seine Geschöpfe vor der Zerstörung zu bewahren. Es musste noch eine andere Erklärung geben. All das, was jetzt geschah, *musste* einen Sinn haben, eine Art geheime Bedeutung, die es rechtfertigte, die Hoffnung noch nicht aufzugeben. Nach dem Tod ihres Mannes hatte ihr die Gewissheit, dass es diesen göttlichen Plan gab, die Kraft zum Weitermachen gegeben. Aber nun sah es anders aus. Nun zweifelte sie. Und die bange Frage, ob sie nicht das Pech hatte, in einer unvermeidbar zu Ende gehenden Epoche zu leben, ließ sie taumeln.

»Das ist unmöglich …«, murmelte sie.

»Wir werden weiter nach ihr suchen«, erklärte der junge Mann, der ihre Gedankengänge nicht ahnte. »Sie ist die Geweihte, und Thenaar wird sie zu uns zurückführen.«

»Hoffen wir es, aber wenn ihr sie gefunden habt, so ergreift sie nicht, sondern folgt ihr nur und berichtet mir dann alles, was sie tut. Und erst wenn die Vollversammlung es beschließen sollte, wird sie wieder gefangen genommen«, ordnete die Hohepriesterin an.

Der Jüngling antwortete nicht, schaute sie nur verblüfft an, so als habe er anderslautende Anweisungen erwartet. Und Theana konnte ihn verstehen: Im Grunde widerstrebte es auch ihr, auf Zeit zu spielen, während sich das Schicksal der Aufgetauchten Welt vor ihren

Augen vollzog. *Untätigkeit ist das Wesen des Glaubens*, dachte sie zornig, bereute es jedoch augenblicklich angesichts all dessen, was sie damit infrage stellte. Sie konnte nicht anders handeln. Mit Adharas Gefangennahme hatte sie nichts anderes erreicht, als sie von ihrer Mission abzuhalten, und jeder weitere Fehler hätte fatal sein können.

Sie riss sich aus ihren Gedanken. »Und nun geh«, sagte sie.

Der Jüngling gehorchte, verschwand im Flur und zog die Tür hinter sich zu.

Theana atmete tief durch. Am liebsten wäre sie jetzt allein gewesen, doch gleich nebenan, im Tempel, warteten die Gläubigen auf sie. Seit ihrem Umzug nach Neu-Enawar war jeder einzelne Gottesdienst überfüllt gewesen. Die Angst vor dem Krieg, der von Westen her rasch immer näher rückte, raubte den Leuten den Seelenfrieden, und viele suchten nun ihr Heil im Gebet. Aber nicht nur das. Sie brachten Silber, Gold, sogar ihre eigenen Kinder zur Feier mit, um sie ihrem Gott darzubringen. Zwar bemühte sich Theana, ihnen auseinanderzusetzen, dass dies nicht Thenaars Wille war, doch die Sorge, den nächsten Tag vielleicht nicht mehr zu erleben, hatte zur Folge, dass sich die Hinterzimmer des Tempels mehr und mehr mit Opfergaben füllten für einen Gott, an den wahrscheinlich die meisten bis dahin nie geglaubt hatten.

Es war absurd, aber der Seuche schien das gelungen zu sein, woran sie selbst gescheitert war. Jahrzehntelang hatte sie sich vergeblich bemüht, ihre Religion im Volk zu verankern, und nun hatte eine Epidemie dafür gesorgt, dass die Leute zumindest einen Funken Frömmigkeit in sich entdeckten. Theana freute sich darüber, auch wenn es Verzweiflung war, die dies ausgelöst hatte.

Monatelang forschten sie und die Angehörigen der Ordensgemeinschaft des Blitzes nun schon nach einem Mittel, das der Seuche Einhalt gebieten konnte. Viele von ihnen waren gestorben bei dem Versuch, den Kranken beizustehen und gleichzeitig ihre Symptome zu ergründen. Dann, mehr durch Zufall, hatte es tatsächlich einen kleinen Fortschritt gegeben: Sie hatten erkannt, was der Seuche zugrunde lag. Zu verdanken hatten sie dies Theanas eigener außergewöhnlichen Fähigkeit, noch die kleinsten magischen Schwingungen zu erfassen. Bei einem Mann, der sich gerade angesteckt hatte, war ihr eine schwache, unterschwellige Aura aufgefallen, die nur einen einzigen Schluss zuließ: Diese Seuche ging auf ein Siegel zurück, einen Zauber also, der nur von jenem Magier wieder gebrochen werden konnte, der ihn auch bewirkt hatte. Weil diese ohnehin kaum wahrzunehmende Aura bei den Erkrankten schon nach kürzester Zeit ganz verschwand, war sie erst so spät entdeckt worden war. Unverzüglich hatte sie ihre Mitbrüder angewiesen, alle Bibliotheken nach Erläuterungen zu diesem Siegel zu durchforsten. Vielleicht würden sie auf diese Weise doch eine Möglichkeit finden, mit dem Zauber fertigzuwerden. Sollte die Rettung gelingen, war dies vielleicht der einzige Weg.

Gespenstisch still war es, als Theana langsam durch die Menge der Gläubigen zum Altar schritt. Angesichts der von banger Hoffnung erfüllten Blicke, die sich auf sie richteten, krampfte sich ihr der Magen zusammen. Sie mussten ein Gegenmittel finden. Und zwar schnell.

Dann breitete sie die Arme aus, und der Gottesdienst begann.

Als es an der Tür klopfte, half Dalia gerade Theana, das Priestergewand abzulegen.

Verärgert fuhr die junge Frau herum. »Ich habe dir doch ausdrücklich gesagt, dass du warten sollst«, rief sie.

Dennoch öffnete sich die Tür, und auf der Schwelle erschien ein etwas schmuddelig aussehender Gnom. »Aber ich warte schon seit Stunden«, erklärte er, während er sich unterwürfig verneigte.

»Lass ihn, Dalia«, mischte sich Theana mit einem Lächeln ein, »es macht nichts, er soll ruhig eintreten. Ich komme zurecht, du kannst uns jetzt allein lassen.«

Sie bedeutete dem Gnom, Platz zu nehmen, und der trat nun schüchtern ein und setzte sich auf den Rand eines Stuhles. Er schien darum bemüht, möglichst wenig zu stören, aber es hatte auch etwas eigenartig Schmieriges, wie er sich die Hände rieb. Theana blickte ihn eine Weile an und trat dann auf ihn zu.

»Sprich nur!«

Der Gnom nuschelte etwas, so als wolle es ihm nicht gelingen, einen Anfang zu finden.

»Mein Name ist Uro, und ich bin nicht gekommen, um etwas für mich zu erbitten«, sagte er schließlich und blickte sie ehrfürchtig an, »sondern um Euch etwas zu geben, das Euch sicher wertvolle Hilfe leisten kann.«

»Was meinst du damit?«

Statt einer Antwort kramte er mit schwieligen, verschmutzten Händen in seinen Taschen und holte ein

Fläschchen heraus, das eine dunkle Flüssigkeit enthielt. »Damit könnt Ihr die Seuche aufhalten.«

Theana erstarrte. Gewiss war der Gnom nicht der Erste, der behauptete, ein Heilmittel gefunden zu haben. Auf den Straßen wimmelte es von Scharlatanen, die Wunderdinge versprachen und zu atemberaubenden Preisen ihre Wässerchen anboten. Nicht wenige fielen darauf herein, und der Markt blühte. Doch bis zu ihr, der Hohepriesterin, hatte sich noch nie jemand vorgewagt.

»Auch meine Ordensgemeinschaft arbeitet emsig an einem Heilmittel, aber bis jetzt nur mit bescheidenem Erfolg. Wie kommst du zu der Annahme, dass dir gelungen ist, woran wir gescheitert sind?«

»Vielleicht war es nur Glück. Jedenfalls müsst Ihr wissen, dass ich nicht gekommen bin, um meine Entdeckung zu verkaufen und mit dem Leben oder Tod Unschuldiger Geschäfte zu betreiben.«

Sein Auftreten schien auf andere Absichten hinzudeuten, doch diese Worte bewogen Theana immerhin dazu, ihm weitere Fragen zu stellen.

»Bist du ein Priester?«

»Nein, ich habe mit Heilpflanzen gehandelt«, antwortete der Gnom. »Ich besaß einen Laden, bevor dieses Unglück begann, und habe gern ein wenig herumexperimentiert. Viele Mittel habe ich selbst hergestellt, aus Kräutern und natürlich mit einem Schuss Magie.«

»Und wie kamst du auf dieses Mittel hier?«, fragte Theana misstrauisch, wobei sie auf das Fläschchen deutete.

»Nun, auch meine Familie erkrankte, und ich versuchte alles, um sie zu retten, doch keine meiner Mixturen zeigte Wirkung. Meine Angehörigen starben, und auch ich blieb von der Seuche nicht verschont.« Der Gnom knöpfte sein Hemd auf und zeigte Theana einen großen schwarzen Fleck auf der Brust. »Da versuchte ich es mit dem letzten Mittel, das ich noch hergestellt hatte. Und was soll ich Euch sagen? Das Fieber sank und war innerhalb weniger Stunden ganz verschwunden, ebenso wie die Blutungen.«

Ein Verrückter. Das konnte nur ein Verrückter sein, der sich etwas zusammenfantasierte, um auf diese Weise als großer Retter berühmt zu werden.

»Und aus was besteht es?«

Der Gnom zögerte. »Es ist ein Aufguss verschiedener Kräuter«, sagte er dann, »mit einer Prise Roter Fingerhut.«

»Das ist ein starkes Gift.«

»Nicht, wenn man ihm den Saft entzieht.«

Immerhin schien er sich in der Kräuterkunde auszukennen.

»Und was noch?«

»Infiziertes Blut und ein Tropfen Ambrosia. Hier drinnen steckt, was mir von meinen Liebsten geblieben ist«, murmelte der Gnom.

Theana tat der Mann leid, aber wirklich glauben konnte sie ihm nicht. Möglicherweise war er selbst überzeugt, ein wirksames Mittel gefunden zu haben, war tatsächlich aber von ganz allein genesen.

»Ich verstehe Eure Zweifel, aber lasst es doch auf einen Versuch ankommen! Der Tod meiner Angehörigen wird nicht umsonst gewesen sein, wenn dieser Trank in die Seuchengebiete gelangt.«

Der Körper des Gnomen zitterte, und seine glasigen Augen schauten sie flehend an.

»Lass es hier stehen«, antwortete Theana nachsichtig.

Der Gnom kniete nieder und dankte ihr mit Tränen in den Augen. »Ihr gebt mir mein Leben zurück ...«

»Lass doch ... Ich bitte dich ...«, wehrte Theana verlegen ab und versuchte, ihn hochzuziehen.

Doch der Gnom verneigte sich unaufhörlich weiter und stammelte ununterbrochen Dankesworte, und erst nach einer Weile bewegte er sich rückwärts aus dem Raum.

Als sie endlich allein war, betrachtete Theana das Fläschchen auf dem Tisch. Niemandem in der Ordensgemeinschaft war es gelungen, eine Arznei zu finden, und das obwohl sie schon seit Wochen Leichen öffneten und untersuchten, und auch sie selbst sich in dieser grauenhaften Arbeit aufrieb, die etwas Unmoralisches für sie hatte.

Mehr Schaden als die Seuche selbst kann es auch nicht anrichten, sagte sie sich.

Sie öffnete das Fläschchen und schnüffelte daran. Es roch angenehm, frisch und rein, nach Wald. Auch die Farbe wirkte vertrauenerweckend, es war ein sattes Grün, durchsetzt mit schwach glitzernden Blautönen. Es fiel ihr schwer, zu glauben, dass es auch wirkte, aber wenn es sich tatsächlich um ein Gegenmittel handelte, musste sie, trotz der Umstände, dafür sorgen, dass es auch angewandt wurde. Sie trug bereits schwer genug an der Last der vielen Opfer, die die Seuche schon gefordert hatte. Vielleicht hatten die Forscher der Ordensgemeinschaft, die so emsig an einer Lösung arbeiteten, doch irgendetwas Grundlegendes übersehen. Oder sie selbst, die Hohepriesterin, hatte darin versagt, den Brüdern das notwendige Zutrauen zu vermitteln, das für eine erfolgreiche Arbeit unerlässlich war. Nun goss sie einen Teil der Flüssigkeit in ein kleineres Gefäß um und betrachtete diese nachdenklich. Damit würden sie, wenn es funktionierte, vielleicht ein Dutzend Kranke heilen können. Mehr nicht.

Sie läutete, und augenblicklich erschien Dalia auf der Schwelle. »Zu Diensten, Herrin …«, sagte sie, während sie sich verneigte.

»Bring dieses Fläschchen zu Milo. Er soll die Substanz untersuchen. Hiermit aber«, fuhr sie fort und reichte Dalia das andere Gefäß, »sollen unverzüglich einige Kranke behandelt werden. Und vergiss nicht, mich über deren Zustand ständig auf dem Laufenden zu halten.«

Dalia blickte misstrauisch, als sie den Raum verließ. Theana konnte es ihr nicht verdenken. Aber wenn es schiefging, trug sie allein die Verantwortung.

Einen Versuch ist es auf alle Fälle wert, dachte sie mit einem verbitterten Lächeln, und wie noch nie zuvor in ihrem Leben fühlte sie sich fern von Thenaar.

14

Der Ritus

Adrass hatte eine Reihe kleiner Gefäße und ein verblichenes Stück Pergament aus seinem Quersack hervorgeholt und kniete nun mit konzentrierter Miene vor ihr.

»Wo hast du das ganze Zeug eigentlich her?«, fragte Adhara mit trockener Kehle.

Er schrak auf. »Wir befinden uns im Krieg, und da ist es nicht schwer, organisches Material zu finden.«

»Es stammt also von Leichen?«

»Und wenn es so wäre? Du selbst bist eine Leiche, ich weiß nicht, was daran schlimm sein soll.«

Unwillkürlich warf Adhara einen Blick auf den Verband um ihre Hand. »Ich möchte nicht vom Tod anderer profitieren, damit ich leben kann«, erklärte sie.

Adrass hielt einen Moment in seinem Tun inne und blickte ihr fest in die Augen. »Aber du willst leben. Und du musst leben. So verlangt es deine Bestimmung, jenes Schicksal, für das du geschaffen wurdest. Ich versichere dir, du wirst keinen Frieden finden, bis du nicht das erfüllt hast, was dir aufgetragen ist. Und außerdem war es schon immer so, seit Anbeginn der Zeiten. Die einen sterben, damit andere leben können.«

Adhara erwiderte nichts, beobachtete nur, wie er weiter den Ritus vorbereitete, und fragte sich dabei, ob er ähnlich vorgegangen war, als er sie erschaffen hatte.

»So, wir können beginnen«, verkündete er dann.

Adhara spürte, wie sich ihr Magen verkrampfte. »Was muss ich tun?«

»Der Zauber wird anstrengend für dich. Danach wirst du dich sehr mitgenommen fühlen und lange schlafen. Deswegen streckst du dich am besten gleich auf dem Rücken aus.«

Sie gehorchte, wobei sich ihr Körper schwer wie Blei anfühlte. Adrass hatte für ihr Vorhaben einen geschützten Ort ausgesucht. Es handelte sich um eine Grotte mit einem niedrigen Eingang, deren Innenraum aber immerhin so bequem war, dass man sich leicht gebückt in ihr bewegen konnte. Adharas Blick war jetzt auf die moosüberzogene Decke über ihr gerichtet, die ihr bedrohlich tief zu sein schien, so als könne sie jeden Moment einstürzen und sie unter sich zermalmen. Jetzt spannte sich etwas um ihre Handgelenke. Sie blickte an sich hinunter und sah Adrass mit einigen Lederriemen herumhantieren. Das war zu viel. Sie schnellte hoch, packte ihn am Hals und schleuderte ihn gegen die Felswand.

»Was hast du vor?«, knurrte sie.

Die Augen des Mannes hatten sich angstvoll geweitet. »Es ist nur zu deinem Besten«, stammelte er und setzte dann, als er seine Fassung zurückgewonnen hatte, hinzu: »Du musst völlig stillhalten während des

Ritus. Und wenn wir uns nicht beeilen, ist es um dich geschehen. Dann zerfällt dein Körper. Und überleg doch mal: Nach all dem, was ich auf mich genommen habe, würde ich da meine eigene Schöpfung vernichten wollen?«

Einige Augenblicke schauten sie sich nur an. Dann lockerte Adhara den Griff. Was Adrass sagte, leuchtete ihr ein: Sie war das Ergebnis jahrelanger Forschungsarbeit. Adrass würde niemals zulassen, dass ihr etwas geschah.

»Aber du weißt schon, was du tust?«

»Ja, ganz sicher«, antwortete er, wobei er entschlossen nickte.

Adhara legte sich wieder hin und leistete keinen Widerstand mehr. Sie ließ zu, dass der Mann sie an Händen und Füßen fesselte, woraufhin das Gelenk an der wunden Hand zu kribbeln begann. Bis dorthin hatten sich die Flecken zwar noch nicht ausgebreitet. *Aber das wird nicht mehr lange dauern*, dachte sie voller Entsetzen.

Endlich war er mit den Vorbereitungen fertig und wischte sich den Schweiß von der Stirn. Er hatte ein magisches Feuer entfacht, das die Temperatur in der Höhle rasch hatte ansteigen lassen. Jetzt musste er sich konzentrieren, Ruhe bewahren. Einen Fehler durfte er sich nicht erlauben. Er schloss die Augen und dachte an die Worte seines Meisters.

Weder Seele noch Geist finden sich in solchen Körpern. Fahrt ihre Formen nach, und ihr werdet darin nichts anderes als eure Mission erkennen. Diese Geschöpfe sind Waffen, um die Welt zu retten, die in eure Hände gelegt wurden zu einem höheren Ziel.

Es waren Worte, die alle Erweckten verinnerlicht hatten. Adrass strich mit den Fingern über Adharas Körper und erkannte dabei nur noch Chandras Gestalt wieder, das Fleisch, aus dem Sheireen entstehen sollte. Jetzt fühlte er sich bereit.

Er warf die Essenzen ins Feuer, woraufhin augenblicklich ein dichter, aromatischer Rauch aufstieg. Als alles verbrannt war, schob er mit einem Löffel die Asche zusammen und füllte sie in ein Säckchen. Mit Bedacht hielt er es vom Gesicht fern und träufelte nun einige Tropfen einer dunklen Flüssigkeit darüber. Dann wandte er sich seinem Geschöpf zu.

Adhara spürte jede einzelne Körperfaser zittern. Entsetzen hatte sie gepackt, denn nun begann sie sich zu erinnern. An die überall in ihrem Fleisch steckenden Nadeln, an die Schmerzen, unter denen die magischen Ströme von Adrass' Händen in ihren Körper hinübergeflossen waren. Unwillkürlich spannte sie ihre Armmuskeln an, und das wahnsinnige Verlangen, freizukommen, wurde noch stärker, unbeherrschbar.

»Ganz ruhig bleiben, du wirst gleich einschlafen und nichts mehr spüren«, sagte Adrass in sachlichem Ton, dem jedes Mitleid fehlte.

Er legte ihr das Säckchen auf den Mund und presste es ihr fest gegen die Lippen. Eine Träne rann Adhara über das Gesicht, dann wurde alles schwarz, und der Ritus begann.

Adrass betrachtete den schlafenden Körper, und eine Spur Wehmut kam in ihm auf. Es war, als tauche er noch einmal in jene Zeit ein, als er sie geschaffen hatte, eine ruhmreiche Phase in seinem sonst unauffälligen, bedeutungslosen Leben. Damals war er nicht allein, sondern wurde von der Kraft einer ganzen Sekte gestützt, die ihm ein Ziel vorgab, an das zu glauben sich lohnte.

Er entspannte sich wieder, während er die Instrumente neben sich zurechtlegte. Als er aus dem Refugium der Erweckten so eilig fliehen musste, hatte er nicht mehr alle seine Werkzeuge, aber doch eine ganze Reihe davon zusammenraffen können. Und die würden ihm jetzt wohl reichen. Sie waren eingeschwärzt von dem Feuer, das San gelegt hatte, doch im Schein der magischen Flammen funkelten sie auch noch rot von Blut.

Als Erstes nahm er eine dünne gläserne Kanüle mit einer metallenen Spitze zur Hand. Damit saugte er eine durchsichtige Flüssigkeit aus einem Fläschchen und spritzte sie in Adharas Hals. Langsam drang die Elfenlymphe in ihren Körper ein, löste aber nicht mehr als ein leichtes Zucken der Glieder aus. Nun war das Nymphenblut an der Reihe, das er in die pulsierende Schlagader injizierte. Er hatte es sich unterwegs besorgt, als er zufällig der Ermordung einer unschuldigen Nymphe durch zwei Wanderer beiwohnte. Weil Nymphen sehr schnell verwesten, sich in klares Wasser auflösten, das augenblicklich im Erdboden versickerte, hatte er schnell handeln müssen. Aber er war geschickt genug gewesen und hatte sich einen ordentlichen Vorrat zulegen können. Dieses Mal reagierte Adharas Körper mit heftigen Krämpfen, so dass Adrass gezwungen war, ihn mit beiden Armen festzuhalten, während das Blut durch das Netz der Adern strömte und sie bläulich aufleuchten ließ. Als sich die Krämpfe gelegt hatten, griff er zu dem Gefäß neben sich und holte ein Stück Menschenfleisch hervor.

Es hatte ihm den Magen umgedreht, als er die Leiche hatte sezieren müssen. In den Laboren der Sekte war das noch anders gewesen. Kühl, mit chirurgischer Abgeklärtheit hatten die Erweckten dort ihre Arbeit verrichtet, während man sich im Krieg kaum dem Grauen angesichts aufgerissener Leiber und abgetrennter Gliedmaßen entziehen konnte.

Er setzte Chandras Körper auf, so dass sie nun mit dem Rücken an der Felswand lehnte. Dann griff er zu einigen Kräutern und führte sie ihr unter der Nase entlang. Da öffnete sie die Augen. Leere Augen, denen jeder Ausdruck fehlte, die Augen, in die er über Monate während seiner Experimente geblickt hatte.

»Gut gemacht«, lobte er sie, obwohl sie nicht bei sich war. Aber es gehörte zur Konditionierung und war notwendig, damit sie ihm widerstandslos gehorchte.

Dann fütterte er sie mit dem Fleisch, Stückchen für Stückchen, indem er ihr bei jedem Bissen den Hals massierte, um sie schlucken zu lassen. Als der Behälter leer war, umfasste er ihre Schultern und legte sie wieder hin. Nun blieben nur noch die Zauber zu vollführen. Dabei handelte es sich um die gleichen Formeln, wie sie diese Verräterin Theana in ihrer Heilkunst praktizierte, nur waren sie für seine Zwecke an die Rituale der Schwarzen Magie angepasst worden.

Er sammelte sich einen Moment und griff dann zu einer Feder, die er in eine schwarze Flüssigkeit tauchte. Danach setzte er die Spitze an Chandras Unterleib an und begann, ihr verschlungene Symbole in die Haut zu ritzen, die sich aber, während er die Formeln sprach, sofort wieder schloss. Da kam Bewegung in Chandras Körper, sie schüttelte sich, und ein unterdrücktes Stöhnen kam ihr über die Lippen. Sie litt, aber das Schlimmste stand ihr erst noch bevor.

Das Nichts belebte sich. Jene Erscheinungen, die Adhara zunächst, während Adrass sie in Schlaf versetzte, nur undeutlich gespürt hatte, nahmen Gestalt an. Ungeheuer, aus dem Dunkel geboren, bedrängten sie von allen Seiten, stießen an ihr schwaches, schmerzendes Fleisch. Plötzlich wurde es hell. Die Augen aufgerissen, starrte sie zur Höhlendecke, aber sie konnte weder die Pupillen bewegen, noch die Lider schließen. Das Gefühl zu verbrennen überkam sie, doch als sie vor Schmerz heulen wollte, merkte sie, dass ihr nicht einmal mehr der kleinste Muskel gehorchte. Sie war in sich selbst gefangen und konnte nur machtlos ihrer Verwandlung beiwohnen. Der Schmerz, den die unzähligen, ihre Glieder pressenden Finger hervorriefen, beherrschte sie immer mehr. Und da erinnerte sie sich. Es war wie eine Rückkehr in die Vergangenheit, in jene übelriechende Zelle, wo Adrass sie geschaffen hatte. Es war die Erinnerung an jenen ersten Atemzug, der ihre Lunge fast zerrissen hätte, an jenes Feuer, das ihr Fleisch erhitzte, ohne es zu verbrennen, an das Blut, das wie kochende Lava durch ihre Adern strömte und ihren Körper wie mit einer zähen Masse ausfüllte, ohne dass sie sich hätte dagegen wehren können. Und an diesen Mann neben ihr, dessen Atemzüge ihr wohlvertraut waren. Adrass war bei ihr und besaß die Macht, zu entscheiden, ob das, was sie war, leben oder sterben sollte. Denn Chandra nahm nun Gestalt an, während

Adhara ins Nichts hinüberglitt, um ihr den Platz frei zu machen.

Eine Ewigkeit dauerte die Prozedur, dann endlich erlosch das Licht, und alles wurde finster um sie herum. Schatten verschluckten die Erscheinungen, während sich eine dröhnende Stille breitmachte. Sie war nicht mehr Adhara, aber auch nicht Chandra, das Sechste Geschöpf. Nichts war sie, und das war das Schlimmste, das man ihr hatte antun können.

Warmes Tageslicht weckte die Feuerkämpferin. Jede einzelne Körperfaser schmerzte und wollte ihr immer noch kaum gehorchen. Adhara schaffte es, sich auf die Seite zu legen und die Beine anzuziehen. Immerhin konnte sie ihn noch spüren, ihren Körper, und mit der Hand fuhr sie seine Formen nach. Es war, als entdecke sie ihn ganz neu. Aber es fehlte nichts. Und geblieben waren auch keine Spuren von dieser Nacht im Zeichen des Wahnsinns und des Feuers.

Ein angenehmer frischer Duft stieg ihr in die Nase, und langsam schlug sie die Augen auf.

»Wie fühlst du dich?« Einen Becher mit dampfender Brühe in den Händen stand Adrass neben ihr.

Seine Anwesenheit brachte sie vollständig in die Wirklichkeit zurück, und sofort krampften sich ihr die Eingeweide zusammen. Es war immer noch alles so wie vorher.

»Du musst etwas essen. Zwei Tage und zwei Nächte hast du geschlafen, und du hattest hohes Fieber. Deswegen fühlst du dich so schwach«, fügte er hinzu, während er ihr dabei half, sich aufzurichten.

»Lass das«, schnaubte Adhara ihn an. Sie wollte es allein schaffen. Mit dem Rücken gegen die Wand gelehnt, trank sie mit gierigen Schlucken und stellte fest, dass ihr Peiniger Recht hatte. Sie war ausgehungert – und er in der Lage, alles vorherzusehen, was sie tat.

Als sie den Becher leergetrunken hatte, deutete Adrass auf ihre Hand. »Schau sie dir mal an.«

Die Hand. Der Grund, aus dem sie sich dieser Tortur unterworfen hatte. Zunächst ein flüchtiger Blick, und vor Überraschung entglitt ihr der Becher. Der kleine Finger hatte wieder eine blassrosa Farbe angenommen, sah nicht unbedingt gesund, aber fast normal aus. Sie griff ihn mit den Fingern der anderen Hand und merkte, dass er nicht mehr taub war.

Der Rest allerdings war noch schwarz und schmerzte, aber immerhin, es war ein kleiner Erfolg.

»Wir müssen versuchen, den Krankheitsverlauf möglichst bald ganz zu stoppen. Dann hast du gute Aussichten, deine Hand wieder ganz normal gebrauchen zu können.«

Adhara konnte es immer noch nicht glauben. Sie starrte auf den kleinen Finger und bewegte ihn hin und her, so als habe sie ihn noch nie vorher gesehen. Nun war es wieder ihr Finger.

»Wir müssen nach Makrat aufbrechen, die Zeit drängt.«

In Adharas Blick stand Dankbarkeit, als sie zu ihm aufsah. Doch jedes Zeichen der Anerkennung wich, als das Bild dieses Mannes, der so ruhig mit ihr sprach, von der Erinnerung an den Erweckten überlagert wurde, der über einen so langen Zeitraum mit ihrem Leben herumexperimentiert hatte.

Adhara kauerte sich zusammen, und so lag sie da, die Knie bis ans Kinn angezogen und den Blick starr auf ihren Kerkermeister und Schöpfer gerichtet.

15

Dubhe und Amina

Der Schmerz war früher da als alles andere. Auch als das Licht. Einen solchen Schmerz hatte sie noch nie erlebt, scharf und brennend, gleichzeitig aber auch dumpf, hämmernd und pulsierend. Ein Stöhnen entfuhr ihr.

»Ich weiß, dass es wehtut, aber wenn du es schaffst, dich nicht hineinzusteigern, hast du es leichter«, sprach eine Stimme.

Amina schlug die Augen auf. Über sich erkannte sie die Plane eines Zeltes. Langsam, nach und nach, kehrte ihre volle Wahrnehmung zurück. Sie begriff, dass sie auf einem Feldbett lag, und hatte das Gefühl, ihr Körper schmiege sich noch der kleinsten Vertiefung der laubgefüllten Matratze an, so kraftlos war er. Schon allein den Kopf zu drehen, bedeutete eine enorme Anstrengung für sie.

Das Mädchen erblickte das Gesicht ihrer Großmutter. Gerade hatte sie zu ihr gesprochen.

Wo …

Wieder entfuhr ihr ein Stöhnen.

»Nicht anstrengen, ich lasse noch mal nach dem Heilpriester rufen«, erklärte ihre Großmutter und stand auf. Amina wollte sie aufhalten, sie fragen, was denn nur geschehen war. Sie hob eine Hand, schaffte es aber nicht einmal, Dubhes Arm zu streifen.

Eins stand fest: So schlecht wie im Moment hatte sie sich im ganzen Leben noch nicht gefühlt. Gut, einmal hatte sie hohes Fieber gehabt und auch geglaubt, sie müsse sterben, aber das war nichts im Vergleich zu jetzt. Immer heftiger wurden die schmerzhaften Stiche im Bein und ließen sie am ganzen Körper zittern.

Was war denn noch mal los, bevor es mir so schlecht ging?, fragte sie sich. Aber im Moment konnte sie sich an nichts erinnern.

In Begleitung der Königin betrat nun der Heilpriester das Zelt, ein alter Mann mit langen, strähnigen Haaren. Mit solchen Heilkundigen hatte sie eigentlich nie viel anfangen können. Die stanken nach Arznei, Salben und bitteren Tränken, doch diesen hier begrüßte sie wie ihren Retter.

Der Mann schaute Amina einen Moment lang an und wandte sich dann ihrer Großmutter zu, so als verstehe er nicht, warum man ihn gerufen hatte. »Ich habe getan, was ich tun konnte. Die Wunden sind nicht bedrohlich, sie wird bald wieder auf den Beinen sein«, erklärte er.

»Aber sie ist doch noch ein Kind. Ihr könnt nicht erwarten, dass sie diese Schmerzen aushält. Gebt ihr doch wenigstens ein Beruhigungsmittel.«

Der Alte zögerte einen Moment und nickte dann müde. Aus dem Beutel, den er um den Hals trug, holte er eine kleine Flasche mit einer durchsichtigen Flüssigkeit hervor und führte sie an Aminas Lippen. Ein säuerlicher Geruch, der an Alkohol erinnerte, stieg ihr in die Nase.

»Schön artig alles austrinken«, sagte er, während er ihr eine Hand in den Nacken legte und ihren Kopf anhob. Das tat sie. Aber das Gesöff brannte in der Kehle, und etwas Salziges lief ihr über die Wangen. Offenbar waren ihr, ohne dass sie es bemerkt hatte, die Tränen gekommen. Es war beschämend. Als Kriegerin war sie losgezogen, um den Tod ihres geliebten Vaters zu rächen, und nun machte sie schon bei diesem lächerlichen Kratzer schlapp.

Und in diesem Moment fiel ihr alles wieder ein: die lange Wanderung mit Adhara, deren verrückte Idee, sich den Leuten im Lager zu offenbaren, und vor allem Amhal, wie er vor ihr stand mit dem langen Schwert in der Hand und dem gleichen ungerührten Gesichtsausdruck wie an dem Tag, als er ihren Vater ermordet hatte.

Sie machte Anstalten, aufzustehen, doch von der Arznei waren ihre Glieder schwer. Und es dauerte nur wenige Augenblicke, dann sank sie in einen tiefen, traumlosen Schlaf.

So ging das einige Tage lang. In den wenigen wachen Momenten, wenn sie im Kopf ganz klar war, überkam sie eine immer stärker werdende Wut. Sie hatte ihrem Feind gegenübergestanden, war aber nicht in der Lage gewesen, ihn zu töten. Mehr noch, Amhal hatte sie gedemütigt. Zwei, drei Ausfallschritte hatten ihm gereicht, ein perfekter Hieb, und sie erinnerte sich auch noch, wie ihr das Blut warm aus der Wunde troff. Richtig gespürt hatte sie davon aber zunächst eigentlich nichts, viel schmerzhafter war dieses beißende Gefühl, besiegt worden zu sein.

Dann war sie ohnmächtig zu Boden gesunken. Und irgendjemand musste sie gerettet haben. Wahrscheinlich Adhara, aber wenn sie sich ebenfalls in diesem Lager aufhielt, hätte sie doch eigentlich schon einmal bei ihr vorbeischauen müssen. Vielleicht hatte man sie schon ausgesandt, um diese Mission zu erfüllen, für die man sie angeblich brauchte, während man sie selbst der Fürsorge ihrer Großmutter überlassen hatte.

Aber auch Amina lechzte danach, wieder etwas zu unternehmen. Sie wollte ihre Rache, alles andere war bedeutungslos. Wenn sie jetzt untätig blieb, hätte sie genauso gut von Amhals Hand sterben können.

Als sie nach einigen Tagen so weit genesen war, dass sie die Schmerzen gut ertragen konnte und der Heilpriester sie nicht mehr ruhigstellen musste, setzte sich ihre Großmutter zu ihr ans Bett und sah ihr fest in die Augen.

»Erzähl mir mal, was eigentlich passiert ist.«

Amina hatte ausreichend Zeit gehabt, sich eine Antwort zu überlegen. Die Wahrheit erzählen konnte sie jedenfalls nicht, genauso wenig, wie sie es Adhara gegenüber hatte tun können. Niemand durfte von ihren Racheplänen wissen, andernfalls würde man sie mit allen Mitteln davon abhalten. Aber sich eine einleuchtende Erklärung für ihre Flucht einfallen zu lassen, war auch nicht so einfach. Doch egal wie, jedenfalls wusste sie, was sie wollte und was sie brauchte: eine echte Ausbildung im Schwertkampf nämlich.

»Am Hof hatte ich das Gefühl, zu ersticken«, erklärte sie, und das war noch nicht einmal gelogen.

Ihre Großmutter schaute sie lange an, mit einem unbarmherzig forschenden Blick, der bis ins Innere ihrer Seele vorzudringen schien. »Das ist noch nicht alles. Ich will die Wahrheit wissen.«

Aminas Versuche, sich in ein hartnäckiges Schweigen zu hüllen, waren zum Scheitern verurteilt, denn Dubhe ließ nicht locker.

Sie lehnte sich auf ihrem Stuhl zurück und fuhr fort. »Dann helfe ich dir mal auf die Sprünge, in Ordnung?«

Das Mädchen schluckte.

»Du bist von zu Hause weggelaufen, weil du dich rächen wolltest. Und Adhara hast du befreit, weil du wusstest, sie würde dir helfen, indem sie dich zu dem Mann führt, den auch du finden wolltest.«

»Davon ist überhaupt kein Wort wahr, wirklich nicht, ich ...«

Die Großmutter unterbrach sie mit einer knappen Handbewegung. »Vor ungefähr einer Woche hat es einen Überfall der Elfen gegeben, nicht weit von hier, in Kalima. Aus irgendeinem Grund wart ihr beide dort, du und Adhara, und bei diesem Angriff wurdest du verletzt.«

»Ja, aber ich wollte einfach nur mit Adhara zusammen sein. Es war doch schließlich eure Idee, dass ich mich mit ihr anfreunden sollte. Und sie ist ja jetzt meine einzige Freundin.«

Dubhe lächelte fast mitleidig. »Was erzählst du mir denn da? Meinst du im Ernst, dass ich dir das glaube?«

Amina errötete.

»War er dort?«

Das Mädchen spürte, wie ihr Herz zu rasen begann, und mit einem Mal hatte sie wieder sein Bild vor Augen, Amhal, der im Flammenmeer vor ihr stand. Sie senkte die Lider. »Ja.«

»Hat er dich verwundet?«

Der Gestank von Blut, Chaos, sein kalter Blick. Und vor allem, was dann geschehen war, wie er sie ohne Anstrengung außer Gefecht gesetzt hatte. All das war auf einmal wieder da. »Ja.«

Die Großmutter ließ ihr ein wenig Zeit, um das Schluchzen und Weinen in den Griff zu bekommen.

»Im Moment bist du noch nicht reisefähig. Die Wunde könnte wieder aufgehen, sagt der Heilpriester. Aber sobald es dir bessergeht, kehrst du heim zu deiner Mutter.«

»Da will ich aber nicht hin! Und wenn ihr mich dazu zwingt, lauf ich eben wieder fort!«

Dubhe unterdrückte einen Anflug von Zorn, ließ sich nicht anstecken von dem Hass und der Verzweiflung, die hinter dem Verhalten ihrer Enkeltochter steckten.

»Gut, einmal konntest du davonlaufen. Aber das war auch nicht so schwer, weil wir darauf nicht gefasst waren. Dass du so etwas tust, hätte ich niemals von dir gedacht. Ich war überzeugt, dass du dich mit der Zeit mit den Tatsachen abfinden würdest, aber ich habe mich getäuscht. Jetzt weiß ich genau, was dir durch den Kopf geht, und glaub mir, diesen Streich spielst du mir nicht noch mal. Wenn nötig, stelle ich einen Mann für dich ab, der dich keinen Moment mehr aus den Augen lässt, auch nicht bei Hof.«

Amina biss sich auf die Lippen. »Warum will mich denn keiner verstehen?«, wimmerte sie.

»Aber ich verstehe dich doch«, erwiderte Dubhe. »Was glaubst du denn? Ich habe doch genau dasselbe gefühlt wie du. Und fühle es immer noch. Dein Vater war schließlich mein Sohn.«

»Aber wie kannst du nur damit leben? Diese Mörder laufen frei herum, bringen weiter deine Leute um und genießen ihre Schandtaten. Und das, nachdem sie es sich lange Zeit an unserem Hof gutgehen ließen. Großvater hat San wie einen Helden empfangen, und Amhal hat sich als mein Freund ausgegeben und mir sogar gezeigt, wie man mit dem Schwert kämpft. Die beiden sind Betrüger! Verräter!«

Amina weinte wieder, doch so viele Tränen sie auch vergoss, dieses Gefühl vollkommener Machtlosigkeit wollte nicht weichen. Ihre Finger krampften sich ins Betttuch, sie rieb sich die Augen, bis sie ganz rot waren, aber die Wut blieb, saß fest in ihrer Brust und nahm ihr die Luft zum Atmen.

»Du hast Recht«, antwortete Dubhe erschöpft. »Ich denke häufig daran zurück, wie San bei uns am Hof auftauchte und was dein Großvater über ihn sagte und wie er sich freute, ihn nach so langer Zeit wiederzusehen. Und ich erinnere mich auch an Amhal, und ich weiß noch, wie ich ihn zum ersten Mal sah, als er, kaum den Kinderschuhen entwachsen, gerade in die Akademie eingetreten war. Und wenn ich daran denke, packt mich eine blinde Wut, und ich würde am liebsten zum Schwert greifen und ganz allein losziehen, um sie hinter den feindlichen Linien zu stellen und sie für alles büßen zu lassen.«

Einen Moment lang blickte sie aus dem Zelt, so als versuche sie, die Ruhe wiederzufinden, die sie gerade zu verlieren begann, wie Amina deutlich spürte.

»Und warum tust du es nicht?«, fragte sie. »Ist es nicht unsere Pflicht, selbst für Gerechtigkeit zu sorgen, wenn die Götter, oder wer auch immer, solche Verbrecher straflos davonkommen lassen?«

Traurig lächelte Dubhe ihre Enkeltochter an. »Ich hatte wirklich geglaubt, dass du dich niemals mit solchen Gedanken belasten musst. Ich hatte mir vorgestellt, meinen Kindern und Enkelkindern wäre ein anderes Leben als mir selbst beschieden und sie würden mit dreizehn Jahren einfach nur fröhliche, unbeschwerte Jugendliche sein.« Sie seufzte. »Doch die Umstände zwingen dich jetzt leider, sehr schnell erwachsen zu werden. Und deinen Bruder ebenso.«

Amina blickte sie fragend an.

»Ja, während du dich irgendwo in der Aufgetauchten Welt herumgetrieben und deine Mutter und mich vor Sorge fast um den Verstand gebracht hast, ist dein Bruder König geworden. Er hat den Thron deines Vaters bestiegen und regiert das Reich von Neu-Enawar aus.«

Amina versuchte, sich das vorzustellen. Kalth als König. Stark und gerecht, wie es ihr Vater gewesen war. Und die Trauer zog ihr die Eingeweide zusammen.

»Du musst jetzt tatsächlich erwachsen werden und verstehen, dass diese Gerechtigkeit, wie du sie dir vorstellst, Amina, nicht immer erreichbar ist. Nicht jeder schwere Verbrecher findet seine gerechte Strafe. Das musst du begreifen und dich damit abfinden.«

Lange schwieg sie, hing offenbar eigenen Gedanken

nach. Welchen, hätte Amina nicht sagen können. Dazu kannte sie ihre Großmutter zu wenig. Ihr Vater hatte ihr nie von deren Vergangenheit erzählt, und auch am Hof waren Dubhes Jugendjahre immer von einem undurchdringlichen Geheimnis umgeben.

»Ich will mich aber nicht damit abfinden. So habe ich es übrigens auch von meinem Vater gelernt. Der hat mir immer gesagt, dass man ändern muss, was nicht gerecht ist. Du und Großvater, ihr habt doch auch für eine bessere Welt gekämpft. Oder etwa nicht?«

»Ja, etwas verändern. Aber das heißt doch nicht, einen sinnlosen Tod zu suchen.«

Amina blickte ihre Großmutter zweifelnd an.

»Was hoffst du denn zu erreichen, wenn du Rache nimmst?«, fuhr diese fort. »Glaubst du, damit machst du deinen Vater wieder lebendig? Oder dass du dich danach besser fühlst?«

»Ich will dafür sorgen, dass Vater und Großvater ihren Frieden finden.« Diesen Gedanken hatte sie irgendwo mal gelesen, in einem jener Abenteuerbücher, die sie verschlungen hatte, als sie noch ihr normales Leben am Hof führte. In diesen Geschichten gab es immer einen Helden, der alles in Ordnung brachte und die Bösen für ihre Taten büßen ließ. Und danach war die Welt ein wenig besser geworden. Sie liebte diese Geschichten, in denen Schurken ihren gerechten Tod fanden und allen ihre Verbrechen heimgezahlt wurden.

Dubhe erlaubte sich ein Lächeln. »Frieden finden die Toten nur dann, wenn sie im Augenblick des Todes wissen, dass es den Menschen, die sie zurücklassen, trotzdem gutgehen wird. Denk doch mal an deinen Vater.«

Dubhe atmete einmal tief durch. »Denk daran, was er dich lehrte und wie lieb er dich hatte. Glaubst du wirklich, er würde sich freuen, dich hier in diesem Zustand zu sehen? Glaubst du, es würde ihm gefallen, miterleben zu müssen, wie du vor Schmerzen heulst und dich im Fieber windest, noch dazu in dem Bewusstsein, selbst der Grund für das alles zu sein?«

»Das stimmt nicht, nicht seinetwegen …«

»Doch, um seinen Tod zu rächen, bist du losgezogen, nur deswegen bist du verwundet worden.«

Amina konnte nicht anders, als den Blick zu senken. Von dieser Seite aus hatte sie die Dinge noch nie betrachtet.

»Er hat immer gewollt, dass du gesund und glücklich aufwächst. Und auch jetzt, da er nicht mehr unter uns ist, hat sich an diesem Wunsch nichts geändert. Aber nun liegt es ganz an dir, ihm diesen Wunsch zu erfüllen.«

Sie hatte Recht, ihre Großmutter hatte so verdammt Recht. Es ging ihr nicht nur um Gerechtigkeit. Hinter dieser Wahnsinnstat, die sie hatte vollbringen wollen, stand noch etwas anderes.

»Ich weiß, wie schwer es dir fällt, untätig zu sein. Denn ich bin da genau wie du«, fuhr ihre Großmutter fort. »Wir sind nicht dazu geschaffen, die Hände in den Schoß zu legen und uns mit der brutalen Realität der Dinge abzufinden. Erst wenn wir etwas unternehmen, unseren Körper in Bewegung setzen, kommen unsere Gedanken zur Ruhe.«

Amina traute ihren Ohren nicht. Es war, als blicke ihr die Großmutter ganz tief ins Herz. Dass sie sich in dieses Abenteuer gestürzt hatte, hing auch mit dem Verlangen zusammen, diese Spannung loszuwerden, die sie schon seit ihrer Kindheit in sich trug.

»Schau mich an! Was mache ich hier? Bis zur Front bin ich vor dem Kummer geflohen, der mich zu Hause nicht mehr loslassen wollte«, erklärte Dubhe weiter.

»Und hat es geklappt?«, fragte Amina leise.

Dubhe wusste nicht so recht, was sie antworten sollte. »Manchmal klappt es«, gestand sie dann. »Aber darum geht es nicht. Denn wenn du tatsächlich dem Andenken deines Vaters Ehre erweisen willst, musst du dich bemühen, dein Leben genau dort wieder aufzunehmen, wo San und Amhal es zerbrochen haben. Das ist ein langer, steiniger Weg, aber denk immer dran, Rache führt letztlich zum Tod. Du aber hast etwas Besseres verdient.«

Schweigend lehnte sich Dubhe auf ihrem Stuhl zurück, so als müsse sie selbst darüber nachdenken, was sie der Enkelin gerade auseinandergesetzt hatte. Amina erkannte, wenn auch noch etwas verschwommen, dass ihre Großmutter Recht hatte. Rache war nur der Versuch, den Schmerz zu betäuben, den sie in sich spürte, den Hass zu besänftigen, der sie innerlich zerriss. Und doch war das Verlangen danach immer noch da, wie sie deutlich an diesem Druck auf ihre Brust spürte.

Dubhe stand auf und legte ihr eine Hand auf die Schulter. »Versprich mir, darüber nachzudenken. Wenn du beschließt, dich zu ändern, sollst du wissen, dass du nicht allein bist. Ich werde alles tun, um dir dabei zu helfen, dich selbst zu finden. Meinst du allerdings, so weitermachen zu können wie bisher, muss dir klar sein, dass ich dich mit allen Mitteln daran hindern werde. Darauf gebe ich dir mein Wort.«

Amina sah ihr nach, wie sie langsam das Zelt verließ. Ihre Worte waren wie ein Samenkorn für sie, das noch aufgehen musste, und doch zeichnete sich am Horizont schon ein neuer Weg ab.

Sie ist wie ich, ich kann ihr vertrauen, sie versteht mich.

Wenn es ihr gelänge, so wie Dubhe als jungem Mädchen, den Hass und diese verzweifelte Kampfeslust umzulenken und für etwas Sinnvolles zu nutzen, würde sie ihren Platz im Leben und ihren Seelenfrieden finden. Kämpfen, ja, aber nicht, um Rache zu üben. Sondern für ein höheres Ziel. Für das Königreich, für ihren Bruder und nicht zuletzt für ihren Vater.

16

Die tote Stadt

Amhal war soeben aus der Schlacht zurückgekehrt, sein Beidhänder rot von Blut, die Rüstung ruß- und schlammverschmiert. In seinen Augen nicht die leiseste Regung. Kalt und erbarmungslos blickten sie starr vor sich hin, während ihn sein Adjutant, den Kryss für ihn abgestellt hatte, langsam auszog. San saß bei ihm im Zelt, mit einem Pokal Rotwein in der Hand. Die Elfen liebten Rotwein. Bei Orva, in den Hügeln gleich hinter dem Riff, bauten sie ertragreiche Reben an, aus deren Trauben sie einen kräftigen, aromatischen Roten gewannen. Den verfeinerten sie mit Honig und Gewürzen und streckten ihn mit ein wenig Wasser. San war ganz vernarrt in diesen Wein und liebte es besonders, sich damit nach der Schlacht den derben Geschmack von Staub und Erde aus dem Mund zu spülen.

»Nun?«, fragte er, als Amhal alle Teile der Rüstung abgelegt hatte. Jetzt trug er nur noch seine gewohnte Lederweste, auf der das blutrot glitzernde Medaillon prangte, das Kryss ihm geschenkt hatte. »Wie ist es dir ergangen?«

Mit knappen Worten, aber präzise wie immer erstattete Amhal Bericht. Seit der Elfenkönig seinen Wunsch erfüllt hatte, war er vollkommen verändert. San fragte sich häufig, was in seinem Kopf vorging, ob es ihm wirklich gelungen war, sich von allen Gefühlen zu befreien. Für ihn selbst wäre das undenkbar gewesen. Die Raserei der Schlacht, die Gier, mit dem Schwert zu töten und zu verstümmeln, waren für ihn der Lebenssaft, von dem er sich nährte.

Zerstreut hörte er zu. Amhal war schlicht unbesiegbar, denn seine Kräfte schienen weiter zugenommen zu haben, seit er die letzten Skrupel abgelegt hatte.

»Ich bekam es mit einem kleinen Mädchen zu tun.«

San horchte auf. »Wie? Ein kleines Mädchen?«

Während ihm Amhal von Aminas inbrünstigem Versuch erzählte, den Vater zu rächen, verzog sich Sans Miene zu einem amüsierten Lächeln. Er hatte etwas übrig für unbezähmbare Charaktere und war durchaus bereit zuzugeben, dass der Mut der kleinen Prinzessin bewundernswert war.

»Und? Hast du sie getötet?«

»Das hätte ich getan, wenn *sie* nicht aufgetaucht wäre.«

San spürte, wie ihm ein unangenehmer Schauer über den Rücken lief. »Von wem sprichst du?«

Fast unmerklich zuckten Amhals Augen, als er den Namen aussprach. »Adhara.«

San schenkte seinem Wein keine Beachtung mehr, stellte den Pokal auf dem Boden ab und stand auf. »Erzähl schon.«

Die ersten Tage nach dem Ritus waren unerträglich. Bei dem leisesten Anzeichen von Erschöpfung beschäftigte sich Adrass mit Chandras Gesundheitszustand und fragte sie unablässig, wie es ihr gehe. Adhara hatte diesen Namen gründlich satt. Und zudem fühlte sie sich so eigenartig, ganz anders als sonst, so als sei sie nur noch Gast in ihrem eigenen Körper und dieser mit einem Mal zu einem labbrigen Kleidungsstück geworden, das ihr nicht mehr richtig passte. Es stimmte nicht mehr richtig, wie ihre Muskeln reagierten, eine Art mangelnde Abstimmung zwischen Körper und Geist, die ihre Bewegungen verlangsamte. Sie hätte Adrass davon unterrichten müssen, hatte aber keinerlei Lust dazu. Denn sie war bemüht, den Umgang mit diesem Mann auf ein Mindestmaß zu beschränken und ihm deutlich zu zeigen, dass sie durch nichts anderes als die Interessen verbunden waren, die sie zu diesem bestimmten Zeitpunkt teilten.

»Es geht mir wirklich gut«, sagte sie irgendwann, wobei sie entnervt seine Hand von ihrer Stirn fortschob.

»Sperr dich doch nicht so. Wenn ich nicht genau Bescheid weiß, kann ich nicht entscheiden, ob wir schon aufbrechen können. Du weißt doch, die Zeit drängt.«

»Worauf warten wir dann noch? Ich fühle mich gar nicht mehr schwach«, antwortete sie mit bemüht überzeugter Stimme. Es war zwar gelogen, aber sie hatten keine andere Wahl, sie mussten sich endlich auf den Weg machen.

Adrass blickte sie eine Weile an, packte schließlich

seine Sachen zusammen und verließ die Höhle. Ein langer, melodischer Pfiff erklang. Ein Lockruf. Im ersten Moment verstand Adhara nicht, was es damit auf sich hatte, aber dann tauchte ein schwarzer Punkt am Horizont auf. Zunächst mochte man ihn für einen Vogel halten, aber als er näher kam, erkannte sie die schwarzen Schwingen und den schlanken Leib, der jetzt auf die Ebene niederschwebte. Ihr Herz machte einen Sprung. Es war Jamila.

Er hat sie zurückgelassen, dachte sie entrüstet. Für einen Drachenritter gab es eigentlich nicht Heiligeres als seinen Drachen; ihre Schicksale waren unauflöslich miteinander verwoben. Nur der Tod und zuweilen noch nicht einmal dieser konnte sie trennen.

»Ich bin auf den Drachen gestoßen, als ich nach dir gesucht habe. Der Marvash muss sich von ihm getrennt haben, als er beschloss, dem Ruf seines Verführers zu folgen«, erklärte Adrass.

»Soweit ich weiß, sind doch Drachen auf ewig ihrem Herrn verbunden. Wie hast du es angestellt, dass er dir gehorcht?«

Adrass lächelte. »Ich bin vielleicht kein begnadeter Magier, aber um mit dem Geist eines Drachens in Kontakt zu treten, reichen meine Künste bei weitem aus.«

Er trat an Jamila heran und streichelte ihr über das Maul. Das Tier schien diese freundliche Geste eher widerwillig über sich ergehen zu lassen, während seine Augen auf Adhara gerichtet waren. Im Blick des Drachens schien eine Frage zu stehen. ›Warum?‹

Wenn ich das nur wüsste, Jamila …

»Der Drache wird uns nach Makrat fliegen«, erklärte Adrass.

»Ist das nicht ein etwas zu auffälliges Fortbewegungsmittel?«

»Das glaube ich nicht. Die Leute sind alle viel zu beschäftigt damit, zu kämpfen oder ihr nacktes Leben zu retten. Da hat niemand Augen für uns. Die Welt ist in Auflösung begriffen, Chandra, der Krieg und die Seuche zerstören sie Tag für Tag mehr. Und Schuld ist leider auch dein Versäumnis«, schloss er und sah sie lange an.

Adhara ballte die Fäuste. Vielleicht hatte er Recht, aber es ärgerte sie, das gesagt zu bekommen.

Adrass gab Jamila ein Zeichen, und die senkte den Kopf und ließ ihn aufsteigen. Es dauerte ein wenig, bis er eine einigermaßen bequeme Sitzposition gefunden hatte. Dann streckte er eine Hand zu Adhara aus, die ohne große Umstände mit einem Satz aufsprang.

»Los, beeilen wir uns«, sagte sie, während sie die Schenkel gegen Jamilas Flanken presste.

»Nichts lieber als das«, antwortete Adrass und ruckte an den Zügeln, woraufhin der Drache kräftig schnaubte und die enormen Flügel spreizte. Adhara spürte, wie ihr Magen absackte, und schon schwebten sie in den Lüften.

Sie rasteten nur, wenn es unbedingt nötig war, damit Jamila sich nicht überanstrengte. Einmal besuchten sie auch ein Dorf, um sich dort mit Wasser und frischem Proviant einzudecken.

»Wir müssen auch an Vorräte für die Bibliothek denken«, hatte Adrass erklärt.

Adhara stellte keine Fragen. Im Moment blieb ihr nichts anderes übrig, als diesem Mann zu vertrauen. Wollte sie gerettet werden, war er der Einzige, auf den sie hoffen konnte.

Durch die wenigen Pausen brauchten sie nur zehn Tage, bis Makrat in Sicht kam. Von oben sah die Aufgetauchte Welt so aus wie immer. Die Wälder um die Stadt schienen unberührt, der Fluss schlängelte sich unverdrossen durch die Ebene, und die goldenen Kuppeln glänzten im flammend roten Licht des Sonnenuntergangs. Vielleicht, dachte Adhara, hatte die Seuche dieses so friedlich daliegende Land doch noch verschont, vielleicht war tatsächlich alles heil und unversehrt, wie es den Anschein hatte. Aber das war Unsinn. Alles hatte sich verändert. Nicht zuletzt sie selbst. Und Amhal? Den Luxus, in dieser Beziehung noch Hoffnung zu hegen, konnte sie sich nicht erlauben.

Auf einer Lichtung in einem still daliegenden Wald landeten sie.

»Von hier aus gehen wir besser zu Fuß weiter«, erklärte Adrass. »Jamila würde uns jetzt nur aufhalten.«

Adhara nickte und tätschelte dem Drachen das Maul. Jamila würde ihr fehlen, aber sie mussten rasch weiter. Denn sie war sich darüber im Klaren, dass sich ihr Körper, wenn auch nicht mehr so schnell wie vorher, unaufhörlich weiter zersetzte.

Sie aßen etwas und machten sich dann wieder auf den Weg. Schweigend folgten sie der Straße, die immer die Hauptverbindung nach Makrat gewesen war. Sie war breit und im letzten Abschnitt mit großen Marmorplatten gepflastert. Aber sie war menschenleer. Nichts war mehr von den Scharen Verzweifelter zu sehen, die einmal hier gelagert hatten. Adhara erinnerte sich noch gut daran, wie sie vor einiger Zeit, als sie die Stadt Richtung Damilar verließ, von ihnen bedrängt worden war. Auch deren Zelte waren alle verschwunden, so als habe ein Sturm sie hinweggefegt. Stattdessen erblickten sie in einiger Entfernung, knapp unterhalb der Zinnen der Befestigungsanlage, in regelmäßigen Abständen schwarze Punkte, die im Wind hin und her schaukelten. Als sie näher kamen, erkannten sie, dass dort Lanzen zwischen den Mauerritzen staken, auf denen etwas aufgespießt war.

Adhara überkam ein seltsames Gefühl, und ein Schauer durchlief sie, der ihr eine Gänsehaut an den Unterarmen bescherte. Fröstelnd hüllte sie sich fester in ihren Umhang.

»Vielleicht kommen wir gar nicht hinein«, sagte sie zu Adrass.

Der zuckte mit den Achseln. »Keine Ahnung, was hier los ist. Aber wir müssen auf alles gefasst sein.«

Als sie sich vorsichtig näherten, wurde ein eklig süßlicher Gestank, der ihnen in der Kehle kratzte, immer stärker. Bald erkannten sie, welch entsetzliches Schauspiel sich ihnen bot. Verstümmelte Rümpfe baumelten an den Lanzenstangen, während Dutzende und Aberdutzende abgeschlagener Köpfe, auf die Spitzen gespießt, sie von oben her anstarrten.

Adhara spürte, wie ihr die Knie weich wurden, und konnte kaum noch weitergehen. Selbst Adrass schien bestürzt und blieb stehen. Die Stadt vor ihnen war in eine gespenstische Stille getaucht. Sie hörten nur das

Kreischen der Vögel und das Knarzen der Stricke, mit denen man die Opfer aufgehängt hatte.

Adhara trat einen Schritt zurück und blickte Adrass entsetzt an.

Der schüttelte den Kopf. »Wir haben keine andere Wahl. Nur in Makrat finde ich das, was ich brauche, um dich zu heilen. Wir *müssen* hinein.«

»Dann lass uns wenigstens warten, bis die Nacht hereinbricht.«

An jeder Leiche war ein Schild befestigt. Darauf stand mit krakeliger, fast unleserlicher Handschrift etwas geschrieben, wahrscheinlich der Grund für die Hinrichtung. Adhara gelang es, eines zu entziffern: VERLEUMDUNG DES RATS DER WEISEN.

Von diesem Rat hatte sie noch nie gehört. Der musste nach ihrem Fortgang aus der Stadt gegründet worden sein. Über dem Haupttor war immer der Name der Stadt zu lesen gewesen, eingraviert in eine breite Tafel aus rosafarbenem Marmor. Nun lag diese Platte zerbrochen am Boden und war durch ein Holzschild ersetzt worden, auf dem ein anderer Name stand: NEUSTADT.

Adrass und Adhara nahmen ein kärgliches Mahl zu sich, und als der Mond aufgegangen war, machten sie sich wieder auf den Weg. Zunächst liefen sie ein Stück an der Stadtmauer entlang. Zwar sahen sie keine Wachen, doch überall waren die Tore fest verriegelt. Allerdings waren hier und dort auch Breschen im Mauerwerk. Es schien sich um Durchlässe zu handeln, die man aus irgendwelchen Gründen in den Stein geschlagen hatte.

Bei einer etwas breiteren Lücke blieben sie stehen.

»Ich gehe voran.« Adhara bückte sich, ohne auf Adrass' Zustimmung zu warten, und zwängte sich hinein. Nur auf dem Bauch robbend, während Hände und Füße im Schlamm Halt suchten, kam sie vorwärts. Sie wusste, dass die Stadtmauer mindestens acht, neun Ellen breit war, und musste bald gegen ein Erstickungsgefühl ankämpfen, das sie zu befallen drohte. Irgendwann kam sie nicht mehr weiter. Ein Hindernis blockierte den Durchgang.

»Was ist los?«, rief Adrass, der noch draußen stand.

»Der Weg ist versperrt.«

»Lass mich mal machen«, forderte er sie auf.

Sie ließ ihn vorbei, und er kroch hinein. Nur langsam kam er vorwärts, weil er noch kräftiger gebaut war als sie, und schien fortwährend irgendwo anzustoßen. Doch nach einer Weile erkannte Adhara ein schwaches Licht am Ende des Durchschlupfs und hörte Adrass' gedämpfte Stimme, die sie aufforderte, nachzukommen. Das tat sie, und als sie auf der anderen Seite hinausschlüpfte, spürte sie, wie ihr ein kühler Wind über das Gesicht strich.

»Ein wenig Magie kann nie schaden«, erklärte Adrass lächelnd, der mit dem Rücken an der Innenseite der Stadtmauer lehnte. Sie waren drinnen.

Eine unheimliche Stille umgab sie, die nur vom Rauschen des Windes unterbrochen wurde. Zudem fiel ihnen auf, dass keines der Fenster um sie herum erhellt war. Die Stadt wirkte wie ausgestorben.

»Vielleicht sind alle geflohen. Oder tot«, bemerkte Adhara.

»Nein, irgendjemand muss ja das Tor von innen verschlossen haben. Und außerdem, denk doch mal an die zur Schau gestellten Leichen. Manche sahen so aus, als seien sie gerade erst hingerichtet worden.«

Vorsichtig blickten sie sich um, die Hände an den Waffen, und schlichen voran. Kaum waren sie in eine Seitenstraße eingebogen, stießen sie auf die ersten Leichen. Man hatte sie einfach draußen auf der Straße liegen lassen, anscheinend Opfer der Seuche. Auf dem Boden erkannten sie geronnenes Blut, und die Körper waren mit schwarzen Flecken übersät.

Adhara zog Adrass am Arm von ihnen fort. »Halt dich fern von ihnen, du bist doch nicht immun«, sagte sie. »Weißt du eigentlich, welche Richtung wir einschlagen müssen?«

Adrass nickte und trat einige Schritte zurück. Er wirkte mitgenommen. Allerdings musste auch Adhara allen Mut zusammennehmen, um dem Drang zu widerstehen, auf der Stelle kehrtzumachen und davonzulaufen.

»Dann weiter.«

So durchquerten sie das Gassenlabyrinth der Stadt. Überall an den Häuserwänden waren Bekanntmachungen angeschlagen, in schwarzer Farbe auf Papierbögen geschrieben, die sich bei genauerem Hinsehen als Buchseiten entpuppten, die man offenbar aus antiken Folianten gerissen hatte.

VERLASSEN DER HÄUSER NACH SONNENUNTERGANG VERBOTEN!

SOFORT ÖFFNEN, WENN EIN HÜTER DER WEISHEIT ANKLOPFT!

TODESSTRAFE FÜR ALLE, DIE DEN TÄGLICHEN WEGZOLL NICHT ENTRICHTEN!

Versonnen strich Adrass mit den Fingern über eine solche Seite.

»Komm schon, wir haben keine Zeit, uns darum zu kümmern«, riss Adhara ihn aus seinen Gedanken.

Er schaute sie aus glasigen Augen an. »Davon verstehst du nichts ... Das ist ein Text aus einem uralten Zauberbuch. Hier, sieh mal. Ein grundlegendes Werk für unsere Wissenschaft. Das ist bestimmt fünfhundert Jahre alt! Schau, man kann es sogar noch lesen: Gelobt sei Shevrar ...« Und damit streichelte er wieder über das Papier, sanft, liebevoll, ehrfürchtig, wie es typisch sein mochte für einen Mann, der sein Leben mit Büchern zugebracht hatte.

Da raschelte es hinter ihnen. Adhara fasste den Erweckten am Arm und zog ihn zu sich heran, dicht an die Mauer. Auch sie presste sich dagegen. Das Geräusch wurde lauter und bewog sie, die Hand an ihren Dolch zu legen und sich auf einen Angriff einzustellen. Da huschte etwas an ihnen vorbei und ließ ihr Herz einen Moment stillstehen. Eine Ratte. Bloß eine Ratte.

»Lass uns weitergehen, und bleib bitte nicht mehr an jeder Haustür stehen«, sagte sie, wobei sie sich, einmal lang ausatmend, wieder entspannte. »Das kommt mir hier alles nicht geheuer vor.«

Doch eine wirkliche Gefahr konnten beide nicht erkennen, nur weitere Ratten und Leichen, während sie vorsichtig weitergingen. Adrass schien verwirrt und schaute sich immer wieder um, so als suche er nach dem Weg.

»Bist du sicher, dass du weißt, wo wir hin müssen?«, fragte ihn Adhara irgendwann.

»Natürlich! Nur …«

»Nur was?«

»Ich war erst zweimal in dieser Stadt. Und nur ein einziges Mal in dieser Bibliothek.«

Adhara packte ihn am Kragen. »Du hast mich hierhergeschleppt, ohne überhaupt zu wissen, wo wir hin müssen?«

»Nein, nein. Bevor wir gezwungen wurden, uns in dem Loch zu verkriechen, wo du zur Welt kamst, mussten wir Erweckten bei unserem Eintritt in die Sekte alle Wege auswendig lernen, die zu unseren Kultorten führen. Also zu unseren Gotteshäusern und auch zu der geheimen Bibliothek. Das war Teil meiner Ausbildung, ein unverzichtbarer Teil meines Glaubens. Ich *weiß* also, wohin wir uns müssen.« Seine Augen funkelten fiebrig.

Einmal mehr verfluchte Adhara ihn, ließ ihn aber los. »Beweg dich«, setzte sie noch hinzu, da ließ ein schauriges Röcheln in unmittelbarer Nähe sie zusammenzucken.

Adhara fuhr herum und erblickte einen schwarzen Schatten, der langsam auf sie zukroch.

»Rettet mich … bringt mich zu einem Priester …«, hörten sie eine Stimme, rau und von heftigem Husten unterbrochen.

Da erhellte ein Lichtschein die Gestalt, und sie erkannten das Gesicht eines Mannes, dessen Hemd zerrissen und von dem Blut durchtränkt war, das ihm aus Mund und Nase lief. Seine Miene war voller Verzweiflung, und Adhara konnte den Blick nicht von ihm abwenden. Jetzt flackerte noch eine zweite Fackel auf, und aus der Gasse hörten sie eine Stimme rufen.

»Verdammter Hund, du hast gegen die Ausgangssperre verstoßen.«

Ein Zischen, der Mann bäumte sich auf, schwankte und stürzte, von einem Pfeil in die Brust getroffen, nach vorn. Unwillkürlich sprang Adhara zur Seite, aber Adrass war nicht so schnell. Der Mann fiel auf ihn, ließ seine blutverschmierten Hände über Adrass' Gesicht gleiten, sank zu Boden und tat seinen letzten Atemzug. Wie versteinert stand Adrass da. Da sirrte es erneut hinter ihnen, und ein zweiter Pfeil streifte Adharas Schulter. Kurz stöhnte sie auf und krümmte sich, begriff aber sofort, dass sie keine Zeit mehr verlieren durften.

»Weg! Weg hier!«, rief sie und zog Adrass mit sich fort. Sie rannten, so schnell sie konnten, aber sofort hefteten sich die Männer an ihre Fersen und waren schon dicht hinter ihnen. Immer mehr schienen es zu werden. Von überall her kamen sie gelaufen, geschwind und lautlos wie Raubkatzen im Dunkeln auf der Jagd nach Beute.

Adharas Schulter schmerzte heftig, und als sie jetzt scharf rechts in eine Gasse einbog, sah sie, dass drei Männer den Weg versperrten, deren höhnisch grinsende Gesichter vom Licht der Fackeln erhellt wurden. Sie trugen Rüstungen, die alt und offenbar nicht für sie gemacht waren. Zwei ihrer Schwerter waren ramponiert und verrostet, während das dritte in hervorragendem Zustand war. Auf ihrer Brust prangte, mit schwarzer Farbe aufgemalt, ein Auge.

Adhara rannte mal hierhin, mal dorthin, merkte aber,

dass sie eingekreist wurden und bald jeder Fluchtweg versperrt war. Es würde nicht mehr lange dauern, bis man sie schnappte. Und was dann?

Da spürte sie einen unbändigen Zorn in sich aufkommen. Auf Adrass. Wie hatte sie sich bloß diesem Wahnsinnigen anschließen können? Aber das hatte sie nun davon. Sie war versucht, ihn wegzustoßen und es auf eigene Faust zu versuchen. Sollte er doch diesen Bewaffneten in die Hände fallen und abgestochen werden. Dann würde es wenigstens auch mit seinen religiösen Wahnideen vorbei sein. Aber das war unmöglich. Wenn einer sie retten konnte, dann Adrass.

Es geschah, als sie schon jede Hoffnung aufgegeben hatte. Sie waren gerade wieder um eine Ecke gebogen, da tauchte aus einem Spalt in einer Wand eine Gestalt mit einem gefleckten Gesicht vor ihnen auf. Sie sagte nichts, gab ihnen nur ein Zeichen: Kommt! Adhara zögerte nicht. Der Spalt war so schmal, dass Adrass darin stecken blieb und sie mit aller Kraft an ihm zerren musste, bis er vor Schmerz aufschrie. Aber schließlich stürzten sie beide in einen stinkenden Raum, der völlig im Dunkeln lag. Durch den Spalt konnten sie aber die Stiefel ihrer Verfolger erkennen, die unschlüssig stehen geblieben waren.

»Wo sind sie hin?«

»Sind die überhaupt hier lang gelaufen?«

»Sie ist flink auf den Beinen, diese kleine Hure, aber sie müssen hier in der Gasse sein.«

»Mein Pfeil hat sie getroffen. Das heißt, sie ist verletzt. Morgen finden wir sie irgendwo zusammengekauert in einer Ecke liegen, sie und den anderen, der bei ihr war. Aber kein Wort zu den Männern vom Rat, dass wir sie haben entwischen lassen. Die Weisen verstehen da keinen Spaß.«

»Ist doch klar«, antworteten die anderen im Chor.

Mit langsameren Schritten, die über das Pflaster hallten, gingen sie davon. Erst jetzt schaffte Adhara es, wieder zu atmen.

17

Was aus Makrat wurde

»Folgt mir!« Das gefleckte Gesicht gehörte einem ungewaschenen, lumpenbekleideten Jungen. Er führte sie durch die Kellerräume, in die sie sich gezwängt hatten, und dann durch eine Reihe verwinkelter Stollen, die unter den Häusern verliefen und deren Fundamente durchbrachen. Sie wirkten einsturzgefährdet und waren laienhaft mit irgendwelchen Geräten gegraben worden. Es war schwierig, hindurchzugelangen. Die beiden mussten sich ganz klein machen, um nicht immer wieder anzustoßen oder aufgehalten zu werden. Besonders Adhara fiel es schwer, mit dem Jungen Schritt zu halten. Die Wunde in der Schulter schmerzte immer heftiger, und häufig entfuhr ihr ein unterdrücktes Stöhnen.

Nach langer, umständlicher Wanderung mündete der Stollen schließlich in einen großen Saal, in dem sich einige Leute aufhielten. In der Mehrzahl Männer, aber auch Kinder und eine Frau mit auffallend entschlossener Miene. Unverkennbar, dass sie dort unten lebten. In einer Ecke waren behelfsmäßige Lager eingerichtet, auf denen, achtlos hingeworfen, Kleider herumlagen. Auf ein paar Holzkisten sahen sie verrostete Waffen. Die Decke war erdrückend niedrig, die Luft abgestanden und modrig und das Licht, das einige notdürftige Fackeln abgaben, schummrig.

Als der Junge sich zu ihnen umdrehte, um etwas zu sagen, blieb sein Blick an Adrass hängen. Auch Adhara schaute ihren Begleiter an und bemerkte erst jetzt, dass er über und über mit Blut besudelt war. Der sterbende Mann in der Gasse war auf ihn gefallen und hatte ihn von Kopf bis Fuß beschmiert.

»Wo bist du verwundet?«, fragte der Junge, während er suchend Adrass Weste betastete.

»Gar nicht, das ist nicht mein Blut«, antwortete Adrass mit zitternder Stimme. Er war sichtlich erschüttert, mühte sich aber, Ruhe zu bewahren. »Habt ihr … hier einen Raum, in dem ich mich waschen könnte?«

Diese Frage löste allgemeine Heiterkeit aus.

»Aber, mein Freund, was glaubst du, wo du hier gelandet bist?«, rief einer der Männer. »Wir haben uns hier verkrochen, weil wir gesucht werden. Auf uns haben die sogenannten Weisen ein Kopfgeld ausgesetzt. Mit Luxus wie bei feinen Herrschaften können wir nicht dienen.«

Stumm, mit verwirrter Miene stand Adrass vor der Gruppe. Jemand warf ihm ein Gewand von undefinierbarer Farbe zu.

»Wenn du willst, kannst du das überziehen und deine Kleider wegwerfen.«

Adrass schaute sich suchend um, aber der Saal, in dem sie sich befanden, war offensichtlich der einzige Raum. Er begab sich in eine Ecke und zog sich hastig um.

Der Junge sah sich unterdessen Adharas Wunde an. »Das sieht mir nicht allzu schlimm aus«, erklärte er.

»Das mag sein«, antwortete sie, »aber es wäre besser, die Wunde zu säubern, bevor sie sich noch entzündet.«

»Warum nicht? Wir haben sogar einen Heilpriester unter uns.«

»Keiner rührt sie an!«, ertönte da eine Stimme.

Alle fuhren herum und starrten Adrass an.

»Für ihre Behandlung bin ich zuständig«, erklärte er, indem er, fast bedrohlich, auf die beiden zuschritt.

Der Junge hob beschwichtigend die Hände. »Wie Ihr meint.«

Adrass ergriff Adharas Arm und führte sie von der Gruppe fort, fast so, als wäre sie sein Eigentum.

Während sich Adrass um ihre Wunde kümmerte, konnte Adhara sich die Gesichter um sie herum genauer anschauen. Sie waren alle voller Flecke, ein sicherer Hinweis, dass sie sich mit der Seuche angesteckt, aber überlebt hatten. Der eine hatte erklärt, dass sie alle gesucht wurden, und es gehörte nicht viel Fantasie dazu, um zu begreifen, dass sich diese Leute gegen die neuen Gesetze auflehnten, die dieser Rat der Weisen der Stadt verordnet hatte. Es schien im heutigen Makrat besonders leicht zu sein, sich eines Verstoßes schuldig zu machen. Auf ihrem Weg durch die Stadt hatten sie an den Hauswänden unzählige öffentliche Bekanntmachungen gesehen, und bei allen hatte es sich um eine Vorschrift oder ein Verbot gehandelt.

Nachdem Adrass die Wunde versorgt hatte, lud die Gruppe sie ein, ein wenig schimmelig riechendes Fleisch und trockenes Brot mit ihnen zu teilen. »Die besseren Sachen behalten diese Weisen natürlich alle für sich selbst. Das hier haben wir von einem Karren mit Lebensmitteln geklaut, die auch für den Rat bestimmt waren. Ist aber schon eine Weile her«, erklärte die einzige Frau in dem Kreis, die wie ein Mann gekleidet war und einen Dolch am Gürtel trug. Auch sie war ganz auf Kampf eingestellt.

»Aber nun erzählt mal von euch. Was habt ihr so erlebt?«, fragte schließlich einer aus der Gruppe, während sich alle Blicke auf die beiden Gäste richteten. Die schauten sich ratlos an. Eine einleuchtende Geschichte für einen solchen Fall hatten sie nie abgesprochen. Doch irgendetwas erzählen mussten sie ihnen. Außerdem hatten diese Leute eine Erklärung verdient: Schließlich hatten sie ihnen das Leben gerettet.

»Wir kommen von außerhalb und suchen hier etwas Bestimmtes«, begann Adhara sehr unbestimmt.

Sie vermengte Erfindung und Wahrheit, erzählte, dass sie im Auftrag der Ordensgemeinschaft des Blitzes unterwegs seien und in Makrat Bücher besorgen sollten, die für die Bekämpfung der Seuche gebraucht würden.

»Gegen die Seuche ist kein Kraut gewachsen«, erwiderte ein Mann aus der Gruppe, ein kräftiger, bulliger Typ, und trat einige Schritte zu ihnen vor. Er schien der Anführer zu sein: Die anderen behandelten ihn mit einer gewissen Ehrfurcht, und der Junge hatte ihm, als sie gekommen waren, sogleich Bericht erstattet. »Ihr müsst doch auch gesehen haben, wie heruntergekommen Makrat heute ist. Daran ist nur die Seuche Schuld. Alles geht den Bach runter, und das schon seit Wochen.«

Adrass zuckte kaum merklich zusammen. Adhara konnte sich den Grund dafür denken, aber es gelang ihr nicht, in irgendeiner Weise mit ihm zu fühlen. Obwohl sie einige Tage zusammen gereist waren, war zwischen ihnen keinerlei engere Bindung entstanden: Er behandelte sie weiter wie das Ergebnis eines Experiments, und sie konnte nichts anderes als ihren Peiniger in ihm sehen.

»Ich war schon lange nicht mehr hier. Was ist denn genau geschehen?«, fragte er. Grabesstille machte sich im Saal breit. Offenbar waren sie alle beherrscht von einer unterdrückten Wut.

Wieder antwortete der Anführer für die anderen: »Verdammt sei Neor und sein ganzes Geschlecht. Der hat uns hier vermodern lassen. Kaum hat dieser Feigling erkannt, was auf uns zukommen würde, ist er mit seinem ganzen Hof nach Neu-Enawar geflohen. Stimmt schon, anfangs hat er noch versucht, die Ordnung in der Stadt aufrechtzuerhalten. Aber dann hat er uns einfach im Stich gelassen und schutzlos der Seuche ausgeliefert.«

»Neor ist doch tot«, warf Adhara mit leiser Stimme ein.

»Und gepriesen sei der Held, der ihn getötet hat«, antwortete der Anführer und spuckte voller Verachtung aus. »Learco ..., ja, das war noch ein König. Aber nach seiner Beerdigung wurde es von Tag zu Tag schlimmer. Das lag auch daran, dass die Königin den Hof verließ. Damit lösten sich die Ordnungstruppen in der Stadt praktisch auf, denn die meisten Soldaten zogen mit ihr an die Front, und geblieben sind nur einige wenige, die sehen mussten, wie sie in der Stadt, die immer mehr im Chaos versank, ihren Dienst noch ausüben sollten.«

Mit einem verständnisvollen Lächeln deutete der Junge auf den Anführer. »Ihr müsst wissen, Dowan hier war einer von ihnen! Als man von ihm verlangte, ebenfalls zur Front aufzubrechen, ist er desertiert.«

»Ja, mein Platz war hier. Ich war in die Armee eingetreten, um die Ordnung in Makrat aufrechtzuerhalten. Und das habe ich auch getan, solange ich konnte. Wegen nichts und wieder nichts, einem bloßen Niesen, wurden die Leute auf offener Straße vor aller Augen getötet. Jeder verdächtigte jeden, die Seuche zu verbreiten.«

Er hielt inne und starrte ins Leere.

»Eines Nachts barst das Stadttor mit einem lauten Krachen. Die Verzweifelten, die wir so lange draußen gehalten hatten, drängten herein und verbreiteten Angst und Schrecken. Wir hatten nicht mehr genug Männer, um sie aufzuhalten, und kurz darauf suchten sie die ganze Stadt heim.«

Die Mienen der Anwesenden waren finster geworden, und eine bedrückende Stille hatte sich im Raum breitgemacht.

»Es war wirklich ein Alptraum«, fuhr Dowan fort. »Sie plünderten die Schenken, brachen in Häuser ein und rissen alles an sich, was sie greifen konnten. Wie tollwütige Bestien traten sie auf und kannten keine Gnade, noch nicht einmal gegenüber Frauen und Kindern. Die Folge war, dass sich die Seuche unkontrolliert ausbreitete und wir alle krank wurden. Bis dahin war sie noch auf die Höflinge und die Dienerschaft im königlichen Palast beschränkt gewesen, aber nun griff sie auf alle Stadtteile über.«

»Er ist als Einziger von seiner Einheit mit dem Leben davon gekommen«, warf der Junge ein, der sich offenbar gern in den Vordergrund drängte und von unten zu seinem Anführer aufblickte, so als warte er auf ein Zeichen der Anerkennung von ihm.

Dowan schaute ihn wohlwollend an.

»Einige Kameraden und ich versuchten, den Tobenden Einhalt zu gebieten, aber es war unmöglich. Und als diese Leute dann auftauchten, war alles zu spät.«

»Wen meint Ihr damit?«, fragte Adhara nach.

»Nun, diese Typen, die im sogenannten Rat der Weisen sitzen. Ich habe nie so richtig verstanden, was das eigentlich für Männer sind. Vielleicht ehemalige Frontsoldaten oder auch schlicht Banditen, die sich eigenmächtig zur Regierung von Makrat ernannt haben. Ihre erste Maßnahme war dann, eine Schlägertruppe aufzubauen, die sie hochtrabend Hüter der Weisheit nennen. Das sind Leute, die genauso kriminell sind wie sie selbst und die den Auftrag haben, in der Stadt so richtig aufzuräumen.«

»Ein löbliches Vorhaben«, bemerkte Adrass leicht spöttisch. Dowan blickte ihn schief an. Seine schlimmen Erfahrungen waren noch zu lebendig, um solcherart Bemerkungen ertragen zu können.

»Und was geschah dann mit euch und eurer Einheit?«, fragte Adhara rasch nach, um die Anspannung etwas zu lösen.

»Die wurde zerschlagen. Einmal an der Macht, haben diese angeblich so ›Weisen‹ das Kriegsrecht ausgerufen und eine Flut von Verboten und Vorschriften erlassen, sich selbst aber alle Privilegien vorbehalten. Die allgemeine Angst tat ein Übriges, und die wenigen, die sich dagegen auflehnten, wurden gehängt. Wer sich, so wie wir, nicht angepasst hat und in den Untergrund gegangen ist, wurde für vogelfrei erklärt. Aber so leicht geben wir uns nicht geschlagen«, fügte Dowan hinzu, wobei er das Kreuz durchdrückte. »Wir sind schon Hunderte, die in den Bereichen unter der Stadt leben und von hier aus den Widerstand organisieren. Es sind alles kleine Einheiten wie die unsere. Wir stehlen Lebensmittel und geben sie an jene weiter, die sich nicht selbst versorgen können, und versuchen mit Anschlägen, die Massenhinrichtungen zu verhindern. Unser Ziel ist es, Makrat zurückzuerobern und die frühere Ordnung wiederherzustellen. Da der König uns offensichtlich vergessen hat, müssen wir eben selbst etwas unternehmen«, schloss er mit ernster Stimme.

Adhara hätte ihnen gern versichert, dass man sie keineswegs vergessen hatte, sondern dass es schlicht und einfach an Soldaten fehlte: Viele waren gestorben und noch viel mehr an der Front im Einsatz. Daher waren die Zurückgebliebenen zahlenmäßig zu schwach, um in dem allgemeinen Chaos für die Einhaltung einer gerechten Ordnung zu sorgen. Allerdings mochte sie den Leuten auch keinen Vorwurf daraus machen, dass sie das Vertrauen in die Regierung verloren hatten.

Ein grollgeladenes Schweigen machte sich wieder in dem Raum breit, und Adhara hatte das Gefühl, etwas dagegen tun zu müssen. »Wenn ich das nächste Mal in Neu-Enawar bin, werde ich den Hof über die Lage unterrichten«, erklärte sie völlig ernst. »Ich werde mich dafür einsetzen, dass man euch die notwendige Verstärkung schickt, damit ihr die früheren Verhältnisse wieder herstellen könnt.«

Dowan brach in schallendes Gelächter aus. »Ach tatsächlich? Wer bist du denn? Was willst du schon ausrichten? Außerdem erwarten wir gar nichts mehr von denen da oben. Das sind Feiglinge, die sich einfach aus dem Staub gemacht haben. Ach, die Mächtigen sind doch alle gleich: selbstherrlich und hasenfüßig.«

»Es ist nicht so, wie du denkst …«

»Doch, das ist es. Wir müssen mit dem zurechtkommen, was ist, und nicht mit dem, was vielleicht sein könnte. Wenn ihr wirklich an unsere Sache glaubt, dann schließt euch unserer Gruppe an. Frische Kräfte können wir immer gebrauchen.«

Dowan heftete den Blick auf Adharas Dolch, und ihr wurde ganz unbehaglich zumute. Da wusste sie, dass sie sich so schnell wie möglich wieder von der Gruppe verabschieden mussten. In der Verzweiflung wurden Männer zu Wölfen.

»Ihr könnt es euch ja überlegen. Schlaft euch erst einmal aus, und morgen sagt ihr uns dann, was ihr vorhabt.«

Sie machten ihnen ein Nachlager fertig. Da keine Schlafstellen mehr frei waren, zweigten sie ein wenig Stroh von jedem Lager ab und schoben es zu zwei dünnen Schichten zusammen. Darauf versuchten es sich Adrass und Adhara, so gut es ging, bequem zu machen. Nachdem man die Fackeln gelöscht hatte, war der ganze Raum in tiefstes Dunkel getaucht. Ein Mann übernahm die Wache vor dem einzigen Zugang zur Halle, und es wurde still.

Die Hand auf ihren Dolch gelegt, wartete die Feuerkämpferin und lauschte. Nach und nach wurden die Atemzüge um sie herum tiefer und länger, bis sie sich schließlich sicher war, dass alle schliefen. Diese vollkommene Dunkelheit machte ihr zu schaffen, und durch die abgestandene Luft kam ihr der Raum noch beengter vor, als er ohnehin schon war. Da hörte sie ein leises, rhythmisches Geräusch. Aber es kam nicht von Ratten oder anderen Tieren. Es war eine Stimme, die unverständliche Worte murmelte. Adrass, gleich neben ihr, war ins Gebet vertieft. Seine kurzen Atemzüge mischten sich in einen leiernden Singsang. Adhara spürte ganz deutlich, dass er entsetzliche Angst hatte. Und sie freute sich darüber. Das Schicksal hatte die Rollen umgekehrt und das Gleichgewicht zwischen verübtem Unrecht und erlittener Missetat wiederhergestellt. Doch auf der Stelle bereute sie diesen schäbigen Gedanken. Gewiss, Adrass war nicht ihr Freund, sondern ein Mann, den sie verachtete, aber eine Seele besaß er ebenso wie sie selbst, und diese Seele litt jetzt unter der Angst, so wie sie es nur allzu gut auch von sich selbst kannte.

Sie streckte ihr Bein aus und stieß mit dem Fuß Adrass an, der auf der Stelle sein Gebet unterbrach.

»Morgen früh machen wir uns so bald wie möglich davon«, flüsterte sie.

»Du bist verwundet. Ich habe dich nicht hierhergeführt, damit du an einer banalen Entzündung stirbst.«

»Das ist doch nur ein Kratzer«, erwiderte Adhara verärgert. »Und diese Leute können uns gefährlich werden. Mir ist aufgefallen, wie gierig ihr Anführer meinen Dolch betrachtet hat.«

»Vielleicht hast du Recht.«

»Dann sind wir uns also einig. Bei Tagesanbruch essen wir hier noch etwas, und dann verschwinden wir. Weißt du, wie wir von hier aus weiterkommen?«

»Ja.«

»Wunderbar«, schloss Adhara und drehte sich auf die andere Seite. Wieder wurde es still, aber nur für eine kurze Weile. Dann hob das leiernde Gemurmel wieder an. Adrass betete mit Hingabe, klammerte sich verzweifelt an die Hoffnung auf seinen Gott. Adhara fühlte sich gestört von dieser Stimme, erkannte aber auch, dass in ihrem Flehen etwas zutiefst Menschliches lag, etwas auf entsetzliche Weise Begreifliches. Etwas, das sie und ihren Peiniger miteinander verband.

»Tagsüber halten wir uns versteckt, es sei denn, es gibt etwas Dringendes zu erledigen. Jemand könnte uns erkennen, und schließlich ist ein Kopfgeld auf uns ausgesetzt. Das heißt, auf das Risiko, euch wieder hinauszubegleiten, können wir uns nicht einlassen.«

»Ist auch nicht nötig, wir finden den Weg schon allein«, erwiderte Adrass.

Dowan blickte beide zweifelnd an.

»Was ihr tut, grenzt an Verrat«, meinte er schließlich. »Diese Stadt liegt in den letzten Zügen und ist auf alle verfügbaren Kräfte angewiesen, um vielleicht doch noch zu überleben. Ihr aber macht euch einfach davon, weil ihr nach irgendwelchen Büchern suchen wollt, um ein Heilmittel zu entwickeln, das es wahrscheinlich gar nicht geben kann.«

»Aber wir müssen es versuchen. Ohne eine wirksame

Arznei wird es schon bald in der ganzen Aufgetauchten Welt wie in Makrat aussehen«, gab Adhara zu bedenken.

Dowan zuckte mit den Achseln. »Die Seuche wird auch wieder verschwinden so wie andere Krankheiten in den vergangenen Jahrhunderten auch. Aber diese Weisen werden bleiben, wenn wir sie nicht bekämpfen und davonjagen.« Er schwieg einen Moment und fuhr dann fort. »Wir haben euch gerettet, weil ihr in Not wart. Und das war richtig. Aber etwas mehr Dankbarkeit hätten wir schon von euch erwartet.«

Adhara versuchte, sich entschlossen zu geben. »Ein jeder hat seine eigene Aufgabe zu erfüllen. Wir haben eben andere Ziele als ihr«, erklärte sie fast herausfordernd.

Wieder entstand ein Schweigen, und Adhara fürchtete bereits, dass Dowan sie aufhalten würde. Doch dann trat er zur Seite und deutete auf den Ausgang. »Verschwindet und lasst euch hier nie wieder blicken.«

Ohne ein Wort miteinander zu wechseln, krochen sie wieder zurück durch den Gang, der sich durch das Erdreich wand. Dabei stellte Adhara mit Zufriedenheit fest, dass ihre Wunde schon zu verheilen begann.

Als sie endlich draußen waren, erhellte ein gräulicher Morgen eine verlassen daliegende Stadt. Bei Tage wirkte Makrat noch gespenstischer als bei Nacht. Überall sahen sie Aushänge, aber keine Menschenseele war unterwegs. Viele Türen und Fenster waren mit Brettern vernagelt, andere, von verlassenen Wohnungen, standen sperrangelweit offen und starrten wie leere Augenhöhlen auf die Gasse.

Adhara fiel auf, dass Adrass merkwürdig bleich aussah, und ein Verdacht schoss ihr durch den Kopf. »Geht's dir nicht gut?«

»Doch, doch … Mir ist nur nicht ganz wohl in diesen verlassenen Gassen«, antwortete er, während er seine Schritte beschleunigte.

Sie bogen um eine Ecke und standen auf einem kleinen, kreisrunden Platz, der einmal wunderschön gewesen sein musste. In der Mitte erhob sich ein Brunnen, und darum herum reihten sich prächtige Häuser aneinander, die aber alle fest verschlossen waren. Der Efeu, der sich die Mauern emporrankte, wirkte verdorrt, und in einer Ecke waren Abfälle zu einem fauligen Haufen aufgeschichtet. Der Gestank war nicht auszuhalten.

Sicheren Schritts trat Adrass auf den Brunnen zu.

»Der wird nicht mehr benutzt«, erklärte er. »Einer unserer Mitbrüder ist zufällig mal hineingefallen und hat so den Eingang entdeckt.«

Er schwang sich über die Brüstung, ergriff das Seil, das über die Laufrolle gespannt war, und ließ sich hinunter.

Der Schacht war eng, und er passte kaum hindurch. »Wenn ich unten bin, gebe ich dir Bescheid, und du folgst mir«, rief er schnaufend zu ihr hinauf.

Adhara beugte sich über das Mäuerchen: Tiefer unten wurden die Backsteinwände von einer undurchdringlichen Finsternis verschluckt.

Das Surren der Laufrolle schien nicht enden zu wollen. Wäre jetzt jemand vorbeigekommen, wäre sie in große Verlegenheit geraten. Denn was hätte sie sich einfallen lassen sollen, um diesen Einstieg zu rechtfertigen?

Endlich rumste es laut. Adrass war unten angekommen. Nun war sie an der Reihe.

Während ihre Hände von der Reibung bald heftig brannten, ließ sie sich an dem Seil hinunter und gelangte auf den Grund einer engen Höhle, die kaum Platz für zwei Personen bot. Dort kniete Adrass auf dem Fels, in einer Hand ein magisches Feuer, mit dessen funzligem Licht er den Boden absuchte. Adhara rätselte, was er dort zu finden hoffte, denn an dem Felsboden war nichts Auffälliges zu erkennen. Adrass allerdings schien anderer Meinung zu sein, denn er hielt inne.

»Tritt mal zur Seite«, sagte er, während er in seinem Quersack zu kramen begann, aus dem er schließlich einen winzigen Schlüssel hervorholte, der verrostet und verbogen aussah.

Tatsächlich befand sich im Boden eine kleine, kaum bemerkbare, unregelmäßig gezackte Öffnung. Adrass steckte den Schlüssel hinein.

»Jeder Mitbruder besaß eine Nachfertigung des Schlüssels«, erklärte er mit einem Anflug von Wehmut in der Stimme.

Er drehte ihn um, und schon begann sich ein Teil des Fußbodens zu bewegen, ein rundes Segment, das kreiste und sich dabei absenkte. Darunter war nichts als Finsternis.

Adrass richtete sich auf und betrachtete die Öffnung. »Das ist der Eingang zur verschollenen Bibliothek«, verkündete er stolz. Er blickte Adhara an. »Ich gehe vor, und du folgst mir.«

18

Ein Dilemma

Das flackernde Kerzenlicht warf gespenstische Schatten auf die erschöpften Gesichter der Ratsmitglieder. Unter ihnen Generäle und Offiziere, die gerade von der Front eingetroffen waren, Priester aus der Ordensgemeinschaft des Blitzes, die Hohepriesterin Theana sowie Kalth, mit wie immer ernster, angespannter Miene.

Seit Dubhe den Oberbefehl über das Heer übernommen hatte, sah die Lage schon etwas besser aus. Ihre Truppen verloren nicht mehr an Boden, konnten allerdings auch noch keine Geländegewinne verzeichnen. Die wenigen ihnen verbliebenen Vorposten konnten gehalten werden, ohne allerdings dem Feind ernstlich wehzutun oder auch nur einen Schritt vorzurücken.

Die dringendsten militärischen Maßnahmen waren besprochen, als sich Kalth Theana zuwandte und sie unvermittelt fragte: »Gibt es eigentlich etwas Neues bezüglich des Heilmittels?«

Verlegen rutschte die Magierin auf ihrem Stuhl hin und her. Sie hatte gewusst, dass diese Frage kommen würde, und fühlte sich doch schlecht vorbereitet. Alle Blicke waren auf sie gerichtet, und es machte sich gespannte Stille im Saal breit.

»Wir arbeiten noch daran«, antwortete sie. Theana erläuterte der Runde, was sie herausgefunden hatten, und zwar, dass die Seuche auf ein äußerst mächtiges Siegel zurückging und dass sich die Krankheit durch die Vermehrung infizierter Sporen ausbreitete, die mit magischen Mitteln geschaffen worden waren.

»Du sagst, Siegel können nur von jenem Magier gebrochen werden, der sie hervorgerufen hat. Aber was, wenn der betreffende Magier tot ist? Heißt das, dass eine grundsätzliche Lösung des Problems nicht mehr möglich ist?«

Die Hohepriesterin wankte innerlich. Kalth hatte die Frage gestellt. Sie hätte nicht gedacht, dass der Junge bereits so viel wusste und so klar zu folgern verstand.

»Theoretisch ja, doch in der Vergangenheit finden sich auch Beispiele für Siegel, die von Dritten gebrochen wurden. Aster etwa zählte zu den Magiern, die dazu fähig waren. Aber auch wenn das Siegel mächtig ist und nicht so leicht gebrochen werden kann, bedeutet das nicht, dass wir keine Behandlung entwickeln könnten, die der Seuche Einhalt gebietet und ihre Symptome lindert.«

Auf den Gesichtern der Anwesenden zeichnete sich Erleichterung ab.

»Dann forscht ihr also auch verstärkt in diese Richtung, oder irre ich mich?«

Theana zögerte einen Moment. Mit seinen Fragen trieb Kalth sie gehörig in die Enge. Was sollte sie antworten? Schließlich hatte sie von Milo noch keinerlei

Bericht bezüglich des angeblichen Wundermittels erhalten, das der Gnom ihr gebracht hatte. Sie durfte sich jetzt nicht angreifbar machen und musste auf Zeit spielen.

»Wir orientieren uns in verschiedene Richtungen. Eine ganze Reihe meiner Mitbrüder arbeitet fieberhaft Tag und Nacht an einer Möglichkeit, die weitere Ausbreitung der Seuche zu verhindern. Andere haben Arzneien entwickelt, die wir gerade in einigen unter Quarantäne stehenden Gebieten erproben.«

»Liegen bereits Ergebnisse vor?«

Die Magierin schluckte. »Es sind alles kleine Schritte. Der große Durchbruch ist uns leider noch nicht gelungen.«

»Dann könnt Ihr uns folglich noch nicht genauer sagen, wann und ob überhaupt mit einer erfolgreichen Behandlung zu rechnen ist?«

Kalth blickte sie mit geradezu strenger Miene an, und Theana hätte schwören können, dass auch die anderen Teilnehmer im Stillen ihre Künste als Hohepriesterin und Magierin in Zweifel zogen.

»Nein, ich kann da wirklich keine Vorhersage machen«, erklärte sie entmutigt.

Ein missbilligendes Gemurmel erhob sich im Saal. Die Enttäuschung, die die Versammelten ergriff, war für Theana greifbar.

Mit einer Handbewegung brachte Kalth alle zum Schweigen und löste dann die Versammlung auf. Missmutig erhoben sich die Teilnehmer von ihren Sitzen, und Theana schlug die Augen nieder.

Kalth blickte sie weiter aufmerksam an, und dabei

wurde ihr klar, dass nun der Augenblick gekommen war, ihn in alles einzuweihen. »Es gibt da etwas, worüber ich mit Euch sprechen muss«, sagte sie, als alle den Saal verlassen hatten.

Der junge Herrscher schien nicht überrascht. »So sprecht.«

Theana holte tief Luft und erzählte ihm alles von Uro, dem Gnomen.

Die Kranken, denen man das Mittel verabreicht hatte, hatten sich erholt, manche waren sogar ganz gesundet. Wie sie herausgefunden hatten, musste der Trank zu einem möglichst frühen Zeitpunkt gegeben werden, dann waren die Ergebnisse beachtlich. Aber sie selbst war noch nicht ganz von der heilsamen Wirkung dieser Behandlung überzeugt. Sie hatte Uro dazu verpflichtet, die Nachricht noch für sich zu behalten und das Mittel nicht ohne ihre Einwilligung in seiner Umgebung zu verabreichen. Als Gegenleistung hatte sie versprochen, ihm später seinen Wunsch zu erfüllen, das hieß, ihm den ganzen Ruhm zukommen zu lassen. Eben dies war es aber auch, was ihr Misstrauen begründete. Dieses gierige Verlangen, dass die Nachwelt seiner als großen Retter gedenken möge, war ihr nicht geheuer. Und deshalb hatte sie beschlossen, die Entdeckung für sich zu behalten, solange Milos Bericht noch auf sich warten ließ. Sie konnte erst dann vor dem Rat erklären, über ein wirksames Heilmittel zu verfügen, wenn sie wusste, was dieser schmierige Gnom eigentlich im Sinn hatte.

»Ihr habt richtig gehandelt«, erwiderte Kalth mit einem Lächeln.

Theana fühlte sich erleichtert. »Innerhalb der nächsten Tage wird die Zusammensetzung geklärt sein, und dann können wir eine Entscheidung fällen.«

»Was befürchtet Ihr eigentlich genau?«

Die Magierin schüttelte den Kopf. »Es ist bloß so ein Gefühl, aber ich fürchte tatsächlich, dass sich hinter der Geschichte von dem Heilmittel etwas verbirgt, was uns nicht gefallen kann. Als ich Uro nach den Bestandteilen des Heiltranks fragte, hat er mir zu vage geantwortet. Ich will Klarheit, bevor ich in Triumphgeschrei ausbreche.«

Kalth nickte entschlossen. »Das hört sich vernünftig an. Aber denkt daran, dass es unser Hauptziel bleibt, weitere Ansteckungen zu verhindern. Wenn dieses Mittel uns da dienlich sein kann, kommt das dem ganzen Königreich zugute, und dann müssen wir es auch einsetzen. Mit Euch kann ich offen reden, denn Ihr zählt zu den wenigen, die mir meine Aufgabe zugetraut haben. In unserer jetzigen Lage bleibt uns sonst kaum Hoffnung. Die Krankheit breitet sich mit rasanter Geschwindigkeit aus, an allen Ecken und Enden fehlt es uns an Soldaten, und die Elfen scheinen kaum aufzuhalten zu sein. Es ist dringend geboten, eine zahlenmäßige Überlegenheit herzustellen.«

Theana bewunderte den Jungen. Obwohl er so vernünftig, abgeklärt und kühl handelte, musste er auch die Last dieser ungeheuren Verantwortung spüren, die auf seinen Schultern lag. Aber er ließ sich nicht davon beeindrucken, traf wie ein großer Herrscher seine Entscheidungen und rieb sich auf für sein Land. Eigentlich hätte sie es sein müssen, die ihn in diesem Kampf unterstützte, und nicht umgekehrt.

Dieser Gedanke rührte sie derart, dass sie ohne lange

nachzudenken auf Kalth zutrat und ihn umarmte. Im ersten Augenblick reagierte er nicht, doch dann löste sich etwas in ihm, und er schlang die Arme um ihre Hüfte und umarmte sie wie ein Sohn seine Mutter. So standen sie einen Augenblick da und trösteten sich gegenseitig in diesem Sturm, der sie beide hinwegzufegen drohte. Dann trennten sie sich, und Kalth dankte ihr mit einem einfachen Lächeln, bevor er den Saal verließ.

Die Antwort erhielt Theana zwei Tage später.

Sie schrak auf, als es an der Tür klopfte. »Herein«, rief sie mit trockener Kehle.

Über die Schwelle trat Milo, ein junger Mann von spindeldürrer Gestalt, der sich ehrfürchtig verneigte. Theana musterte seinen Gesichtsausdruck, konnte aber nicht erkennen, ob er gute oder schlechte Neuigkeiten brachte.

»Nun?«

Milo nickte nur, und damit stand fest, dass sein Bericht sie nicht erfreuen würde.

»Ich habe das Mittel untersucht, das Ihr mir gabt. Es enthält viele Zutaten, die mir völlig überflüssig erscheinen: Pflanzenextrakte von schwacher Heilkraft, Wasser und Alkohol.«

»Uro erzählte etwas von Rotem Fingerhut.«

»Ja, auch davon sind Spuren enthalten, aber in zu geringer Menge, um etwas ausrichten zu können.«

Die Magierin richtete sich auf ihrem Stuhl auf. »Wie passt das zusammen? Wenn es keine echten Arzneistoffe enthält, wieso wirkt es dann?«

Milo räusperte sich, und seine Miene wurde noch

ernster. Jetzt ist es so weit, dachte Theana, und ihr Herz begann schneller zu schlagen.

»Weil es Nymphenblut enthält.«

Die Hohepriesterin erstarrte. Also doch! Und ihr war, als rückten alle Steinchen des Mosaiks an ihren Platz. Weil die Nymphen immun gegen die Krankheit waren, hatte man schon viele von ihnen umgebracht. Denn hartnäckig hielt sich das Gerücht, sie seien es, die die Seuche verbreiteten. Dann hatte Uro sie also belogen. Nicht Ambrosia oder irgendeiner unbekannten seltenen Pflanze war die Heilung zu verdanken. Sondern Blut. Wieso war sie da nicht längst selbst drauf gekommen? Es war so einfach und lag doch auf der Hand. Entsetzt schüttelte sie sich. Bei ihrer letzten Begegnung hatte ihr der Gnom berichtet, er habe in der Zwischenzeit weiter fleißig Arznei produziert, und das Bild von Unmengen in seiner Behausung aufgereihter Fläschchen ließ sie angewidert erschaudern. Dieser Wahnsinnige hatte sich, um berühmt zu werden, an Unschuldigen vergangen. Und was noch schlimmer war, sie selbst hatte ihn dabei unterstützt. Ihr schwindelte, und sie musste die Augen schließen und sich einen Moment mit beiden Händen an den Armlehnen festhalten.

»Das darf nicht wahr sein«, murmelte sie.

»Aber es funktioniert tatsächlich«, bemerkte Milo mit einem merkwürdigen Unterton in der Stimme.

Theana riss die Augen auf. »Ob es funktioniert, ist ganz ohne Bedeutung. Sollen wir etwa Leben opfern, um andere Menschen zu retten?«, schrie sie jetzt.

»Das Blut einer einzigen Nymphe reicht aus, um Dutzende zu heilen. Es ginge doch nur darum, wenige

Leben zu opfern, um die gesamte Aufgetauchte Welt zu retten!« Aus flammenden Augen starrte Milo sie an. »Was haben wir denn mit unseren eigenen Forschungen erreicht? Die Gefährten, die einst mit mir die Arbeit aufnahmen, sind alle tot, und mein eigener Körper wird für immer von den Spuren der Krankheit gezeichnet sein. Das Sterben geht weiter, unsere Städte versinken im Chaos, und als wenn das noch nicht genug wäre, erobern die Elfen Stück für Stück unser Land. In solchen Zeiten darf man sich den Luxus, auf die Moral zu schauen, nicht erlauben.«

Es war noch nicht lange her, da hätte es keiner ihrer Mitbrüder gewagt, ihr so zu widersprechen und einen solchen Standpunkt zu vertreten. Ihr Wort war Gesetz für die Gemeinde, in der sie fast als Heilige galt.

»Überlegt doch, wie viele sterben müssen, wenn Ihr darauf besteht, Uro zu bestrafen und seine Behandlungsmethode zu ächten. Und was, wenn es gar keine Alternative dazu gibt? Wenn dies der einzige Weg ist, um die Vernichtung aller Völker und Rassen, die die Aufgetauchte Welt besiedeln, zu verhindern?«

Schwer wie Felsbrocken schlugen diese Worte ein, und Theana fühlte sich wie zermalmt unter ihnen.

»Bittest du mich tatsächlich, mit Vorbedacht eine Unzahl unschuldiger Geschöpfe zu töten …?«, zischte sie.

»Was ist schon dabei? Bedeutet diese Epidemie denn kein Massaker? Dass Tausende Unschuldiger an der Seuche sterben, nehmt Ihr hin. Aber wenn es darum geht, sich der Nymphen zu bedienen, um ein höheres Ziel zu erreichen, meldet sich Euer Gewissen.«

Theana spürte, wie sich zu ihren Füßen ein Abgrund

auftat, wie Milos Worte sie in Versuchung führten. Denn eine abartige Logik wohnte ihnen inne, eine Logik, die sich mit den klaren Gedankengängen verband, die Kalth ihr gegenüber geäußert hatte. Sie müssten ein wirksames Gegenmittel finden, koste es, was es wolle, hatte er gesagt. Doch der Gedanke, Blut mit neuem Blut hinwegzuwaschen, entsetzte sie. Sie durfte nicht nachgeben. Sie durfte es einfach nicht.

»Schweig«, schrie sie und sprang auf. »Was du da forderst, ist ein Irrweg! Ich werde alles Material beschlagnahmen lassen, das Uro in seiner Behausung gehortet hat. Und ihn lasse ich festnehmen. Wir werden ein anderes Mittel finden. Ich persönlich werde dafür sorgen!«

Milo schaute sie von der Seite her an. Etwas Unheimliches lag in seinem Blick, als er sagte. »Ihr solltet Euch diese Gelegenheit nicht entgehen lassen, Herrin.«

»Ich habe meine Entscheidung getroffen. Und nun geh und tu, was ich dir aufgetragen habe«, wies sie ihn an in einem Ton, der keinen Widerspruch duldete.

Und in der Tat fügte Milo nichts mehr hinzu, verneigte sich nur und wandte sich zur Tür. Doch Theana hielt ihn noch einmal zurück.

»Glaub mir, ich habe schon ein Lösung im Sinn«, sagte sie zähneknirschend.

Milo drehte sich noch nicht einmal zu ihr um, verharrte nur einen Moment und verließ dann den Raum.

Theana konnte sich kaum beruhigen. Sie zitterte vor Empörung; was sich da gerade zugetragen hatte, war zu bedeutsam. Jetzt konnte sie nicht mehr vor der Entscheidung davonlaufen. Es war Zeit, die Zügel wieder fest in die Hand zu nehmen.

Dritter Teil

ADHARAS ENTSCHEIDUNG

19

Die verschollene Bibliothek

Wie in eine andere, antike Welt tauchte Adrass in eine modrige Finsternis ein. Die Luft war kalt, und um sich zu orientieren, entzündete er ein magisches Feuer. Nun konnte Adhara, die ihm gefolgt war, drei Stufen erkennen, die die obersten einer Wendeltreppe zu sein schienen. Ohne zu zögern, machte sich Adrass an den Abstieg, wobei sich schnell herausstellte, dass seine Flamme nicht ausreichte. Sie brauchten mehr Licht, und dafür sorgte Adhara. Sie murmelte einige Worte, woraufhin eine kleine, helle Kugel zwischen ihren Fingern Gestalt annahm. Verstört blickte sie darauf und wunderte sich, wie selbstverständlich ihr solche Zauber gelangen, die ihrem Gedächtnis eingegeben worden waren und die sie nie geübt hatte. Zu ihren Füßen wand sich die Treppe in einer engen Spirale in die Tiefe. Wie tief genau, hätte sie nicht sagen können. Es dauerte eine ganze Weile, bis auch die untersten Stufen erhellt waren. Unten angekommen, wartete Adrass auf sie, blass wie nie zuvor, während ihm kleine Schweißperlen auf der Stirn standen.

»Alles in Ordnung?«

»Was fragst du mich das? Du bist es doch, die dem Tod entgegengeht«, antwortete er barsch.

Es war die Angst, die ihm zusetzte. Adhara spürte es genau.

Sie standen in einem großen Raum, der völlig verfallen wirkte und vielleicht ganz eingestürzt wäre, hätten nicht Holzgerüste hier und dort das Gewölbe abgestützt. Von dem Fußboden aus buntem Marmor, der wohl schon seit langer Zeit zersplittert war, erhoben sich Bündel aus schlanken Säulen. Einige waren in der Mitte abgebrochen, andere ragten bis zur Decke auf. Alle waren eingeschwärzt, so als habe ein verheerendes Feuer die einstige Schönheit des Saales hinweggefegt. Hier und dort ragten die Reste von Stühlen und mächtigen Tischen aus den Trümmern hervor.

»In diesem Saal war die Präsenzbibliothek untergebracht«, erklärte Adrass, während er mit seiner magischen Fackel umherleuchtete. In dem immensen Raum, der sich vor ihnen öffnete, wirkten die Säulen wie Stämme eines mächtigen, zeitlosen Waldes.

»Wie groß ist der Saal?«, staunte Adhara.

Adrass zuckte mit den Achseln. »Das lässt sich unmöglich sagen. Bis zu den Wänden sind wir nie gelangt.«

Er ging weiter. Am Boden erkannte man kunstvoll gearbeitete Mosaike aus Marmor und schwarzem Kristall. Drachen, vielleicht auch Götter stellten sie dar. Adhara kniete nieder und fegte mit der Hand eine Stelle von Asche und Staub frei, die sich dort über unzählige Jahre abgelagert hatten, und darunter tauchte das Gesicht einer alten Frau auf, die sie mit rätselhafter Miene anblickte. Auf der Stirn trug sie eine Art Edelstein, der in verschiedenen Grautönen glitzerte.

»Komm jetzt, wir müssen weiter«, forderte Adrass das Mädchen auf.

Dabei war es nicht so leicht, vorwärtszukommen. Der Fußboden war übersät mit Schutt und versengten Pergamentseiten, so dass sie immer wieder stolperten.

»Berge solcher Pergamentreste haben wir gefunden«, erklärte Adrass, der ihre Gedanken erriet. »Zum ersten Mal kamen wir Erweckten hierher, weil wir einen sicheren Zufluchtsort suchten, an dem wir uns niederlassen konnten. Der trockene Brunnen schien uns ein idealer Eingang für einen größeren Versammlungssaal zu sein. Und so machten wir uns an die Arbeit und begannen zu graben. Nach wenigen Ellen stießen wir auf einen Hohlraum und fanden dann all das, was du hier siehst.« Mit einer Armbewegung deutete er in den grenzenlosen Saal. »Wir gruben also weiter und stellten nach und nach fest, dass es sich um eine Bibliothek handelte, die größte, die es in der Aufgetauchten Welt je gegeben hat. Schließlich legten wir auch noch einige darunter liegende Räume frei und stützten, wo es nötig war, die Decke mit den Holzgerüsten ab, die du vorhin gesehen hast.«

Adhara blickte sich noch einmal bewundernd um. »Und was war das für ein Feuer?«, fragte sie. »Wodurch wurde das alles so zerstört?«

»Das wissen wir auch nicht so genau. Wir haben keine Dokumente gefunden, die über die Geschehnisse damals Auskunft geben können. Aber wahrscheinlich haben die Elfen zu jener Zeit, als sie von den anderen Rassen aus der Aufgetauchten Welt verdrängt wurden, den Entschluss gefasst, diesen Ort zu zerstören, und damit auch das ungeheure Wissen, das er beherbergte. Übrigens hat sich dieses Volk ja ohnehin bemüht, bevor es verschwand, alle Spuren seiner Vergangenheit auszulöschen.«

Adhara durchlief ein Schauer. Welch ein unbändiger Hass musste die Elfen erfüllt haben, dass sie bereit waren, ihre eigene Kultur zu zerstören.

Sie gingen weiter unter der bedrückend niedrigen Decke und verloren sich zwischen Säulen und Schutthaufen, die kein Ende nehmen wollten. Es sah alles gleich aus. Selbst Adrass schien nicht mehr sicher, ob sie auf dem richtigen Weg waren.

»Was willst du eigentlich finden, wenn das überall so ausschaut?«, fragte Adhara irgendwann.

»Das tut es aber nicht. Es ist nicht alles verbrannt«, antwortete Adrass gereizt.

Sie hörte, wie schwer er atmete, und begann sich allmählich um seine Gesundheit zu sorgen. Dieses Keuchen war einfach nicht normal.

Nachdem sie mindestens eine Stunde umhergewandert waren, blieb Adrass stehen und blickte sich suchend um. »Ich weiß doch, dass es hier irgendwo war«, murmelte er. Noch blasser und fiebriger sah er jetzt aus.

»Was denn?«, fragte sie, während sie ihn besorgt musterte.

»Der Zugang zu den unteren Stockwerken …«

»Und woran soll man den erkennen?«

»Es ist eine Art großes Ornament, so goldfarben, mit einem Loch in der Mitte ... Früher haben wir Erweckten es immer sauber gehalten, aber jetzt ... ich weiß nicht, vielleicht liegt es unter einer dicken Staubschicht, so wie alles andere.« Adrass kramte in seinem Quersack und holte eine gefaltete Pergamentseite hervor, die er auf dem Boden ausbreitete. Es handelte sich um eine recht grob mit Rötelstift gezeichnete Karte des Ortes. In einer Ecke erkannte Adhara eine Art große Sonne.

»Hier, das ist es«, sagte er mit zitternder Stimme und zeigte auf eine Stelle.

Adhara konnte auf der Karte aber nichts von dem Saal, in dem sie sich befanden, wiedererkennen. Da die Decke nur wenige Ellen hoch war, so dass man sie mit der ausgestreckten Hand berühren konnte, war es unmöglich, sich einen Überblick zu verschaffen. Zudem war es stockdunkel außerhalb des Lichtkegels, und sosehr sie sich auch anstrengte, war doch immer nur ein winziger Abschnitt des ganzen Raumes zu erkennen. Daher konnte sie die Anordnung der Säulen nicht genau erkennen, zumal auch noch die Holzstützen sie zusätzlich verwirrten.

»Ich finde mich hier nicht zurecht«, erklärte sie entmutigt.

Doch er gab sich nicht geschlagen. »Du bleibst hier«, forderte er sie auf und wollte allein weitersuchen.

Adhara hielt ihn am Arm fest. »Wenn du mich hier zurücklässt, wirst du mich nicht mehr wiederfinden.« Davor hatte sie tatsächlich Angst, denn obwohl es hier keine Wände gab und alles offen war, kam ihr der Ort mit seinem Wald aus Säulen und Pfählen tückischer als ein Labyrinth vor. »Versuchen wir lieber, uns irgendwie zu orientieren. Aber gemeinsam«, schlug sie vor.

Lange hockten sie über der Karte, ohne allerdings irgendeine Lösung zu finden. Es wollte ihnen einfach nicht gelingen, irgendwelche Anhaltspunkte auszumachen, so dass sie fast schon zu der Überzeugung gelangten, dass ein ganz anderer Ort auf der Karte festgehalten war.

»Bist du sicher, dass du überhaupt die richtige Karte dabei hast?«, fragte sie spitz.

Mit dem Handrücken wischte sich Adrass den Schweiß von der Stirn. »Ich weiß es auch nicht ... Irgendwas stimmt da nicht. Dabei habe ich die Karte selbst angefertigt, als ich das erste Mal hier war. Aber danach hatte ich leider keine Gelegenheit mehr, wiederzukommen«, murmelte er.

Das wurde ja immer besser! Adrass hatte schlicht keine Ahnung, wo sie sich befanden, war selbst praktisch noch nie hier gewesen. Niedergeschlagen setzte Adhara sich auf den Boden in den Staub, nahm ihren Quersack zur Hand und begann, darin herumzusuchen. Sie war so umsichtig gewesen, noch etwas Proviant einzupacken, bevor sie Dowans Versteck verlassen hatten. Während alle schliefen, hatte sie die Truhen durchsucht und genügend Verpflegung für einige Tagesmärsche stibitzt. Mit dem, was Adrass bei sich hatte, würde es sogar für eine ganze Woche reichen. Sie warf dem Gefährten ein Stück trockenes Brot zu.

»Wir müssen uns damit begnügen«, sagte sie.

»Nein, wir müssen den Eingang finden, sonst sind wir verloren«, erwiderte er und sah zu, wie sie in ihr Brot biss.

»Iss! Mit leerem Magen läuft alles nur noch schlechter.«

Schweigend, in angespannter Atmosphäre stärkten sie sich. Diese gemeinsame Reise wurde immer unerträglicher. Wenn sie doch nur selbst ein Mittel, einen Weg gewusst hätte, sich zu retten, dachte Adhara.

Sie stand auf und ging nervös im Saal auf und ab, darauf bedacht, sich nicht von Adrass zu entfernen. Und dabei fiel ihr etwas auf. Während sie mit dem Fuß gedankenverloren ein wenig Schutt zur Seite schob, kam etwas zum Vorschein, das ihr vertraut vorkam.

Es war ein Gesicht mit strenger, finsterer Miene. Adhara fuhr auf. »Adrass, komm mal her!«

Schwerfällig erhob dieser sich und bewegte sich mit mühsamen Schritten auf sie zu. Schon das strengte ihn derart an, dass er keuchte, obwohl er sich gerade ausgeruht hatte.

»Was gibt's denn?«

Adhara deutete auf die Darstellung auf dem Fußboden. Zunächst schaute er sie gleichgültig an, doch dann durchzuckte es ihn.

»Das ist Thenaar …«, murmelte er.

Adhara legte den Rest des Bildes frei. Das war er tatsächlich. Aber es kam noch besser. Im Hintergrund war eine Art Landkarte zu sehen. Die beiden beugten sich tief über die Darstellung und fuhren mit den Fingerspitzen darüber.

»Das sieht wie das Land des Feuers aus«, rief Adrass erregt. »Thenaar war ja schon für die Elfen ein Gott; Shevrar nannten sie ihn, den Gott des Feuers und der Flammen. Praktisch hatte jedes einzelne Land seine eigene Schutzgottheit. Aber das müsstest du eigentlich wissen, das gehört zum Wissen, das ich deinem Geist eingegeben habe.«

Das stimmte. Je mehr Adrass davon erzählte, desto deutlicher tauchten diese Kenntnisse aus ihrem Gedächtnis auf.

»Ja, ich meine auch Thooli gesehen zu haben«, bestätigte sie. Thooli, die Göttin der Zeit, die Schutzgöttin des Landes der Tage. »Ganz zu Anfang, als wir hereinkamen«, fügte sie hinzu.

»Das ist eine Karte … Der ganze Fußboden ist eine Karte der Aufgetauchten Welt …«, ergänzte Adrass aufgeregt.

»Wenn das so ist, könnte dieses goldene Ornament, von dem du sprachst, eine Darstellung Glais sein, des Sonnengottes, oder irgendetwas, das ihn symbolisiert. Das heißt, wir brauchen nur der Karte auf dem Fußboden bis zum Land der Sonne zu folgen und gelangen auf diese Weise zum Eingang zu den tieferen Etagen dieser Bibliothek«, bemerkte Adhara. In ihrem Geist nahm die geografische Aufteilung der Aufgetauchten Welt Gestalt an. Das Land des Feuers war mit am weitesten vom Land der Sonne entfernt.

Beide machten sich hektisch daran, den Fußboden freizuräumen, und stellten bald fest, dass die Karte, die ihn zierte, riesengroß war.

Das alles erwies sich als komplizierter als angenommen. Wie Adrass schon erwähnt hatte, hatten die Erweckten nicht den gesamten Saal erkunden können. Die Hälfte des Landes der Felsen etwa lag noch unter Schutt, und sie mussten sich mächtig abrackern, um ein erstes undeutliches Fragment des Landes des Windes zu finden. Das Land des Wassers hingegen fehlte ganz. Und es dauerte fast eine Stunde, bis sie zumindest die Grenze des Landes des Meeres zum Vorschein gebracht hatten. Aber dann, endlich, gelangten sie ans Ziel.

»Hier ist es«, rief Adhara und richtete sich auf.

»Ja, jetzt müssen wir nur noch die Sonne finden«, bestätigte Adrass. Er versuchte, die Leuchtkraft seiner magischen Kugel zu erhöhen, doch es gelang nicht. Adhara kam ihm zu Hilfe, und bald wurde sie auf etwas aufmerksam, das in geringer Entfernung geheimnisvoll glitzerte. Es war groß, perfekt rund und zum Teil von einer dicken Ascheschicht bedeckt: die erhoffte Sonne, mit einem Gesicht mit rätselhaften Zügen, kunstvoll aus einem einzigen goldenen Metallblock herausgearbeitet. Trotz all des Staubs und Drecks funkelte sie mit beeindruckender Kraft. Der Durchmesser mochte mehr als zehn Ellen betragen. Offenbar hatten die Elfen eine große Fertigkeit in der Goldschmiedekunst besessen, sonst hätten sie ein solch herrliches Werk niemals schaffen können.

Da riss ein Stöhnen Adhara aus ihrer Betrachtung. Sie wandte den Kopf und sah, dass Adrass das Gleichgewicht verloren hatte und auf die Knie gefallen war, als er sich zu ihr herabbeugen wollte.

»Geht's dir nicht gut? Sollen wir umkehren?«, fragte sie.

Er funkelte sie verärgert an. »Wieso das? Meine Gesundheit spielt hier keine Rolle. Mach dir lieber um dich selbst Sorgen.«

Adhara spürte, wie auch bei ihr der Ärger wuchs. »Du

übertreibst und denkst nur an dein Experiment. Das ist dir so wichtig, dass du alles andere vergisst. Dein fanatischer Glaube hat dich richtig blind gemacht!«

»Es geht hier nicht um meinen Glauben, sondern um die Rettung der Aufgetauchten Welt. Und du bist unsere einzige Hoffnung.« Die Verzweiflung in seiner Stimme verriet, dass es ihm ernst damit war. »Ich will diese Welt retten«, fügte er leise hinzu.

Adhara seufzte.

»Gut. Und wie kommen wir denn jetzt hinein?«, fragte sie schließlich mutlos.

Adrass stand auf, wobei er ihre Hilfe zurückwies. »Als wir das erste Mal hier ankamen, war der Zugang durch ein Siegel gesichert. Zwei unserer Brüder verloren ihr Leben, als sie es brachen. Dann ersetzten wir es durch einen eigenen Kennzauber, der eigentlich noch in Kraft sein müsste.«

Er beugte sich hinab, legte eine Hand auf den Rand der gigantischen Sonne und sprach, schwer atmend, einen kurzen Satz in elfischer Sprache.

Ein Klacken, und schon begann die Sonne, sich mit lautem Getöse zu einer Seite zu drehen. Der gesamte Saal vibrierte, Decke und Holzstützen schwankten so bedenklich, dass Adhara fürchtete, das Gewölbe könne nachgeben und einstürzen. Dann hielt alles inne, und eine unheimliche Stille machte sich breit. Anstelle der Sonne aber öffnete sich nun vor ihnen ein tiefer Schlund, in den wieder eine Treppe hinunterführte, dieses Mal aus Metall. Adrass versuchte wieder, die Führung zu übernehmen.

»Folge mir«, forderte er sie auf.

Adhara tat es. Es waren nur wenige Stufen, und schon fanden sie sich in einem breiten, leicht abwärtsführenden Gang wieder. Zur Linken erhob sich ein Mäuerchen von anderthalb Ellen Höhe mit breiten Gewölben darüber, die von schlanken Säulen aus schwarzem Kristall getragen wurden. Dahinter ein unermesslicher Abgrund. Als Adhara sich über das Mäuerchen lehnte, umwehte sie ein warmer Wind, der ihr einen eigenartigen Geruch zutrug. Wie Schwefel roch es, aber auch nach Feuchtigkeit und Schimmel. Auf der rechten Seite flankierten Regale aus Ahornholz den Weg, die mit ihrer hellen Farbe einen merkwürdigen Kontrast zur Gegenseite bildeten. Sie waren mindestens zehn Ellen hoch und bis in den kleinsten Winkel mit Büchern vollgestopft. So etwas hatte Adhara noch nie gesehen. Ganz oben gaben Tafeln in elfischer Schrift die einzelnen Fachgebiete an. Spiralförmig wand sich der Gang in diese gespenstische Leere hinein, während sich seitlich, in regelmäßigen Abständen, Räume öffneten, die wahrscheinlich einmal als Lesesäle gedient hatten. Im Grunde handelte es sich bei der Bibliothek um einen gigantischen Trichter, der endlos in die Tiefe hinabführte.

Keuchend lehnte sich Adrass gegen die Wand. »So ist die ganze Bibliothek aufgebaut. Die Bücher findet man in den einzelnen Sälen und entlang dieses Ganges. Wir haben keine Ahnung, wie tief er reicht, einige unserer Brüder haben versucht, ihn zu ergründen, und sind hinabgestiegen. Aber keiner ist je zurückgekehrt«, erklärte er. »Viele dieser seitlichen Nischen und Höhlen sind eingestürzt, andere überflutet. Das alles ist so gigantisch, dass man es sich kaum vorstellen kann.«

Staunend schaute Adhara sich um. Sie traute ihren Augen kaum. Von dem, was sie sich unter einer Bibliothek vorstellte, hätte dieser Ort tatsächlich nicht weiter entfernt sein können. Zudem strahlte er etwas Beunruhigendes aus. Dieser Abgrund im Zentrum lockte sie und versetzte sie gleichzeitig in Angst und Schrecken. Wie tief mochten die Elfen ins Erdreich vorgedrungen sein? Und was hatten sie dort gelagert?

Die Decke war mit herrlichen Mosaiken in prächtigen Farben verziert: goldgelb, rubinrot, smaragdgrün, kobaltblau. Eine Farbenpracht, die das Schicksal derer, die sie geschaffen hatten, Vertreibung und Not, über die Jahrhunderte unbeschadet überstanden hatten.

»Weißt du denn jetzt, wo wir suchen müssen?«

Adrass räusperte sich. »Nun, ich habe hier eine Karte von den verschiedenen Ebenen, aber die Abteilung, die uns interessiert, liegt in einem Bereich, in den noch niemand vorgestoßen ist. Wir müssen uns auf einen längeren Weg gefasst machen.«

Es dauerte nicht lange, bis sie ihr Zeitgefühl vollkommen verloren hatten. Aber anscheinend gab es dort unten Verbindungen ins Freie, denn obwohl die Luft mit Feuchtigkeit getränkt schien, fiel ihnen das Atmen nicht schwer. Nur die Müdigkeit ihrer Beine diente ihnen als Maß für die Wegstrecke, die sie bereits zurückgelegt hatten. Unmöglich hätten sie sagen können, wie viele Stockwerke sie schon durchquert hatten. Ihre magischen Lichtquellen erhellten bestenfalls zwei über und zwei unter ihnen. Die restliche Bibliothek verlor sich in völliger Finsternis.

»So, jetzt reicht es erst einmal«, sagte Adhara irgendwann.

»Wieso? Bist du erschöpft?«

»Nein, *du* bist erschöpft.«

»Ach was, lass uns weitergehen«, wehrte er ab und drehte sich wieder um.

Adhara musste ihn am Kragen packen. »Wir rasten jetzt hier. Ich will, dass du dich erholst. Denn ich brauche dich, um mich hier unten zurechtzufinden. Außerdem bist du meine einzige Hoffnung, meinen körperlichen Zerfall aufzuhalten. Also, ruhe dich aus.«

Adrass' Wangen wirkten eingefallen, und seine Haut war schweißgebadet. Notgedrungen nickte er und ließ sich von ihr in einen der seitlichen Räume führen.

GESCHICHTE stand auf der Tafel über dem Eingang. Vor ihnen lag ein ellipsenförmiger Raum, der von einigen übervollen Bücherregalen in verschiedene Bereiche unterteilt wurde. Sie waren so angeordnet, dass sich ein Labyrinth ergab. Um sich nicht zu verlieren, suchten sie sich nicht weit vom Eingang eine Nische, wo sie sich bequem zu zweit niederlegen konnten.

Die Bücher dort waren in denkbar schlechtem Zustand, denn Schimmel hatte das Papier zerfressen. Zudem hatte er sich an weiten Teilen der Wände festgesetzt und sie mit unheimlichen Mustern überzogen.

»Ob hier irgendwelche Gefahren lauern?«, fragte Adhara mehr sich selbst als ihren Gefährten.

Adrass schüttelte den Kopf. »Ich denke nicht. Diesen Bereich hier hatten auch wir Erweckte schon erkundet. Du kannst beruhigt schlafen.«

Und mit diesen Worten sank er selbst in tiefen Schlaf,

und zu vernehmen war nur noch sein schwerer, röchelnder Atem. Adhara betrachtete ihn lange und fragte sich, wie das weitergehen sollte. Adrass ging es sehr schlecht, daran gab es keinen Zweifel. Sie warf einen Blick auf ihre bandagierte Hand. Die Flecken begannen nun, unter dem Verband hervorzuschauen und auf das Handgelenk überzugreifen. Es war noch nicht ausgestanden. Auch wenn sie sich frischer fühlte, diese Zersetzung schritt lautlos, schleichend weiter fort.

Nur mit Mühe fand sie in den Schlaf, denn in ihrer Hand pochte es immer stärker und erinnerte sie daran, dass sie, wenn sie sich nicht beeilten, am Ende dieser Reise nur noch eins erwartete: der Tod.

20

Geschöpfe des Abgrunds

Adhara fuhr aus dem Schlaf hoch. Zunächst wusste sie nicht, wo sie sich befand, denn die Dunkelheit war so undurchdringlich, dass sie einen Moment lang glaubte, die Augen noch geschlossen zu haben. Und in diesem Schwarz, das sie umgab, hörte sie nur ein anhaltendes Geräusch, ein kehliges, schweres Atmen wie ein unterdrücktes Röcheln. Es dauerte eine Weile, bis sie ganz bei sich war. Dann entzündete sie rasch eine magische Fackel, in deren Schein nun Adrass auftauchte. Sein Anblick traf sie wie ein Blitzschlag.

Sie richtete sich auf und sah ihn genauer an. Heftige Zuckungen schüttelten seinen Leib, und er rang nach Luft, so als wolle sich seine Lunge nicht mehr füllen. Die Fingernägel seiner Hände, die schlaff am Boden lagen, waren blutunterlaufen.

Adhara wusste sofort Bescheid. Jetzt gab es keine Zweifel mehr: Adrass hatte sich mit der Seuche angesteckt. Eine Weile betrachtete sie ihn reglos, beinahe fasziniert von seinem Leid. Diese Hände, die sie berührt, ja *geschaffen* und gequält hatten, würden bald selbst im

Todeskampf zucken. Eigentlich hätte sie sich freuen müssen, denn schließlich war Adrass ihr Feind, mehr noch, *der* Feind schlechthin. Aber das gelang ihr nicht. Stattdessen empfand sie ein unterschwelliges Mitleid mit diesem Mann, der dort vor ihr auf dem Boden lag, wobei sie sich selbst über dieses Gefühl ärgerte, das über den rechtmäßigen Wunsch, dass er nicht sterben möge, damit er sie noch retten konnte, hinausging. Sosehr sie ihn auch hassen mochte, sosehr es sie auch drängte, ihn seinem Schicksal zu überlassen, sah sie andererseits in ihm auch eine fühlende Kreatur, die litt, genauso wie sie selbst.

Als Adrass erwachte und langsam die Augen aufschlug, schreckte sie aus ihren Gedanken auf und beugte sich zu ihm hinab.

Einen Moment lang starrte Adrass zur Decke und versuchte dann, sich aufzusetzen.

Mit einer Hand auf seiner Brust hielt sie ihn sanft davon ab. »Bleib liegen. Dir geht's wirklich nicht gut.«

Unwillkürlich wollte er ihre Hand wegschieben, erstarrte aber einen Moment, weil er seine blutunterlaufenen Nägel sah. Ein leichter Schauer durchfuhr ihn, doch hatte er sich sofort wieder in der Gewalt und versuchte, auf die Beine zu kommen. »Unsinn«, knurrte er.

»Du hast doch deine Fingernägel gesehen und weißt, was das bedeutet.«

Er schaute kurz zu ihr auf, und Adhara meinte, in diesem Blick eine Art Urangst zu erkennen, eben jene, die auch sie damals am Fluss überfallen hatte.

»Wir müssen los, uns bleibt nicht mehr viel Zeit.«

»Nein. Du hast Fieber. So kannst du nicht mehr weiter.«

Adrass tat so, als habe er sie nicht gehört, beugte sich schwerfällig über seinen Quersack, kramte darin herum und holte schließlich ein verschrumpeltes Äpfelchen hervor. »Das können wir uns teilen. Unterwegs.«

»Hast du nicht gehört, was ich gesagt habe?«

»Und ich habe gesagt, wir gehen weiter«, fuhr er sie an.

Adhara war sprachlos. *Soll er doch sehen, wie er zurechtkommt,* dachte sie verärgert. *Soll er doch sterben, wo er will. Verloren ist er auf alle Fälle.* Sie nahm den Apfel entgegen, aß die Hälfte und wollte ihm den Rest zuwerfen. Doch er hatte sich schon in Bewegung gesetzt und war ein Stück vorausgegangen.

So stiegen sie immer weiter hinab. Wie ein Trichter zog sich die Bibliothek mit jedem Stockwerk enger zusammen, während die Luft wärmer und wärmer wurde. Mittlerweile hörten sie ein seltsames Gluckern, das aus den tiefsten Tiefen der Erde aufstieg und den weiten Raum erfüllte. Die bunten Mosaike der oberen Etagen waren mittlerweile von aufwendigen Stuckaturen abgelöst worden, die zu bedrückend wirkenden Darstellungen von Göttern und Ungeheuern jeder Art verflochten waren. Eine unbekannte und mittlerweile nicht mehr zu entschlüsselnde Welt entfaltete sich vor ihnen. Schimmel überall und Milchgewächse. Von dieser Pflanze hatte Adhara bereits gehört. Im Land der Nacht war sie weit verbreitet als eine der wenigen, die überhaupt dort wachsen konnten. Sie hatte fleischige Blätter von einem düsteren Blau sowie kugelförmige Blütenstände, die, wie von einer inneren Lichtquelle gespeist, bläulich und leicht gespenstisch leuchteten. Die ersten Ranken, die sie sahen, wuchsen noch sehr vereinzelt, und es war verwunderlich, wie sie aus dem Erdboden hatten treiben können. Je tiefer sie aber kamen, desto häufiger wurden sie. Sie zeichneten Muster an die Decke, wanden sich um Säulen, krochen in Schlangenlinien über den Fußboden. Zuweilen konnte Adhara nicht verhindern, dass sie Blüten zertrat, woraufhin ein phosphoreszierender Saft austrat, der an den Tod erinnerte. Sie waren längst nicht mehr in der Abteilung GESCHICHTE, sondern lasen auf den Tafeln über den Eingängen andere Beschriftungen, EPIK, MYTHOLOGIE, HELDENSAGEN … Immer noch ging es weiter hinunter, aber irgendwann war Adrass zu schwach, sein magisches Feuer ausreichend hell glimmen zu lassen. Nun musste Adhara vorausgehen und ihnen den Weg leuchten. Vor ihr lag ein immer noch unendlich langer Gang, während sie hinter sich Adrass' schleppende Schritte hörte. Da ein Schlag. Adhara fuhr herum und sah, dass er gestürzt war. Verzweifelt suchten seine Hände nach einem Halt, schafften es aber noch nicht einmal, eine Milchgewächsranke fest zu greifen. Doch wo seine Finger abglitten, ließen sie rotes Blut auf dem Blau der Pflanzen zurück.

»Hilf mir«, flehte er, während er kraftlos den Blick hob.

Groß war die Versuchung, diesen Mann dort allein sterben zu lassen, unmöglich aber, ihr nachzugeben. Adhara ließ die Leuchtkugel los, die sie bis zu diesem Moment in der Hand gehalten hatte, so dass sie in der Luft schwebte. Dann fasste sie ihren Begleiter unter und lud ihn sich auf die Schultern. Es geschah zum ersten Mal, dass sie seinen Leib berührte, ohne mit ihm zu kämpfen oder von ihm behandelt zu werden, und sie spürte, wie ihr ein Schauer über den Rücken lief. So merkwürdig, fast unnatürlich kam es ihr vor. Sie trug ihn in eine der seitlich abgehenden Nischen. Auf der Tafel über dem Eingang stand: ERZÄHLUNGEN.

Es handelte sich um einen rechteckigen Raum, der rundum mit Platten aus schwarzem Kristall verkleidet war. Das Licht ihrer Leuchtkugel brach sich in unzähligen Reflexen. Einst mussten die Wände glatt wie Spiegel gewesen sein, und teilweise war der frühere Glanz erhalten geblieben, nur hatte sich der Staub der Jahrhunderte darauf abgelagert. Hier legte Adhara den kranken Adrass zwischen den mit Büchern vollgestopften Regalen nieder.

»Du brauchst Ruhe, um wieder zu Kräften zu kommen. In diesem Zustand kannst du unmöglich weiter«, erklärte sie.

Adrass stöhnte leise, während sie sich nun einen Stofffetzen von ihrem Hemd abriss, den sie mit Wasser aus ihrer Feldflasche tränkte. Es war nicht leicht, dies nur mit einer Hand, der rechten, zu bewerkstelligen. Denn ihre Linke war mittlerweile praktisch taub, und nur mit größter Mühe konnte sie noch ein wenig die Finger bewegen.

Adrass war von ihrer Idee nicht begeistert. »Das Wasser wirst du später noch brauchen …«, murmelte er.

»Aber du brauchst es jetzt«, erwiderte sie.

Sie legte ihm den Lappen auf die Stirn. Sie glühte. Und auch die Blutungen hatten eingesetzt. Adrass' Mund war rundum rot von Blut. Die Seuche hatte ihn im Griff und schritt rasch voran.

Adhara wusste nicht, wie sie Adrass helfen konnte. Wahrscheinlich gab es tatsächlich keine Behandlung, mit der das Schlimmste zu verhindern war. Wer die Seuche überlebte, hatte zufällig Glück gehabt, aber sie schaffte es im Augenblick nicht, auf dieses Glück zu hoffen.

Viele Stunden wachte sie bei ihm, legte ihm immer wieder den frisch getränkten Lappen auf die Stirn, um das Fieber zu senken. Adrass' Gesicht sah jetzt noch eingefallener aus, ein eindeutiges Zeichen, dass der Morbus unaufhaltsam seinen Verlauf nahm. Nur das Gluckern des Wassers, das, je tiefer sie kamen, immer deutlicher vernehmbar war, unterbrach die vollkommene Stille in der Bibliothek.

»Zieh weiter ... lass mich hier zurück«, röchelte Adrass.

»Du weißt genau, dass ich das nicht kann.«

»*Du musst.*«

»Aber du bist der Einzige, der mich retten kann. Das hast du *geschworen*, und ich will nicht sterben.«

Er öffnete die Augen, die von winzigen Schweißperlen umrandet waren. »Es gibt da einen Mann, nicht hier drinnen ... draußen ... Mein Meister, bevor ich den Erweckten beitrat.« Er holte tief Luft, hustete, versuchte, zu Stimme zu kommen. »Er ... kann dich retten ... wenn du ihm das Buch bringst ...«

»Und wo finde ich dieses Buch?«

Jetzt wandte Adrass ihr das Gesicht zu und deutete ein Lächeln an. »Wie gesagt ... in dem Teil der Bibliothek, den ich nicht kenne. Aber du kannst es schaffen, dorthin zu gelangen ...« Er schluckte. »Und wenn du es gefunden hast, mach dich damit auf zu Meriph, dem Eremiten im Land des Feuers. Er ... er wird dich retten ... an meiner Stelle ...«

Er schloss die Augen und schien das Bewusstsein zu verlieren.

Im Dunkel der Halle blieb Adhara allein zurück. Das hieß, auch ohne Adrass konnte es Rettung für sie geben. Sie konnte ihn zurücklassen und dennoch weiterleben. Gewiss, die Hinweise, die er ihr gegeben hatte, waren recht wirr. Aber es müsste möglich sein, diesen Meriph zu finden, es sei denn, die Seuche hatte auch ihn schon hinweggerafft. Aber so viele Möglichkeiten sich anzustecken hatte ein Einsiedler nicht.

Wenn ich ihn zurücklasse, werde ich frei sein können. Von ihm und von der Krankheit. Und niemand kann mir das vorwerfen, nach allem, was er mir angetan hat.

Sie warf einen letzten Blick auf sein Gesicht, das noch bleicher geworden war, auf die zwei dünnen Tränen aus Blut, die ihm aus den Augen und über die Wangen gelaufen waren.

Dann stand sie auf.

Verflucht!

Die Feuerkämpferin lief los. Ihre eiligen Schritte hallten von den Wänden wider, während die Milchgewächsblüten unter ihren Füßen zerplatzten und ihr deren scharfer Geruch in die Nase stieg. Einige Male strauchelte sie, fing sich aber immer wieder und lief weiter, vorbei an den Tafeln über den Eingängen, die sie flüchtig las.

POESIE

SAGEN

MÄRCHEN UND FABELN
GÖTTERMYTEN

Medizin oder Heilkunde waren nicht darunter, nichts, was Informationen zu der Krankheit hätte erwarten lassen. Es war alles so verwirrend. Aber da feststand, dass die Elfen die Seuche eingeschleppt hatten, wussten sie sicher auch, wie sie zu behandeln war. Viele gaben den Nymphen die Schuld, nur weil diese sich als immun erwiesen hatten. Es war schwierig, wenn nicht gar unmöglich, in dieser verzweifelten Situation Klarheit zu gewinnen. Irgendwo in dieser grenzenlosen, labyrinthartigen Bibliothek musste jedoch die Antwort zu finden sein. Aber wo nur?

Irgendwann musste sie stehen bleiben, um sich den Schweiß von der Stirn zu wischen. Die Luft war immer feuchter geworden, und statt der Milchgewächse sah sie nun Stalagmiten und Stalaktiten, die überall hervorragten, schmal und spitz wie Fialen oder kurz und gedrungen wie Baumstümpfe. Manche waren fein wie hauchdünne Schleier, so dass selbst das matte Licht ihrer magischen Kugel sie durchdrang, andere wahre Felskaskaden, die sich ihr drohend in den Weg stellten. Aus allen Ritzen drang Wasser, lief geschwind durch die Rinnen im Fels und plätscherte zu Boden, während das anfängliche Gluckern mittlerweile zu einem Rauschen angeschwollen war, das ihr in den Ohren hallte.

An den Wänden gab es keine Bücher mehr, sondern stattdessen breite, mit Gravuren versehene Marmorplatten. Offenbar war es hier unten schon immer sehr feucht gewesen, weshalb die Elfen ihre ältesten Texte, die noch nicht auf Pergament geschrieben waren, hier untergebracht hatten.

MEDIZIN

Endlich. Sie war angekommen. In aller Eile stürmte sie in den Raum und fand sich in einer natürlichen Grotte wieder, in der Felsformationen das Bild völlig beherrschten. Unmöglich zu sagen, ob diese älter oder jünger als die Konstruktionen der Elfen waren. In diese fantastischen Felsgebilde waren Skulpturen eingefügt, die das Wasser abgeschliffen hatte, so dass sie nur schwer zu deuten waren. Wie aus geschmolzenem Wachs sahen sie aus, die Gesichter waren unkenntlich, die Proportionen verzerrt. Die Halle lag unter dem Niveau des Mittelganges und war halb überflutet. Durch eine breite Öffnung in der Decke, die dort wahrscheinlich durch irgendein Naturereignis eingebrochen war, drang das Wasser ein. Wahrscheinlich hatten die Elfen es einst umgeleitet, doch im Lauf der Jahrhunderte hatte es sich wieder sein ursprüngliches Bett gesucht. Adhara fragte sich allerdings, wie der ganze Rest der gigantischen Bibliothek so trocken sein konnte. Zwar hatte sie eine Reihe von Wasserschäden bemerkt, doch besonders im unteren Teil waren die Bücher so gut erhalten, wie es eigentlich nicht möglich sein konnte. Alles sprach dafür, dass ein Zauber sie schützte. Ohne lange zu überlegen, tauchte Adhara bis zur Brust ins Wasser ein und bewegte sich schwerfällig auf die steinernen Bücherregale zu, wobei sie aufpassen musste, dass die Strömung sie nicht zum Abfluss spülte, einer Öffnung in einer Seitenwand, die alles ansaugte.

Endlich konnte sie die Stelen absuchen, die hier und

dort aus dem Wasser ragten. Neugierig zog sie eine Tafel hervor und versuchte zu lesen, was darauf stand. Die Sprache war elfisch, aber dennoch verstand sie jedes Wort. Auch eine Fähigkeit, die ihr Adrass eingegeben hatte.

Um sich nicht zu verzetteln, konzentrierte sie sich ganz auf die Beschriftungen an den Steinregalen. MAGEN. NIEREN. LUNGE. Anatomische Abhandlungen zu den verschiedenen Organen mit zahlreichen Illustrationen. Dort unten lagerte ein enormer Wissensschatz, und um den heben zu dürfen, wäre ein Heilpriester wahrscheinlich sogar zu einem Mord fähig gewesen.

Sie versuchte, ruhig zu bleiben und kühlen Kopf zu bewahren. Wenn sie sich jetzt zu hektischer Anspannung verleiten ließ, würde sie nichts erreichen können.

Als sie die aus dem Wasser ragenden Teile durchgesehen hatte, waren die überspülten an der Reihe. Jetzt wurde es noch schwieriger. Die Strömung war stark, und sobald sie den Kopf untertauchte, wurde er zu einer Seite gezogen. Unter diesen Bedingungen zu lesen, war unmöglich. So beschränkte sie sich darauf, die Beschriftungen der Reihe nach durchzugehen, in der Hoffnung, auf etwas zu stoßen, was sie interessieren konnte. Hin und wieder tauchte sie aus dem Wasser auf, um Luft zu holen, ließ sich dann wieder hinabgleiten und suchte weiter.

Erst beim dritten Regal fand sie den Abschnitt, der Ansteckungskrankheiten gewidmet war. Der Stein war mit Algen überzogen, und an vielen Stellen waren die Inschriften hinweggewaschen worden. Aber sie fand eine Steintafel, die ihr interessant erschien, bekam sie zu packen und tauchte mit ihr auf. Sie las, was darauf stand, und erkannte tatsächlich einige Symptome wieder, die auch gleichzeitig mit dem von der Seuche hervorgerufenen Fieber auftraten. Natürlich konnte sie keineswegs sicher sein, dass es sich tatsächlich um diese jetzt in der Aufgetauchten Welt wütende Epidemie handelte, aber es gab keine andere Spur, der sie hätte folgen können. Es war ihre einzige Hoffnung.

Es gilt, frühzeitig einzugreifen, innerhalb der ersten beiden Tage nach der Ansteckung, sonst ist der Tod aufgrund des hohen Blutverlustes fast sicher.

Das konnte sie vielleicht noch schaffen. Aber sie musste sich beeilen. So schnell sie konnte, las sie alles durch, versuchte, es sich auswendig zu merken, und hoffte, dass Adrass die angegebenen Zutaten mit sich führte. Was ihren eigenen körperlichen Zerfall betraf, konnte sie nichts finden, was ihr weitergeholfen hätte, aber für Adrass und alle, die von einer Ansteckung bedroht waren, gab es nun vielleicht neue Hoffnung.

... Nymphenblut. Die Heilkraft dieses Blutes, so frisch und klar wie Quellwasser, bewirkt, dass das Fieber sinkt und die Blutungen zum Stillstand kommen.

Da geschah es, im Bruchteil eines Augenblicks: Etwas packte ihren Knöchel, biss sich dort fest und riss sie um. Adhara tauchte unter und verlor dabei die Orientierung, so dass sie nicht mehr wusste, wo oben und unten war.

Vor Schmerz und Entsetzen zu schreien, war unmöglich, sie spürte nur noch, wie sie weggerissen wurde. Zum Glück war sie geistesgegenwärtig genug, den Dolch zu ziehen, und während sie herumfuhr, erblickte sie etwas Weißliches an ihrem Fuß und stach mit aller Kraft zu. So kam sie frei, tauchte auf, hustete und rang nach Luft, aber sie musste fort, und schon hastete sie durch das Wasser, um so schnell wie möglich den Ausgang zu erreichen. In dieser Grotte hauste irgendein gefräßiges Wesen, über dessen Natur Genaueres herauszufinden ihr der Mut fehlte. Da, wieder ein furchtbarer Schmerz, sie fuhr herum und sah es: Es war eine Art Schlange, mindestens sechs Ellen lang und durchsichtig. Unter der Haut erkannte sie die Umrisse einer langen Gräte, die ein schwaches Licht abgab, und darum herum ein Gewirr ineinander verschlungener Eingeweide. Und dann der Kopf: zwei riesengroße, nun geschlossene Augen über einem gigantischen Kiefer, der sich um ihre Wade geschlossen hatte.

Wieder versuchte Adhara es mit dem Dolch, stach hierhin und dorthin, doch das Ungeheuer war zu flink, schnellte hin und her und verbiss sich dabei immer schmerzhafter in ihrer Wade.

Da holte Adhara tief Luft, tauchte unter und hatte das Ungeheuer jetzt ganz nah vor sich: Es war tatsächlich furchterregend, eine Kreatur, geradewegs der Hölle entsprungen. Adhara hatte keine Ahnung, wie sie in diese Höhle gelangt war und dort überleben konnte. Aber sie verlor keine Zeit damit, sich darüber Gedanken zu machen. Zwei kräftige Hiebe, und sie hatte ihr den Kopf abgeschlagen, der aber, zu ihrem großen Entsetzen, in ihrem Bein fest verbissen blieb. Vor Kälte und Schmerz zitternd, tauchte sie aus dem Wasser auf, versuchte, zu Atem zu kommen und diesen widerlichen Kopf loszuwerden. Doch es gelang ihr nicht.

Da nahm sie aus den Augenwinkeln eine Bewegung wahr. Sie blickte auf und sah es weiß und grünlich schimmern. Noch mehr dieser Ungeheuer. Zwei, drei, zehn ... Mit denen konnte sie es unmöglich aufnehmen. Sie sprang auf und hetzte humpelnd, in panischem Schrecken, dem Ausgang entgegen. Ihre Lichtkugel, die schon sehr schwach geworden war, erlosch jetzt ganz, und in der Dunkelheit sah sie nur noch das phosphoreszierende Licht dieser monströsen Leiber funkeln, die unaufhaltsam auf sie zuschossen. In höchster Not zog Adhara wieder ihren Dolch und schaffte es sogar, das magische Feuer neu zu entzünden. Schon kam der Höhlenausgang in Sicht, und noch schneller humpelte sie darauf zu. Das Bein schmerzte höllisch bei jedem Schritt, und ihre nassen Kleider, die ihr schwer am Leib hingen, machten sie plump und schwerfällig, während der Strom, der ihre Beine umspülte, immer stärker zu werden schien.

Da waren sie schon, um ihre Beine herum spürte sie die schlängelnden Bewegungen dieser glitschigen Ungeheuer. Sie schlug um sich, ruderte mit den Armen, um schneller vorwärtszukommen, löste dann die Füße vom Boden und schwamm heftig strampelnd auf den Ausgang zu.

Endlich spürte sie unter den Fingern den Stein der Stufen, die sie beim Eintritt genommen hatte, klammerte sich daran fest, stieß sich mit aller Kraft ab und rollte aufs Trockene. So lag sie da, auf dem Rücken, die Arme gespreizt, keuchte und keuchte und wollte gar nicht mehr zu Atem kommen. Erst nach einer ganzen Weile richtete sie sich auf und betrachtete ihr Bein. Der Schlangenkopf hing mit seinem alptraumhaften Maul und den langen, nadelspitzen Zähnen immer noch in der Wade fest. Es ging nicht anders, sie musste diesen Kiefer packen und ihn aus dem Fleisch lösen. Sie schrie vor Schmerz, aber die Operation gelang, und als sie die Wunde betrachtete, fasste sie schon wieder neuen Mut: Sie sah hässlich aus, schien aber nicht gefährlich zu sein. Adrass führte in seinem Quersack sicher etwas mit, womit sie sich behandeln ließ.

Adrass.

In dem elfischen Text stand, dass Eile geboten war. Beim Kampf hatte sie die entsprechende Steinplatte verloren. Aber das war halb so wild. Sie erinnerte sich an alles. Bemüht, das wunde Bein nicht zu belasten, lief sie den Weg zurück, der sie an diesen verfluchten Ort geführt hatte.

21

Aminas Entschlossenheit

Aufmerksam verfolgte Dubhe Aminas Genesung. Das Mädchen besaß einen starken Charakter und ließ sich nicht so leicht unterkriegen: Sie selbst tat alles dafür, dass sich ihr Gesundheitszustand ständig verbesserte, indem sie sich genau daran hielt, was der Heilpriester ihr ans Herz legte, und indem sie täglich ihre Übungen machte. Dubhe sah, dass es Amina tatsächlich von Tag zu Tag besserging, und freute sich von Herzen darüber.

Sie hatte eine unbekannte Zuneigung zu dieser Enkeltochter mit dem unausgeglichenen, hochemotionalen Wesen entdeckt. Nicht, dass sie das Mädchen früher nicht gemocht hätte, aber sie hatte eben nie Gelegenheit gehabt, sie richtig kennenzulernen. Ihre eigenen Verpflichtungen bei Hof sowie der Schutzschirm, unter dem Aminas Mutter die Prinzessin aufgezogen hatte, waren der Grund dafür, dass nie eine engere Bindung zwischen ihnen entstanden war. Dabei war Dubhe von der Kleinen immer entzückt gewesen, sie hatte sogar immer etwas in ihr gesehen, was ihr zu denken gab. Und nun wusste sie auch, was es war.

Amina ähnelte auf verblüffende Weise dem Mädchen, das sie selbst einmal gewesen war. Beiden war ein besonderes Misstrauen der Welt gegenüber eigen, und nicht selten kam es vor, dass sie sich in ihrem Umfeld als Außenseiter empfanden. Sie, Dubhe, hatte Learco gefunden, der ihr dabei geholfen hatte, sich einen Platz im Leben zu erobern. Doch Amina war allein – und dazu auch noch in einem schwierigen Alter.

Allerdings schien sie sich nach ihrer Aussprache völlig verändert zu haben. Irgendwelche Anzeichen von Auflehnung waren bei Amina nicht mehr zu bemerken, ganz im Gegenteil schien sie einen endgültigen Entschluss, eine Art Lebensentscheidung getroffen zu haben. Und an diese hielt sie sich so unbeirrt, dass Dubhe sich mittlerweile schon fragte, ob es überhaupt ratsam wäre, sie nach Hause zu schicken. Natürlich sprach einiges dafür: Immerhin befanden sie sich hier mitten im Kriegsgebiet, und sie selbst zog auch immer wieder in die Schlacht, vor allem bei gewagten militärischen Operationen, wenn ihre Truppen einen charismatischen Anführer brauchten. Aber andererseits: Was würde Amina nach ihrer Rückkehr in Neu-Enawar erwarten? Durch Kalth, der ihr häufig schrieb, war Dubhe darüber informiert, dass Aminas Mutter Fea mittlerweile völlig verwirrt war und nicht mehr für sich selbst sorgen konnte. Wie hätte sie da mit dem störrischen Charakter ihrer Tochter fertigwerden oder auch nur für sie da sein sollen, um ihr zu helfen, diese schwierige Zeit unbeschadet zu überstehen? Kalth ging völlig in seinen höfischen Pflichten als neuer Regent auf, und man konnte nicht von ihm verlangen, dass er sich in dieser Situation auch noch um die Schwester kümmerte. Und der Palast selbst war wie ausgestorben. Kein Wunder also, dass Amina davongelaufen war.

Hier ist es aber auf alle Fälle zu gefährlich für sie, schloss Dubhe regelmäßig diese Gedankengänge ab, was dazu führte, dass das Problem ungelöst blieb.

Noch zehn Tage dauerte es, bis Amina reisefähig war. Und nun gab es keinen Vorwand mehr, die Entscheidung aufzuschieben. So beschloss Dubhe, mit ihr zu reden, um herauszufinden, was die Enkelin im Sinn hatte.

Sie lud Amina zum Abendessen in ihr Zelt ein, obwohl sie normalerweise die Mahlzeiten im Kreis der Offiziere und Soldaten einnahm. Ihre Männer sprachen sie mittlerweile mit »General« an, und obwohl scherzhaft gemeint, verriet es doch, wie selbstverständlich sie Dubhe längst als eine der Ihren betrachteten. Doch dies war womöglich Aminas letzter Abend in dem Feldlager, und Dubhe wollte ihn mit der Enkelin verbringen, um sie noch einmal spüren zu lassen, wie sehr ihr deren Schicksal am Herzen lag.

Sie aßen mit großem Appetit und unterhielten sich angeregt. Amina war neugierig, zu erfahren, wie das ganze Feldlager organisiert war, und wollte alles über die Kriegsführung wissen. Dubhe tat ihr den Gefallen und antwortete ausführlich, mit vielen Einzelheiten, auf alle Fragen. Beiden war schon immer eine besondere Leidenschaft für Waffen und Gefechte zu eigen gewesen.

»Ich habe deine Genesung verfolgt und denke, dass du mittlerweile wieder ganz gut laufen kannst«, wechselte Dubhe irgendwann das Thema.

Amina horchte auf. Sie drückte den Rücken durch, und ihr Gesicht wurde ernst. Natürlich hatte sie sofort begriffen, worauf die Großmutter hinauswollte. Dubhe überlegte, dass sie es verdient hatte, ohne lange Vorreden die Wahrheit zu erfahren.

»Ich denke, es wird Zeit für dich, nach Hause zurückzukehren«, erklärte sie trocken und beobachtete dann, wie Amina reagierte, wobei sie auf eine Szene oder zumindest heftige Proteste gefasst war.

Doch die Enkelin sah sie weiterhin nur mit diesem ernsten Gesichtsausdruck an und fragte dann ganz ruhig: »Darf ich dir erklären, warum ich das für keine gute Idee halte?«

Dubhe nickte verwundert.

Amina schien sich ihre Worte während der Genesungszeit gut überlegt zu haben, denn sie trug sie jetzt so sicher und präzise vor wie auswendig gelernt.

»Ich weiß, du bist der Meinung, mein Platz sei bei meiner Mutter und meinem Bruder, und vielleicht hast du damit sogar Recht. Zumindest von deinem Standpunkt aus. Nach allem, was du mit mir erlebt hast, ist es verständlich, dass du mir nicht traust. Aber ich fühle, dass ich nicht an den Hof zurückkehren sollte. Weil der Weg, den mir das Schicksal vorherbestimmt hat, ein anderer ist.«

Dubhe seufzte. Vielleicht hatte sich Amina doch nicht verändert. »Über das Thema Rache und die anderen Flausen, die dir vielleicht durch den Kopf gehen, haben wir doch schon gesprochen. Und ich dachte eigentlich, du hättest es verstanden.«

»Das habe ich auch. Aber darum handelt es sich gar

nicht. Wenn es geht, lass mich bitte ausreden.« Amina holte Luft und fuhr da fort, wo sie unterbrochen worden war. »Du hast mir doch selbst gesagt, dass wir beide uns ähnlich sind. Und dass wir es brauchen, uns körperlich auszutoben, wenn uns etwas Schreckliches widerfährt. Ich habe lange darüber nachgedacht und ich finde, dass du damit verdammt Recht hast.«

Zielsicher hatte sie Dubhes wunden Punkt getroffen.

»Seit der Ermordung meines Vaters spüre ich in mir eine maßlose Wut. Ich habe versucht, sie zu dämpfen, indem ich mir vorstellte, wie ich Rache nehme, und der ganze lange Weg zur Front hatte im Grunde nur den Zweck, den Schmerz zu betäuben und ganz zu vertreiben. Aber durch unser Gespräch habe ich verstanden, dass das falsch ist und so nicht funktioniert. Und glaube mir, ich habe meine Lektion gelernt. Die Wut aber ist nicht besänftigt und pocht nach wie vor in mir.«

»Du musst eben lernen, damit zu leben und dich nicht davon beherrschen zu lassen«, unterbrach Dubhe sie. »Du wirst sehen, mit der Zeit gelingt dir das immer besser, die Wut verebbt, und dann wird alles leichter.«

Amina schüttelte den Kopf. »Ich glaube nicht, dass es so sein wird. Und im Grunde glaubst du das selbst auch nicht.«

Das stimmte, und Dubhe fühlte sich ertappt.

»Du hast mir auch von meinem Bruder erzählt«, fuhr Amina fort, »und was du gesagt hast, hat mir sehr zu denken gegeben. Ich habe von Kalth nie besonders viel erwartet, aber er hat eine Aufgabe gefunden, die so perfekt zu ihm passt, dass er damit viel Gutes bewirken kann. All dieses viele Lesen und über den Büchern hocken, das mir immer so sinnlos vorkam, wendet er jetzt nutzbringend an und hat es damit geschafft, nicht weniger als ein König zu werden. Und so habe ich mir überlegt, dass auch er vielleicht voller Wut war und dass er sich ganz genauso gefühlt hat wie ich. Aber seine Antwort war, die Ärmel hochzukrempeln, um das Königreich unseres Vaters zu retten.«

Dubhe hörte aufmerksam zu. Sie spürte, dass Aminas Worte von neuer Einsicht geprägt waren. Vielleicht hatte sie wirklich gründlich nachgedacht über die Dinge, die geschehen waren, nachgedacht und verstanden, worin nun ihre Aufgabe lag.

»Mein Weg war falsch«, fuhr Amina fort. »Ich habe mich Hals über Kopf in das erstbeste Abenteuer gestürzt, von dem ich dachte, es könnte mich von dem Schmerz erlösen. Aber das alles war ein großer Fehler. Glaub mir, ich meine das ganz ernst, und ich schäme mich dafür.« Sie errötete ein wenig, sprach aber weiter. »Nun geht es darum, zu entscheiden, wie es mit mir weitergehen soll. Und ich denke, das Wichtigste für mich wäre, mich für etwas Sinnvolles einzusetzen, das dabei hilft, das Erbe meines Vaters zu bewahren.«

»Ich freue mich, dass du zu diesem Schluss gekommen bist«, pflichtete Dubhe ihr bei. »Genau das habe ich auch gedacht.«

Amina lächelte schüchtern und setzte sofort wieder an. »Schon, aber du denkst, ich sollte nach Neu-Enawar zurückkehren. Doch soll ich dir mal sagen, was dort mit mir geschehen würde? Ich würde wieder wie lebendig begraben in diesem Palast festsitzen und hätte keine Möglichkeit mehr, irgendetwas zu tun. Wie meine Mutter würde ich enden. Ich würde eingesperrt in meinem Zimmer leben und dort versauern. Deswegen bin ich weggelaufen.«

»Nein, so muss das nicht sein. Auch dort am Hof kannst du Sinnvolles leisten.«

»Warum sagst du das, wenn du im Grunde selbst nicht daran glaubst? Nein, ich habe mir schon genau überlegt, was ich tun sollte«, fuhr Amina fort. »Lesen und Lernen ist nicht meine Sache, und noch weniger sind es diese typisch weiblichen Tätigkeiten, die meine Mutter immer so gern bei mir gesehen hätte. Nein, ich habe mich immer für Schwerter und fürs Kämpfen begeistert. Und deswegen ist mein Platz auch hier.«

Ihre Großmutter schüttelte den Kopf. »Ich habe dich nur bei mir behalten, weil es zu gefährlich gewesen wäre, dich in deinem Zustand nach Hause zu schicken. Aber dieses Lager hier ist nichts für dich. Hier herrscht Krieg, und in diesem kämpfe ich, wie du bemerkt hast, an vorderster Front. Hier gibt es niemanden, der ständig auf dich aufpassen könnte. Denn in nächster Nähe steht der Feind, und glaub mir, das ist eine sehr ungemütliche Sache. Hier fließt Blut, hier wird gestorben, hier werden Soldaten zu Bestien. Das alles hat nichts Heroisches, und ich möchte nicht, dass du dieses Grauen mit ansehen musst, das ich Tag für Tag vor Augen habe.«

»Das weiß ich doch alles selbst. Ich habe das halbe Königreich durchwandert und dabei viel Schreckliches gesehen. Ich weiß, was Krieg bedeutet.«

Dubhe blickte ihre Enkeltochter eindringlich an und hatte das Gefühl, dass sie tatsächlich aus eigener Anschauung sprach.

»Wir wurden angegriffen und müssen uns verteidigen. Und ich *spüre* genau, dass ich dabei helfen kann.«

»Du denkst vielleicht, du könntest mit einem Schwert umgehen. Aber das ist nicht wahr. Denk nur daran, wie das mit Amhal gelaufen ist.«

»Nein, ich glaube eben nicht, dass ich schon so weit bin. Deswegen bitte ich dich ja, bei dir bleiben zu dürfen, damit du mich im Schwertkampf ausbildest.«

Amina seufzte tief und schwieg jetzt. Sie hatte gesagt, was sie loswerden wollte. Nun kam alles auf ihre Großmutter an. Und Dubhe war ehrlich beeindruckt. Denn was ihre Enkeltochter dargelegt hatte, wirkte klug und durchdacht und zeigte überdies deutlich, dass sie sich tatsächlich verändert hatte. Vieles davon hatte sie sich auch schon überlegt. Es stimmte, dass der Hof nicht das passende Zuhause für Amina war, dass sie dort verblühen würde mit den engen Fesseln all der protokollarischen Vorschriften und Verpflichtungen. Und ebenso stimmte es, dass ein Charakter wie der ihre nach Taten verlangte. In dem Mädchen steckten Fähigkeiten, die sich nur im Kampf entfalten konnten. Das hatte sie gleich im ersten Augenblick bemerkt, als die verwundete Amina ins Feldlager gebracht worden war. Mit dem Mut und der Beharrlichkeit, die sie bei der Befreiung der Gefangenen und ihrer gemeinsamen Flucht bewiesen hatte, hätte sie, in die richtigen Bahnen gelenkt, zu einer außergewöhnlichen Kriegerin werden können.

»Nein«, sagte Dubhe schließlich und schüttelte den Kopf. »Das darfst du nicht von mir verlangen.«

»Warum denn nicht? Hast du vielleicht keine Lust, mit mir zu trainieren?«

»Darum geht es nicht. Aber ich will nicht, dass du meinem Weg folgst.«

Dubhe spürte, wie sie ein langer Schauer durchlief. Denn genau mit diesen Worten hatte vor vielen, vielen Jahren Sarnek, ihr Meister, sie davon abbringen wollen, in seine Fußstapfen zu treten und Auftragsmorde zu begehen. Amina war so wie sie selbst in der Jugend, nur entschlossener, stärker. Sie sah, wie eine Geschichte sich wiederholte, sich auf verschlungenen Wegen drehte, die immer wieder zum Ausgangspunkt zurückführten.

»Es ist ja nicht so, dass du mich in eine bestimmte Richtung drängen würdest, und auch ich suche mir den Weg nicht aus. Es ist der Charakter, der darüber entscheidet, was aus jemandem wird. Und ich bin mir sicher, auch wenn du jetzt ablehnst, wird das Leben eine andere Gelegenheit finden, mir meinen Wunsch zu erfüllen. Denn das ist mein Schicksal, Großmutter. Und auch du kannst es nicht ändern.«

Diese Worte waren zutiefst wahr, und Dubhe fühlte sich bis ins Mark getroffen.

»Ich bitte dich, denk noch mal darüber nach. Sorg nicht dafür, dass ich lebendig begraben werde«, flehte Amina, und ihre Augen und ihre Miene flehten mit, ehrlich und aufrichtig.

»Lass mir ein wenig Zeit«, sagte Dubhe schließlich verwirrt.

Die Prinzessin lächelte, ein sanftes, dankbares Lächeln. Sie trat auf die Großmutter zu und nahm sie in den Arm. Im ersten Moment waren beide befangen, doch dann gaben sie sich der Berührung hin. Dubhe drückte diese schmalen Schultern vor ihr, und Amina schlang ihr die Arme um den Hals. Endlich fühlten sie sich einander nahe.

Die Königin nahm sich einige Tage Zeit, um über die Sache nachzudenken. Es war keine einfache Entscheidung, und sie wollte alles, was dafür oder dagegen sprach, mit klarem Verstand gegeneinander abwägen. Aber es war nicht so leicht, die Gefühle zum Schweigen zu bringen. Zu lebhaft und schmerzlich erinnerte Amina sie an ihre eigene Vergangenheit. Eigentlich hatte sie sich nie gefragt, wie Sarnek sich gefühlt haben mochte, als sie so klein und verloren vor ihm gestanden und ihn gebeten hatte, ihm folgen und als Auftragsmörderin bei ihm in die Lehre gehen zu dürfen. Jetzt verstand sie ihn, weil sie in einer ähnlichen Lage war. Was in ihr selbst damals vorgegangen war, daran erinnerte sie sich noch gut, und sie fragte sich, ob es für Amina ähnlich war: dass sie ihren letzten Rettungsanker darstellte. Zwar war ihre Enkeltochter mit Sicherheit nicht so allein und verzweifelt, wie sie es damals gewesen war, hatte aber bereits in die gleichen Abgründe geschaut. Dubhe fühlte eine ungeheuere Verantwortung, die sie niederdrückte.

Wie immer beschloss sie, zunächst im Kampf Vergessen zu suchen. Größer noch als zuvor war ihr Einsatz an der Front, was ihr aber leider keine große Hilfe war. Die Ernüchterung aufgrund ihres eigenen körperlichen Niedergangs verstärkte sich noch in diesen zwei Tagen, nicht zuletzt, weil es auch noch zu einem misslichen Zwischenfall kam.

Sie hatte die Aktion bis ins kleinste Detail vorbereitet.

Es ging um einen Sabotageakt in einem feindlichen Militärlager im näheren Umkreis. Und sie beschloss, selbst daran teilzunehmen. Sie hatte eine Schar ihrer besten Soldaten zusammengestellt, mit der sie in der Dunkelheit aufbrach, um ganz überraschend zuschlagen zu können. Ihre eigene Aufgabe sollte es sein, die Wache abzulenken. Keine große Sache, schon Dutzende Male vorher hatte sie Ähnliches getan, denn es ging nur darum, den Wachsoldaten zu überlisten und außer Gefecht zu setzen. Es war alles genau geplant, und im Grunde konnte nichts schiefgehen.

Ihre Männer hatten alle schon die verabredeten Positionen eingenommen, und sie war allein mit einem ganz jungen Soldaten. Sie hob einen Stein auf und warf ihn ins nächste Gebüsch, woraufhin die Wache, wie erwartet, aufschreckte und sich suchend umblickte. Es dauerte nicht lange, bis der Mann das Nächstliegende tat: Er bewegte sich in die Richtung, aus der er das Geräusch gehört hatte. Dubhe bereitete sich zum Angriff vor. Sie würde den feindlichen Soldaten von hinten am Hals packen, zu Boden reißen und ihm dabei die Klinge über die Kehle ziehen. Eine genau berechnete kurze Bewegung, und schon hätten sie freie Bahn.

Sie sah, wie er auf sie zukam, sich bückte und in nächster Nähe das Gebüsch abzusuchen begann. Da sprang sie aus ihrem Versteck hervor. Doch es kam anders als gedacht. Vielleicht war sie zu laut, vielleicht aber auch nicht schnell genug, jedenfalls entglitt ihr der Elf, als sie ihn packen wollte. Er schrie auf und rannte zum Lager. Es half auch nichts mehr, dass sie ihm nachsetzte und ihn mit einem gezielten Stoß ins Kreuz, der ihm die Lunge durchbohrte, niederstrecken konnte: Der Feind war alarmiert, und ihnen blieb nichts anderes übrig, als ihr Vorhaben aufzugeben und sich zurückzuziehen.

Einen ganzen Tag grübelte sie über diesen Vorfall nach. Wieder war ihr deutlich geworden: Ihr Körper war lange nicht mehr so flink, ihr Griff nicht mehr so eisern wie in früheren Zeiten.

Ich bin keine Kriegerin mehr. In der Schlacht bin ich zu nichts mehr nütze.

Dieser Gedanke ließ eine gewaltige Wut in ihr aufkommen, und die Enttäuschung über ihre körperlichen Beschränkungen setzte ihr mehr zu, als es für eine Feldherrin wie sie gut sein konnte.

In diesen Tagen wurde das Lager wieder mit frischen Vorräten beliefert. Einmal im Monat trafen Händler bei ihnen ein, die Waren von Neu-Enawar herbeischafften. Sie brachten Nachschub an Proviant, Waffen und auch Soldaten, soweit überhaupt noch wehrtaugliche junge Männer zu finden waren. Am Morgen, während Dubhe die Verteilung der Lebensmittel überwachte, sah sie ein bekanntes Gesicht. Ein Gesicht, das unmittelbar aus ihrer lange zurückliegenden Vergangenheit aufzutauchen schien. Diese langen, zu Zöpfen geflochtenen Haare und die gebräunte, von der Sonne gegerbte Haut machten ihn unverwechselbar. Sie trat von der Seite auf ihn zu und tippte ihm auf die Schulter.

»Tori [illegible]«, sagte sie. Der Gnom, der zu jener Zeit mit Elixieren und Giften gehandelt hatte, als sie in Makrat als Einbrecherin über die Runden zu kommen versucht hatte, war wirklich immer noch der Alte.

Allerdings brauchte er eine Weile, bis er sie erkannte. »Meine Königin …«, stammelte er schließlich und strahlte dabei über das ganze Gesicht.

Sie setzten sich in Dubhes Zelt zusammen und unterhielten sich lange über frühere Zeiten. Fünfzig Jahre waren seit ihrem letzten Treffen vergangen, aber es kam ihnen so vor, als sei es erst gestern gewesen.

»Als ich Euch damals an König Learcos Arm sah, habe ich es nicht fassen können«, lachte Tori.

»Du kannst mich ruhig noch duzen«, forderte Dubhe ihn auf, »auch wenn ich mittlerweile eine alte Frau bin, bist du immer noch älter als ich.«

Tori zwinkerte ihr zu. »Tja, das ist eben der Fluch und der Segen unserer Rasse. Wir Gnome leben lange!«, rief er, hob seinen Bierkrug und stieß mit der Königin an.

Über die Gegenwart zu reden, war für beide schwieriger. Sie waren vollkommen verschiedene Wege gegangen, und von den Personen, dic sie einmal gewesen waren, schien nichts übrig geblieben zu sein.

»Solche Geschäfte wie in früheren Zeiten mache ich schon lange nicht mehr. Ich beliefere nur noch das Heer. Dabei hätte ich die aktuelle Notlage ausnutzen und irgendwelche Mittelchen verkaufen können, die angeblich vor der Seuche schützen. Aber das ist nicht mehr mein Stil«, erklärte Tori.

»Ja, die Lage ist wirklich nicht rosig. Und ich bin auch nicht mehr die, die ich einst war«, seufzte Dubhe.

Ohne lange zu überlegen, vertraute sie Tori ihre Gedanken an. Es hatte einmal eine Zeit gegeben, da war der Gnom der Einzige gewesen, dem sie überhaupt trauen konnte. Seine geradlinige Art, seine Bereitschaft, ihr jederzeit zur Seite zu springen, wenn sie seine Hilfe brauchte, hatte sie nie vergessen und war ihm auch heute noch dankbar dafür.

»Ich besitze nicht mehr die Kraft früherer Jahre, und so ein Krieg ist doch eher was für junge Leute«, bemerkte sie mit einem erschöpften Lächeln.

Der Gnom zuckte mit den Achseln. »Aber auch auf die Erfahrung kommt es an, und davon besitzt du mehr als genug. Wie man hört, halten deine Soldaten große Stücke auf dich. Mit dir hat sich das Kriegsgeschick gewendet.«

Dubhe wandte den Blick ab. »Aber auch so können wir den Krieg nicht gewinnen. Gewiss, die Soldaten baut es auf, dass die Königin ihnen nahe ist und sogar Seite an Seite mit ihnen kämpft. Doch in der Schlacht selbst bin ich eher eine Last.« Sie streckte eine Hand aus und betrachtete die Falten, die wie ein Spinnennetz ihren Handrücken überzogen. »Ich bin alt und schwach, und mein Körper ist den Strapazen nicht mehr gewachsen. Hätte ich doch bloß meine Jugend wieder … Nicht dass ich eitel wäre, es geht mir nicht um die Schönheit der Jugend. Ich wünsche mir bloß die Gewandtheit und Kraft früherer Jahre zurück«, schloss sie bekümmert.

Schweigend saß Tori vor ihr und drehte nachdenklich den Bierkrug zwischen den Händen. »Und du glaubst wirklich, dass dir damit gedient wäre?«, fragte er dann.

Dubhe blickte ihn verständnislos an.

Der Gnom stellte den Bierkrug auf dem Tisch ab und

lehnte sich fast verschwörerisch zu ihr vor. »Ich habe viel geforscht in all den Jahren und es zu etwas gebracht in meiner Kunst. Dabei habe ich ... wie soll ich sagen? ... auch gewisse Dinge entdeckt.«

Dubhe blickte ihn weiterhin zweifelnd an.

»Mit anderen Worten, ich habe Elixiere entwickelt, die ganz andere Wirkungen haben als die Betäubungsmittel, mit denen ich dich damals versorgt habe. Sagen wir, ich habe mein Geschäftsfeld ausgeweitet. Und besonders eines dieser Mittel könnte auch für dich interessant sein. Es sorgt nämlich dafür, dass die Kräfte der Jugend wiederkehren.«

Dubhes Herz begann, schneller zu schlagen. Sie wusste, dass der Gnom kein Aufschneider war. Und als sie noch im Dunstkreis der Assassinengilde agiert hatte, hatte sie eine Frau kennengelernt – Rekla, die gemeingefährliche Wächterin der Gifte –, die trotz ihres fortgeschrittenen Alters immer jung aussah.

»Ich habe ein paar Proben dabei«, erklärte Tori, »auch wenn solcherlei Waren zurzeit nicht sehr gefragt sind. Im Gepäck auf meinem Karren hätte ich ein Fläschchen ...«

Er lehnte sich wieder zurück und wartete auf ihre Antwort. Dubhe verharrte schweigend in der vorgebeugten Haltung.

»Ich glaube ja nicht, dass du es nötig hast«, fügte der Gnom nun doch hinzu, »aber wenn du interessiert bist ...«

Dubhe nahm einen Schluck Bier und dachte noch einen Moment lang über den Vorschlag nach. »Wie viel soll es denn kosten?«, fragte sie dann.

»Für dich gar nichts«, lächelte Tori und wurde sofort

wieder ernst. »Die Wirkung hält nicht lange an, gerade mal die Dauer einer Schlacht. Aber vor allem musst du bedenken: Für die Einnahme zahlt man einen hohen Preis. Ist die Wirkung verflogen, ist man älter als zuvor. Das heißt, je mehr man davon nimmt, desto schneller altert man.«

»Das ist also eine Art Pakt mit dem Teufel.«

»Tja, so sieht's aus.«

Dubhe konnte nicht verhehlen, dass der Vorschlag in ihren Ohren reizvoll klang. Doch es wäre Wahnsinn gewesen. Was, wenn die Wirkung mitten in der Schlacht verflog? Und wenn es die Lebenszeit zu stark verkürzte, wer sollte dann ihre Männer ins Feld führen?

Ich könnte mir das Mittel aber geben lassen und hier aufbewahren. Für den Notfall, dachte sie.

»Unter normalen Umständen würde ich dir von dem Mittel eher abraten. Die Nachteile sind sehr groß, aber das wird dir sicher schon klargeworden sein«, bemerkte Tori noch einmal.

»Bring mir trotzdem so ein Fläschchen«, erklärte die Königin entschlossen.

»Wie du möchtest«, antwortete der Gnom, wobei er sie lange anschaute. Dann kippte er den letzten Schluck Bier hinunter und stand auf.

Es war bereits Abend, als Dubhe Aminas Zelt betrat. Das Mädchen hatte sich schon niedergelegt, schlief aber noch nicht.

»Großmutter …«, murmelte sie mit müder Stimme.

Dubhe setzte sich zu ihr ans Lager und betrachtete sie.

Vielleicht lag es an Toris Besuch, der sie in die Zeiten zurückversetzt hatte, als sie so alt wie ihre Enkelin gewesen war, vielleicht auch an der Tatsache, dass ihr so umbarmherzig die Beschränkungen ihres Körpers vor Augen geführt worden waren.

Jedenfalls sagte sie: »Ich habe einen Entschluss gefasst.«

Auf einen Ellbogen gestützt, richtete Amina sich auf. Die Müdigkeit schien schlagartig verflogen zu sein.

»Du kannst bei mir bleiben, und ich werde mit dir trainieren.«

Das Gesicht des Mädchens erstrahlte zu einem ungläubigen Lächeln.

Dubhe hob einen Finger. »Aber nur unter zwei Bedingungen. Erstens: Du wirst erst dann in den Kampf ziehen, wenn ich denke, dass du dafür bereit bist. Und zweitens: Du wirst mir in allem gehorchen, egal, was es sein mag, und ohne Widerrede. Bist du damit einverstanden?«

Amina nickte begeistert. »Danke!«, rief sie und umarmte ihre Großmutter.

Dubhe legte ihr eine Hand auf den Kopf. »Warte erst mal ab mit deinem Dank!«, sagte sie leise und hoffte inständig, diese Entscheidung niemals bereuen zu müssen.

22

Chandra oder Adhara?

Es war nicht so leicht, vorwärtszukommen. Die Zähne dieser Seeschlange waren tief ins Fleisch ihrer Wade eingedrungen, und jeder Schritt schmerzte höllisch. Obwohl die Temperaturen dort unten ziemlich hoch waren, fror Adhara und zitterte.

Ich muss mich beeilen, sonst waren all diese Mühen vergeblich.

Keuchend und erschöpft traf sie bei Adrass ein. Sein Zustand hatte sich nicht verändert, seit sie ihn in dieser Halle zurückgelassen hatte. Röchelnd lag er am Boden, und zwei Rinnsale Blut liefen ihm aus den Mundwinkeln über das Kinn. Er war nicht mehr bei Besinnung.

Sofort machte sich Adhara daran, seinen Quersack zu durchwühlen. Er war vollgestopft mit allen möglichen Tiegeln, eingewickelten Kräutern und verschiedenen Papieren, aber zum Glück hatte er die einzelnen Substanzen beschriftet. Adhara versuchte, ruhiger zu werden und einen klaren Kopf zu bewahren.

Konzentriere dich. Erinnere dich an alles, was du gelesen hast, sagte sie sich.

Vor allem brauchte sie ein größeres Gefäß, um die

Arznei zusammenzumischen. Sie fand etwas Passendes, und dabei stießen ihre Finger auf einen ihr bekannten Gegenstand: das Lederetui mit den Instrumenten, die Adrass bei dem seltsamen Ritus, mit dem das Absterben ihrer Hand gebremst worden war, benutzt hatte. Die Erinnerung an die Schmerzen und die grauenhaften Gefühle, die damit verbunden gewesen waren, ließ sie erstarren.

Was tust du da? Ist dir nicht klar, wen du da retten willst?

Sie schüttelte den Kopf. Eine andere Wahl blieb ihr nicht. Sie gab etwas Wasser aus ihrer Feldflasche in das Gefäß und begann. *Arnika*. Hektisch ging sie die Etiketten auf den Tiegeln und Päckchen durch, fand das Kraut und gab es hinein. *Fingerhut, Sonnentau, Tollkirsche*. Sie erinnerte sich, dass es zur Tollkirsche einen besonderen Hinweis gegeben hatte. Aber wie lautete der? Die Konzentration fiel ihr schwer wegen der Schmerzen im Bein und der Nervosität, die sie ergriffen hatte. Und so waren es die ihr eingepflanzten Kenntnisse, die ihr weiterhalfen. Tollkirsche war sehr giftig und durfte nur in kleinen Dosen verwendet werden.

Wie klein?

Sie nahm eine Prise davon, in der Hoffnung, dass es reichen würde. Aber jetzt kam die wichtigste Ingredienz an die Reihe. *Nymphenblut*. In Adrass' Quersack befand sich ein Fläschchen mit dieser Beschriftung, doch als sie es hervorholte, stellte sie entsetzt fest, dass es fast leer war. Bis auf einen Finger hoch oder wenig mehr. Sie spürte, dass es nicht reichen würde.

»Verflucht«, knurrte sie und schlug vor Wut mit der Faust auf den Boden. Was hatte es genutzt, ihr Leben aufs Spiel zu setzen, wenn es jetzt an dieser Zutat fehlte, die Adrass wirklich heilen konnte?

Da fiel ihr etwas ein. In allen Einzelheiten hatte sie wieder die Szene vor Augen, als Amhal ihr in den Finger gestochen und ihn zusammengepresst hatte, bis ein großer runder Tropfen Blut hervortrat und ihre Haut benetzte. Auch Amhals Lippen spürte sie wieder, die Wärme, die sie bei deren Berührung überkommen hatte.

Du besitzt Nymphenblut.

Einen Moment lang verlor sie sich in dieser Erinnerung, und es war ein Gefühl wie nach Hause zu kommen. Dann riss sie sich davon los. Diese Zeiten waren unwiederbringlich vorbei, und der Amhal von damals lag irgendwo begraben, verschüttet unter jenem gefühllosen Wesen, das sie vor kurzem fast umgebracht hätte. Solchen Fantasien nachzuhängen, war jetzt nicht die Zeit. Sie musste Adrass retten.

Sie warf einen Blick auf ihre Wunde. Das Blut, das sich dort gesammelt hatte, sollte sie besser nicht verwenden. Möglicherweise war es verunreinigt vom Speichel dieses Ungeheuers, und bei einer Reaktion mit dem Mittel wären die Folgen unabsehbar gewesen.

So zog sie ihren Dolch hervor. Die Klinge funkelte im matten Schein der Leuchtkugel, die sie hatte entstehen lassen. Sie wählte den linken Arm mit der befallenen Hand, die mittlerweile fast völlig taub war. Die Flecken lugten nun unter dem Verband hervor und zogen sich über das Handgelenk schon ein Stückchen den Unterarm hinauf. Nur beim verzweifelten Kampf gegen das glitschige Ungeheuer in der anderen Höhle hatte sie diese Gliedmaße noch einmal als Waffe einsetzen können.

Sie atmete tief durch, setzte die Klinge an, presste sie auf die Haut und schnitt hinein. Dann hielt sie den Arm über das Gefäß mit all den anderen Ingredienzien und ließ das Blut Tropfen für Tropfen hineinrinnen. Sie hatte keine Ahnung, wie viel sie brauchte. Wahrscheinlich eine ganze Menge. Amhal hatte ihr nämlich gesagt, dass der Nymphenanteil in ihrem Blut gering sei. Deswegen wartete sie geduldig und versuchte dabei, das Schwindelgefühl, das sie befiel, in den Griff zu bekommen. Ob das nicht alles ohnehin schon zu spät war, fragte sie sich. Denn dort unter der Erde hatte sie jegliches Zeitgefühl verloren, wie in einer ewigen, mondlosen Nacht.

Als das Gefäß halb voll war, stellte sie es auf dem Boden ab und stoppte den Blutfluss mit den Binden, die Adrass für ihre Hand benutzt hatte. Dort wurden sie nicht mehr gebraucht. Das Fleisch war tot, und sie spürte es nicht, wenn sie es berührte. Eine ganze Weile hatte sie sich das Voranschreiten ihrer Krankheit nicht mehr genauer angeschaut, und jetzt kam sie nicht umhin, festzustellen, dass sich der Zustand verschlechtert hatte. Die Adern sahen wie ausgetrocknet aus, die Haut war aufgesprungen, und die Gelenke und Knochen darunter zeichneten sich erschreckend deutlich ab. Als sie die Finger zu krümmen versuchte, bewegten sie sich kaum und schlossen sich erst nach einer Weile mühsam zu einem schwachen Griff.

Ich habe die Hand verloren, dachte sie bestürzt. Da wurde sie auf ein tropfendes Geräusch aufmerksam und stellte fest, dass aus der Wunde immer weiter Blut hervorquoll. Rasch zog sie den Verband fester an, in der Hoffnung, es möge reichen, sonst würde sie den Blutfluss vielleicht mit einem Heilzauber stoppen müssen. Schließlich gab sie noch das wenige Nymphenblut aus Adrass' Fläschchen in das Gemisch, und der Trank war fertig.

Damit näherte sie sich nun dem Körper, der keuchend am Boden lag, und hob Adrass' Kopf an. Weich fühlte sich sein Fleisch an, fast so, als löse es sich langsam auf. Auch die ersten Flecken waren bereits zu sehen, noch ziemlich hell, aber es würde nicht lange dauern, bis sie so schwarz wie Ruß geworden wären.

»Adrass«, sprach sie ihn an. Keine Antwort. »Adrass, ich brauche deine Mithilfe. Ich bin durch die Hölle gegangen, um dich zu retten, und ich weiß selbst nicht genau, was mich dazu getrieben hat. Aber du musst jetzt aufwachen. Sonst kann ich dich nicht behandeln.«

Adrass bewegte nur leicht den Kopf und schlief weiter. Da versetzte ihm Adhara ein paar Ohrfeigen.

»Los, komm schon, verflucht, komm zu dir!«

Endlich schlug er die Augen auf. Sie waren verschleiert, der Blick leer. »Adhara …«, murmelte er mit letzter Kraft. Es war das erste Mal, dass er sie bei diesem Namen nannte, und der Klang seiner Stimme ging ihr so durch und durch, dass ihr ein Lächeln über das Gesicht huschte.

»Hier, du musst das alles trinken. Mach den Mund auf.«

Sie hielt ihm das Gefäß an die ausgetrockneten Lippen und neigte es ein wenig. Auch wenn zunächst etwas von der Flüssigkeit über sein Kinn zu Boden rann, war der Reflex doch stärker: Langsam begann er zu schlucken.

»Gut so, sehr gut …«, bestärkte sie ihn mit sanfter Stimme.

Als er ausgetrunken hatte, bettete sie seinen Kopf wieder auf den Boden und ließ sich selbst erschöpft zurücksinken. So lag sie da, die Arme aufgestützt, und horchte auf den Schmerz, der mittlerweile wie ein Keil jeden klaren Gedanken aus ihrem Hirn vertrieb und dafür sorgte, dass die Umrisse um sie herum verschwammen. Sie seufzte tief. Jetzt konnte sie nur noch hoffen, dass ihr Tun Erfolg haben würde. Konnte nur noch beten, wie Adrass gesagt hätte. Zwei Tage musste sie warten, oder zumindest kam ihr die Zeitspanne wie zwei Tage vor. Orientieren konnte sie sich nur an den Bedürfnissen ihres Magens. Sie versuchte, auch Adrass zu füttern, doch nicht einen Moment kam er zu sich, und so ließ sie ihn schlafen und hoffte, dass er sich dabei erholte. Die Blutungen kamen nach einigen Stunden zum Stillstand, was ein sehr vielversprechendes Zeichen war. Auch das Fieber sank langsam, aber stetig, und seine Atemzüge wurden regelmäßiger. Es schien ihm wirklich besserzugehen, und so konnte Adhara daran denken, sich verstärkt um sich selbst zu kümmern. Besorgniserregend war der Biss in der Wade. Sie reinigte die Wunde mit Kräutern aus Adrass' Vorräten und behandelte sie mit ein wenig Magie. Die Wunde am Arm verheilte gut, und außerdem konnte sie den erzwungenen Aufenthalt dazu nutzen, neue Kräfte zu sammeln. Um ihren Geist zu beschäftigen, beschloss sie, sich Lektüre zu suchen und zu lesen. Sie befanden sich in der Abteilung ERZÄHLUNGEN, die ihr, wie sie bald feststellte, sehr gut gefielen. Es ging um Kriege – und um große Helden.

Und immer triumphierte das Gute. Vor Adhara entfaltete sich eine Welt, wie sie hätte sein müssen, eine Welt, in der das Grauen, von dem sie auf ihren Wanderungen so viel gesehen hatte, keinen Platz fand. In gewisser Weise war es tröstlich, in diese fantastischen Geschehnisse einzutauchen. Zwar mussten sich die Helden alle mit dem Bösen auseinandersetzen, fanden zum Schluss aber immer ihr Glück – und alles wurde gut. Es war anders als bei Amhal und ihr selbst. Sie beide hatten immer geschwankt zwischen Liebe und Streit und waren durch ein Schicksal auseinandergerissen worden, auf das sie keinen Einfluss hatten. Und die Feuerkämpferin fragte sich, ob es eine solche Zeit wohl tatsächlich einmal gegeben hatte, eine Zeit, in der alles weniger verwickelt war, die Wege immer geradeaus verliefen und das glückliche Ende schon feststand.

Am dritten Tag schlug Adrass die Augen auf. Er schaute sich um, und sein Blick fiel auf Adhara.

»Chandra …«, murmelte er.

Adhara schrak auf. »Ich dachte, du würdest mich jetzt bei meinem richtigen Namen nennen.«

Er schien sie nicht zu verstehen. Offenbar erinnerte er sich nicht mehr daran, was vorgefallen war. Sie ging zu ihm und legte ihm eine Hand auf die Stirn. »Wie fühlst du dich?«

Adrass zögerte ein wenig, bevor er antworten konnte. »Gut … wieso? Wie sollte ich mich denn fühlen?«

»Wie ein dem Tod Entronnener.«

Sie erzählte ihm, was geschehen war, wobei sie allerdings die Gefahren, die sie hatte bestehen müssen, um mit dem Rezept für das Heilmittel zu ihm zurückkehren zu können, nur knapp streifte. Je länger sie berichtete, desto wacher und aufmerksamer schien Adrass zu werden. Er wollte sich aufsetzen, aber es war noch zu früh, denn sofort wurde er blass.

»Leg dich wieder hin. Du bist noch zu schwach. Und zudem hast du tagelang nichts gegessen.«

Adhara holte aus ihrem Quersack etwas Trockenfleisch und ein Stück Käse hervor und reichte es ihm.

»Lass doch. Wir sollten sparsam sein mit unserem Proviant. Sonst kommen wir nicht damit aus«, wehrte er ab.

»Das ist jetzt nicht so wichtig. Du musst essen, um zu Kräften zu kommen. Außerdem steht es dir zu. Es ist der Anteil, den du nicht essen konntest, als du so hohes Fieber hattest.«

Adrass kaute langsam und ohne ein Wort zu sagen. Er schien über etwas nachzudenken. Aber erst, als er seine Mahlzeit beendet hatte, rückte er mit der Sprache heraus.

»Wenn ich mich recht erinnere, hatte ich dir gesagt, du sollst mich zurücklassen«, begann er.

»Das konnte ich nicht. Schließlich bist du der Einzige, der mich retten kann. Und ich habe deine Hilfe dringend nötig«, antwortete sie, wobei sie ihm ihre schwarz gefleckte Hand zeigte. »Es ist nicht besser geworden. Ganz im Gegenteil.«

»Und was ist mit Meriph?«

Adhara zuckte mit den Achseln. »Was soll mit ihm sein? Ich bin eben bei dir geblieben.«

Adrass legte die Stirn in Falten. »Das hättest du nicht

tun sollen. Dein Überleben ist das Einzige, was zählt. Das habe ich dir doch oft genug erklärt. Aber du setzt dein Leben aufs Spiel, um mich zu retten. Wann willst du endlich begreifen, wie wichtig du für die Aufgetauchte Welt bist? Aber was ist das eigentlich für ein Verband um deine Wade?«

Adhara errötete. Nun musste sie ihm die ganze Wahrheit erzählen.

»Bist du verrückt geworden? Wie konntest du nur so ein großes Risiko eingehen?«

Adhara war gekränkt. »Du bist gut. Ich habe dir gerade das Leben gerettet. Eigentlich müsstest du mir dankbar sein.«

»Dankbar? Wofür? Du hättest mich hier zurücklassen und deinem Weg folgen müssen!«, schrie Adrass so laut, dass er einen Hustenanfall bekam und ihm die Luft wegblieb.

Adhara blickte ihn verärgert an. »Soll ich dir mal sagen, wieso ich es nicht getan habe? Weil ich nicht so bin wie du. Obwohl du mich immer nur benutzt hast für deine Zwecke, habe ich nicht die Augen vor deinem Leid verschlossen. Ich habe gesehen, wie schlecht es dir ging, und in deinen Qualen meinen eigenen Schmerz wiedererkannt. Mit anderen Worten, du hast mir leidgetan. Personen sind für mich keine Dinge, die man benutzen und wegwerfen kann, wie es einem gefällt. Niemals!«

Sie streckte den Arm vor, an dem man das geronnene Blut von dem Schnitt sah, den sie sich selbst zugefügt hatte. »Ich habe dir von meinem Blut gegeben, verstehst du? Und ich würde es wieder tun, verflucht noch mal, ja, ich würde es wieder tun. Nur seelenlose Objekte gehen schnurstracks ihren Weg und lassen dabei die Schwachen zurück. Wer aber eine Seele hat, fühlt mit anderen mit.«

Sie schwieg, atmete nur schwer. Plötzlich war es ihr unangenehm, dieses aufrichtige, ungenierte Geständnis, und sogar ihre Tat, die sie fast mit dem Leben bezahlt hätte. Aber es war die Wahrheit. Alles, was sie gesagt hatte, stimmte. Und sie überlegte, dass sie zum ersten Mal seit ihrem Erwachen auf der Wiese etwas getan hatte, das sie als das auszeichnete, was sie tatsächlich war: ein fühlender Mensch. Ihrem Feind das Leben zu retten, war paradoxerweise das Beste, was sie je in ihrem Leben getan hatte.

Adrass wusste nicht, was er antworten sollte. Ein paarmal machte er den Mund auf, brachte aber nicht das kleinste Wörtchen heraus. Schließlich schlug er die Augen nieder, legte sich hin und drehte sich auf die andere Seite.

Du hingegen wirst dich niemals ändern, dachte Adhara. Sie griff zu einem Buch und ließ ihn allein.

Ein paar Tage mussten sie noch bleiben. Zwar machte Adrass' Genesung gute Fortschritte, doch war er immer noch zu schwach, um wieder loszuziehen. Allerdings hatte es Adhara mit dem Aufbruch auch nicht besonders eilig, denn sie fragte sich besorgt, was sie wohl in den untersten Abteilungen der Bibliothek erwarten würde. Die überschwemmte Halle war vielleicht nur eine Kostprobe der Gefahren, die dort auf sie lauerten.

Zwei Tage lang wechselten sie kein Wort miteinander. Adhara hockte über ihren Büchern, während Adrass eine Reihe von Schriften studierte, die er gefunden hatte. Sie hatte den Eindruck, dass die Mauer der Feindseligkeit, die immer zwischen ihnen gestanden hatte, nun noch höher geworden war.

Erst am Abend vor ihrem Aufbruch, als sie zusammen ihre karge Mahlzeit einnahmen, gaben sie ihr Schweigen auf.

»Du musst mir unbedingt noch die Rezeptur für die Arznei aufschreiben, mit der du mich geheilt hast«, sagte Adrass mit ernster Stimme.

Adhara blickte ihn abweisend an. »Wozu denn? Die wichtigsten Zutaten habe ich dir doch genannt.«

»Na hör mal. Wir haben ein Mittel gegen die Seuche entdeckt, und du willst es der Aufgetauchten Welt vorenthalten?«

Adhara war verblüfft. Sie hätte nicht geglaubt, dass Adrass sich darum Gedanken machen würde. Bislang war er dermaßen von seiner Mission eingenommen gewesen, dass es ihn nicht sonderlich zu interessieren schien, was darum herum vor sich ging.

»Glaubst du denn, sie wären mir nicht nahegegangen, all die Toten auf den Straßen, sie hätten mich kaltgelassen, all die Verzweifelten und Notleidenden, von denen ich umgeben war?«, fuhr er fort, wobei er sie schwach anlächelte. »Du hast ja keine Vorstellung, wie ich mich gefühlt habe, als ich die Substanzen zusammengetragen habe, die ich für deinen Ritus brauchte. Die Nymphe zum Beispiel war auf offener Straße von Leuten massakriert worden, die hinter ihrem Blut her waren. Ein entsetzliches Schauspiel.«

Adhara bemerkte, dass seine Hände leicht zitterten. Sie senkte den Blick. »Du verstehst es gut, solche Gefühle nicht durchblicken zu lassen«, bemerkte sie, fast so, als wolle sie sich entschuldigen.

Er sah ihr fest in die Augen. »Es war das Erste, was man uns Erweckten beibrachte. Jedes Mitleid mit euch zu unterdrücken. Man lehrte uns, nur Objekte in euch zu sehen, Ansammlungen einzelner Glieder, ohne Seele und ohne freien Willen. Wem diese einfache Übung nicht gelang, der hatte in unserem Kreis nichts zu suchen. Du kannst dir nicht vorstellen, wie viele schlaflose Nächte ich anfangs verbracht habe. Wie es mir zusetzte, solch ein Mädchen leiden zu sehen, während ich versuchte, Sheireen zu erschaffen.«

»Warum bist du überhaupt zu den Erweckten gestoßen? Wie kamst du dazu, dich mit solchen Leuten zusammenzutun?«, fragte Adhara.

Adrass schüttelte den Kopf. »Es ging mir um die Aufgabe. Um die Aufgabe und ein Ziel. Ich war der Letztgeborene einer Familie von Kriegern. Mein Vater und meine älteren Brüder hatten es zu Drachenrittern gebracht, meine Schwester zu einer tüchtigen Magierin. Ich aber zeigte auf keinem dieser Felder ein besonderes Talent. Die Erfolge meiner Familienmitglieder hemmten mich, und ich spürte, dass es in meinem Leben nicht vorwärtsging. In den Augen von Dakara aber, dem Gründer der Erweckten, erkannte ich eine solche Leidenschaft, etwas so Starkes und Faszinierendes, dass ich mich ihm anschloss. Als ich ihm das erste Mal begegnete, sagte er zu mir: ›Thenaar hat eine Aufgabe für dich. Thenaar hat für alle Gläubigen eine Aufgabe. Du sollst uns bei der Verwirklichung des kühnsten Planes helfen, den die Aufgetauchte Welt jemals gesehen hat.‹ Er wollte mich in seinen Reihen wissen, weil ich mich besser als andere in der Kräuterkunde auskannte. Zuvor hatte ich mit dieser Gabe nichts anzufangen gewusst, aber bei diesem Priester war sie nun gefragt und geschätzt. Ich verstand mich darauf, zu heilen, und mir gelangen Dinge, die anderen verschlossen blieben. Der Eintritt in die Schar der Erweckten war der Wendepunkt in meinem Leben: Der Glaube schenkte mir die Überzeugung, dass mein Leben einen Sinn hatte, dass auch ich zu etwas Höherem befähigt war. Und dieses Gefühl war mir bis zu diesem Zeitpunkt völlig unbekannt gewesen. Es war aufregend, mich als Teil eines großen Planes fühlen zu dürfen, als ein Rädchen in einem mächtigen Getriebe, das Geschichte schreiben sollte. Es war fantastisch. Die Erweckten konnten mir sagen, wozu ich auf der Welt war, woran ich glauben, wem ich mich unterwerfen sollte. Für Zweifel war kein Platz mehr in meinem Leben. Alles war wunderbar klar und festgefügt, eindeutig und vorherbestimmt.«

Adhara, die nur allzu gut wusste, wie quälend es war, hin und her gerissen zu werden, verstand, was Adrass ihr da erklärte. »Aber als du dann gesehen hast, wozu man dich zwingen würde, hättest du auch austreten können. Warum hast du es nicht getan?«

Adrass lächelte betrübt. »Das war eben der Preis, den ich für dieses herrliche Gefühl der Sicherheit bezahlen musste. Und außerdem würdest du dich wundern, wie leicht es gelingt, jedes Gefühl auszulöschen und im anderen nur noch ein Werkzeug zu sehen, vor allem dann, wenn man überzeugt ist, auf der richtigen Seite zu stehen.«

»Das heißt, es ist dir leichtgefallen, kein Mitleid mit mir zu haben?«, fragte sie mit zitternder Stimme.

Adrass blickte sie lange, fast verlegen an. »Es war doch für ein höheres Ziel«, murmelte er dann.

»Und wenn du mich ansahst, während du diese abscheulichen Dinge mit mir anstelltest, war ich da wirklich nichts anderes als der Gegenstand eines Experiments für dich?«

Sie sah, dass etwas in seinen Augen aufflackerte, ein Hauch von Zweifel, etwas, das er lange Zeit nicht mehr empfunden hatte.

»Du bist meine Schöpfung und damit für mich das Wichtigste auf der Welt«, erklärte er ausweichend.

Adhara seufzte leise und gab sich mit der Antwort zufrieden.

Sie kamen überein, am nächsten Tag zu den tieferen Bereichen der Bibliothek aufzubrechen. Dann legten sie sich schlafen, doch als das magische Feuer erloschen war, hörte Adhara, wie ihr Adrass noch etwas im Dunkeln zuflüsterte. »Nein, es ist mir nicht leichtgefallen, es ist mir überhaupt nicht leichtgefallen, und auch jetzt ist es alles andere als leicht.« Worte, die Adhara tief im Herzen berührten und etwas in ihr anstießen. »Danke, Adhara, dass du mir das Leben gerettet hast«, fügte er noch hinzu.

Dann wurde es still in der Halle.

23

Verluste und Gewinne

Die Luft um ihn herum war kühl, und der Wind streichelte sein Haar. Die Landschaft, die unter ihm hinwegzog, erstrahlte in warmen Farben, die hier und dort schon durchsetzt waren vom Schwarz kahler Bäume. Früher hätte ihn dieses prächtige Panorama begeistert, doch heute rief es nicht mehr die leiseste Regung in ihm hervor. Seit er das Medaillon trug, fühlte sich Amhal innerlich leer, befreit von jeglichem Gefühl. Eine Last weniger, dachte er, während er auf den Edelstein um seinen Hals schaute, der mit jedem Flügelschlag des Lindwurms an seiner Brust hin und her schwang.

Auf Sans Rat hin war er zu dieser Reise aufgebrochen. Der Meister hatte seinen Bericht über die Schlacht bei Kalima aufmerksam angehört und dann mit Nachdruck erklärt: »Eure Wege mussten sich kreuzen. Denn Adhara ist eine Sheireen. Du weißt ja, dass es euer Schicksal ist, euch zu bekämpfen, bis der Sieger feststeht und einer von euch tot ist. Wenn sie also nun, wie du erzählst, krank und geschwächt ist, solltest du das ausnutzen und dir die Chance nicht entgehen lassen. Sonst könnte es zu spät sein. Wie du weißt, sind Sheireens als einzige Geschöpfe der Welt in der Lage, uns zu vernichten. Es ist deine Pflicht, ihr zuvorzukommen und sie zu töten.«

Diese Worte hatten Amhal vollkommen gleichgültig gelassen. Dabei wusste er noch sehr gut, dass er Adhara früher einmal geliebt hatte. Doch heute war dieses Mädchen nichts als eine Feindin für ihn. Alles andere war völlig bedeutungslos geworden.

Er holte den Dolch hervor, den Kryss ihm vor seinem Aufbruch übergeben hatte, und betrachtete ihn. »Dieses Artefakt führt der Marvash seit grauen Vorzeiten bei der Erfüllung seiner Aufgabe mit sich«, hatte der Elfenkönig mit einem Lächeln zu ihm gesagt, »daher ist der Dolch gewissermaßen dein rechtmäßiges Eigentum. Er dient dazu, Geweihte aufzuspüren. Nimm und nutze ihn, so wie deine Vorfahren es getan haben, und kehre als Sieger zurück.«

Amhal blickte auf den Lichtstrahl, der sich, von der Dolchspitze ausgehend, am Himmel entlang in eine Richtung zog, genauer, Richtung Makrat. Auch wenn er ab und zu immer noch etwas in sich spürte, das sich seinem neuen Wesen nicht ganz beugen wollte, würde es dieses Mal kein Zaudern mehr geben. Sein Entschluss stand fest. Er würde Sheireen töten, ohne Erbarmen, und auch diese allerletzte Fessel wäre zerschlagen.

Er durfte keine Zeit mehr verlieren. Angeregt von diesen Gedanken, gab er dem Lindwurm noch einmal die Sporen und verschärfte das Tempo. Er konnte es kaum noch erwarten, diese Rechnung zu begleichen.

»Können wir jetzt endlich los?« Adhara beobachtete die Miene von Adrass, der sich über sie gebeugt hatte und ihre Wunden untersuchte.

Besorgt blickte er sie an: Der Biss in der Wade sowie der Schnitt im Oberarm waren fast vollkommen verheilt, doch der Zustand der Hand verschlimmerte sich mehr und mehr. »Du scheinst mir gut bei Kräften zu sein, was mich aber beunruhigt, sind diese Flecken. Eigentlich hatte ich gedacht, der Ritus würde den Prozess stärker verlangsamen, aber offenbar habe ich mich geirrt.«

Adhara hatte bereits geahnt, dass etwas nicht in Ordnung war. Dies nun aber bestätigt zu bekommen, ließ sie erschaudern.

»Kannst du es nicht noch einmal mit dem Ritus versuchen?«, fragte sie leise. Natürlich hätte sie es gern vermieden, die Prozedur zu wiederholen, doch wenn dies die einzige Möglichkeit war, den Verfall aufzuhalten, war sie zu allem bereit.

Doch Adrass schüttelte den Kopf. »Wie soll ich mir hier unten die Zutaten besorgen, die dazu nötig sind? Und du hast auch noch den Rest des Nymphenbluts aus der Flasche aufgebraucht.« Er warf ihr einen leicht tadelnden Blick zu, den sie aber übersah.

»Und jetzt?«

Beklommenes Schweigen machte sich breit. Adrass' Miene wurde sehr ernst, und er bedachte seine Worte genau, bevor er sprach: »Natürlich müssen wir schnell wieder los und uns sehr beeilen, doch wenn sich deine Hand nicht bessert, bleibt uns nichts anderes übrig, als auch extreme Lösungen in Betracht zu ziehen.«

Adhara biss sich auf die Lippen. Zwar wusste sie nicht, worauf er hinauswollte, doch was er da sagte, ließ nichts Gutes erahnen.

»Es ist nur eine Theorie, aber ich denke, dass das kranke Gewebe das gesunde ansteckt und sich auf diese Weise immer weiter fortfrisst. Ein Prozess, den ich offensichtlich nicht aufhalten konnte.«

»Und was willst du nun damit sagen?«

Adrass beugte sich vor. Seine Augen strahlten Mitleid aus, was Adhara fast verblüfft zur Kenntnis nahm. »Wir müssen die Möglichkeit in Betracht ziehen, die Hand vielleicht abzunehmen.«

Unwillkürlich wich sie zurück und ergriff schützend ihren kranken Arm. »Das ist nicht dein Ernst«, zischte sie.

»Doch, leider ... Wenn wir das kranke Gewebe entfernen, gewinnen wir genug Zeit, um eine bessere Behandlung zu finden.«

»Nein. Es muss noch eine andere Lösung geben!«

»Es sieht nicht so aus, Adhara, und wenigstens dieses eine Mal solltest du glauben, was ich dir sage!«

Beide schwiegen wieder, betroffen von der Erregung in ihren Stimmen, die vom Schwarzen Kristall an den Wänden wie Donner widerhallten.

»Ich bitte dich, glaub mir, die Hand ist ohnehin verloren. Du wirst sie nie mehr so wie früher gebrauchen können. Das verstehst du doch, oder?«

Adhara starrte zu Boden. Dass diese Reise ein fast aussichtsloses Unternehmen war und dass sie sich an eine Hoffnung klammerte, die eigentlich keine realistische Grundlage hatte, war ihr von Anfang an klargewesen.

Doch nun begann der Preis, den sie für diesen Silberstreifen zu zahlen hatte, zu hoch zu werden.

»Aber das ist doch meine Hand …«, flüsterte sie.

Obwohl er ihre Verzweiflung verstand, wusste er nicht, was er ihr Tröstliches hätte sagen können. Er erhob sich und streckte die Hand zu ihr aus, um ihr aufzuhelfen. Adhara ergriff sie unsicher mit der linken Hand und meinte dabei fast das Knistern ihrer verdorrten Haut und das Knirschen der Knochen zu hören.

»Nun aber los, sonst bleibt uns wirklich überhaupt keine Hoffnung mehr«, sagte Adrass mit der Andeutung eines Lächelns, das sie nicht erwidern konnte.

Fast einen ganzen Tag brauchten sie für den Weg zu den unteren Abteilungen, den Adhara schon einmal auf der Suche nach einer Behandlung für Adrass zurückgelegt hatte. Es war ihr gar nicht klar, dass sie damals so weit gelaufen war: Offenbar hatte die Sorge, es nicht mehr rechtzeitig zu schaffen, ihr Flügel verliehen.

Während des Abstiegs redeten sie kaum ein Wort miteinander. Nach dem dramatischen Gespräch am Morgen schienen beide wieder in ihre Rollen geschlüpft zu sein und verschlossen sich in einem beharrlichen, nachdenklichen Schweigen.

»Bis hierher bist du also gelangt«, sagte Adrass, als die ersten Stalaktiten auftauchten.

»Noch ein wenig tiefer sogar«, antwortete Adhara, während sie lauschte, ob sie schon ein Gluckern hörte. »Bei der Höhle, von der ich dir erzählt habe, war auch eine Art Quelle.«

Adrass blieb stehen, als überlegte er, was nun zu tun sei.

»Ich denke, wir müssten noch einmal einen Blick hineinwerfen.«

»Wieso? Da drinnen ist es gefährlich. Du hast doch gesehen, was mit meinem Bein passiert ist ...«

»Das schon ... Aber vielleicht können wir dort etwas finden, was uns bei deinem Fall weiterhilft.«

»Ich habe dich noch nie danach gefragt. Aber in welcher Abteilung, glaubst du, finden wir, was wir suchen?«

Adrass errötete. »Eine Bibliothek gleicht einem botanischen Garten«, erklärte er. »Alle Pflanzen sind dort gesammelt, Zierpflanzen und Heilpflanzen, aber eben auch solche, die giftig sind. Manche Bücher sind gefährlich. Eigentlich müsstest du wissen, dass es die Elfen waren, die die Schwarze Magie erfunden haben.«

»Ja, das weiß ich.«

»Dieses ganze verbotene Wissen wird wohl tief unten, im entlegensten und verborgensten Teil der Bibliothek aufgehoben sein. Die Elfen nannten es Okkulte Magie, und danach suche ich.«

»Mit dieser Schwarzen Magie hast du mich doch zum Leben erweckt, nicht wahr?«

Adrass nickte, fast verlegen.

»Und was hoffst du dann in der Abteilung für Heilkunde zu finden?«

»Nun, um Sheireen erschaffen zu können, war es notwendig, die Kenntnisse verschiedenster Spezialgebiete, unter anderem auch der Medizin, miteinander zu kombinieren. Möglicherweise finden wir dort etwas, was direkt deine Hand betrifft.«

Adhara schaute ihn lange an. »Ich gehe da nicht mehr hinein«, erklärte sie dann entschlossen. »Selbst wenn dadurch meine Hand zu retten wäre.«

»Dann gehe ich eben allein.«

»Du hast ja keine Ahnung … Diese Ungeheuer stürzen sich sofort auf alles, was sich bewegt.«

»Dann musst du mir eben den Rücken freihalten. Du beherrschst alle Zauber, die dazu nötig sind«, erklärte er und lächelte.

So bezog Adhara am Eingang der Halle Stellung und ließ zunächst einmal zwischen den Händen eine Leuchtkugel entstehen, um die Finsternis zu vertreiben, während sich Adrass hineinwagte. Es war alles so wie vor einigen Tagen: Das Wasser plätscherte zwischen den Regalen und ließ nichts von den Gefahren erahnen, die sich dort verbargen.

Doch kurz darauf glitzerte es unheimlich im Höhleninnern, und Adhara zuckte zusammen. Ohne auch nur einen Moment zu überlegen, handelte sie: Ein Wort, und auf magische Weise angelockt, tauchte eine Seeschlange aus dem Wasser auf, während gleichzeitig ein Zaubernetz hervorschoss und das Tier umwickelte, so dass Adhara es nur noch aufs Trockene zu ziehen brauchte. Im Schein der magischen Kugel sah es noch furchterregender aus, als sie diese Ungeheuer in Erinnerung hatte.

Bald lagen drei Seeschlangen beim Eingang des Saales und zappelten im Todeskampf.

Irgendwann tauchte auch Adrass keuchend, mit einer Steintafel in den Händen, wieder bei ihr auf. »Sieh mal, das hier werden wir sicher noch brauchen können!«, rief er.

Adhara spürte einen Kloß im Hals, und sie fragte sich ängstlich, ob diese Platte ihre Hand retten oder deren Verlust besiegeln würde.

Als sie weiterliefen, merkten sie bald, dass der Gang immer schmaler wurde. Näher und näher rückten die gegenüberliegenden Bögen der Spirale, in der die Bibliothek erbaut war, ein Zeichen, dass sich die Schneckenlinie, der sie folgten, in immer kürzeren Abständen um sich selbst drehte.

»Die ganze Bibliothek ist ein einziger Trichter«, bemerkte Adrass irgendwann. »Je tiefer wir kommen, desto enger wird es.«

»Glaubst du, dass die Abteilung, die wir suchen, ganz unten liegt?«, fragte Adhara, während sie sich bei einem Bogen vorlehnte und hinunterschaute.

»Ich hoffe nicht«, antwortete Adrass, während er sich den Schweiß von der Stirn wischte. Es war heiß geworden, und ein durchdringender Schwefelgeruch lag in der Luft.

Sie hatten keine Vorstellung, wie viel Zeit seit dem Betreten der Bibliothek vergangen war. Jedenfalls kam es ihnen so vor, als hielten sie sich schon eine Ewigkeit dort unten in der Finsternis auf, und es beschlich sie die Befürchtung, der Weg hinunter werde niemals enden.

Wieder durchquerten sie eine andere Abteilung der Bibliothek. Auf der Tafel über dem Eingang stand: ZAUBERTRÄNKE.

»Hier kommen wir der Sache schon näher«, bemerkte Adrass mit einem spöttischen Lächeln. Die Regale aus massivem Ebenholz waren ganz mit Spinnenweben, so dicht wie schwere Vorhänge, überzogen. Auch am Boden hatten sie sich ausgebreitet und behinderten das Weiterkommen. Einige Male strauchelte Adhara und wäre fast gestürzt.

»Halt dich an mir fest«, bot Adrass ihr an und führte sie durch dieses Labyrinth, während sie im Griff seiner Hand eine Art väterliche Wärme spürte. Umsichtig wies er ihr den Weg und ertastete mit dem Fuß, wo es sich am leichtesten lief.

Eine Fürsorglichkeit, die nur seiner bedingungslosen Hingabe an seine Mission geschuldet ist, weiter nichts, sagte sich Adhara immer wieder, konnte aber nicht so recht daran glauben.

Als sie rasteten, um etwas zu essen, blickte Adrass sie anders an, als sie es von ihm gewohnt war. Fast mit Zuneigung. »Was geschah eigentlich mit dir, nachdem San den Versammlungsort der Erweckten zerstört hatte? Ich weiß gar nichts darüber …«, fragte er sie.

Adhara erzählte ihm von ihrem Erwachen auf der Wiese, von den Empfindungen, die jene Tage geprägt hatten. Und dann von Amhal. Längst versuchte sie, nicht mehr daran zu denken, welche Gefühle er in ihr wachgerufen und wie viel er ihr bedeutet hatte. Immer wenn er ihr in den Sinn kam, rief sie sich schnell sein Gesicht in Erinnerung, als er kurz davor gewesen war, Amina zu töten. Das ermöglichte ihr besser als alles andere, jedes Verständnis für ihn zu ersticken und die Liebe zu ihm tief in ihrem Herzen zu begraben.

»Er … er hat mir einen Namen gegeben«, erklärte sie schließlich. »Und das war für mich, als würde ich erst in diesem Augenblick geboren. Ich war nicht mehr das unbekannte Gesicht, in das ich auf dem Wasserspiegel geblickt hatte.«

Mehr zu erzählen, fehlte ihr der Mut.

»Es tut mir leid …«, murmelte Adrass.

»Es ist ja nicht deine Schuld, dass Amhal diesen Weg gewählt hat.«

»Nein, das nicht. Aber es ist meine Schuld, dass du keinen Namen hattest.« Er blickte sie lange, fast verzweifelt an. Dann ergriff er ihre linke Hand. »Adhara…«

Zum dritten Mal nannte er sie so, und jetzt kam es ihr noch ein wenig echter, ein wenig realer vor. Amhal hatte ihr diesen Namen gegeben, aber erst die Tatsache, dass Adrass ihn benutzte, verlieh ihm einen tieferen Sinn.

»Ich weiß«, sagte sie, während sie ihre Hand behutsam seinem Griff entzog, »wir können es nicht mehr lange hinauszögern.«

»Ja, höchstens noch bis morgen. Wenn dann wieder gesundes Fleisch befallen ist, müssen wir die Sache angehen«, erklärte er. »Aber jetzt sollten wir uns ein wenig ausruhen.«

Sie legten sich nieder und sanken langsam in einen unruhigen Schlaf.

Sie kamen überein, dass kein Weg daran vorbeiführte: Gegen Abend würden sie es tun. Als sie überprüften, wie viel Proviant ihnen verblieben war, schlossen sie, dass er nicht länger als eine weitere Woche reichen würde, selbst wenn sie ihn sehr sparsam einteilten. Also würde Adhara keine Zeit bleiben, sich nach der Operation auszuruhen, um wieder zu Kräften zu kommen.

»Ich werde versuchen, es so schmerzlos wie möglich zu machen, aber es ist und bleibt nun einmal eine Amputation.«

Adhara biss sich auf die Lippen und nickte. Einen Teil ihrer selbst musste sie aufgeben. Was würde sich dadurch für sie ändern? Und worauf würde sie darüber hinaus noch verzichten müssen, bevor das alles ausgestanden war?

Immer tiefer stiegen sie hinab. Mit jedem Schritt wurde die Luft heißer und schwerer. Bald verschwanden die Spinnweben zusammen mit den fettigen, borstigen Spinnen, die im Halbschatten herumhuschten. Und die Felswände wurden bunter. Seltsame Muster in einem dunklen Rot, das an geronnenes Blut erinnerte, waren eingraviert.

»Das müssen elfische Runen sein«, meinte Adrass, »Symbole der Schwarzen Magie.«

Je weiter sie vordrangen, desto heller wurden die Zeichen an den Wänden, während ein Lichtschein aus dem Abgrund unter ihnen hinaufdrang. Als sie sich vorlehnten und hinunterschauten, verschlug es ihnen den Atem. Nun konnten sie bis zum Boden sehen. Eine orangegelbe Fläche blubberte leise vor sich hin, eingefasst von einem glutroten Rand, der in ein zerklüftetes Schwarz überging.

»Lava ...«, murmelte Adhara.

»Was wir suchen, kann nur dort unten sein«, bemerkte der Erweckte, und als er sie anblickte, strahlten seine Augen eine fiebrige Erregung aus.

»Wir sind fast am Ziel.«

Bald erkannten sie, weshalb die Symbole an den Wänden auch im Dunkeln zu sehen waren: Sie bestanden aus Lava. Vielleicht hielt irgendein Zauber sie fest und verhinderte, dass sie an den Wänden hinunterfloss. Es war faszinierend und furchterregend zugleich. In allem, was sie umgab, schien Leben zu pulsieren. Und mit Sicherheit lauerte dort unten etwas auf sie, etwas Unbekanntes, mit dem sie hoffentlich fertigwerden konnten.

In einem Saal, über dessen Eingang ABWEHRZAUBER stand, machten sie halt. Magie, endlich. Es handelte sich um eine nicht sehr große Höhle, die über und über mit diesen seltsamen Symbolen aus glühender Lava verziert war, nur die Muster und Zeichen am Boden waren aus schwarzem Kristall eingefügt. Die Bücher waren hinter massiven Eisengittern verschlossen, ein Hinweis darauf, dass ihr Inhalt keineswegs als harmlos galt.

Adrass stärkte sich mit ein wenig Proviant, während Adhara keinen Bissen hinunterbekam. Unablässig dachte sie daran, was sie nun erwartete. Aber zumindest hatte sie keine Angst mehr vor seinen Händen und wusste, dass er ihr nicht unnötig wehtun würde.

Als er fertig gegessen hatte, erhob er sich langsam und begann, die Instrumente für den Eingriff vorzubereiten. Adhara erschauderte. Kanülen, ein Skalpell, eine kleine Säge. Sie erinnerte sich. Diese Gerätschaften kannte sie aus dem Labor, wo er sie erschaffen hatte.

»Schau lieber nicht hin. Schließ einfach die Augen.«

Adhara tat es. Doch sogleich füllte sich die Finsternis mit beängstigenden, metallischen Geräuschen. Sie spürte, wie ihr der kalte Schweiß ausbrach, den Rücken hinunterrann und nach und nach sogar ihr Oberteil durchtränkte.

»Hab keine Angst.«

Adhara schluckte. »Das ist leicht gesagt.«

»Spürst du etwas?«

Adrass Stimme schien aus einer anderen Sphäre zu ihr zu dringen. Sie schüttelte den Kopf.

Er begann, und halb erleichtert, halb entsetzt wurde Adhara gewahr, dass sie in der linken Hand wirklich jegliches Gefühl verloren hatte. Sie hörte, wie das Sägeblatt durch das tote Fleisch schabte und dann den Knochen zerteilte. Aber sie spürte nichts, nicht den Hauch eines Schmerzes, so als sei diese Hand bereits kein Teil ihres Körpers mehr.

Dennoch begann sie zu weinen, und langsam, aber unaufhaltsam liefen ihr die Tränen über die Wangen. Da spürte sie, wie seine warme Hand sie sanft wegwischte, und einen Moment lang gab sie sich dieser Berührung hin. Auf einmal sah sie nicht mehr nur den Peiniger in ihm, sondern auch ihren Schöpfer, der sie aus dem Grab befreit und ihr ein neues Leben geschenkt hatte. Weniger als das Sakrileg eines Wahnsinnigen kam ihr diese Tat nun wie der Liebesbeweis eines Vaters vor. Denn in einem eigenartigen, verqueren Sinn wurde Adrass immer mehr eben das für sie. Ein Vater.

Sie löste sich von ihm, kniff die Augen zusammen und wartete, dass es vorübergehen möge. Endlich hörte sie, wie er die Instrumente zur Seite legte.

»Das war der leichtere Teil«, sagte er jedoch mit zitternder Stimme. »Jetzt musst du stark sein. Beiß fest die Zähne zusammen!«

»Was hast du vor?«

»Bis jetzt habe ich nur den abgestorbenen Teil weggeschnitten, nun muss ich die Wunde noch ausbrennen, auch das von der Infektion nur angegriffene Gewebe. Aber dort fühlst du noch etwas. Ich werde mich eines Zaubers bedienen und kann dir auch etwas geben, das die Schmerzen lindert. Aber ich will dich nicht belügen: Es wird sehr wehtun.«

Adhara nahm all ihren Mut zusammen und nickte Adrass zu.

Der führte ihr ein Fläschchen an die Lippen, dessen bitteren Inhalt sie in einem Zug austrank. Schon fühlte sie, wie ihr die Sinne schwanden. Gestützt von Adrass' Arm in ihrem Nacken, glitt sie sanft zu Boden, die Finsternis um sie herum wurde undurchdringlich, und tiefe Bewusstlosigkeit überkam sie.

Es war der Schmerz, der sie wieder zu sich brachte. Sie spürte, wie etwas ihr Fleisch verzehrte, und sie schrie laut auf. Ihre Beine zappelten, ohne dass sie es verhindern konnte, während Adrass ihren linken Arm fest. hielt. Sie hörte sich schreien, als wäre es nicht sie selbst, und dann einen Singsang, wie aus der Ferne, doch deutlich vernehmbar, eine Melodie, an die sie sich mit aller Kraft klammerte.

»Es ist gleich vorbei, es ist gleich vorbei, es ist gleich vorbei ...«

Dann spürte sie, wie sich der Griff seiner Hand lockerte, während der Schmerz ein klein wenig nachließ und jetzt dumpf pochte. Sie öffnete die Augen.

Völlig entkräftet lag sie ausgestreckt am Boden, während Adrass, über sie gebeugt, nicht weniger mitgenommen aussah. »Du hast es geschafft«, murmelte er.

Adhara schloss wieder die Augen. Abgesehen von diesem Schmerz fühlte sie sich nicht anders als vorher. Doch ihre Hand war fort.

Da weinte sie, wie sie noch nie in ihrem Leben geweint hatte, haltlos wie ein kleines Mädchen. Fest drückte sie dabei Adrass' Hand, die Hand ihres Feindes, die Hand ihres Vaters. Er nahm sie in den Arm, legte ihren Kopf an seine Brust, und trotz all dieser Verzweiflung spürte Adhara auch die Wärme dieser Umarmung, und das reichte ihr schon, um sich weniger allein zu fühlen.

24

Vergebung

Ein Haus des Schreckens. Als solches beschrieben Theanas und Dubhes Abgesandte Uros Quartier. Mit wachsender Anspannung folgte die Magierin dem, was ihre Männer berichteten. Gefäße voll mit Nymphenblut hätten sie gefunden, und auch Leichen, deren Verwesung durch magische Verfahren beschleunigt wurde. Im Kellergeschoss waren Dutzende lebender Nymphen eingesperrt, die in regelmäßigen Abständen zur Ader gelassen wurden. Offenbar hatte sich Uro diesen ganzen Wahnsinn ohne fremde Hilfe ausgedacht und ganz allein diese schändliche Arbeit vorangetrieben.

Als die Soldaten sich daranmachten, seine Gefangenen zu befreien, schien der Gnom völlig den Verstand zu verlieren: »Aber versteht ihr denn nicht?«, rief er. »Ich kann die Aufgetauchte Welt retten! Ich bin der neue Held dieses Zeitalters!«

Nur mit Gewalt konnte man ihn wegschaffen.

Nun stand die Hohepriesterin reglos vor Kalth, dem jungen König, während der Gefangene einige Stockwerke unter ihnen in einer Zelle hockte. Lieber wäre es Theana gewesen, man hätte ihn bereits hingerichtet, denn sie war sich bewusst, sich in gewisser Hinsicht mitschuldig gemacht zu haben. Indem sie seine spezielle Arznei hatte anwenden lassen, hatte sie sich gewissermaßen zu seiner Komplizin gemacht und war für den Tod zahlreicher Nymphen mitverantwortlich. Allein bei dem Gedanken drehte sich ihr der Magen um.

Der junge Regent saß auf der gegenüberliegenden Seite des breiten Tisches, der einen Gutteil seines Arbeitszimmers, ein Raum im obersten Stockwerk des Palastes, einnahm. Dorthin zog er sich zurück, wenn die Last der Verantwortung für die Aufgetauchte Welt zu schwer für seine Schultern wurde. Er zeigte keine Regung, während er den Bericht durchlas, den Theana für ihn vorbereitet hatte. Nur sein Blick senkte sich Zeile für Zeile, bis er schließlich das Papier zur Seite legte.

»Hervorragende Arbeit«, war sein einziger Kommentar.

Theanas geballte Fäuste entspannten sich. »Es wird das Beste sein, diesen Mann schnellstmöglich seiner gerechten Strafe zuzuführen.«

»Dafür werde ich sorgen. Nach einem rechtmäßigen Gerichtsverfahren.«

Theana schien überrascht.

»Wir dürfen uns nicht zur Willkür hinreißen lassen«, kam Kalth einem Einwand zuvor.

»Aber die außergewöhnlichen Umstände …«

»Gewiss, die außergewöhnlichen Umstände, der Krieg, die Seuche … Gerade in solchen Zeiten gilt es aber, sich unerschütterlich nach den Gesetzen zu richten und sie korrekt anzuwenden. Gerade weil die bewährte Ordnung missachtet wird, versinkt die Welt im Chaos. Und wenn wir überleben wollen, dürfen wir uns selbst nicht untreu werden.«

Theana trat einen Schritt auf den König zu. »Ihr habt sicher Recht, aber ich halte es für verfehlt, die leidige Geschichte öffentlich zu machen. Bereits heute werden Nymphen auf offener Straße erschlagen, weil man sie beschuldigt, die Seuche zu verbreiten. Wenn sich erst herumspricht, dass ihr Blut tatsächlich heilende Wirkung besitzt, wird es ein entsetzliches Gemetzel geben.«

»Da bin ich ganz Eurer Meinung. Und deshalb werde ich auch dafür sorgen, dass von dieser Geschichte nichts nach außen dringt. Der Prozess soll hinter verschlossenen Türen stattfinden.«

Theana atmete erleichtert auf und blickte den König dann wieder an. »Da wäre noch etwas anderes, worüber wir sprechen müssen.«

Der Junge nickte und war ganz Ohr.

Am nächsten Morgen bei Sonnenaufgang brach Theana auf. Kalth hatte ihr einen Drachen satteln lassen, der sie auf schnellstem Wege ins Land des Wassers bringen würde, und ihr noch einmal ans Herz gelegt, dass ihre Mission geheim bleiben müsse. Doch er hatte eine Gegenleistung verlangt.

»Ich weiß, Ihr habt Anweisung gegeben, die von Uro hergestellten Säfte vernichten zu lassen. Ich aber habe meinen Männern befohlen, sie nur zu beschlagnahmen.«

Theana hatte den jungen König fragend angeblickt.

»In diesen schweren Zeiten müssen wir versuchen, die Zahl der Opfer möglichst gering zu halten. Und eine weitere Ausbreitung der Seuche kann unser aller Ende bedeuten. Um dies zu verhindern, darf uns kein Preis zu hoch sein.«

Theana verstand, und es kam ihr zunächst ganz vernünftig vor, was Kalth weiter ausführte: »Die Nymphen, die umgebracht wurden, um diese Säfte herzustellen, können wir nicht wieder lebendig machen. Die Verbrechen wurden verübt, und Uro wird dafür bezahlen, und zwar sehr teuer. Aber ich sehe keinen Grund, weshalb die Opfer der Nymphen umsonst gewesen sein sollten. Denkt doch einmal nach. Vernichten wir die Elixiere, sind Dutzende Unschuldiger einen sinnlosen Tod gestorben.«

»Aber damit würde man Uros Untaten im Nachhinein aufwerten. Wenn nicht sogar rechtfertigen!«, hatte Theana protestiert.

»Nein, es geht doch nur darum, die Gelegenheit zu nutzen. Um sonst gar nichts. Es ist eine Sache, weitere Arznei nach Uros Methode herzustellen, eine ganz andere aber, die bereits zur Verfügung stehende auch einzusetzen.«

Nach einem langen Streitgespräch hatte Theana schließlich nachgegeben. Betört von Kalths unwiderlegbar logischen Argumenten und erschöpft durch die Schuldgefühle, die sie seit Tagen plagten, hatte sie ihre Einwilligung gegeben.

Als sie in ihr Arbeitszimmer hinuntergegangen war, um einige Dinge für die Reise zusammenzupacken, waren die Gefäße mit dem Mittel, die ihre Leute zu ihr gebracht hatten, bereits verschwunden. Und damit hatte sich eine Bürde auf ihre Schultern gelegt, die sie auch noch schwer belastete, während sie auf dem Drachenrücken über Wälder und Wiesen schwebte.

Als das Land des Wassers endlich in Sicht kam, ergriff eine eigentümliche Erregung sie, und ein Schauer lief ihr über den Rücken. Würde sie die richtigen Worte finden, um den Nymphen alles zu erklären? Und wo würde sie überhaupt den Mut hernehmen, ihnen gegenüberzutreten, nach dem, was sie getan hatte – und immer noch deckte?

Sie schloss die Augen und versuchte zu beten. Das hatte ihr früher immer geholfen. Jedes Mal, wenn sie sich mit Zweifeln quälte, jedes Mal, wenn sie in einer schwierigen Lage steckte, hatte sie Thenaar um Beistand angefleht. Und immer hatte der Gott in ihrem Herzen einen Funken der Hoffnung und des Friedens entzündet. Ihr Vater kam ihr in den Sinn, an den sie schon lange nicht mehr gedacht hatte. Um sich selbst und dem, woran er glaubte, treu zu bleiben, hatte er seinem Gott Thenaar das höchste Opfer dargebracht und seinen Tod in Kauf genommen. Sie erinnerte sich, wie liebevoll und geduldig er ihr die Lehren und Künste des Priesterwesens nahegebracht hatte, erinnerte sich an die Zeit, die sie zusammen verlebt hatten.

Doch obwohl sie jetzt mit noch größerer Hingabe betete, wollte sich der innere Frieden nicht einstellen. Der Himmel blieb entsetzlich leer, und Thenaar schwieg.

Ein unerträgliches Gefühl der Hilflosigkeit, des Zorns und der Enttäuschung stieg in ihr auf. Wo hatte sie versagt? Wann und wodurch hatte sie alles verloren, was sie einmal besessen hatte?

Fünf Tagesreisen brauchte sie bis ans Ziel. Der Ort lag dicht bei der Grenze zum Land des Meeres. Der Teil des Landes des Wassers, den Kryss bislang noch nicht erobert hatte, beschränkte sich mittlerweile nur noch auf einen schmalen Streifen am östlichen Rand. Doch schon bevor die Elfen anrückten, hatten die Nymphen den königlichen Palast in Laodamea aufgeben müssen und waren zur Flucht in ein Gebiet gezwungen gewesen, das man ihnen zugewiesen hatte. Dort wurden sie vom Vereinten Heer geschützt, denn die Nymphen selbst hatten niemals eine Armee besessen. Das Zusammenleben mit den Menschen war immer schon schwierig gewesen, doch jetzt waren diese zu einer echten Gefahr geworden, so dass es keine andere Möglichkeit gegeben hatte, als die Rassen zu trennen. So sperrte man die Nymphen in ein Reservat, das Tag und Nacht von Soldaten bewacht wurde.

Dort landete Theana jetzt, bekleidet mit ihren Alltagsgewändern, denn sie wollte um ihrem Besuch kein Aufhebens machen. Bei diesem Reservat handelte es sich im Grunde um ein großes, von einem Holzzaun umgebenes Lager, in dem aber, typisch für das Land des Wassers, ein Netz kleiner Bäche sprudelte und ein dichter Wald gewachsen war. Am Rand stand ein großes Zelt, in dem die Soldaten untergebracht waren. Aber darüber hinaus gab es keinerlei Gebäude oder Unterkünfte, denn darauf waren die Nymphen nicht angewiesen. Die Wälder waren ihr Zuhause, sie verschmolzen mit den Bäumen, schliefen im Geäst und brauchten kein Dach über dem Kopf. Nur wenn sie mit Menschen die Ehe eingingen, was in letzter Zeit nur noch höchst selten vorkam, fanden sie sich mit den festen Mauern von Städten und Dörfern ab. Dann gaben sie ihren eigentlichen Lebensraum auf und lebten nach den Sitten und Gebräuchen der Menschen, sehnten sich aber im Herzen immer nach dem Grün der Wälder.

Theana ging zögerlich ein paar Schritte, weil sie nicht genau wusste, an wen sie sich wenden sollte.

»Herzlich willkommen, ehrwürdige Hohepriesterin!« Die Stimme ließ sie herumfahren.

Es war eine Nymphe, wunderschön, hauchzart und durchscheinend wie aus reinstem Wasser. Sie führte die Hände zur Brust und neigte zur Begrüßung respektvoll das Haupt. Doch als sie den Blick wieder hob, erkannte die Magierin in ihrer Miene einen Anflug von Unbeugsamkeit.

»Hier entlang«, forderte die Nymphe sie auf.

Theana hob die Hand. »Ich sehe hier weder Gebäude noch Zelte, und wir haben recht heikle Themen zu besprechen, die nicht für fremde Ohren bestimmt sind.«

»Hier entlang«, ließ sich die Nymphe nicht beirren und ging ohne weitere Erklärung vor. Theana folgte ihr. Es erschien ihr ratsam, sich so gefügig wie möglich zu zeigen, ihre Mission war ohnehin schon schwierig genug.

Sie gelangten zu einer kleinen Lichtung mit einem abgerundeten, auf der Oberseite flachen Felsblock in der Mitte. Die Nymphe deutete darauf, und nach einem kurzen Zögern setzte sich die Magierin dort nieder.

Ohne noch etwas hinzuzufügen, verschwand das ätherische Wesen, und Theana war allein. Die Zweige über ihr schaukelten im Wind und gaben hin und wieder einen Blick durch das Geäst auf einen fahlen Himmel frei. Theana schaute sich um und versuchte, sich darüber klarzuwerden, was nun geschehen sollte. Da hörte sie, wie die Baumstämme um sie herum zu ächzen begannen, als würden sie sich strecken. Anfangs dachte sie noch, sie bilde sich das bloß ein. Aber dann sah sie ganz deutlich, wie sich die Bäume in die Höhe reckten, sich bogen und verformten, um sich schließlich über ihr miteinander zu einer Kuppel zu verflechten. Darunter entstand ein geschützter Raum, der vom Licht erhellt wurde, das durch die verschlungenen Zweige einfiel.

Theana musste nicht lange warten. Denn nun lösten sich nach und nach, lautlos und geschmeidig, immer mehr Nymphen von den Bäumen, mit denen sie verschmolzen waren, nahmen Gestalt an, neigten den Kopf und legten zum Gruß die Hände an die Brust. Achtmal erwiderte Theana den Gruß. Die neunte Nymphe aber löste sich aus dem mächtigsten Baumstamm. Vor ihr verneigte sich die Hohepriesterin, denn sie erinnerte sich gut an sie, obwohl sie sie nur einige Male gesehen hatte: Es war Kalypso, die derzeitige Königin.

»Sei uns willkommen«, sprach diese. Sie hatte langes Haar, das bis zum Boden reichte, war ein klein wenig größer als die anderen Nymphen und besaß eine besondere, tatsächlich königliche Ausstrahlung, die sie aus dem Kreis der anderen hervorhob. »Was führt dich zu uns?«

»Angelegenheiten von größter Bedeutung, die das Überleben unserer Welt betreffen.«

Kalypso nahm Platz, und Theana tat es ihr gleich.

Die Nymphe schien fast ein wenig verärgert. »Das Überleben eurer Welt, der Welt der Menschen, meinst du wohl. Denn unser Schicksal ist bereits besiegelt.« Mit einer ausladenden Handbewegung deutete sie auf den Ort, an dem sie sich befanden. »Nur das ist uns geblieben von dem prachtvollen Hof in Laodamea, von dem Königreich, das wir mit so viel Entbehrungen aufgebaut haben. Eine Holzhütte und ein Lager, in dem wir wie Gefangene eingepfercht leben.«

Theana senkte den Blick. Vielleicht würde es sogar noch schwieriger werden, als sie ohnehin schon befürchtet hatte. »Wir tun alles, was in unserer Macht steht, um euch zu helfen.«

Die Miene der Nymphe hellte sich auf. »Wir wissen, dass euer Hof und auch die anderen Regenten auf unserer Seite stehen, doch es sind die einfachen Leute, die uns das Fürchten lehren. Viele Angehörige unseres Volkes sind bereits dem Hass und der Bosheit zum Opfer gefallen. Gerade in letzter Zeit sind viele Nymphen spurlos verschwunden, und wir wissen nicht, was aus ihnen geworden ist.«

Theana schluckte. Nun war der Augenblick gekommen. »Vielleicht kann ich euch zumindest darin weiterhelfen.«

Ohne irgendetwas zu verschweigen, erzählte sie ihnen von Uro und hoffte dabei, dass zumindest ihre guten Absichten gewürdigt würden. Als sie geendet hatte, machte sich betroffenes Schweigen breit.

»Sind wir jetzt schon so weit?«, stöhnte Kalypso leise.

»Dieser Gnom, um den es hier geht, wurde gefangen

genommen und seine Werkstatt zerstört. Die gefangenen Nymphen wurden befreit und werden gut gepflegt, damit sie bald gesund zu euch zurückkehren können.«

»Wir wollen ihn haben«, erklärte Kalypso da in scharfem Ton. »Wir verlangen, dass uns der Mörder überstellt wird.«

»Uro hat sich entsetzlicher Verbrechen schuldig gemacht, für die man ihn zur Rechenschaft ziehen wird in einem Prozess im Land der Sonne.«

»Nein, an uns hat er diese Verbrechen verübt, und deshalb ist es nur gerecht, wenn wir ihn auch bestrafen.«

»Aber ein solcher Frevel, ein Verbrechen gegen eine ganze Rasse der Aufgetauchten Welt, ganz gleich welche es nun sei, ist ein Verbrechen gegen die Aufgetauchte Welt in ihrer Gesamtheit. Deswegen möchte unser Herrscher Uro den Prozess machen. Euer Überleben und euer Wohlergehen betreffen nicht nur euch selbst. Sie sind unser aller Angelegenheit.«

Kalypso schien angestrengt nachzudenken. »Einverstanden«, sagte sie schließlich, »aber nur unter der Bedingung, dass eine Delegation unseres Volkes am Prozess teilnimmt und bei der Urteilsfindung mitspricht.«

Theana nickte. Das hatte Kalth bereits vorhergesehen. »Eure Delegation könnte sofort mit mir zurückreisen, wenn Ihr das wünscht.«

Kalypso nickte, und wieder entstand ein langes Schweigen.

Dann fragte die Königin: »Ist das der einzige Grund, der dich hergeführt hat?«

Theana schüttelte den Kopf und kam geradewegs auf ihr eigentliches Anliegen zu sprechen.

»Wie sich herausgestellt hat, wirkt die von dem Gnomen erdachte Behandlungsmethode tatsächlich. Ihr Nymphen seid immun gegen die Seuche, es ist also anzunehmen, dass das Geheimnis dieser Widerstandskraft in eurem Blut liegt. Leider ist es die einzige Therapie, über die wir zurzeit verfügen. Sosehr wir uns auch bemüht haben, etwas anderes zu entwickeln: Es war erfolglos.«

Theana spürte, wie ihr eine Welle der Feindseligkeit entgegenschlug. Die Nymphen hatten bereits verstanden, worauf sie hinauswollte.

»Was Uro getan hat, ist entsetzlich, und niemand denkt daran, es zu wiederholen. Doch Tatsache ist auch, dass offenbar nur euer Blut uns retten kann.«

»Woran denkst du? Heraus mit der Sprache.«

»Ich bitte euch, uns zu helfen. Ich bitte euch, uns in gewissen Abständen ein wenig von eurem Blut zu spenden, damit wir daraus ein Heilmittel herstellen können. Wie gesagt, nicht viel, so dass die Spender den Verlust gar nicht merken.«

Völlig reglos wie eine Statue saß Kalypso da und schwieg. Theana hatte nicht den Mut, fortzufahren, und wartete. Sie wusste, dass sie viel verlangte und dass ihr Ansinnen von der Nymphenkönigin gut bedacht werden musste.

»Von Anfang an, seit diese leidvolle Geschichte begonnen hat, habt ihr Menschen in uns den Urheber des Übels gesehen«, erklärte diese jetzt. »Ihr habt Nymphen getötet, habt euch dazu hinreißen lassen, unser Blut zu trinken, und uns schließlich hierher verbannt, mittlerweile der einzige Ort, an dem wir uns noch sicher fühlen können. Und nun kommt ihr hierher und bittet uns, euch zu helfen. Was hätten wir davon? Was würde es uns bringen, unseren Peinigern beizuspringen?«

»Von uns, die wir das Land der Sonne führen, hat euch niemand verfolgt, niemand hat in euch den Urheber der Krankheit gesehen. Im Gegenteil haben wir versucht, euch zu beschützen und diese Verbrechen zu unterbinden. Aber leider fehlt es uns an Männern, um das durchzusetzen. Wir haben noch nicht einmal genug Soldaten, um den Palast ausreichend zu schützen. Die Aufgetauchte Welt geht zugrunde, zerfällt unter den Schlägen der Seuche und des Krieges.«

Theana kniete nieder und fuhr fort: »Ich bitte euch um Vergebung für alles, was euch angetan wurde. Und das tue ich nicht nur in meinem Namen, sondern in dem aller Völker der Aufgetauchten Welt. Ich nehme diese Schuld auf mich, weil auch ich mich damit befleckt habe. Denn ich habe Uro nicht genug misstraut, habe seine Arznei anwenden lassen und mich dadurch mitschuldig gemacht an seinen Verbrechen. Deswegen bitte ich euch: Verzeiht mir!«

Sie spürte eine leichte Berührung auf der Schulter, hob den Kopf und sah Kalypso über sich gebeugt, schön und ungebrochen.

»Erhebe dich«, sagte sie. »Dich trifft keine Schuld.«

Wie einen frischen Wind, der plötzlich aufkam und die Wolken, die ihr Herz überschatteten, hinwegtrieb, empfand Theana diese Worte. Ein wenig wacklig stemmte sie sich hoch.

»Was geschieht, wenn wir nicht einverstanden sind?«,

fragte die Königin, während sie zu ihrer kühleren Haltung zurückfand.

»Nichts«, antwortete Theana. »Wir lassen dann diese letzte Hoffnung fahren und gehen dem Tod entgegen. Doch ich schwöre euch, egal wie eure Entscheidung ausfallen mag: Niemals werde ich es zulassen, dass man euch noch einmal etwas zuleide tut. Dessen könnt ihr sicher sein. Die Nachricht von der Entdeckung eines Heilmittels – und aus welchen Bestandteilen es sich zusammensetzt – wurde nicht verbreitet. Und wird es auch niemals werden.«

Eine ganze Weile, die Theana endlos lange vorkam, war es still. Alle schwiegen, und keine Nymphe rührte sich.

Endlich beendete Kalypso dieses angespannte Warten. »Lass uns bitte allein. Wir müssen uns beraten. Unsere Entscheidung werden wir dir danach kundtun.«

Am Nachmittag ließ man sie wieder rufen. Als Theana den Versammlungsort unter der Kuppel betrat, schien sich nichts verändert zu haben. Die neun Nymphen saßen immer noch in der gleichen Haltung da wie einige Stunden zuvor, und auch Kalypsos Miene verriet nichts.

»Nimm Platz.«

Theana tat, wir ihr geheißen.

Die Königin ließ sich noch einen Moment Zeit, bevor sie zu sprechen anhob: »Vor über tausend Jahren sah diese Welt noch ganz anders aus. Von dem bunten Gemisch der Rassen, wie wir es heute kennen, war damals noch nichts zu ahnen. Es gab nur Wälder, so weit das Auge reichte, uns Nymphen und die Elfen. Ich weiß nicht, ob dies glücklichere Zeiten waren. Doch Kriege und Not waren unbekannt. Wir waren frei, lebten unbedrängt in unserem Reich, stets gewiss, einen Baum zu finden, der uns Wohnstatt sein konnte, und brauchten keine Angst zu haben. Aber dann breitete sich eine Seuche aus. Es war nicht die, die wir heute erleben, aber sie war ihr sehr ähnlich. Wir Nymphen merkten nichts davon, denn so wie heute auch erkrankten wir nicht. Was wir aber sahen, waren die Toten, die die Elfen zu beklagen hatten, und den Schmerz, den ihnen dies bereitete. Doch sie wandten sich nicht an uns, beugten nicht das Knie, erbaten nicht unsere Hilfe. Stattdessen handelten sie auf eigenen Entschluss. Mit Gewalt drangen sie in unsere Wälder ein, fällten die Bäume, töteten uns und raubten unser Blut. Wieder und wieder überfielen sie uns, in regelmäßigen Abständen, bis die Seuche überwunden war. Die Elfen lebten, unser Volk aber hatte hohe Opfer zu beklagen. Doch nie fiel es jemandem ein, uns um Vergebung zu bitten.«

Theana schwieg. Sie spürte, dass jedes Wort ihrerseits unangemessen gewesen wäre.

»So höre nun, was wir beschlossen haben: Wir geben dir, worum du uns bittest, wenn auch zu unseren Bedingungen und in den Mengen, die wir für angemessen halten. Wir geben es dir, weil wir dein ehrliches Herz erkennen und spüren, dass deine Trauer aufrichtig ist. Wir geben es dir, weil diese Geißel das Werk der Elfen ist und wir Nymphen um deren Gnadenlosigkeit wissen. Weil deine Liebe stärker ist als der Hass derer, die sich an unserem Volk versündigt haben.«

Unfähig, etwas zu erwidern, blickte die Magierin die Königin verwirrt an.

Kalypso aber stand auf und trat auf Theana zu. »Verbürgst du dich dafür, dass die Versprechen, die du uns heute gegeben hast, nicht gebrochen werden?«

Theana nickte heftig. »Ja, das schwöre ich – bei meinem Leben.«

Das hauchzarte Gesicht der Nymphe erstrahlte zu einem herrlichen Lächeln. »Dann sei unbesorgt. Und vergiss, was du für deine Schuld hältst. Du konntest nichts dafür.«

Theana ergriff ihre Hand und nahm sie zwischen ihre Hände. Sogleich wurde ihr leichter ums Herz. Und die Furcht, die ihr das Herz schwergemacht hatte, löste sich in Tränen.

25

Auf dem Grund der Bibliothek

Überraschend schnell erholte sich Adhara von der Operation. Durch Magie war es Adrass gelungen, den Blutverlust gering zu halten und die Gefahr einer Infektion fast gänzlich auszuschließen. Anfangs konnte Adhara sich noch vormachen, dass nichts Schlimmes geschehen war, weshalb sie es auch vermied, einen Blick auf ihren Arm, an dem die Hand fehlte, zu werfen. Dann begannen die Schmerzen, zunächst noch verhalten, mit der Zeit jedoch immer heftiger, pochend, hartnäckig, unerträglich. So war eine zweitägige Rast unumgänglich, zwei Tage, an denen Adhara zusammengekauert am Boden lag, während sie sich mit der gesunden Hand den verstümmelten Arm hielt.

Ihr Proviant ging langsam zur Neige, und sie hatten keine Ahnung, wie sie unter diesen Umständen den langen Rückweg schaffen sollten.

Als das Mädchen sich zum ersten Mal den Stumpf anschaute, kamen ihr die Tränen. Der Arm sah entsetzlich aus. Von Blut keine Spur, nur das Ausbrennen der Wunde hatte ein breites Mal auf dem Unterarm hinterlassen. Darunter, dicht beim Handgelenk, schloss sich das Fleisch über dem abgesägten Knochen, den Adhara hätte ertasten könnten, wäre ihr danach zumute gewesen. Die schwarzen Flecken waren verschwunden, was die Hoffnung weckte, dass die Infektion, die sich dort ausgebreitet hatte, tatsächlich überstanden war. Sie würde bald wieder gesund sein und ihr Körper, bis auf die fehlende Hand, wieder einwandfrei funktionieren. Aber sie wusste auch, dass der Keim des Übels immer noch in ihr steckte und wieder aufgehen würde, weil er, so wie sie es bisher versucht hatten, nicht aufzuhalten war. Um ihn endgültig auszumerzen, mussten sie weiter hinab in dieser Bibliothek bis hinunter zu dem Lavaschlund, bis hinein ins Innerste der Erde.

»Lass uns weiterziehen«, sagte Adhara ohne lange Vorrede am dritten Tag.

»Bist du sicher?«, fragte Adrass zurück, wobei er sie forschend anblickte. »Wenn du dich nicht stark genug fühlst, können wir auch noch etwas bleiben.«

»Nein, ich bin sicher. Und wenn ich nicht noch mehr Körperteile einbüßen soll, müssen wir uns beeilen«, antwortete sie mit einem gequälten Lächeln.

Sie verließen den Saal und bogen wieder in den Spiralgang ein, der nun immer steiler hinunterzuführen schien, während auch die Luft heißer und die magischen Symbole an den Wänden immer zahlreicher wurden. Mittlerweile brauchten sie kein magisches Feuer mehr zu entzünden, um genug zu sehen. Alles war in ein rötliches Licht getaucht, das die Umrisse der Dinge irreal verzerrte. Beide waren erschöpft vom Gehen und ihre Körper schweißgebadet.

Am nächsten Tag erreichten sie das Ende des Ganges, der nun in eine schmale Brücke auslief, die in einer Höhe von vielleicht dreißig Ellen über den Lavasee führte. Sie konnten bereits erkennen, dass sie auf der gegenüberliegenden Seite auf eine Felswand stieß, die steil und glatt aufragte und mit einer Gravur versehen war: OKKULTE MAGIE.

Adhara und Adrass machten halt. Das Ziel lag vor ihnen.

»Und nun?«, fragte Adhara.

Adrass dachte eine Weile angestrengt nach, bevor er antwortete. »Wir müssen herausfinden, wie man dort hineingelangt«, erklärte er dann und wollte die Brücke überqueren. Doch Adhara hielt ihn am Arm zurück.

»Mir ist das nicht geheuer. Die Brücke liegt so offen da. Vielleicht ist das eine Falle.«

»Da hast du Recht. Aber was sollen wir machen? Der Weg über die Brücke führt zum Ziel. Wenn wir in diesen Flügel der Bibliothek gelangen wollen, haben wir keine andere Wahl.«

Adhara war nicht überzeugt. Hier unten spürte sie Spannungen zuhauf, Gefahren, die auf sie lauerten. Doch Adrass hatte Recht, so kurz vor dem Ziel konnten sie unmöglich aufgeben.

Sie ließ seinen Arm los, und er ging vorsichtig voran. Hochkonzentriert achtete er darauf, wo er die Füße aufsetzte. Die Brücke war äußerst schmal, und solange Adrass über die kochende Lava balancierte, hielt Adhara den Atem an. Endlich hatte er die andere Seite erreicht und gab ihr ein Zeichen, dass alles in Ordnung sei.

»So, jetzt schaue ich mal weiter …«, rief er dann bemüht gelassen. Es war offensichtlich, dass er die Situation herunterspielen wollte, aber seine Hände zitterten.

Er betastete den Fels und betrachtete eingehend jede Stelle. Dann nahm er etwas aus seinem unerschöpflich scheinenden Quersack, und Adhara sah, wie er mit einigen Kräutern herumzuhantieren begann.

Plötzlich ein Geräusch.

Ein tiefes Rumoren stieg vom Grund des träge blubbernden Lavasees auf.

Adhara schrak zusammen, zückte ihren Dolch und blickte sich nach allen Seiten um. Nichts. Stille.

»Adrass, beeil dich!«, rief sie besorgt.

»Mach ich ja. Aber der Eingang ist mit einem Losungszauber gesichert. Mal sehen, ob ich ihn brechen kann.«

Wieder das dumpfe Rumoren, jetzt noch näher. Suchend blickte Adhara über die glühende Seeoberfläche. Irgendwo da drinnen braute sich etwas zusammen, und sie hatte keine ordentliche Waffe, um sich zu verteidigen.

Wieder schaute sie zu Adrass hinüber, der immer noch mit etwas herumfuhrwerkte, doch sie schaffte es nicht mehr, ihm etwas zuzurufen: Nur ein einziger Laut kam noch über ihre Lippen, da riss mit einem Höllenlärm die Lava auf, und ein abscheuliches Wesen schoss hervor. Sein langgezogener Leib, der von Lava triefte, schien aus schwarzen Gesteinsringen zu bestehen, die durch hellere Ablagerungen voneinander abgesetzt waren und von einer weißlichen, schleimüberzogenen Membran zusammengehalten wurden. Hoch ragte das Ungeheuer über ihnen auf. Es war riesengroß, mindestens fünfzig Ellen lang, und sein Kopf unterschied sich vom übrigen Leib nur durch dieses Maul, das wie eine fleischfressende Blüte zu einem unerträglichen Brüllen aufgerissen war. Adhara musste sich die Hände auf die Ohren pressen, um nicht den Verstand zu verlieren.

Zwei Reihen scharfer Reißzähne und ein endlos tiefer Schlund wollten sie scheinbar verschlingen. Doch zu ihrer Überraschung ließ sich das Ungeheuer, nachdem es sich in seiner ganzen imposanten Gestalt vor ihnen aufgebaut hatte, wieder in den glühenden See zurückfallen, riss dabei aber die Steinbrücke mit sich.

Adrass auf der anderen Seite hatte sich, bleich wie ein Leintuch, mit dem Rücken an die Felswand pressen müssen, um nicht abzustürzen. Geblieben war ihm nur ein schmaler Absatz, nicht mehr als eine halbe Elle breit, auf dem er das Gleichgewicht zu halten versuchte.

»Das Schwert!«, rief Adhara.

Doch Adrass war wie gelähmt.

»Wirf mir das Schwert rüber!«, schrie sie aus Leibeskräften. Adrass schien aus seiner Erstarrung zu erwachen. Unbeholfen zog er das Schwert aus der Scheide und schaffte es tatsächlich, es in hohem Bogen über den See auf die andere Seite zu werfen, wo Adhara es auffing und sich sofort zum Kampf aufstellte. Schon ertönte wieder dieses dumpfe Brodeln, der Auftakt für den zweiten Angriff. Und dieses Mal, so spürte sie, würden die Folgen entsetzlich sein.

»Versuch das Tor zu öffnen!«, rief sie. »Ich lenke das Ungeheuer ab!« Gewohnheitsmäßig führte sie die Linke zum Heft des Schwertes, um es mit beiden Händen zu fassen, doch ohne Halt zu finden, schwang der Arm weiter aus.

Verflucht!

Mit einem donnernden Schlag tauchte der Riesenwurm wieder aus der Glut auf und stürzte sich sogleich auf Adrass.

»Nein!«, schrie Adhara.

Doch der Angriff des Monsters schlug fehl, brach sich an der dünnen silbernen Schutzbarriere, die sich um Adrass gebildet hatte. Adhara atmete erleichtert auf. Dann tat sie das Erstbeste, was ihr in den Sinn kam. Sie versuchte einen Feuerzauber, und schon im nächsten Augenblick zerriss ein blauer Blitz das rötliche Licht über dem glühenden See. Der Riesenwurm schien verwirrt und fuhr herum.

»Hier bin ich!«, rief Adhara unerschrocken dem Monster zu.

Es war ein schier hoffnungsloses Unterfangen, aber eine andere Möglichkeit blieb ihnen nicht.

Mit einem durchdringenden, unerträglich hohen Schrei brüllte das Monster seine ganze Wut hinaus und reckte sich zu ihr vor. Doch durch eine magische Barriere geschützt, begann Adhara nun, auf die unempfindliche Haut des Monsters einzuschlagen. Bei jedem Hieb stob ein Funkenmeer auf, aber es war klar, dass sie das Höllengeschöpf nur ablenken und auf Abstand halten konnte. Zu glauben, es so niederringen zu können, wäre Wahnsinn gewesen.

Ich muss es wagen, sagte sie sich. Sie nahm Anlauf und setzte mit einem lauten Schrei zum Sprung an. Ob die dünne Barriere sie auch vor der Hitze über dem See schützen würde, wusste sie nicht. Und schon flog sie einige Augenblicke, knallte gegen das Ungeheuer und glitt sofort an ihm hinunter. Sie hatte Mühe, nicht in Panik zu geraten, denn sie rutschte der Lava entgegen, die unaufhaltsam näher kam.

Jetzt!

Die Feuerkämpferin stieß zu, und die Klinge fand ihren Weg durch den Spalt, wo zwei Ringe seines Leibes aufeinanderstießen. Weich war die Haut dort und gab sofort nach.

Das Höllengeschöpf brüllte und bäumte sich auf.

Adhara konnte nur mit ihren gegen das Monster gepressten Schenkeln das Gleichgewicht halten, denn ihre einzige Hand umklammerte das Schwert. Damit holte sie aus und stach erneut mit aller Kraft zu.

»Mach schnell! Mach schnell!«, schrie sie Adrass mit letzten Kräften zu. Die Gluthitze über der Lava war noch schlimmer, als sie geglaubt hatte. Immer unerträglicher durchdrang sie die Schutzbarriere, während sich der Urwurm wild unter ihr aufbäumte und sein glitschiges Blut sie daran hinderte, das Schwert fest in der Hand zu halten.

Da durchzuckte ein grell-weißer Blitz die Höhle. Einen Moment lang war Adhara so geblendet, dass sie die Orientierung verlor und das Gefühl hatte, sie treibe in einem Meer aus gleißendem Licht, das ihre Sinne verwirrte. Sogar dieses Monster, das sich unter der Wucht ihrer Schläge hin und her warf, spürte sie kaum noch.

»Spring ab, die Tür ist offen!«

Es war Adrass' Stimme. Er hatte diesen Blitz erzeugt. Doch Adhara hörte ihn kaum, denn erst jetzt wurde ihr bewusst, dass sie, an den verwundeten Wurm geklammert, immer rascher der Lava entgegensank. Wenn sie mit ihm untertauchte, würde nichts, nicht einmal die Erinnerung von ihr übrig bleiben.

»Spring ab, verflucht noch mal!«

Doch sie war zu erschöpft, keines klaren Gedankens mehr fähig, und so stieß sie sich nicht ab, sondern ließ einfach nur los. Immer unerträglicher wurde die Hitze, unvermeidlich der Sturz in die Glut. Zu ihrem Glück war die Ohnmacht schneller und bewahrte sie davor, den entsetzlichen Augenblick mitzuerleben, da das Feuer ihr Fleisch verzehrte.

Adrass handelte geistesgegenwärtig. Ein Wort, bloß ein einziges Wort, und die Hand ausgestreckt, bremste er nur wenige Ellen über der Lavaoberfläche Adharas Sturz. Noch ein kurzes Stück, und sie wäre verglüht.

Er schaffte es sogar, sie zu sich heranzuziehen und sofort mit ihr in das Dunkel hinter der Tür einzutauchen, die er nach mehreren verzweifelten Versuchen endlich hatte öffnen können.

Mit einem ohrenbetäubenden Rauschen versank das Ungeheuer in der Glut, dann war alles still. Nur noch das zähe Brodeln der Lava draußen sowie Adrass' keuchender Atem in der Höhle waren zu hören. Der Flugzauber, mit dem er Adhara gerettet hatte, und die gleichzeitige Aufrechterhaltung der Schutzbarriere hatten all seine Kräfte beansprucht. Er beugte sich über das

Mädchen, das reglos auf dem Felsboden lag, rüttelte sie, um sie aufzuwecken, doch sie rührte sich nicht.

»Adhara, wach auf! Es ist überstanden. Es ist alles gut …«

Die Schutzhülle, die das Mädchen umgab, hatte auf dem Rücken des Untiers zuletzt nicht mehr ganz standgehalten: Adharas Kleider waren angesengt, ihre Haut war hier und dort verbrannt und mit Blutspuren des Monsters verschmiert.

Adrass nahm ihr Gesicht in beide Hände und hob ihren Kopf ein wenig an.

»Adhara! Wach doch auf! Adhara …«

Da blinzelte sie und schlug die Augen auf. Kaum hatte er ihre Pupillen erblickt, erfasste Adrass eine unermessliche Freude, und er umarmte sie und drückte sie fest an sich.

»Da hast du mir aber einen Mordsschrecken eingejagt«, stammelte er, während er an ihrem Hals ein leises Schluchzen unterdrückte. Unter dem Brand- und Schweißgeruch duftete es gut, sein Geschöpf, seine Tochter. Er spürte den sanften Druck ihrer Hand auf seiner Hüfte, und der Kloß in seinem Hals löste sich.

»Du mir auch«, murmelte Adhara.

Der Saal war beeindruckend groß. An den Wänden prangten überall lavaglühende Symbole, und auch der Fußboden war über und über mit ineinander verschlungenen Mustern verziert. Es sah so aus, als habe man hier einen Verrückten gefangen gehalten und sich nach Herzenslust austoben lassen. Die Decke war mindestens zehn Ellen hoch und wurde von Pfeilern getragen, die wie gigantische Tierknochen wirkten. Adhara hätte nicht sagen können, von welchen Tieren sie stammen mochten. Sie sahen aus wie gewaltige Rippen, riesig lange Schienbeine, kolossale Oberschenkelknochen.

»Weißt du, von welchem Tier die sein könnten?«

Adrass schüttelte den Kopf. »Vielleicht auch von solch einem Urwurm oder irgendeinem Tier, das im Zeitalter der Elfen gelebt hat und irgendwann ausgestorben ist.«

An den Wänden reihte sich Regal an Regal, und in der Mitte standen Tische mit langen Platten. Um die Bücher zu schützen, waren vor den Regalen Türen angebracht, deren schwere metallene Beschläge auf dem schwarzen Ebenholz, in das sie eingelassen waren, gespenstisch funkelten. Auch die Gestelle dahinter bestanden aus Tierknochen, die geheimnisvolle, unheimliche Muster bildeten.

Unverzüglich machten sie sich an die Arbeit.

Um sich einen Überblick zu verschaffen, zeichneten sie anhand der unzähligen Beschriftungen an den Regalen eine Art Lageplan der Halle. Schon allein das nahm mehrere Stunden in Anspruch. An diesem Ort war alles zusammengetragen, was in Sachen Schwarze Magie je erdacht und entwickelt worden war, all jene zerstörerischen Eingriffe in die Natur, die sich die Elfen während ihrer Herrschaft über die Aufgetauchte Welt hatten einfallen lassen.

Es war nicht allzu schwierig, die Türen aufzubrechen, denn ihre Festigkeit hatte in den Jahrhunderten gelitten. Bald stieß Adrass auf einige Werke, die ihm bekannt vorkamen.

»Von dem hier besaß ich eine Abschrift in meinem Labor. Und von dem Buch dort war auch immer wieder die Rede. Ich habe es aber nie zu Gesicht zu bekommen.«

Ehrfürchtig fuhr er mit den Fingern über die Buchrücken, streichelte sie wie einen geliebten Menschen. Auch wenn sich nichts daran geändert hatte, dass er ein Mann war, der die Schwarze Magie ausübte und entsetzliche Leichenschändungen vorgenommen hatte, so sah Adhara ihn jetzt doch mit ganz anderen Augen. Nach dem, was sie zusammen durchgemacht hatten, war ihr früheres Bild von ihm zusammengebrochen.

Das erste aufgeregte Umherschauen war bald beendet, denn Adrass vertiefte sich nun in die Lektüre. Er schien ein außerordentliches Gedächtnis zu besitzen. Rasch glitt sein Blick über die Seiten und hielt nur dort inne, wo ihm etwas interessant erschien. Das notierte er auf einem Blatt, das er immer neben sich liegen hatte. Danach stellte er das geprüfte Buch zurück und griff zu einem neuen.

Adhara hatte das Gefühl, ihn bremsen zu müssen.

»Was denn?«, wehrte er sich. »Hier an diesem Ort ist ein unfassbarer Wissensschatz angesammelt. Schon in diesen wenigen Stunden habe ich mehr gelernt als in Jahren des Studiums zuvor.«

»Aber das sind Verbotene Bücher, Adrass.«

Fast erstaunt hob er den Blick und errötete dann. »Ich weiß … Aber auch das Böse kann uns etwas lehren. Oder glaubst du nicht?«

Das war eine Aussage, die irgendwie auch auf ihr Verhältnis zutraf. In der ersten Zeit ihrer gemeinsamen

Reise zumindest. Adrass war für sie zunächst die Personifizierung allen Übels gewesen, und doch war er es auch, der ihr die Möglichkeit geboten hatte, sich ihrer eigenen Menschlichkeit zu versichern.

»Außerdem suche ich nach etwas ganz Bestimmten. Das weißt du doch. Und nur darauf konzentriere ich mich«, fuhr er mit ernster Miene fort.

»Danke …«, murmelte sie ein wenig verlegen.

»Ich denke, das bin ich dir schuldig.«

Die Antwort auf all ihre Fragen erhielten sie am nächsten Tag. Adhara war gerade dabei, noch einmal zu überprüfen, wie lange ihr Proviant noch reichen würde – zwei Tage noch, schätzte sie, vielleicht auch drei oder vier, wenn sie sich nur mit dem Allernötigsten kräftigten, und zum Glück war das Trinken kein Problem, Wasser gab es hier unten mehr als genug. Als sie den Blick hob und Adrass sah, erschrak sie fast, denn mit bleicher Miene, ein Buch in den Händen, saß er wie entgeistert da.

»Ich hab's gefunden«, murmelte er.

Ein Schwindel überkam sie, und ihr Herz setzte einen Schlag aus. Vielleicht war das ihre Rettung.

»Sieht so aus, als hätten wir einen großen Fehler gemacht, als wir dich schufen. Es ist uns nicht gelungen, Körper und Geist aufeinander abzustimmen.«

»Und das bedeutet …?«

»Es ist nicht so, dass es dein Fleisch ins Grab zurückdrängt, sondern dein Körper nimmt deinen Geist und deine Seele als etwas Fremdes wahr.«

Adhara lächelte fast spöttisch. »Das heißt also, ich

besitze tatsächlich eine Seele und bin mehr als ein bloßer Gegenstand, das Ergebnis eines Experiments?«

Als sie den Ernst in Adrass' Miene sah, die Andeutung von Trauer in seinen Augen las, bedauerte sie diesen höhnischen Unterton in ihrer Stimme.

»Mir ist sehr viel klargeworden in den Tagen, die ich hier unten mit dir verbracht habe. Ich habe Dinge erkannt, die ich zuvor nicht wahrhaben wollte. Wünschst du dir, dass ich bereue, was ich getan habe? Ja, das tue ich. Ich bereue all das Leid, das ich dir zugefügt habe. Ich bereue, was ich in dir gesehen und wie ich dich behandelt habe, seit ich dich schuf. Was ich aber nicht bereue, ist die Tatsache, dich ins Leben zurückgeführt zu haben. Dass du lebst, nur das werde ich niemals bereuen.«

»Sprich weiter«, flüsterte Adhara.

»Es gibt da einen Ritus, der deinem Leid ein Ende machen kann. Doch ist er nur auf jemanden anwendbar, der wie du eine Sheireen ist.«

»Warum?«

»Weil es sich darum dreht, Shevrars Siegel herabzuflehen.«

Adhara schaute ihn nur fragend an.

Und Adrass versuchte, es ihr genauer zu erklären. »Es geht darum, eine Art göttlichen Segen für dich zu erbitten, und zwar an einem Ort, wo Shevrars oder Thenaars Gegenwart besonders stark ist. Nun habe ich mich, als ich dich schuf, eines Sakrilegs schuldig gemacht. Daran lässt sich nicht mehr rütteln. Und damit bist du ein Ausfluss Schwarzer Magie. Aus diesem Grund könnte dir der Gott den Segen auch verweigern.«

Adrass schwieg, und Adhara sah, dass seine Hände zitterten.

»Aber ...?«, drängte sie ihn, weiterzusprechen.

»Aber andererseits bist du tatsächlich Sheireen, die Geweihte. Du gehörst Thenaar, du bist sein Geschöpf. Aus diesem Grund glaube ich nicht, dass er dich zurückweisen wird.«

»Und wenn doch?«

Adrass seufzte und ballte krampfhaft die Fäuste.

»Dann werden wir beide sterben«, antwortete er geradeheraus.

Adhara blickte auf den Stumpf ihres Armes. Leider geschah es in ihrer Geschichte zu häufig, dass sie keine andere Wahl hatte.

»Dies oder der sichere Tod, nicht wahr?«

Adrass beließ es bei einem Nicken.

Adhara schaute ihn nachdenklich an. »Einverstanden. Wo müssen wir hin?«

»Es ist nicht weit«, antwortete er mit einem Lächeln und einem seltsamen Strahlen in den Augen.

26

Die Geweihte

Wir müssen zu einem elfischen Tempel, einem Shevrar geweihten Tempel genauer gesagt«, erklärte Adrass.

»Und du meinst, der liegt nicht weit entfernt?«

»Doch, sehr weit entfernt, aber es ist kein langer Weg für uns, und wir werden auch nicht lange brauchen.«

Adhara verstand immer noch nicht, worauf er hinauswollte, aber es schien im geradezu Spaß zu machen, sie ein wenig auf die Folter zu spannen.

»Der Tempel, den ich im Sinn habe, liegt nicht in der Aufgetauchten Welt. Eigentlich liegt er an keinem sichtbaren Ort, denn es handelt sich um eine Art magischen Raum, in den die Elfen den Tempel versetzt haben, als sie aus der Aufgetauchten Welt vertrieben wurden.«

»Aber die acht Heiligtümer, in denen die Elfensteine des Talismans der Macht gehütet wurden, die Nihal damals zusammentragen musste, sind doch auch in der Aufgetauchten Welt verblieben.«

»Ja, aber obwohl auch dort ganz außerordentliche

Kräfte versammelt waren, galten sie als weniger bedeutend. Und überleg mal, sie wurden auf eine ganz spezielle Weise bewacht: Nur wer Elfenblut besaß, konnte sie überhaupt zur Hand nehmen.«

So war es, Adhara erinnerte sich. Nihal konnte nur deshalb die acht Elfensteine zusammentragen, weil sie eine Halbelfe war.

»Der Ort aber, den wir suchen, wurde auf raffinierte Weise verborgen. Das heißt, er ist nur durch ein magisches Portal erreichbar, das sich hier in dieser Bibliothek befindet.«

»Ein magisches Portal? So was gibt es?«

Adrass nickte. »Es handelt sich tatsächlich um ein richtiges Tor, durch das man zu den entferntesten Orten gelangen kann oder aber zu solchen, die verborgen wurden, wie dieser Tempel eben. Und zwar geht das folgendermaßen ...«, fuhr er fort, während er sich bequemer auf die Fersen setzte. Er war sichtbar erregt, die Rolle des Lehrers schien ihm Spaß zu bereiten. »Damit das Vorhaben glückt, müssen zwei Tore errichtet werden, und zwar gleichzeitig an den beiden Orten, die auf diese Weise miteinander verbunden werden sollen. Dazu verwendet man Schwarzes Kristall, das mit einem Siegel belegt wird, wofür der ausführende Magier allerdings einen hohen Einsatz zu entrichten hat: sein Leben.«

»Sein Leben?«, rief Adhara fassungslos.

Adrass nickte nachdrücklich. »Dann muss nur noch ein zweites Siegel geschaffen werden, und das Portal steht.«

»Und solch einen magischen Einlass suchen wir jetzt?«

Der Erweckte nickte wieder.

Doch das Vorhaben erwies sich als noch komplizierter als gedacht. In dem Saal, in dem sie sich befanden, wies nichts auf einen Durchgang hin, einen geheimen Raum, eine Falltür oder irgendetwas in der Art, das sich als magisches Portal hätte entpuppen können. Stück für Stück tasteten sie die Wände ab, durchsuchten jeden Winkel in den Regalen. Nichts.

Schließlich ließen sie sich erschöpft in der Mitte der Halle auf dem Boden nieder.

»Bist du sicher, dass es sich wirklich hier befindet?«, fragte Adhara.

»So steht es jedenfalls geschrieben in einem der Bücher, die ich konsultiert habe. Daran ist nicht zu rütteln.«

Müde und entmutigt legte Adhara das Gesicht in die Handfläche. Das durfte nicht wahr sein: Sie schienen dem Ziel so nahe und sollten doch scheitern?

Ohne es recht zu merken, ließ sie den Blick noch einmal an den Wänden der Halle entlangschweifen. Was ihr dabei ins Auge sprang, waren die Symbole überall, die so hell strahlten wie nie zuvor. Aber ihr fiel auch auf, dass sich die Runen in der Ausdehnung unterschieden. Manche waren ein klein wenig größer als die anderen, und plötzlich war ihr, als habe sie eine Erleuchtung. »Adrass …«, rief sie und deutete auf eines der Schriftzeichen.

Er erriet sofort, was sie ihm sagen wollte, stand auf und schaute sich die Runen noch einmal genauer an. Mit einem Stück Pergament ausgerüstet, notierte er sich alle Zeichen, die aus dem Schriftbild herausragten, merkte aber schnell, wie mühselig das bei den vielen Symbolen in der riesengroßen Halle war, und bat Adhara, ihm zu helfen.

Irgendwann trafen sie sich wieder, auf halber Strecke, ein jeder mit seiner Aufstellung, die sie miteinander verglichen. Es handelte sich um nicht mehr als einige Dutzend Runen. Wie Adrass erkannte, war der Saal praktisch in eine Reihe übergeordneter Bereiche unterteilt, zu denen jeweils ein vergrößertes Symbol gehörte. Ihre Vermutung, dass es sich um einen Code handeln könnte, bestätigte sich, als er herausfand, dass die Zeichen sinnvolle Wörter ergaben. Und zwar in der Sprache, die die Elfen für ihre Okkulte Magie verwendeten. Seltsamerweise ergaben die von Adhara gefundenen Zeichen keinen Sinn.

»Bist du sicher, dass du alle richtig herausgeschrieben hast?«

»Ja, ganz sicher.«

»Und du hast auch die richtige Reihenfolge beibehalten?«

»Ja, natürlich. Was stimmt denn nicht?«

Adrass erklärte es ihr, und kopfschüttelnd blickte sich Adhara noch einmal um. Wie konnte das sein, dass die von ihr notierten Runen keinen Sinn ergaben, wenn doch Adrass sie auf die gleiche Weise festgehalten hatte? Sie ging noch einmal den Weg zurück, den sie vorhin zurückgelegt hatte, und überprüfte, ob sie wirklich alles richtig gemacht hatte. Beim fünften Buchstaben ging ihr ein Licht auf. Sie schaute zurück, überlegte noch einmal, wie Adrass seine Notizen gesammelt hatte, und fand ihre Vermutung bestätigt.

»Auch meine Buchstaben scheinen einen Sinn zu ergeben«, rief sie.

»Wieso? Ich habe hin und her überlegt und überall nachgeschaut, und glaub mir: *lebemsarvaliarht* entbehrt jeder Bedeutung.«

Diesmal erlaubte sich Adhara ein wissendes Lächeln. »Mit diesem Wort magst du Recht haben. Aber was hältst du von *thrail avras mehel*? Als wir die Arbeit aufgeteilt haben, sind wir in entgegengesetzte Richtungen gelaufen. Deswegen habe ich alles verkehrt herum gelesen.«

»Ja, natürlich. Wieso habe ich das bloß nicht bedacht? Jetzt haben wir's!«, rief Adrass aus.

Er übertrug den ganzen Satz auf sein Blatt und las ihn übersetzt vor:

»*Wer versteht, gelangt ans Ziel* … Das ist nicht besonders vielsagend.«

Adhara konzentrierte sich ganz auf den Sinn dieses Satzes und ging ihn Wort für Wort durch. »Mit Ziel kann doch nichts anderes als das Portal gemeint sein, oder?«

»Ja, das denke ich auch. Aber was soll man verstehen?«

Sie tappten im Dunkeln.

»Dass wir verstehen, haben wir ja eigentlich schon gezeigt, indem wir das System der größeren und kleineren Buchstaben erkannt haben«, meinte Adhara nach einer Weile.

Adrass schaute sie fragend an. »Was willst du damit sagen?«

»Nun ja, es könnte doch sein, dass es hier nicht auf

den Sinn des Satzes ankommt, sondern auf den Satz selbst. Vielleicht sind die Laute der Schlüssel, der uns das Portal öffnet.«

Er schüttelte den Kopf. »Nein, geöffnet wird das Portal nicht durch Magie. Das besteht aus massivem Schwarzen Kristall.«

»Ich weiß es doch auch nicht. Aber versuchen kannst du es ja mal. Lies den Satz in der Runensprache laut vor«, forderte Adhara ihn auf.

Adrass hatte Zweifel, ließ es aber auf einen Versuch ankommen. »*Ersha tras avelya ru wyrto gol anthrail avras mehel*«, sprach er nicht sehr überzeugt.

Doch sogleich tat sich etwas, sie hörten ein Quietschen und Knarren, als bewege sich etwas auf einer Achse, entfernt, am anderen Ende der Halle.

»Es funktioniert …«, rief Adrass verblüfft, und schon liefen beide los zu der Quelle dieser Geräusche in der Sorge, das, was sich gerade öffnete, könne sich genauso rasch wieder schließen.

Es war eines der Regale, das sich um die eigene Achse gedreht und damit, wie eine richtige Tür, einen Teil der Wand geöffnet und einen düsteren, in den Fels geschlagenen Gang freigegeben hatte.

Adrass lehnte sich vor und sah sich um. »Ich denke, hier sind wir richtig«, meinte er und zwängte sich ungeduldig, wie Adhara es von ihm kannte, hinein.

In dem Gang war es feucht, warm und stickig, und je weiter sie vordrangen, desto niedriger wurde er, so dass sie bald nur noch gebückt vorwärtskamen. Die Finsternis schien undurchdringlich. Von Symbolen und Lavazeichnungen war nichts mehr zu sehen. Wieder waren sie auf die magischen Leuchtkugeln angewiesen, um etwas erkennen zu können. Allerdings konnten sie sich dort nicht verlaufen. Ohne Abzweigungen führte der Gang in vielen Kurven, sich mal nach links, mal nach rechts, dann auch scheinbar um sich selbst windend, immer tiefer hinunter, wo ihr Ziel liegen sollte.

Irgendwann mussten sie auf die Knie gehen und weiterkriechen. Für Adhara war diese Haltung besonders mühsam, weil sie sich mit ihrem Armstumpf schlecht am Boden abstützten konnte.

»Ich sehe Licht. Wir müssen gleich da sein«, rief Adrass irgendwann. In der Ferne erkannten sie einen schwachen Schein, der, je näher sie kamen, immer deutlicher die Form einer runden Öffnung annahm. Dort angekommen, verharrte er und blickte sich zu Adhara um.

»Und jetzt?«, fragte sie.

»Jetzt müssen wir wohl wieder auf den bewährten Flugzauber zurückgreifen«, antwortete er und glitt schon hinab, ohne noch ein weiteres Wort zu verlieren. Adhara blieb nichts anderes übrig, als ihm zu folgen.

Sie befanden sich in einer Kuppel, vielleicht dreißig Ellen über dem Boden, einer ebenen Fläche, in deren Mitte sich das Portal erhob. Es war riesengroß und wie ein elliptischer Ring aus Schwarzem Kristall geformt, der so mächtig aufragte, dass er fast den gesamten Raum zwischen Boden und Kuppel einnahm. Die Außenseite war wieder mit Runen und anderen Verzierungen, Zeichnungen von Tieren etwa, geschmückt, die Adhara völlig unbekannt waren. Der Schwarze Kristall glitzerte in einem blutroten Licht, wie von einem inneren Feuer erhellt.

»Das ist eine Auswirkung des Siegels«, erklärte Adrass, als sie gelandet waren und davor standen. »Es wurde mit dem Blut des Magiers aktiviert, der sein Leben opfern musste, um es zu schaffen. Das *alles* ist sein Blut.«

Adhara erschauderte und verstand nun, warum sie noch niemals von diesem Portal gehört hatte, und vor allem, wieso niemand mehr etwas Derartiges erschuf.

Der elliptische Raum, den der Ring aus Schwarzem Kristall umgab, wirkte wie eine durchscheinende, grünlich schimmernde, wabernde Fläche, wie von Wellen durchzogen, die sich unablässig aufbauten, ineinander übergingen und wieder verschwanden und deren Kämme in allen Farben des Regenbogens schillerten. Ein ewiges Spiel, schön und furchterregend zugleich.

»Ob das überhaupt noch funktioniert?«, fragte Adhara.

»Natürlich. Hier unten ist die Bedeutung der Zeit aufgehoben«, antwortete Adrass und drehte sich dann zu ihr um. »Jetzt brauchen wir nur noch den Schlüssel.«

»Und was meinst du damit?«

»Blut«, antwortete er knapp. »Dein Blut, genauer gesagt.«

Adhara warf einen Blick auf das Portal. »Mein Blut als Sheireen, nicht wahr?«

»Ja, andernfalls wäre das Siegel nicht zu brechen, und wir gingen unserem sicheren Tod entgegen. Die sind schon ziemlich eigen mit ihren Geheimnissen, diese Elfen«, versuchte Adrass zu scherzen.

»Tu, was du tun musst«, sagte Adhara, wobei sie ihm den Arm hinhielt, woraufhin er seinem Quersack ein Glasfläschchen und ein kleines Skalpell entnahm. Es war ein winziger Schnitt, den Adhara kaum spürte. Wenige Blutstropfen reichten, und danach tupfte Adrass mit einem Läppchen die Wunde ab.

Kaum hatte er das Fläschchen gegen das Portal geschleudert, schien die Membran einige Augenblicke zu verschwinden und tauchte dann wieder auf, erstrahlte nun aber in einem kräftigen Blau wie eine Wasseroberfläche. Fast einladend wirkte sie.

Adrass ergriff Adharas Hand und drückte sie fest. »Gehen wir«, sagte er, und damit sprangen sie kurz entschlossen durch die Öffnung des Portals. Es war ein seltsames Gefühl. Kalt, wie Adhara feststellte, so als seien sie auf einem zugefrorenen See durch das Eis gebrochen, aber gleichzeitig auch heiß wie in einem prasselnden Feuer, das ihre Glieder umzüngelte. Es war nur ein Moment, ein Moment gleißenden Lichts. Dann löste sich die Helligkeit auf, und sie befanden sich auf der anderen Seite, an einem Ort ohne Raum, ohne Zeit. Sie standen im Tempel.

Er erhob sich auf einem kreisrunden Fundament, und aus dem Fußboden züngelten Flammen, die jedoch nicht die geringste Wärme abgaben. Die Wände bestanden aus glitzerndem Schwarzen Kristall und waren mit unzähligen Waffen geschmückt: Lanzen, Bögen, Armbrüsten, Pfeilen, Morgensternen ... Aber vor allem Schwerter in unendlicher Zahl, scharf und funkelnd, selbst in der Kuppel, wo sie bedrohlich über den Köpfen der Besucher hin und her schwangen. Eine Säulenreihe unterteilte den Raum in zwei Bereiche, so dass an der Wand ein Korridor entstand. Furchterregende Blitze umzuckten jede einzelne Säule. Sie stiegen vom Boden auf, schossen empor und erloschen, um anderen Blitzen Platz zu machen. Alles wirkte düster und unheimlich, der rechte Ort, um den Gott des Krieges, der Schöpfung und der Zerstörung zu verherrlichen, das Prinzip alles Seienden.

Der runde Altar erhob sich in der Mitte des Saales und war in ein Meer aus Blitzen und Flammen getaucht. Und in ihm stak ein Schwert, um das sich eine grüne Ranke wand, die mit herrlich duftenden, blutroten Blüten besetzt war.

»Thenaar ...«, raunte Adrass und kniete nieder. Es war das Haus des Gottes, dem er viele, viele Jahre seines Lebens geweiht hatte.

Adhara konnte die Kraft seines Glaubens, seine ganze Hingabe spüren.

»Fühlst du es nicht auch, Adhara? Das ist *unser* Gott!«, rief er, als er mit funkelnden Augen wieder aufstand. »Und dieser Gott wird dich retten, verstehst du? Er wird das Joch der Knechtschaft von dir nehmen, das dich niederdrückt!«

Adhara ließ es zu, dass Adrass ihre Hand ergriff und sie zum Altar führte.

»Knie nieder.«

»Was hast du vor?«

»Ich werde dich mit dem Schwert segnen und dich mit dem Saft der Flamia-Blüten besprenkeln, dieser Pflanze dort, die unserem Gott heilig ist. Dann bist du gerettet.«

Adhara blickte auf die Blitze und Flammenzungen, die das Schwert umtosten. »Und das willst du anfassen?«

Adrass nickte lächelnd.

»Aber …« Alle weiteren Worte erübrigten sich.

Lange schaute er sie an, und dabei wich das Lächeln keinen Augenblick aus seinem Gesicht. Und Adhara verstand.

»Die Magie verlangt immer einen Preis, auch einem mittelmäßigen Magier wie mir war das immer bewusst. Und was ich dir angetan habe, ist und bleibt ein Sakrileg, obwohl ich dir damit das Leben schenkte und so diesen wertvollen Menschen schuf, der du bist«, erklärte Adrass.

»Was wird mit dir?«, murmelte Adhara, die die Antwort bereits ahnte.

»Darüber hinaus«, fuhr Adrass fort, so als habe er sie nicht gehört, »habe ich mich der Verbotenen Magie bedient und mich dadurch weit von meinem Gott entfernt. Bis vor einiger Zeit war ich noch überzeugt, um dem Guten zum Sieg zu verhelfen, müsse jede Schandtat erlaubt sein, ja mehr noch, je eifriger ich mich bei diesem Tun zeigen würde, desto sicherer könne ich mir der Gnade meines Gottes sein, weil ihn mein blinder Glaube erfreue.«

»Adrass …«

»Denn so hatten es mich die Erweckten gelehrt, und ich glaubte ihnen. Doch in den vergangenen Tagen habe ich gelernt, was Gottesferne heißt. Meine Erkrankung, meine vergeblichen Gebete und nun diese letzte Prüfung. Das sind alles Zeichen. Thenaar hat es nie gutgeheißen, dass ich ihm blind gehorchte und dafür mein

Gewissen verleugnete und das vergaß, was mich als Mensch auszeichnet. Das ist mir jetzt völlig klargeworden – durch dich.«

Adhara ergriff seine Hand, fast so, als wolle sie dieses unerträgliche Schuldeingeständnis unterbrechen. »Was wird mit dir?«, fragte sie noch einmal voller Verzweiflung.

»Nun, wer dieses Schwert berührt, dessen Kräfte werden unweigerlich von der Waffe aufgesogen. Nur ein Elf kann das unbeschadet überstehen. So steht es in den Schriften, so haben es jene beschlossen, die diesen heiligen Ort verbargen.«

Adhara schüttelte den Kopf. »Nein, das will ich nicht! Ich habe es satt, nur durch das Opfer anderer überleben zu können«, schrie sie.

»Mach dir keine Gedanken«, raunte Adrass, wobei er sich zu ihrem Gesicht vorneigte. »So leicht sterbe ich nicht. Der Ritus wird zuvor vollzogen sein, glaub mir.«

Doch Adhara spürte, dass er sie damit nur trösten wollte. »Unter diesen Umständen möchte ich das alles nicht.«

»Dann wirst du sterben.«

»Das ist vielleicht auch besser. Vielleicht hätte ich niemals auf die Welt kommen sollen.«

Adrass Miene wirkte mit einem Mal tieftraurig. »Sag das nicht. In dieser ganzen unsäglichen Geschichte bist du das Einzige, was heil ist, Adhara. Aus meiner verwerflichen Tat entstanden, bist du das Einzige in meinem Leben, worauf ich stolz sein kann. Du hast mir von deinem Blut geschenkt, um mich zu retten, und damit ein sehr viel größeres Herz bewiesen, als ich es besitze, und das nicht, weil du die Geweihte bist, sondern aus eigenen Anlagen heraus, weil du von gutem Wesen bist. Das hast du immer wieder gezeigt.«

Adhara wusste nicht, was sie sagen sollte. Tränen liefen ihr über die Wangen.

»Ich kann dich nicht von deinem Schicksal erlösen, denn was ich getan habe, lässt sich nicht rückgängig machen. Aber du wirst leben, Adhara. Wenn all das ausgestanden ist, was wir jetzt erleben, und die Aufgetauchte Welt wieder zum Frieden zurückgefunden haben wird, kannst du ein neues Leben beginnen. Ein freies Leben. Frei von mir, von Thenaar, von jedweder Beschränkung. Du wirst frei sein und glücklich.«

Damit entwand er sich ihrem Griff und stürzte zum Altar.

»Adrass!«

Adhara lief ihm nach und wollte ihn aufhalten. Doch es misslang: Mit einer Hand ergriff er das Schwert, mit der anderen die Blüten, die sie retten sollten.

Sofort schossen Flammen und Blitze empor und hüllten alles ein, die Wände des Tempels bebten. Mit aller Kraft stemmte Adrass die Füße gegen den Boden und konnte tatsächlich das Schwert aus dem Stein reißen. Sein Gesicht war schmerzverzerrt, als er Adhara schwer atmend aufforderte: »Knie nieder!«

»Ich kann nicht … Ich kann nicht …«

»Knie nieder, sonst war alle Mühe umsonst!«, stieß Adrass hervor, wobei er taumelte.

Da gehorchte Adhara. Ihr blieb keine andere Wahl. Sie spürte, wie sich die Klinge auf ihre Schulter legte.

Fast kühl fühlte sie sich an, während sie für ihn glühend heiß sein musste.

»Durch den Stahl dieses Schwertes weihe ich dich dem Gott Shevrar.«

Damit ließ er das Schwert los, das auf den Boden schepperte, hob dann mühsam den anderen Arm und presste langsam, fast kraftlos, die Blüten über Adharas Kopf aus, während er vor Schmerz die Zähne zusammenbiss.

Sie spürte, wie ihr die Tropfen über Haare und Gesicht rannen.

»Durch das Blut dieser Blume weihe ich dich dem Gott Shevrar.«

Dann entglitt auch diese seinen zitternden Händen, und er hob die Arme zum Himmel.

»So sollst du wiederauferstehen in Shevrar, wie Eisen, das zu neuem Leben geschmiedet wird im Feuer«, rief er.

Adhara spürte, wie eine Flamme in ihr aufloderte, brennend heiß, aber auch wohltuend, wie deren Wärme sich unaufhaltsam in ihrem ganzen Körper ausbreitete und ihre Glieder neu belebte, sie zu neuer Gestalt formte und ihr ungeheure, nie erlebte Kräfte gab. Doch selbst dieses so durchdringende Wohlgefühl ließ sie nicht vergessen, zu welchem Preis sie ihr Leben neu empfing. Sie wünschte sich nur, dass es vorüber wäre und Adrass nicht mehr leiden müsste. Es zählte nicht mehr, was er getan, was sie *zuvor einmal* in ihm gesehen hatte. Wichtig war nur noch, was sie zusammen entdeckt hatten, was in den zurückliegenden Tagen entstanden war. Er hatte ihr das Leben geschenkt. Ein unvollkommenes, leidvolles, unerfülltes Leben. Aber ein Leben. Ohne ihn würde es sie nicht geben. Und das konnte die Feuerkämpferin nicht vergessen.

Dann blitzte ein letztes Mal gleißendes Licht auf, und ein dumpfes Dröhnen folgte. Adhara öffnete die Augen und sah ihn. Dort lag Adrass am Boden und rührte sich nicht mehr.

27

Adharas Entscheidung

Adrass!« Adhara hastete zu ihm, fasste ihn an den Schultern und drehte ihn auf den Rücken. Er war bleich wie ein Leintuch und schweißüberströmt. Aber er atmete noch, wenn auch ganz flach. Wasser, etwas Wasser brauchte sie jetzt. Adhara kramte im Quersack, fand die Feldflasche, setzte sie ihm an die Lippen und leerte sie ganz.

»Adrass, ich flehe dich an, ich komme hier nicht wieder raus ohne dich, das kann ich unmöglich schaffen ...«

Sie brauchte ihn. Vor allem jetzt, da sie gesehen hatte, was unter seiner rauen Schale lag. Sie hatten es nur bis hierher geschafft, weil sie zusammengehalten, sich gegenseitig beigestanden, sich unterstützt hatten. In diesen wenigen Wochen ihrer Wanderschaft hatte er sie mehr gelehrt als irgendjemand zuvor. Er hatte sie nicht nur geschaffen, sondern auch nach und nach zu einer Persönlichkeit geformt, hatte ihr geholfen, ihren eigenen Weg zu finden, indem er sich in manchen Situationen gegen sie und ihre Überzeugungen gestellt, ihr in anderen aber sein Vertrauen geschenkt und sie als das anerkannt hatte, was sie war: seine Tochter.

Als Adrass langsam die Augen öffnete, drückte sie ihn so fest an sich, als sehe sie ihn zum letzten Mal.

»Wie fühlst du dich?«, fragte er sie, während ihn ein Hustenanfall überkam.

»Gut, aber was mit dir?«, antwortete sie, während sie ihn losließ.

Adrass lächelte sie aufmunternd an. »Es ist so entsetzlich heiß hier.«

Adhara spürte es nicht, vielleicht weil sie durch ihre Eigenschaften als Sheireen dagegen gefeit war. »Dann lass uns jetzt gehen«, sagte sie, wobei sie ihm aufhelfen wollte.

Es war nicht ganz leicht wegen der fehlenden Hand, aber darüber hinaus fühlte sie sich blendend und so stark wie nie zuvor. Endlich empfand sie sich als eins mit ihrem Körper. Dieser war nichts Fremdes mehr, zu dem sie erst noch Vertrauen fassen musste. Es war *ihrer*, ganz und gar, ein wahrer Ausdruck ihrer selbst. Durch den Ritus vor dem Altar war sie wahrhaftig zu einer Geweihten geworden.

»Du kommst mir so verändert vor …«, keuchte Adrass, während sie sich dem Portal näherten.

»Das ist dein Verdienst«, antwortete Adhara. Sie fühlte sich tatsächlich wie neugeboren. Aber alles wäre sinnlos gewesen, wenn er stürbe und dort zurückbliebe. Sie hatte ihn schon ein gutes Stück mit sich geschleift, als sie spürte, dass er nicht mehr mithalf.

»Lass mich hier zurück.« Seine Stimme war nur noch ein Hauch.

»Ausgeschlossen. Ich lasse keinen Freund zurück«, antwortete sie, ohne stehen zu bleiben.

»Es ist mein Ernst.« Mit letzten Kräften stemmte Adrass die Füße gegen den Boden. »Das hier ist ein guter Ort für mich. Der Tempel, in dem ich endlich zu meinem Gott zurückgefunden habe.«

»Eben aus diesem Grund darfst du jetzt nicht aufgeben«, erwiderte Adhara und packte ihn noch fester am Arm.

Adrass schüttelte den Kopf. »Nein, es ist gut und richtig, dass mein Weg hier endet. Was ich getan habe, ist ohnehin unverzeihlich.«

Sie waren beim Eingangsportal zu diesem von Raum und Zeit enthobenen magischen Tempel angekommen. Genau wie bei ihrem Eintritt schimmerte die Membran wieder in vielen Grüntönen. Adhara setzte Adrass sanft auf dem Boden ab, kniete dann vor ihm nieder und sah ihm fest in die Augen.

»Ich habe dir alles vergeben. Und wenn ich dir vergeben habe, dann hat Thenaar es auch getan. Und nun quäl dich nicht länger, wir verlassen jetzt diesen Tempel und bringen der Aufgetauchten Welt, worauf sie wartet: eine Arznei gegen die Seuche.«

Sie bemühte sich zu lächeln, entblößte dann einen Arm und zog ihren Dolch. Ein weiterer Blutzoll, der zu entrichten war.

»Tu das nicht«, murmelte Adrass entkräftet.

Adhara schluckte die Tränen hinunter und zog dann entschlossen die Klinge über ihre Haut, so wie sie es einige Tage zuvor schon einmal getan hatte, als sie das Leben des Mannes retten musste, der damals noch ihr

Feind war. Genaugenommen war dies der Wendepunkt gewesen. Sogleich trat Blut hervor, sie steckte die Waffe zurück und fing die Tropfen in der Handfläche auf. Als sie glaubte, dass es genug sei, holte sie aus und spritzte das Blut gegen das Portal. Sofort verfärbte sich das Grün zu einem heiteren Blau, und schnell fasste sie Adrass unter und hob ihn vom Boden auf. Er war immer noch bleich, und sein Atem kam immer röchelnder.

Ich muss ihn von hier fortbringen. Es liegt an der Luft an diesem Ort, dass er sich nicht erholt, versuchte sie, sich selbst zu beruhigen. Sie brauchte diesen Glauben, dass alles gut werde, wenn sie nur einmal draußen wären.

Mit dem väterlichen Freund im Arm warf sie sich gegen das Portal. Adrass schrie auf, und um ihn zu schützen, fasste sie ihn noch fester unter. Sie konnte kaum verstehen, dass ihm die Durchquerung solche Schmerzen bereitete, denn sie selbst spürte nur ein angenehmes Kribbeln auf der Haut. Nach einigen Augenblicken waren sie draußen, und vor ihnen lag der Saal, in dem sie das Portal gefunden hatten.

Wir haben es geschafft! Doch schon im nächsten Moment erstarb ihr der Freudenschrei in der Kehle. Zuerst nahm sie nur dieses rote Funkeln wahr, das sie sofort als Bedrohung erkannte. An dieses Medaillon, das Amhal um den Hals trug, erinnerte sie sich noch lebhaft. Da erkannte sie ihn, und ein kalter Schauer lief ihr über den Rücken. Sie war zu überrascht, um handeln zu können. Wie gelähmt stand sie da und sah zu, wie Amhal seinen Beidhänder über den Kopf hob und ausholte.

Dann das entsetzliche Geräusch, als die Klinge Haut und Fleisch zerteilte, und der Geruch von Blut.

Adhara spürte, wie sich Adrass' Leib in ihren Armen krümmte, hörte seinen Atem an ihrem Hals, ein letztes Röcheln, das vom Tod kündete.

Noch einmal hob Adrass den Blick und lächelte sie an. Ein erschöpftes, entferntes, verlorenes Lächeln.

Langsam glitt er an ihrem Körper hinunter, löste sich unaufhaltsam aus ihren Armen und sank zu Boden, wo er, mit einem riesengroßen Blutfleck auf dem Rücken, bäuchlings liegen blieb. Amhals Schwert hatte ihn glatt durchbohrt. Adrass hatte ihr das Leben gerettet, und sie hatte nichts davon gemerkt. Blitzartig hatte sich dieses Entsetzliche abgespielt, und noch immer war sie verwirrt und wie betäubt davon. Ihre Seite schmerzte heftig, aber das war jetzt unwichtig, und sie versuchte erst gar nicht, diesem Schmerz auf den Grund zu gehen.

Der Zorn überlagerte jegliche andere Regung. Sie spürte, wie unbändiger Hass in ihr aufstieg, sie wie eine Hitzewallung überkam. Amhal schwang sein Schwert, das mit dem Blut ihres Vaters besudelt war. Eine Wolke aus winzigen roten Perlen zeichnete sich in der Luft ab, und Adhara begriff, dass von dem Jüngling, den sie einst geliebt hatte, wirklich überhaupt nichts mehr übrig geblieben war.

»Nun bist du an der Reihe«, zischte Amhal völlig gefühllos. Er sah nichts anderes mehr in ihr als ein bloßes Hindernis auf seinem vorgezeichneten Weg zum Ruhm. Nichts bedeutete sie ihm mehr, gar nichts. Und diese Erkenntnis erfüllte sie mit Abscheu und Groll.

Dies gab ihr die Kraft, jeden Anflug von Erbarmen aus ihrem Herz zu verbannen. Etwas zerbrach in ihr, und aus den Scherben erhob sich die Gestalt, die sie für andere schon immer gewesen war: Sheireen, der Inbegriff der Hoffnung. Und mit einem Mal wusste sie, was sie tun musste. Der Mann, der da zu ihren Füßen lag und dessen Geist gerade ins Reich des Vergessens hinüberglitt, würde nicht umsonst gestorben sein. Sie würde seinem letzten, größten Opfer einen Sinn verleihen.

Die Feuerkämpferin riss sich aus der Erstarrung, hob mit einer raschen Bewegung Adrass' Schwert vom Boden auf und stellte sich, einen mächtigen Schrei ausstoßend, zum Angriff auf. Es war nur eine alte, verrostete Klinge, die ihr zur Verfügung stand, aber darauf kam es nicht an. Ihr Zorn würde sie so hart machen wie den edelsten Stahl. Ihr Zorn und ihre Kräfte.

Amhal stürzte sich auf sie und ließ sein Schwert von oben auf sie niederfahren. Doch der Hieb brach sich an der magischen Barriere, mit der sich Adhara allein durch die Kraft ihrer Gedanken umgeben hatte. Sie war eine andere geworden. Durch Adrass' Ritus war sie tatsächlich neugeboren. Nun war sie wahrhaft die Geweihte.

Sie antwortete Amhal mit einem wuchtigen Schlag von der Seite und warf sich dann mit aller Kraft auf ihn, ohne sich zu schonen und mit dem klaren Ziel, ihn zu töten. Als ihre Klingen aufeinanderprallten, erbebte Adhara von einem heftigen Schmerz. Gewiss, Amhal war ein schier unbezwingbarer Gegner, und so schloss sie die Augen und sprach eine Formel, die ihr bis dahin ganz unbekannt gewesen war.

Schon hüllte ein goldenes Licht ihre Waffe vollkommen ein, und das Schwert schien darin neu geschmiedet zu werden. Adhara spürte, wie es in ihrer Hand vibrierte, und brannte darauf, es einzusetzen und den

Kelch der Rache bis zur Neige zu leeren. Tatsächlich schien dic Klinge plötzlich härter und widerstandsfähiger zu sein, und Adharas Vorstöße durchdrangen geschickter Amhals Deckung. Einen Moment lang wirkte Amhal verwirrt und wich zurück, doch sogleich fing er sich wieder, holte aus mit seinem Beidhänder und streifte, während Adhara zur Seite sprang, mit einem mächtigen Hieb das Portal. Ein schwerer Brocken Schwarzen Kristalls löste sich und polterte mit Getöse durch den Saal. Mit knapper Not konnte Adhara ihm ausweichen, indem sie sich mit einem Überschlag zu Boden warf. Sofort kam sie wieder auf die Beine und schaffte es gerade noch, dem grellen Lichtstrahl auszuweichen, der zwei Schritte von ihr entfernt eine tiefe Furche aufriss. Sie duckte sich hinter den schwarzen Felsbrocken und versuchte, ihren Atem zu beruhigen. Keinen Augenblick durfte sie ihre Deckung vernachlässigen, wollte sie siegreich aus dem Duell hervorgehen. Da war er wieder, dieser schmerzhafte Stich in der Seite. Zum ersten Mal betrachtete sie die Fleischwunde unter dem Riss in ihrer Weste. Offenbar hatte Amhals Beidhänder, als er Adrass' Leib durchbohrte, auch sie verletzt. Die Wunde war nicht sehr tief, behinderte sie aber und ließ ihre Bewegungen langsamer werden. Doch das musste sie wegstecken. Zu gegebener Zeit würde sie sich darum kümmern, sagte sie sich, während sie hinter dem Fels hervorlugte, um die Lage einzuschätzen.

Keuchend stand Amhal in der Mitte der Halle, umfasste sein Schwert mit nur einer Hand, während die andere in die Höhe gereckt war, um den Zauber zu wiederholen, der Adhara kurz zuvor beinahe getroffen hätte. Ohne lange zu überlegen, sprang sie aus der Deckung hervor und nutzte seine Verwirrung zu einem Angriff, und tatsächlich reagierte er nicht schnell genug, so dass ihr Hieb traf. Ein markerschütternder Schrei erfüllte die Halle, während Adhara sah, wie zwei Finger durch die Luft flogen. Sie hatte seine linke Hand getroffen. Amhals Gesicht war eine Maske des Schmerzes, während er die verstümmelte Hand zur Brust führte.

»Nun sind wir fast ebenbürtig«, rief sie mit einem höhnischen Grinsen.

Ihre Wut war so gewaltig, dass sie ihrem Gegner keinen Moment Zeit ließ, sich zu besinnen. Wieder und wieder drosch sie auf ihn ein, streifte ihn am Arm, am Bein ..., setzte nach und ließ nicht locker, bis er mit dem Rücken zur Wand vor ihr stand. Da hob sie das Schwert und holte zum letzten Schlag aus. Doch nun fand er Schutz hinter einer magischen Barriere, von der Adharas Schlag zurückprallte, so dass sie das Gleichgewicht verlor.

Amhal, immer noch mit dem Rücken an der Wand, keuchte heftig, während er beobachtete, wie sie einige Schritte zurückwich. In seinem Blick war immer noch keine Regung zu erkennen, und Adhara war fast dankbar dafür, denn mittlerweile sah sie in ihm tatsächlich nichts anderes mehr als den Mörder von Adrass und Neor. Nichts weiter als einen Feind, den sie besiegen musste.

Für Thenaar, dachte sie.

Sie streckte die Hand aus und sprach einen Versteinerungszauber. Doch Amhal wich aus und antwortete sogleich mit einem weiteren Blitz, der aber schwächer war als der zuvor. Seine Kräfte schwanden, doch das änderte nichts mehr daran, dass das Portal getroffen in einem Splittermeer zerbarst. Im letzten Moment konnte sich Adhara mit einer magischen Barriere schützen, bevor die schweren, tödlichen Brocken mit ohrenbetäubendem Getöse auf den Boden niederprasselten. Danach trat Stille ein.

Um Atem zu holen, blieb sie, von der Zauberwand geschützt, unter den Trümmern liegen. Ihre Kräfte ließen nach, ihre Wut jedoch nicht. Das unbändige Verlangen, zu kämpfen und Amhal zu besiegen, nahm sie völlig ein und ließ ihr Herz wie wild in der Brust pochen. Dieser Kampf hatte etwas Archaisches, als sei es ein seit langem festgelegtes Schicksal, das ihnen die Hand führte, ein Schicksal, das Teil eines größeren Ganzen war, dem sie sich vor Jahrhunderten, Jahrtausenden, Ewigkeiten geweiht hatten. Zudem verspürte Adhara das brennende Verlangen, für Gerechtigkeit zu sorgen und Adrass' Tod zu rächen. Der Körper ihres Erzeugers lag, für immer verloren, unter den Trümmern begraben, und bei dem Gedanken überkam sie das schmerzhafte Gefühl, allein und verlassen zu sein.

Alle Sinne angespannt, das Schwert fest umklammert, während ihr Körper die letzten Kräfte freimachte, wartete die Feuerkämpferin auf den nächsten Zug ihres Feindes. Die Schutzbarriere wurde schon dünner, und während sie noch darüber nachdachte, was zu tun sei, ließen das dumpfe Geräusch von Schritten und ein metallisches Kreischen und Klappern sie aufschrecken.

Amhal kam auf sie zu und ließ dabei sein Schwert über den unebenen Boden schleifen.

Da nahm sie alle ihre verbliebenen Kräfte zusammen, schloss die Augen und konzentrierte sich. Der Marvash war jetzt schon ganz nahe, sehr nahe, thronte fast schon über ihr.

In diesem Augenblick ließ sie die Barriere explodieren und schnellte, die Klinge nach oben gerichtet, aus den Trümmern hervor. Sie spürte, wie ihr Fleisch unter der linken Schulter aufgerissen wurde, gleichzeitig aber auch, dass ihre Klinge tief in die Seite ihres Feindes eindrang. Und mit aller Kraft bohrte sie den Stahl immer weiter hinein. Dann sanken beide zu Boden, kraftlos – und verblüfft. Denn dieser letzte Zusammenstoß schien etwas ausgelöst zu haben: Plötzlich befanden sie sich nicht mehr in der Halle hinter dem Tempel, sondern in einem Wald, über den sich ein mit funkelnden Sternen übersäter Himmel spannte. Nur wenige Schritte von ihnen entfernt türmten sich die Trümmer des zerstörten Portals. Um sie herum die unnatürliche Stille dieser Lichtung und ein kalter Wind, der über ihre schweißnassen Gesichter hinwegstrich.

Auf ihr Schwert gestützt, stemmte sich Adhara als Erste hoch. Jeder Knochen im Leib schmerzte, während sie nun, sich kaum bewusst, was sie da tat, auf Amhal zuhumpelte. Auch der hatte sich mühsam aufgerichtet und kniete am Boden, eine Hand wie im Krampf um das Heft seines Schwertes geschlossen. Adhara konnte das Blut riechen, das ihm aus den Wunden troff, ein Geruch, der ihr sehr vertraut vorkam. Und sie erinnerte sich:

Wie er sich in langen, einsamen Trainingsstunden mit dem Schwert geschunden und immer wieder selbst verwundet hatte, um sich für seine Raserei zu bestrafen, diesen Blutdurst, der seine Seele zersetzte, seit er auf der Welt war. Seinen ewigen Kampf, um das lebendig zu erhalten, was an Gutem in ihm steckte.

Und plötzlich fühlte sie sich von einem seltsamen Gefühl durchdrungen und sah in diesem jungen Mann, der keuchend und mit ausdrucksloser Miene vor ihr kniete, jenen Geliebten wieder, dem sie bis vor kurzem noch gefolgt war. Der Hass verrauchte, und Adrass' Worte hallten ihr durch den Schädel.

Du wirst frei sein. Frei von mir, von Thenaar, von jedweder Beschränkung. Du wirst frei sein und glücklich.

Das war das Erbe, das ihr Adrass hinterlassen hatte, sein letzter Wunsch, bevor er den Opfertod starb. Er hatte ihr aufgetragen, sich nicht selbst zu verleugnen, um einen Kampf zu führen, der nicht der eigene war, sich nicht diesem Schicksal zu beugen, das er ihr auferlegt hatte. Sondern gemäß der eigenen Überzeugungen, der eigenen Gefühle zu leben. Denn das machte ein Lebewesen zu einer Person, einem Individuum.

Adhara ließ ihr Schwert aus den Fingern zu Boden gleiten, und als Amhal sein eigenes aufheben wollte, stellte sie den Fuß darauf, so lange, bis er seinen Griff löste.

Dann sank sie auf die Knie und blickte dabei unablässig diesem verlorenen Mann vor ihr in die Augen.

»Ich will das gar nicht«, sagte sie leise. »Ich will dich nicht hassen.« Sie näherte sich seinem Gesicht, streichelte über diese verzerrten, ausdruckslosen Züge. »Ich weiß nicht, wo er steckt, dieser Teil von dir, den ich geliebt habe. Und ich weiß auch nicht, ob ich ihn jemals wiederfinden kann. Aber ich werde mich diesem Joch nicht beugen«, raunte sie ihm zu mit sanfter Stimme, während ihr die Tränen über das Gesicht liefen.

»Verschwinde«, antwortete er mit bebender Stimme.

»Ich werde nicht tun, was die Welt und die Götter von mir verlangen, sondern meinem Weg folgen, dem Weg, den mir mein Herz gewiesen hat seit dem Moment, da ich auf dieser Wiese erwachte. Denn nur so kann ich erfahren, wer ich *in Wahrheit* bin.«

»Verschwinde!«, schrie er noch einmal mit einer Stimme, die endlich von Schmerz erfüllt war.

Da presste Adhara ihre Lippen auf die seinen, öffnete sie sanft und küsste ihn lange, küsste den Mörder, das Ungeheuer, den Feind.

Als sie sich endlich von ihm löste, erkannte sie einen Augenblick lang in seinem Blick den wahren Amhal, jenen Amhal, der sich, obwohl es ihm Qualen bereitete, weigerte, seinen mörderischen Trieben nachzugeben, jenen Amhal, der den Tod jenem Tun vorgezogen hätte, dem er sich verschrieben hatte. Der rote Stein an seinem Hals funkelte matter, war fast erloschen.

»Ich werde einen Weg finden, das Unglück aufzuhalten, ohne dich töten zu müssen. Das schwöre ich dir. Ich werde den Lauf der Geschichte der Aufgetauchten Welt ändern.«

Damit wandte sie sich von ihm ab, entfernte sich und bot ihm, während sie sich langsam auf den Wald zu bewegte, die Gelegenheit, sie von hinten anzugreifen.

Doch Amhal rührte sich nicht. Überwältigt von dem, was gerade geschehen war, hockte er da, raufte sich die Haare und presste die Handflächen gegen die Schläfen. Die Gefühle, diese verdammten Gefühle, die zu vertreiben ihm doch gelungen war, waren mit aller Macht zurückgekehrt, und die Gedanken rasten ihm durch den Kopf, so dass er meinte, ihm platze der Schädel. Und mittendrin hatte er ihr Bild vor Augen, das Bild von Adhara, die er nicht hassen, die er nicht töten konnte. Er blickte ihr nach, wie sie mit schleppendem Gang ins Dickicht eintauchte.

Dann hielt er dem Schmerz und der Erschöpfung nicht mehr stand. Er sank zu Boden, und ein letzter Blick ging zum Himmel über ihm, zum Licht der Sterne, das kalt war und grausam. Als er die Augen schloss, erlöste ihn bald tiefe Bewusstlosigkeit vom Schmerz der Gegenwart. Ganz langsam begann das Medaillon auf seiner Brust wieder zu funkeln, dunkelrot und unheimlich.

Epilog

Kryss betrachtete die Landkarte, die man vor ihm entrollt hatte. Die roten Fähnlein überall legten Zeugnis vom Ausmaß seines Erfolges ab. Das Land des Wassers war fast vollständig in seiner Hand, und sein Vormarsch schien unaufhaltsam.

San, auf der anderen Seite des Tisches, sah ihn zufrieden an. Er saß auf einem Sessel, der fast zu elegant wirkte für das schlichte Zelt, in dem der König seine Schlachtpläne ersann, und hielt in der Hand den unvermeidlichen Pokal Honigwein.

»Du solltest nicht so viel trinken«, sagte Kryss.

»Ich trinke doch auf deinen Sieg«, erklärte San mit einem Lächeln. »Und damit auch auf meinen eigenen natürlich«, fügte er hinzu und nahm einen kräftigen Schluck.

Den Blick starr auf die Karte gerichtet, antwortete der König nicht.

»Unsere Abmachung hast du doch nicht vergessen?«

Jetzt hob der Elf den Blick. Die Züge des Marvashs hatten sich mit einem Mal verzerrt. »Wo ist Amhal?«

»Ich habe ihn losgeschickt, damit er sich um die Sheireen kümmert, bevor sie uns ernsthaft in die Quere kommen kann. Im Moment ist sie bloß ein verängstigtes Mädchen, und ich bin mir sicher, dass er leichtes Spiel mit ihr haben wird. Aber bleiben wir doch beim Thema«, ließ er sich nicht ablenken.

Kryss hatte es von Anfang an gewusst. San war nicht seinetwegen hier und würde die Sache der Elfen auch nie wirklich zu seiner eigenen machen. Da mochte er sich noch so bemühen, ihn fester an sich zu binden, San würde sich ihm nur so lange unterstellen, bis er sein Ziel erreicht hatte.

Außerdem ist er einer von denen, dachte er verächtlich. Doch um seiner Sache zum Sieg zu verhelfen, war es eben auch notwendig, sich solch unzuverlässiger, heimtückischer Waffen zu bedienen, wie dieser Mann eine war.

»Wie könnte ich unsere Abmachung vergessen?«

»Viele Jahre warte ich nun schon, und wie du weißt, habe ich mich nicht geschont an deiner Seite. Doch darüber habe ich nie den eigentlichen Grund vergessen, weshalb ich mich auf all das einlasse.«

Mit einem Seufzer stieß sich Kryss von der Karte ab, auf die er sich gestützt hatte. »Ich weiß, dass du ein Söldner bist, aber darauf soll's mir auch nicht ankommen. Ich sehe dich als eine Waffe, die sich bislang als sehr schlagkräftig erwiesen hat.«

»Doch von meiner Entlohnung habe ich noch nichts gesehen.«

Die Miene des Königs wurde noch ernster. »Ich habe es dir schon so oft gesagt. Die elfische Magie ist dazu imstande. Aber du solltest endlich aufhören, mein Wort in Zweifel zu ziehen.«

»Ich weiß«, murmelte San, wobei er den Blick abwandte. »Ich weiß.«

Manchmal kann er wie ein kleiner Junge sein, dachte Kryss. Als sie sich kennengelernt hatten, war San völlig am Ende gewesen. Viele Jahre war er da schon ziellos durch die Unerforschten Lande geirrt, besessen von den Dämonen seiner Vergangenheit, auf der Suche nach etwas, das er mit eigenen Kräften nicht erreichen konnte. Er, Kryss, hatte seinem Leben einen neuen Sinn gegeben, hatte ihn zu der unbesiegbaren Waffe geschmiedet, die ihm jetzt so nützlich war, und ihm als Gegenleistung dafür das Unmögliche versprochen. Deshalb folgte er ihm immer weiter, deshalb hatte er ihm auch den anderen Marvash zugeführt: einen Junge so wie er selbst, gequält von ganz ähnlichen Nöten, die in Kryss' Augen einfach nur kindisch waren.

»Du erhältst das, wonach du verlangst, wenn der Sieg errungen ist in der neuen Welt, die ich meinem Volk schenken werde. Mach dir klar, dass du das einzige nicht elfische Geschöpf sein wirst, das sie bewohnen darf. Schon allein das ist eine hohe Belohnung«, erklärte Kryss, wobei er eine feine Drohung mitschwingen ließ.

»Es ist nicht das Überleben, auf das ich aus bin. Ich verlange nur, dass du mir das gibst, was du mir versprochen hast. Danach mag ich ruhig sterben.«

Der König betrachtete ihn schweigend. »Du wirst es erhalten, wenn der Kampf gewonnen ist«, wiederholte er noch einmal in entschlossenem Ton.

San schien sich zu entspannen. »Was schon in Kürze

der Fall sein wird, wenn man dieser Karte Glauben schenken kann.«

Kryss warf einen missmutigen Blick auf die Karte.

San nahm seine Verärgerung wahr. »Was ist denn los? Hast du nicht den Eindruck, dass alles nach Plan läuft?«

Der Elf legte die Stirn in Falten. »Das Heer der Besatzer ist dabei, sich neu zu formieren. Bis vor einigen Monaten noch wirkte es wie ein Leib ohne Kopf. Du hattest hervorragende Arbeit geleistet, indem du nicht nur den alten König, sondern gleich auch noch dessen Sohn umbrachtest. Sie waren der Kopf und das Herz der gegnerischen Streitkräfte, sie hielten die Moral der Truppen hoch.«

San erkannte sogleich, worauf Kryss hinauswollte. »Es ist wohl die Königin, die dir Sorgen bereitet?«

Kryss nickte.

»Aber wieso? Das ist doch nur eine alte Frau«, rief San in verächtlichem Ton. Doch diese jähe Reaktion verriet nur seine eigene Sorge. Im Grunde seines Herzens wusste er, dass Dubhe ein Hindernis für sie darstellte, das sie nicht unterschätzen durften.

»Die muss weg«, entgegnete der Elfenkönig scharf. »Ihre Männer haben uns beträchtliche Verluste zugefügt. Sie aus dem Weg zu räumen, wird unsere nächste Aufgabe sein.«

San beschränkte sich darauf, gleichgültig zu nicken. »Keine Sorge, die werden wir eher besiegt haben, als du glaubst.«

Da fuhr Kryss hoch und schlug mit der Faust auf den Tisch. »Ich will sie nicht einfach besiegen und ihnen ihr Land entreißen. Ich will sie ausrotten!«, schrie er. »Der

Kampf, den wir hier führen, ist etwas ganz anderes als die Kriege, die du vielleicht früher erlebt hast. Selbst die grausamen Schlachten, die ich in der Heimat schlagen musste, um an die Macht zu gelangen, reichen nicht an ihn heran.«

Einen Moment lang ließ er sich von seinen Erinnerungen hinreißen. Die Straßen von Orva, seiner Heimatstadt, voller Soldaten, Leichen überall, die Mauern blutbesudelt. Elfen gegen Elfen, und schließlich auch sein Vater …

Es war unvermeidlich. Diesen Preis musste ich zahlen, um mein Volk aus dem Zustand der Erniedrigung herauszureißen und dorthin zurückzuführen, von wo es einst vertrieben wurde.

»Das ist ein Vernichtungsfeldzug«, zischte er schließlich, wobei er jedes einzelne Wort betonte.

So etwas wie Furcht blitzte in Sans Augen auf. Und das nicht zum ersten Mal. Kryss wusste, dass es ihm gegeben war, Angst und Schrecken zu verbreiten, und er genoss diese Wirkung, diese uneingeschränkte Macht, die er über andere besaß.

»Um solch ein glorreiches Vorhaben erfolgreich zu Ende zu führen, brauche ich viele Tausend Soldaten, eine überwältigende, ungefährdete Übermacht.«

»Die besitzt du doch«, antwortete San. »Die besitzt du doch durch die Seuche, die für dich arbeitet.«

»Ach, die Seuche ist nur der Anfang«, erklärte Kryss mit einem gemeinen Grinsen. »Glaub mir, das Beste kommt erst noch.«

Register

Adhara Junge Frau, die durch die Magie der Sekte der Erweckten aus dem Körper eines gerade verstorbenen Mädchens geschaffen wurde. Ihren Namen erhielt sie von Amhal.

Adrass der Erweckte, der Adhara erschuf

Amhal Angehender Drachenritter; kämpft seit frühester Jugend schon gegen eine Mordlust an, die immer wieder durchbricht. Mit der Ermordung König Neors hat er dem Guten in sich völlig entsagt und sich ganz dem Bösen verschrieben.

Amina Tochter von Fea und Neor, Zwillingsschwester von Kalth

Aster Halbelf, der hundert Jahre zuvor den Versuch unternahm, sich die gesamte Aufgetauchte Welt zu unterwerfen. Er war ein Marvash.

Baol Dubhes Adjutant an der Front

Barmherzige Überlebende der Seuche, die sich um die Erkrankten kümmern

Chandra »Die Sechste« in der Elfensprache; ursprünglicher Name Adharas, den Adrass ihr gab

Dakara Gründer der Sekte der Erweckten

Dalia Schwester der Ordensgemeinschaft des Blitzes und Dienerin Theanas im Tempel

Dohor Vater von Learco, grausamer König des Landes der Sonne, der die gesamte Aufgetauchte Welt in seine Gewalt zu bringen versuchte

Dowan Anführer der Widerstandsgruppe in Makrat

Dubhe Königin des Landes der Sonne, einst eine sehr gewiefte Einbrecherin

Elfen In Urzeiten Bewohner der Aufgetauchten Welt, aus der sie fortzogen, als andere Rassen sie zu bevölkern begannen. Wanderten dann in die Unerforschten Lande aus

Elyna verstorbenes Mädchen, aus dessen Leiche Adhara geschaffen wurde

Erak Maar Name für die Aufgetauchte Welt in der Elfensprache

Erweckte	Geheimsekte, spaltete sich von der Ordensgemeinschaft des Blitzes ab
Fea	Gnomin, Witwe Neors und Mutter von Amina und Kalth
Gilde der Assassinen	Geheimsekte, die den Thenaar-Kult pervertierte
Ido	Gnom, Drachenritter, tötete Dohor und machte dessen Eroberungsgelüsten ein Ende
Jamila	Amhals Drache
Hüter der Weisheit	bewaffneter Arm des Rats der Weisen in Makrat im Land der Sonne
Kalima	Dorf im Süden des Landes des Wassers mit einem großen Flüchtlingslager
Kalth	Sohn von Fea und Neor, Zwillingsbruder Aminas
Kalypso	Königin der Nymphen
Kairin	Verlobter Elynas
Kryss	Elfenkönig, führt sein Volk bei der Zurückeroberung der Aufgetauchten Welt
Laodamea	Hauptstadt des Landes des Wassers
Learco	König des Landes der Sonne, war der Garant der fünfzigjährigen Friedenszeit, die die

Aufgetauchte Welt erlebte; wurde von der Seuche hinweggerafft, die San am Hof verbreitete

Lindwurm ein den Drachen ähnliches Tier, jedoch ohne Vordertatzen, beliebtes Reittier der Elfenkrieger

Lonerin Magier, verheiratet mit Theana, Jahre zuvor an einer Krankheit gestorben

Makrat Hauptstadt des Landes der Sonne

Marvash »Zerstörer« in der Elfensprache

Milo Mitglied der Ordensgemeinschaft des Blitzes

Mira Drachenritter, Meister von Amhal, wurde in Sans Auftrag ermordet

Neustadt neuer Name für Makrat

Neu-Enawar einzige Stadt im Großen Land, Sitz des Gemeinsamen Rats der Aufgetauchten Welt und der Kommandantur des Vereinten Heeres

Neor einziger Sohn von Learco und Dubhe, nach einem Unfall gelähmt; wurde von Amhal getötet

Nihal Halbelfe, Heldin, die die Aufgetauchte Welt hundert Jahre zuvor vor dem Tyrannen rettete, war eine Sheireen

Nymphen	hauchzarte Wesen, die im Land des Wassers leben; sind gegen die Seuche immun
Ordensgemeinschaft des Blitzes	Glaubensgemeinschaft, die Thenaar als höchsten Gott verehrt
Rat der Weisen	selbst ernanntes Organ, das die Macht in Makrat übernommen hat
Saar	großer Fluss, der die Aufgetauchte Welt von den Unerforschten Landen trennt
Salazar	Turmstadt, Hauptstadt des Landes des Windes
San	Enkelsohn von Nihal und Sennar, kehrte nach langer Abwesenheit in die Aufgetauchte Welt zurück; ist der zweite Marvash
Sennar	Mächtiger Magier, war einst mit Nihal verheiratet
Seuche	wurde von den Elfen eingeschleppt und verbreitet sich in der ganzen Aufgetauchten Welt
Sheireen	»Geweihte« in der Elfensprache
Theana	Magierin und Hohepriesterin der Ordensgemeinschaft des Blitzes

Thenaar	Gott des Krieges, der Zerstörung und der Schöpfung
Tori	Gnom, handelt mit Elixieren und Giften, Freund von Dubhe
Tyrann	Name, unter dem Aster bekannt wurde
Unerforschte Lande	alle unbekannten Gebiete jenseits des Saars
Untergetauchte Welt	eine Welt am Meeresgrund, die von Flüchtlingen aus der Aufgetauchten Welt gegründet wurde
Uro	Gnom, der sich damit brüstet, ein Heilmittel gegen die Seuche gefunden zu haben

LICIA TROISI

DIE FEUER KÄMPFERIN

IM LAND DER ELFEN

ROMAN

LESEPROBE

HEYNE

Leuchtturm von Dessa
Letztes Vorgebirge
Giafta (Hafen)
Barahar-Bucht
Lome
Barahar
Sümpfe
Laia
Kleines Meer
Mittlere Wüste
Seewald
Sossa
Saar
Derea
Westlicher Wald
Nael-Wasserfälle
Sonnenberge
Laodamea
Loos
Land des Wassers
Steppe
Neu
Enaw
Land des Windes
Salazar
Bannwald
Daress (nördliche Berge)
Thal
(Vater der Berge
Assa
Nassel
Land der Felsen
Steinwald
Rephtá
Schwarzes Gebirge
Land des Feuers
Passel
Totenfelder
Hora (Südkegel)

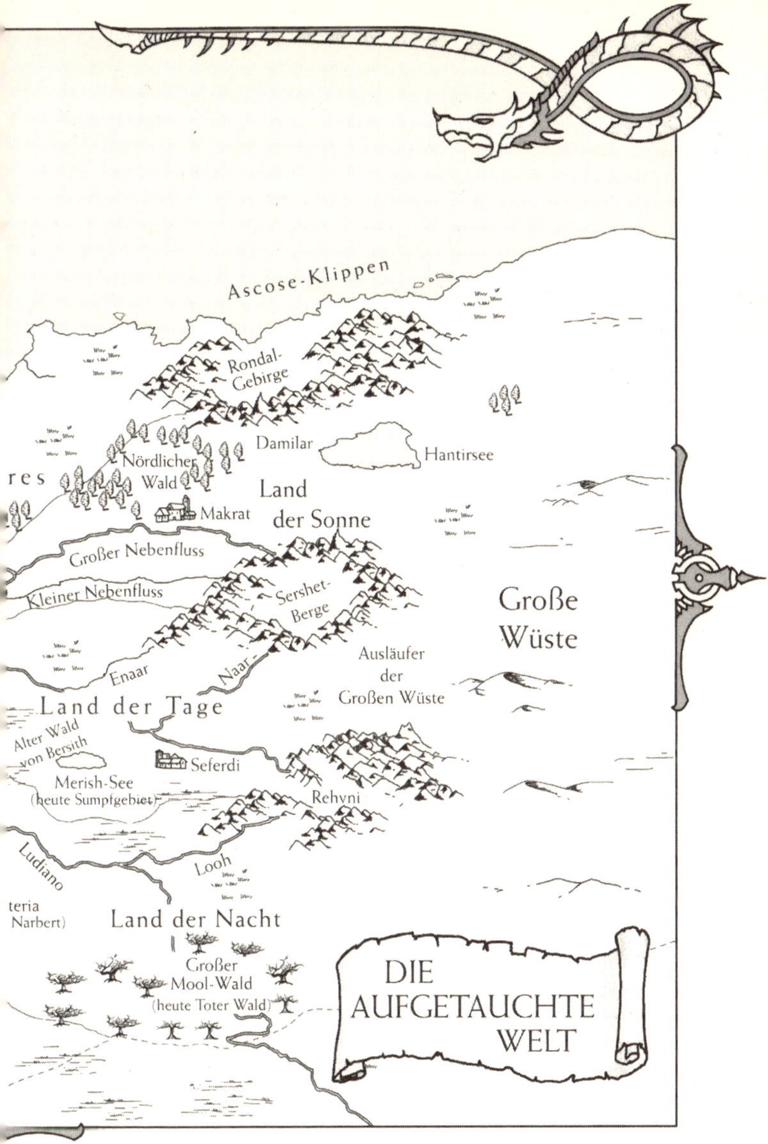
Ascose-Klippen
Rondal-Gebirge
Damilar
Hantirsee
Nördlicher Wald
res
Makrat
Land der Sonne
Großer Nebenfluss
Kleiner Nebenfluss
Sershet-Berge
Große Wüste
Ausläufer der Großen Wüste
Enaar
Naar
Land der Tage
Alter Wald von Bersith
Seferdi
Merish-See (heute Sumpfgebiet)
Rehvni
Ludiano
Looh
teria
Narbert)
Land der Nacht
Großer Mool-Wald (heute Toter Wald)
DIE AUFGETAUCHTE WELT

Über das Buch

Die Aufgetauchte Welt steht vor dem Untergang. Ein Land nach dem anderen wird von den feindlichen Elfen überrannt. Adhara, die junge Feuerkämpferin, ist auf der verzweifelten Suche nach ihrem Gefährten Amhal, als sie von den Schergen des Elfenführers gefangengenommen wird. Doch ihr gelingt die Flucht. Durch ein geheimnisvolles Portal gelangt die Feuerkämpferin zurück in die Aufgetauchte Welt, nur um zu erfahren, dass ihre Heimat dem Boden gleichgemacht wurde. Adhara schwört tödliche Rache.

Adhara, die junge Feuerkämpferin, irrt auf der Suche nach ihrem Gefährten Amhal durch das unbekannte Land der Elfen, als sie auf die Elfenkämpferin Shyra trifft. Von ihr erfährt Adhara die Geschichte von Kryss, dem grausamen Elfenführer, der die Aufgetauchte Welt unter seine Herrschaft bringen will. Um sein Ziel zu erreichen, ist dem Elfenführer jedes Mittel recht. Doch es regt sich Widerstand im Land der Elfen, und Rebellen verhelfen Adhara zur Flucht. Durch ein geheimnisvolles Portal gelangt sie zurück in die Aufgetauchte Welt. Dort bietet sich ihr ein Bild des Grauens. Mithilfe von magischen Obelisken hat Kryss einen tödlichen Vernichtungszauber in Gang gesetzt. Alle Menschen, Nymphen und Gnome sind ausgerottet, und die feindlichen Elfen beginnen, das Land neu zu bevölkern. Im Moment größter Trauer und Verzweiflung erkennt Adhara ihre Bestimmung als Geweihte und ist bereit für den finalen Kampf. Sie weiß, dass nur sie allein die Aufgetauchte Welt retten kann.

Erster Teil

DAS LAND DER TRÄNEN

1

Unbekannte Wälder

Adhara spürte, wie ihre Beine plötzlich nachgaben. Fast war es ihr gelungen, den Schmerz und die Erschöpfung zu verdrängen, bis ihr Körper mit einem Mal an seine Grenzen gestoßen war. Im letzten Moment, bevor sie fiel, fand sie an einem Baumstamm Halt. Mit ihrem ganzen Gewicht lehnte sie sich dagegen und atmete tief ein und aus. Ratlos schaute sie sich um. Als bei ihrem Kampf gegen Amhal das Portal der Bibliothek zerstört wurde, waren sie beide an diesen Ort geschleudert worden, der ihr völlig fremd war. Dann hatte sie sich in der Dunkelheit in diesen Wald vorgewagt, nachdem sie Amhal verletzt am Boden zurückgelassen hatte.

Wohin sie auch schaute, alles kam ihr fremd und abweisend vor. Die seltsamen Pflanzen mit ihren breiten fleischigen Blättern, die überall aus dem Boden wuchsen, die endlos langen, schauerlich wirkenden Lianen zwischen den gewundenen Ästen der Bäume. Und dann diese Blüten, riesengroß und obszön öffneten sie sich über ihr wie hungrige Mäuler und schienen fast auf einen Fehltritt von ihr zu lauern.

Erst kurze Zeit streifte sie durch diesen Wald, doch der Kampf gegen Amhal hatte sie schwer gezeichnet. Das Atmen fiel ihr schwer, und die Wunde an der Seite brannte so heftig, dass sie fast den Verstand verlor. Sogar der Armstumpf quälte sie wieder, und die Hand, die ihr eigentlich fehlte. Sie spürte den Schmerz des sich zersetzenden Fleisches, der Sehnen, die aneinanderrieben, so als sei die Hand nie von Adrass amputiert worden und als gehe ihr körperlicher Verfall langsam, aber unaufhaltsam weiter. Doch jenseits ihres Handgelenkes war nichts, was hätte schmerzen können, und die Haut spannte sich glatt über dem Stumpf, den Adrass zur Desinfizierung sorgfältig ausgebrannt hatte.

Aber so heftig sie auch sein mochten, dies waren nicht die Schmerzen, die ihr die brennenden Tränen in die Augen trieben. Mit der rechten Hand wischte sie darüber, während sie an den Zweikampf gegen Amhal dachte und an diesen langen, verzweifelten Kuss, den sie ihm gegeben hatte. Und sie dachte an Adrass, dessen Leib die Trümmer des Portals wohl unter sich begraben hatten, dachte an die dramatischen letzten Tage, als sie in ihm einen Vater gefunden hatte und dann mit ansehen musste, wie er vor ihren Augen getötet wurde, und das von dem Mann, den sie liebte. Adhara konnte sich gar nicht mehr beruhigen.

Warum all dieser Schmerz? Warum war sie bloß dazu verdammt, sofort wieder zu verlieren, was sie gerade gewonnen hatte? Offenbar hatten die Götter diesen besonders steinigen Weg für sie gewählt, um sich daran zu ergötzen, wie sie sich in den Fesseln ihres Schicksals wand und schließlich erbärmlich scheiterte. Gab es nur deswegen Geweihte und Zerstörer? Schlachteten sich nur deswegen seit Jahrtausenden Sheireens und Marvashs gegenseitig ab? Damit die Götter ihren Spaß hatten?

Sie wusste es nicht. Nur dass sie am Ende war, wusste sie.

Sie führte eine Hand zur Seite und zog sie blutüberströmt zurück.

Das überlebe ich nicht, dachte sie, aber es war eine bloße Feststellung. Ob sie durchkam oder starb, war ihr im Augenblick vollkommen gleich.

Sie ließ sich am Baumstamm hinabgleiten, störte sich nicht daran, dass ihr die Rinde die Haut aufschürfte, und sank zwischen mächtigen Farnen und bedrohlich wirkenden Blumen ins hohe Gras. Als sie nach oben schaute, sah sie über sich zwischen den Baumkronen einen Fetzen Himmel. Nicht mehr als ein schwarzes Dreieck, an dem eine Myriade von Sternen funkelte. An einer Seite war auch ein Stück des strahlend hellen Mondes zu erkennen.

Es war derselbe Himmel wie in der Aufgetauchten Welt, dieser unbarmherzige Himmel, der über ihr gestanden hatte, als sie auf jener Wiese erwacht war und gewissermaßen geboren wurde, ohne die leiseste Vorstellung, wer sie war und woher sie kam. Nur herrschte jetzt tiefste Nacht, während damals über ihr die Sonne eines schönen Morgens geschienen hatte. Von dort oben aber, vom Himmel aus, hatte dann ein grausamer Gott zugesehen, wie sie sich verzweifelt bemüht hatte, einen Weg für sich zu finden, und vielleicht beobachtete er sie auch jetzt wieder und lachte sie aus. Adhara lächelte zu den Sternen hinauf. Sie hatte genug von dem Spiel. Und auf die eine oder andere Weise würde es nun enden.

Sie ließ den Kopf zur Seite sinken und lag im Gras, die Arme schlaff neben dem Körper, die Beine kraftlos ausgestreckt. Die Augen fielen ihr zu, und kurz darauf umfing völlige Finsternis ihren Geist und führte sie fort.

Da erkannte sie plötzlich etwas in der Dunkelheit ihres Schlafes. Es war weißlich und unscharf, wie ein Flämmchen, das im Wind flackerte.

Und ihr war, als vernehme sie eine Stimme. Ganz leise und so schwach, dass sie im eigenen Echo unterging. Und was sie verkündete, waren unverständliche Worte einer Sprache, die niemand mehr sprach.

Schon bei den ersten Lauten nahm Adhara darin einen großen Kummer, eine abgrundtiefe Verzweiflung wahr. Einen Schmerz, den sie am eigenen Leib spürte, so als wäre es ihr eigener.

Wirklich verstehen konnte sie die Worte nicht und hätte auch nicht sagen können, woher sie kamen und wer sie sprach. Aber offenkundig erzählten sie von Leid und von Tod. Von Ketten, die sich um ihre Handgelenke legten, von einer undurchdringlichen Finsternis, die ihr das Augenlicht nahm, von etwas, das sich schlängelnd zwischen ihren Brüsten bewegte, sich wie ein Stachel schmerzhaft ins Fleisch bohrte und immer tiefer eindrang, bis es ihr Herz erreichte.

Schnell … schnell … schnell!

Adhara schlug die Augen auf, musste sie jedoch sofort wieder schließen. Das Licht war zu grell. Sie schüttelte den Kopf und hatte dabei das Gefühl, als sei er mit Steinen beschwert. Alles tat ihr weh. Die Sonne wärmte ihre Haut. Als sie sich mit der Handfläche über die Stirn strich, spürte sie, dass sie mit Schweiß überzogen war.

Eine seltsame Anspannung hatte sie ergriffen, die von dem Traum herrührte, der ihr noch deutlich vor Augen stand. Ihr war, als wollte ihr jemand eine Botschaft zukommen lassen, deren Sinn sie aber nicht verstanden hatte.

Wieder öffnete sie die Augen und versuchte, in dem gleißenden Lichtchaos bekannte Formen auszumachen. Und tatsächlich schälten sich langsam immer mehr Umrisse heraus. Sie erkannte die Stelle wieder, wo sie in der Nacht die Besinnung verloren hatte, die Äste, Blätter und Blüten mit ihren absonderlichen Formen. Doch nun erstrahlte alles in einer ungeheuren Farbenpracht. Die Blüten blendeten sie mit ihren grellroten und violetten Kelchen, das Laub an den Bäumen mit seinem schrillen Grün. Und die Düfte berauschten sie.

Adhara ließ den Blick über die Umgebung schweifen. Jetzt bei Licht würde es ihr hoffentlich leichter fallen, sich zu orientieren. Allerdings hatte sie immer noch das Gefühl, in einem Alptraum gelandet zu sein. Zwar befand sie sich zweifellos in einem Wald, doch keine der Pflanzen um sie herum gehörte zu der Welt, aus der sie kam. Das dichte Unterholz war ein Geflecht aus Hecken und Büschen, die sie noch nie gesehen hatte. Ebenso wenig die Bäume mit den himmelhohen Stämmen, die mit Kränzen aus spitzen, nadelförmigen Blättern besetzt waren. Sie entdeckte Pflanzen, die in mächtige rote, fleischige Wucherungen ausliefen, andere, die nur aus fächerförmigen Blättern mit messerscharfen Kanten bestanden.

Noch einmal betastete Adhara die Stirn. Sie fühlte sich kühl an. Sollte sie in der Nacht Fieber gehabt haben, so war es jetzt verschwunden. Nein, das alles war kein Fiebertraum. Sie war tatsächlich an diesen irrealen Ort versetzt worden.

Sie lehnte den Kopf gegen die porige Rinde eines Baumstamms. Es ging also alles wieder von vorn los. Sie lebte noch, war aber auf die nackte Existenz zurückgeworfen und würde kämpfen müssen, um nicht auf der Strecke zu bleiben. Sie gab sich einen Ruck und sah sich die Verletzung an der Seite an. Es war eine lange Schnittwunde, aber immerhin war die Blutung zum Stillstand gekommen.

Mit äußerster Sorgfalt löste sie den Stoff ihrer Jacke von den Wundrändern, an denen er festklebte. Sie musste etwas tun, damit die Wunde sich nicht entzündete. Zum Glück hatte Adrass sie für solche Notfälle ausgerüstet. Sie musste sich nur umblicken und würde mit Sicherheit irgendein Kraut erkennen, mit dem sie sich behandeln konnte. Im nächsten Augenblick aber wurde ihr klar, wie aussichtslos das war. Denn nichts von dem, was sie umgab, kam ihr irgendwie bekannt vor. Alles war völlig fremd. Bislang hatte ihr der Instinkt immer geholfen, wenn sie in der Patsche saß. Doch jetzt rührte er sich nicht.

Wieder schloss sie die Augen und bemühte sich, einen klaren Gedanken zu fassen und die Panik niederzuhalten, die sie zu erfassen drohte. Kurz darauf hatte sie die Antwort, nach der sie suchte. Aber was ihr einfiel, war alles andere als erfreulich. Doch es gab keinen anderen Weg.

Sie sammelte ihre Kräfte, die der Schlaf wiederhergestellt hatte, und spürte, dass sie für einen einfachen Zauber reichen würden.

Bald tanzte die von einem blassen Schein erhellte rötliche Kugel eines magischen Feuers vor ihr. Das musste gehen.

Sie nahm den Dolch und stieß ihn bis zum Heft in die Kugel. Dann wartete sie, dass das Feuer seine Arbeit tat und die Klinge eine dunkelrote Farbe annahm. Als es so weit war, holte sie tief Luft, blickte zur Wunde und nahm allen Mut zusammen. Sie biss sich auf die Lippe, kniff fest die Augen zusammen und legte die Klinge mit der flachen Seite auf das Fleisch. Ihr Schrei zerriss die versunkene Stille dieses unwirklichen Ortes.

Irgendwann meldete sich der Hunger. Adhara wusste nicht mehr, wann sie zum letzten Mal gegessen hatte, spürte aber, dass ihr Körper nach einer Stärkung verlangte. Die Gefahr einer Wundinfektion war zwar gebannt, aber die dazu notwendige Prozedur hatte sie furchtbar erschöpft. Sie blickte sich um. Die Bäume quollen über von Früchten, doch keine kam ihr bekannt oder halbwegs essbar vor. Ihre schrillen Farben und sinnlichen Formen schienen eher dazu gemacht, irgendeine Beute in eine tödliche Umschlingung zu locken. Aber sie hatte keine andere Wahl, ein Risiko war es auf jeden Fall. So streifte sie noch ein wenig umher, auf der Suche nach einer Frucht, die vielleicht etwas harmloser als die anderen wirkte, und fand schließlich einen Baum, der voller großer Äpfel von violetter Farbe hing. Sie hob einen auf, der am Boden lag. Das mehlig weiche Fruchtfleisch gab unter ihren Fingern nach und sonderte einen tiefroten Saft ab, der ihr einen Moment lang das Gefühl vermittelte, ihre Hände seien blutgetränkt. Sie brach ihn auf, bis ein milchig weißes Inneres zum Vorschein kam. Mit der Zungenspitze fuhr sie darüber: Es schmeckte zuckersüß. Sie beschloss, es zu wagen, und verschlang den Apfel mit gierigen Bissen.

Einen Großteil des Tages ruhte sie sich aus. Sie fühlte sich benommen durch all das, was sich ereignet hatte, so als sei sie in einen Traum geschleudert worden. Jetzt musste sie erst einmal zu sich kommen, und dafür musste sie mit den Dingen abschließen, die sich in den letzten Stunden zugetragen hatten.

Es war mühsam, mit nur einer Hand und der immer noch schmerzenden Wunde an der Seite eine Grube auszuheben. Aber sie musste es tun. Sie nahm das Schwert zu Hilfe, und als sie fertig war, legte sie die Waffe hinein. Das war alles, was von Adrass übrig war. Sein Körper war verschwunden, ruhte vielleicht unter den Trümmern des elfischen Tempels oder verweste irgendwo anders, weil ihn die Explosion fortgeschleudert hatte. Doch der Mensch, der Adrass gewesen war, hatte ein Grab verdient, um die letzte Ruhe zu finden.

Schließlich riss sie sich noch ein Haarbüschel aus. Sie hätte es abgeschnitten, wenn sie gekonnt hätte, aber es waren eben unzählige Dinge, die ihr mit einer Hand nicht mehr möglich waren. Der Schmerz störte sie nicht, vielmehr freute sie sich, im Gedenken an den Toten zu leiden.

Sie legte die glänzend blaue Strähne neben die Waffe in das kleine Grab, schüttete es mit Erde zu und rammte als Kennzeichnung nur einen geraden Stock hinein. Dann kniete sie nieder. Nicht mehr als ein andächtiges Schweigen konnte sie dem Mann zurückgeben, der ihr das Leben geschenkt und erst kurz zuvor noch einmal gerettet hatte. Aber sie würde Adrass' Andenken ehren, indem sie die Mission erfüllte, für die er sie geschaffen hatte. Ja, sie würde den Kampf fortsetzen. Für ihn. Dafür musste sie überleben, und für die schwierige Aufgabe, die sie sich vorgenommen hatte. Ein schmerzhafter Stich durchfuhr sie, als sie sich an Amhals ausdrucksloses Gesicht erinnerte. Den Marvash, der er war, musste sie vernichten. Gleichzeitig war er aber auch der Mann, den zu lieben sie sich nicht verbieten konnte. Mit jedem Tag, der verging, wurde der Zwiespalt, in den sie geraten war, nur noch tiefer. Sie musste ihn retten und gleichzeitig besiegen. Aber das würde sie schaffen, aus Liebe zu ihm und zu ihrem Vater Adrass.

Denn sie war die Geweihte, und das Schicksal der Aufgetauchten Welt lag in ihren Händen.

Lesen Sie weiter:

Die Feuerkämpferin – IM LAND DER ELFEN

von Licia Troisi

ISBN 978-3-453-26621-6

Licia Troisi

Die Schattenkämpferin

978-3-453-55304-2

978-3-453-53342-4

978-3-453-53362-2

»Licia Troisi
ist der neue Star
der Fantasy.«
Vanity Fair

www.schattenkaempferin.de

HEYNE